空の境界
the Garden of sinners
上
奈須きのこ
Illustration 武内崇

the Garden
of
sinners

......is nothing id,nothing cosmos

Illustration 武 内 崇
Design V e i a
Font direction 紺 野 慎 一

1／俯瞰風景

Thanatos.

その日、帰り道に大通りを選んだ。
自分にしては珍しい、ほんの気紛れである。
見飽きたビル街を呆と歩いていると、
ほどなくして人が落ちてきた。
あまり聞く機会のない、ぐしゃりという音。
人がビルから墜ちて死んだのは明白だった。
アスファルトには朱色が流れていく。
原形を留めているのは長い黒髪と。
細く、白を連想させる脆い手足。
そして貌の亡い、潰れた顔。
その一連の映像は、古びた頁に挟まれ、
書に取り込まれて平面となった押し花を幻想させた。

——おそらくは。

首だけを胎児のように曲げたその亡骸が、
私には折れた百合に見えたからだろう。

／俯瞰風景

／0

八月になったばかりの夜、事前に連絡もなく黒桐《こくとう》幹也《みきや》がやってきた。

「こんばんは。相変わらず気怠《けだる》そうだね、式《しき》」

突然の来訪者は玄関口に立って、笑顔でつまらない挨拶《あいさつ》をする。

「実はね、ここに来る前に事故に出くわしたんだ。ビルの屋上からさ、女の子が飛び降り自殺。最近多いって聞いてたけど実物に遭遇するとは思わなかったな。――――はいこれ、冷蔵庫」

玄関でブーツの紐《ひも》をほどきながら、手に持ったコンビニのビニール袋を投げてよこす。中にはハーゲンダッツのストロベリーが二つ。溶ける前に冷蔵庫に封入しろ、という事らしい。

私が緩慢《かんまん》な動作でビニール袋を確かめている隙《すき》に、幹也は靴を脱ぎ終えて上がり框《がまち》を踏んでいた。

私の家はマンションの一室だ。玄関から一メートルもない廊下をぬければ、すぐに寝室と居間を兼用した部屋に辿《たど》り着く。

さっさと部屋へと歩いていく幹也の背中を睨《にら》みながら、私も自室へ移動する。

「式。君、今日も学校をさぼっただろう。成績は後から何とでもできるけど、出席日数だけは確保しとかないと進級できないぞ。一緒に大学に行くって約束、忘れた？」

「学校の事でオレに指図する権利、おまえにあるか？　そもそもそんな約束は覚えてないし、おまえは大学辞めちまったじゃないか」

「……む。権利なんて言われると、そんな物はなんにだってないんだけどね」

難しい口振りをして、幹也は腰を下ろした。こいつは自分が不利になると地が出る傾向にあるらしい。

――最近、思い出した事だ。

幹也は部屋の真ん中に座った。

私は幹也の背後にあるベッドに腰を下ろすと、そのまま体を横にする。幹也は私に背中を向けたままだ。

その、男にしては小柄な背中を、私はボウと観察する。

黒桐幹也という青年は、私とは高校時代からの友人であるらしい。

数々の流行が次々と現れては疾走し、あげく暴走したまま消滅するという現代の若者の中で、退屈なまでに学生という形を維持し続けた貴重品だ。

髪も染めないし、伸ばさない。肌も焼かなければ飾り物もしない。携帯《ケータイ》も持たなければ女遊びもしない。背は百七十に届くか届かないか程度。温和な顔立ちは可愛《かわい》い系で、黒ぶちの眼鏡《めがね》がその雰囲気を一層強めていた。

今は高校を卒業して平凡な服装をしているが、着飾って街を歩けば通行人の何人かは目に留めるぐらい、実は美男子ではないだろうか――

「式、聞いてる？　君のお母さんにも会ったよ。一度は両儀《りょうぎ》の屋敷に顔ぐらいださないとダメじゃないか。退院してからふた月、連絡も入れてないんだって？」

「ああ。とりわけ用が無かったから」

「あのね。用が無くても団欒《だんらん》するものなんだよ、家族って。二年間も話してなかったんだから、ちゃんと会って話をしないと」

「……知らないよ。実感が湧《わ》かないんだからしょうがないだろ。会ったってよけいに距離が開くだけだ。おまえとだって違和感が付きまとうっていうのに、あんな他人と会話が続くもんか」

「もう、そんなんじゃいつまでたっても解決しないだろ。式のほうから心を開かなくちゃ一生このままなんだぞ。実の親子が近くに住んでいるのに顔も合わせないなんて、そんなの駄目《だめ》だ」

責めるような言葉に私は眉《まゆ》をひそめる。

駄目だって、何が駄目だというのだろう。私と両親の間にはなんら違法な物はない。たんに子供が交通事故にあって、以前の記憶を損失してしまっただけなのだ。戸籍上も血縁上も家族だと認められているんだから、今のままでも何ら問題はない筈《はず》である。

……幹也はいつも人の心の在《あ》り方を心配する。

そんなの、どうでもいい事だっていうのに。

◇

両儀式は高校時代からの友人だ。

僕らの高校は私立で、有名な進学校だった。

その合格発表の時、ふと耳にした両儀式という名前があんまりに珍しいので覚えていたら、クラスが一緒になってしまった。以来、僕は式の数少ない友人の一人となった。

うちの学校は私服オッケーっていう進学校だったので、みなそれぞれの服装で自分を表現していたと思う。そんな中、校内での式の姿はとても目立った。

なにしろ、いつも着物なのだ。

質素な着流しの立ち姿は式の撫《な》で肩によく似合っていて、式が歩いているだけで教室が武家屋敷に思えたほどだ。格好だけじゃなくて立ち居振る舞いにも一切の無駄がなく、授業中にしか言葉らしい言葉を口にしなかった。式がどんな人間かなんていうのは、この話だけで表れていると思う。

式本人の容姿は、これまた出来すぎだった。

髪は黒絹のように綺麗《きれい》で、それを面倒くさそうにハサミで切ってほったらかしにする。それがちょうど耳を隠すぐらいのショートカットになっていて、これまたヘンに似合っているもんだから式の性別を間違える生徒も多かった。

式は見る人が男なら女性に、女なら男性に見間違うぐらいの美形で、綺麗というより凜々《りり》しい、という顔だちをしている。

けれどそんな特徴《とくちょう》よりも、自分が何より魅了されたのは式の目だった。目付きは鋭いのに静やかな瞳《ひとみ》と細い眉。何か、僕らには見えない物を見据えているその在り方が、自分にとっての両儀式という人物のすべてだった。

……あの夜。

式が、あんな事になるまでは。

◇

「飛び降り」

「え――――？　あ、ごめん、聞いてなかった」

「飛び降り自殺。アレは事故になるのか、幹也」

意味のない呟《つぶや》きに、黙り込んでいた幹也はサッと正気を取り戻す。と、馬鹿正直にも今の問いを真剣に考えだした。

「うーん、そりゃあ事故には違いないけど……そうだね、たしかにあれって何なのかな。自殺である以上、その人は死んでしまっている。けど自分の意志である以上、責任はやっぱり自身だけのものだ。ただ、高い所から落ちるっていうのは事故なんだから――――」

「他殺でもなく事故死でもない。曖昧《あいまい》だね、そういうのって。自殺なら誰にも迷惑をかけない方法を選べばいいのに」

「式。死んだ人を悪く言うのはよくないよ」

窘《たしな》める風でもない、素っ気のない口調。幹也の台詞《せりふ》は聞く前からうんざりするほど予測出来ていた。

「コクトー。オレ、おまえの一般論は嫌いだ」

自然、反論はきつくなる。けれど幹也は気を悪くした風もない。

「あぁ。懐かしいね、その呼び方」

「そうか？」

うん、と幹也は行儀のいい栗鼠《りす》のように頷《うなず》いた。

彼の呼び方は幹也とコクトーというふた通りがあり、私はコクトーという響きはあまり好きではなかった。……その理由はよくわからない。

そんな会話の空白に生まれた疑問の途中、幹也は思い出したように手を叩いた。

「そういえばさ。珍しいついでに言うと、うちの鮮《いも》花《うと》が見たって」

「……？　見たって、何を」

「だから例のアレ。巫条《ふじよう》ビルの女の子。空、飛んでるってヤツ。式も一度見かけたって言っただろう」

「────────」

ああ、思い出した。たしか三週間ほど前から始まった、ちょっとした怪談だ。

オフィス街には巫条ビルという高級マンションがあり、夜になるとその上空に人らしき姿が見えるという。私だけでなく鮮花《あざか》にも見えたという事は、どうもアレは本物らしい。

交通事故で二年間昏睡《こんすい》状態にあった後、私はそういった『本来ありえないモノ』が見えるようになっていた。

トウコあたりに言わせると見えるではなく視《み》える、つまり脳と目の認識レベルが向上しただけらしいのだが、そのカラクリになど興味はない。

「巫条ビルのヤツなら一度じゃなく数回見た。もっとも最近はあのあたりには出歩いていないから、今も視えるかどうかはわからないぞ」

「ふうん。あそこはよく通るけど、僕は見かけた事はないな」

「おまえは眼鏡をかけてるから駄目だ」

眼鏡は関係ないと思う、と拗《す》ねる幹也。

その仕草《しぐさ》は温かで、邪気がない。だからこいつにはそういったモノは見えにくいのだ。……それにしても飛ぶだの落ちるだの、つまらない話が続く。そんな事になんの意味があるのか解らなくて、私は疑問を口にしていた。

「幹也。人が空を飛ぶ理由ってわかるか？」

幹也はさあ、と首をすくめると、

「飛ぶワケも落ちるワケもわからないよ。だってまだ一度も、僕はやった事がないからね」

そんな当たり前の事をしれっと言った。

1／両儀式

八月も終わりにさしかかった夜。いつも通り、私は散歩をする事にした。

夏の終わりにしては外気は肌寒い。終電はとっくに過ぎていて、街は静まり返っていた。

静かで、寒くて、廃《すた》れきった、見知らぬ死街のようでもある。人通りも温かみもない光景は写真みたいに人工的で、不治の病を連想させた。

――病《やま》い、病《びょう》気《き》、病《びょう》的《てき》。

何もかも、明かりのない家も明かりのあるコンビニも、気を許せば咳《せ》き込んで崩れ落ちるような感じ。

そんな中、月光は青々と夜を浮き彫りにする。

全てが麻酔されたこの世界、月だけが生きているようで、ひどく、目が痛む。

――だから、病的とはそういう事だ。

家を出る時、浅葱《あさぎ》色の着物の上に赤い革製《かわ》のジャンパーを羽織《はお》った。

着物の袖が上着に巻き込まれて、体が蒸す。

それでも暑くはない。――いや。

私にとっては、もとから寒くもなかったのだ。

◇

そんな真夜中でも歩けば人と出会った。

俯《うつむ》いて、ただ早足で進んでいく誰か。

自販機の前でぼんやりとする誰か。

コンビニの明かりに集う、幾多もの誰か。

そこに何かしらかの意味があるのか探ってみたが、所詮《しょせん》部外者である私にはちっとも摑《つか》めなかった。

そもそも、自分自身こうやって夜に出歩く事からして意味はないのだ。

私は、かつての私が嗜好《しこう》していた行為を繰り返しているにすぎない。

――二年前。高校二年への進級が間近だった両儀式という私は、交通事故に遭《あ》ってそのまま病院に運ばれた。

雨の日の夜の事だ。

私は自動車に撥《は》ねられたらしい。

幸い身体に大きな傷はなく、出血も骨折もない綺麗な事故だったという。その反面、ダメージは頭のほうに集中してしまったのだろう。以来、昏睡状態が続いた。

体がほぼ無傷だったのが災《わざわ》いしたのか、病院側も私を生かし続け、意識のない私の肉体はこれまた必死に生き続けた。

そうしてつい二ヵ月前、両儀式は回復した。

医師達は死者が蘇生するぐらいのショックをうけたそうで、なるほど、つまり私はそれぐらい回復が見込まれていなかったという事だった。

そして私自身も、それほど大げさではないけれど、ある衝撃を受けていた。

自身に確証が持てない、とでも言おうか。

自分の今までの記憶というヤツがどうもおかしいのだ。

簡単に言うと、自分の記憶が信用できない。これは過去の事柄が思い出せない、という記憶障害……俗に記憶喪失と呼ばれるものとは違う。

トウコいわく、記憶とは脳が行なう銘記、保存、再生、再認の四つのシステムだという。

『銘記』は見た印象を情報として脳に書き込む事。

『保存』はそれをとっておく事。

『再生』は保存した情報を呼び出す、つまり思い出す事。

『再認』は再生した情報が以前のものと同一かどうかを確認する事。

この四つのプロセスの一つでも出来なければ記憶障害となる。もちろん、それぞれの故障箇所によって記憶障害のケースも変わってくる。

けれど私の場合、このいずれも支障なく働いている。以前の記憶に実感を持てないが、自分の記憶が以前の私が受けた印象とまったく同じだ、という『再認』も働いている。

だというのに、私にはかつての自分に自信が持てないでいた。

私が、私であるという実感がない。

両儀式というかつての記憶を思い出しても、それが他人事《ひとごと》にしか思えない。私は間違いなく両儀式だというのに。

二年間という空白は、両儀式を無にしてしまっていた。世間の評価ではなく、私の中身を無にしていたのだ。私の記憶と、私が持ちえていたであろう性格。その繋《つな》がりが絶望的なぐらいに断たれてしまっている。そうなってしまうと、記憶はただの映像にすぎなかった。

ただ、その映像のおかげで私は以前の私のように装える。両親にも知人にも、彼らの知っていた両儀式として触れあえる。

無論、今の私はおかまいなしで。

それは我慢できない息苦しさで私を悩ませる。

――まるで擬態《ぎたい》だ。

私はちっとも生きていない。

生まれたばかりの赤子と同じ。何も知らないし、何も得ていない。けれど十七年という記憶が、私を一人の完成した人間たらしめている。

本来、様々な経験によって得るはずの感情は、すでに記憶として持っている。けれど私はそれを実体験していない。だが実体験しようにも、すでにそれは識《し》っている事なのだ。そこには感動もなければ、生きているという実感もない。……タネを明かされた手品が、もう驚けないのと同じように。

そうして私は生きている実感も持てないままで、かつての私らしい行動を繰り返す。

理由は単純だ。

そうすれば、私は昔の自分に戻れるかもしれないから。

こうすれば、この夜歩きの意味も解るかもしれないから。

……あぁ、そうか。

だとすれば私は、かつての私に恋していると言えなくもないワケだ。

◇

随分と歩いた気がして顔をあげると、そこは噂《うわさ》に聞くオフィス街だった。

行儀よく同じ高さのビルが並んでいる。ビルの表面は一面の窓ガラスで、今は月明かりだけを反射していた。大通りに並ぶ高層建築の群れは、怪人の徘徊する影絵の世界めいている。

その奥に、一際高い影がある。二十階以上の梯子《はしご》のような建物は、月まで届けとばかりに伸びる細長い塔に見えた。

塔の名前は巫条《ふじょう》という。

マンションである巫条ビルに明かりはない。住人はみな眠りについているのだろう。時刻はじき午前二時を回ろうとしているのだ。

その時――――つまらない影が網膜《もうまく》に映りこんだ。

人型らしいシルエットが視界に浮かぶ。

比喩《ひゆ》ではなく、本当にその少女は浮いていた。

風は亡《な》い。夜気の冷たさは夏にしては異常だ。

うなじの骨が、寒さによって針《シン》ときしむ。

もちろん、そんなのは私だけの錯覚。

「なんだ、今日もいるじゃないか」

不快だが、見えるものは仕方がない。

そうして、件《くだん》の少女は月にもたれるように飛行していた。

俯瞰風景／

…

——イメージはとんぼ。忙《いそが》しく飛んでいる。

一羽の蝶《ちょう》がついてきたけど、翅《はね》の速度は下がらない。蝶はいつしかついてこれなくなって、視界から消える頃、力なく落ちていった。

弧を描いて落ちていく。

鎌首をもたげた蛇《へび》のような落下は、けれど折れた百合《ゆり》に似ていた。

その姿が、ひどく哀しい。

一緒に行く事はできなくても、せめてあと少しは傍《そば》にいてあげたかった。

でもそれは不可能だ。だって地に足がついてない自分は、立ち止まる事さえ自由ではなかったのだから。

…

誰かの話し声がするので、仕方なく起きる事にした。

……瞼《まぶた》がかなり重い。二時間は寝たりない証拠だ、これは。それでも活動しようとする自分はいじらしいな、とちょっと自己陶酔してみると意識は眠気に勝ってしまった。……ほんと、我ながら単純で困る。

たしか昨夜は徹夜で図面を完成させて、そのまま橙子《とうこ》さんの部屋で眠ったはずだ。

ソファーから体を起こすと、やっぱりここは事務所だった。まだ正午に差しかかっていない夏の陽射しの中で、式と橙子さんがなにやら話し込んでいる。

式は立ったまま壁にもたれかかっていて、橙子さんは足を組んでパイプ椅子に座っていた。

式は相変わらず着物をさらりと着流している。

橙子さんはと言うと、飾り気のないタイトな黒色のズボンに、新品みたいにパリッとさせた白いワイシャツ。長い髪を結い、首筋をあらわにした橙子さんはいかにもどこかの社長秘書、といった風だ。もっとも眼鏡を外した時の目付きの悪さは筆舌に尽くしがたいので、一生そういった職業には就けないだろう。

「おはよう黒桐」

じろりとした橙子さんの一瞥《いちべつ》は、まあ、いつもの事だ。……橙子さんの眼鏡が外れている所をみると、式とはあっち関係の話をしていたのだろう。

「すいません、眠ってしまったみたいです」

「つまらん事を説明するな。見れば判る」

きっぱりと言い捨てて、煙草《たばこ》を口にあてる橙子さん。

「起きたなら茶を淹《い》れてくれ。いいリハビリになる」

「…………………?」

社会復帰《リハビリ》って、やっぱり更生運動《リハビリテーション》の事なんだろうか。

どうしてそんな事を言われなくちゃいけないのかは謎ではあるが、橙子さんはいつもこういう風なので是非を問うのはやめておいた。

「式は何か飲む?」

「オレはいい。すぐ寝るから」

そう言う式は、たしかに寝不足のようだった。

昨日の夜、僕が帰ってから夜の散歩でもしたのだろうか。

◇

事務所兼橙子さんの私室である部屋のとなりには、台所らしき部屋がある。

もとは何かの実験室だったのか、水道の蛇口は横に三つも並んでいる。ようするに学校の水飲み場だ。うち二つは針金で縛られて使用禁止になっていた。

理由は不明。判りやすくていいだろう、と橙子さんは言うが、気持ちが殺伐としていくのであまり有り難みはない。

さて、とコーヒーメイカーを作動させる。出社してまず第一にやる事がコーヒーを淹れる事だから、今では眠っていても出来るぐらいに上達していた。

自分こと黒桐幹也がここに就職してもう半年近くが経《た》つ。

いや、就職というのはかなりおかしい。なにしろここは会社として成立していないのだ。それを覚悟で押しかけたのは、ひとえに橙子さんの作品に惚《ほ》れ込んでしまったからだ。

式が一人で十六歳のまま時間を止めてしまった後、僕は目的もなく高校を卒業して大学生になった。その大学に入るのは、式との約束だった。式が回復の見込みのない病状にあったとしても、その約束だけは守りたかったのだ。

けれどその後は何もなかった。大学生になった僕は、ただカレンダーの日付だけを追っていた。そうしてぼんやりと過ごしていた時、友人の誘いで何かの催《もよお》し物に足を運び、一体の人形を見つけた。

それは道徳の限界ぎりぎりにまで迫った、精巧な人形だった。

人間をそのまま停止させたような形は、同時に、決して動かない人型である事を明確に提示していたと思う。

明らかに人ではなく、同時に人にしか見えないヒトガタ。今にも息を吹き返しそうな人間。けれど初めから命などない人形。生命しか持ちえない、しかし人間では届かない場所。その二律背反に、僕は虜になった。おそらくその在り方全てが、あの時の式そのものだったからだろう。

人形の出展者は不明だった。パンフレットにはその存在すら載っていなかった。必死になって調べてみると、それは非公式な出展物で制作者は業界では曰《いわ》くつきの人物だった。

制作者の名前は蒼崎《あおざき》橙子。

彼女は、言うなれば世捨て人だった。人形作りが本職だというのに建物の設計もやっているらしい。とにかく物を作る事ならなんでもやるのだが、仕事を引き受ける事はめったにない。いつも自分から〝こんな物を作ります〟と相手に売り込みにいき、報《ほう》酬《しゅう》を前払いでもらって制作にとりかかるというのだ。

よっぽどの道楽者か、あるいは変人か。

興味はいっそう深まっていき、よせばいいのに僕はその変人の住みかを調べあげてしまった。それは都心から離れた、住宅地とも工場地帯ともいえない、なんとも半端な住所だった。

否。蒼崎橙子の住みかは、およそ家ではなかった。

ズバリ廃墟だった。

それも半端な廃墟ではない。数年前の景気がいい時に工事が始まり、景気が悪くなったので途中で放置された本当の廃ビル。とりあえず建物としての形は出来ているが内装はまったくなく、壁も床も素材が剝《む》き出し。

完成時には六階建てになったのだろうが、四階から上はない。工事が途中で放棄《ほうき》された為、造りかけの五階のフロアが屋上らしきモノになってしまっていた。

ビルの敷地は高いコンクリの塀で囲まれているものの、侵入するのは簡単だ。ご近所の子供達が秘密基地にしなかったのが奇跡と言えるぐらい、ひたすらに怪しい建物。そんな買い手のないまま放置されていたビルを蒼崎橙子は買い取ったらしい。

今こうしてコーヒーを淹れている台所らしき部屋は、ビルの四階に位置する。二階と三階は橙子さんの仕事場なので、たいてい僕らはこの四階でコミュニケーションをとる事になっていた。

と、話を戻そう。

結局その後、僕は橙子さんと知り合い、入ったばかりの大学を辞めてここで働く事になった。

信じられない事に、きちんと給料はでている。

橙子さんに言わせると人間には二系統二属性があり、創る者と探る者、使う者と壊す者とに分かれるんだそうだ。幹也くんには創る者としての才能はないわねー、なんてはっきり言ったのに、橙子さんはなぜか僕を雇ってくれた。なんでも探る者としては才能があるとかなんとか。

「——遅いよ黒桐」

隣の部屋からそんな催促が届く。

見れば、とっくにコーヒーメイカーには黒々とした液体が満たされていた。

◇

「昨日で八人目らしいね。世間もそろそろ関連性に気付いてもいい頃だろうに」

灰になった煙草をもみ消しながら、唐突に橙子さんは切り出した。

ここ最近に連続している女子高生の飛び降り自殺の事だろう。今年の夏は断水の憂き目も見ず、橙子さん好みの悲惨な話題といったらそれしかない。

「八人目……？　あれ、六人なんじゃないですか？」

「君が惚《ぼ》けている間に増えたんだ。六月から始まって、月に平均三人か。あと三日以内に追加一人がでるかな」

不謹慎な事を橙子さんは口にする。ちらりとカレンダーに目をやると、八月はあと三日しか残っていない。……あと、三日……？　なにか、そこにひっかかるものがあったが、疑問はすぐに意識の底に落ちていった。

「でも関連性はないって話ですよ。自殺してしまった娘たちはみんな学校も違うし、交友関係もなかったって。まあ警察が情報を隠蔽《いんぺい》してるだけかもしれませんけど」

「ひねくれた事を言う。黒桐らしくないな、無闇に他人を疑うとは」

揶揄《やゆ》するように橙子さんは口元をつりあげた。眼鏡を外しているとこの人はどこまでも底意地が悪くなる。

「……だって遺書が公開されてないでしょう。六人、いや八人ですか。それだけの数なら一人ぐらい遺言らしい物を公開してもいいでしょうに、それをひた隠しにしてる。これって隠蔽でしょ？」

「だから、それが関連性だ。いや共通点のほうが正しいか。八人中、大半が死亡者自ら飛び降りる現場を複数の人間に目撃されているし、彼女達の私生活にはなんの問題も浮かび上がらない。薬をやっていたとか、怪《あや》しい宗教にかぶれていた事もないわけだ。極めて個人的な、自分そのものに不安を抱いての突発的な自殺であるのは疑いようがない。故に残して置きたい言葉は無く、警察もその共通点を重要視していないんだろうね」

「……遺書は公開されないんじゃなくて、初めから用意されてないって事ですか？」

半信半疑でそう口にしてみると、橙子さんは断定はできないが、と頷いた。

けど、そんな事があるんだろうか。

そこには何か矛盾《むじゅん》がある。コーヒーカップを手にとって、その苦さを味わいながら思考を走らせてみた。

遺書がないのはなぜだろう。遺書がないのでは、人は自ら死なない。

遺書とは、極論として未練だ。死を良しとしない人間がどうしようもなく自殺する時、その理由として残すもの、それが遺書のはずだ。

遺書のない自殺。

遺書を記す必要がない。それはもうこの世になんの意見もせず、潔く消えるという事。それこそが完全な自殺だ。完全な自殺とは遺書など初めから存在せず、その死さえ明らかにはされない物を言うと思う。

そして、飛び降りは完全な自殺ではない。人目につく死はそれこそが遺書めいてしまう。残したい事、明らかにしたい事がある故の行為ではないのか。だとしたら、何らかの形で遺言は用意されているのが道理だ。

ならどうなのだろう。それでも遺言らしき痕跡さえないというのなら――第三者が彼女達の遺書を持ち去ったか。いや、それでは自殺ではなくなってしまう。何らかの事件性を持った死だ。

ではなにか。考えられる理由は一つ。

ソレは文字通り事故なのではないか。

彼女達は初めから死ぬつもりなどなかった。それなら遺書を書く必要はない。ちょっとそこまで買い物に行った時に、運悪く交通事故に巻きこまれたようなものだ。昨夜、式がぽつりとこぼしたように。

……でも、ちょっとそこまで買い物に行くのにビルの屋上から飛び降りる理由が、僕には考えつかなかった。

「幹也、飛び降りは八人で終わりだぜ。この後にはしばらく続かない」

と。暴走しかかっていた思考を遮って、式が話に入ってきた。

「終わりって、わかるの？」

つい訊いてしまう。式はああ、と遠くを見ながら頷いた。

「見てきたから。飛んでいるのは八人だった」

「ほう、あのビルにそれだけいたか。式には初めから人数は判っていたんだな」

「うん。あいつは始末したけど、あの女たちはしばらく残っていると思う。気にくわないけどね。――なあトウコ。なまじ飛べちまうと、人間っていうのはあんな末路を迎えちまうものなのか」

「どうだろうな。個人差があるからはっきりとは言えないが、過去、人間だけの力で飛行を試み成功した者はいない。飛行という言葉と墜落という言葉は連結だ。だが、空に憑《つ》かれた者ほどその事実が欠落していてね。結果、死んだ後も雲の上を目指して飛行するはめになるわけだ。地上に落ちる事もなく、空に墜ちていくように」

式は納得いかなげに顔をしかめた。

……式は怒っている。けれど、なにに?

「あの、すみません、話が見えないんですけど」

「うん? いや、例の巫条ビルの幽霊の話さ。もっともアレが実体だったのか只のイメージだったのかは、実物を見てみないとなんともな。暇《ひま》があれば見にいこうとは考えていたが、式が殺してしまったのでは確かめようがない」

……ああ、やっぱりそっちの話か。

眼鏡をはずした橙子さんと式という組み合わせは、大抵こういうオカルトな話をしているのだ。

「式が巫条ビルの屋上に浮いている少女を見た、という話は聞いているだろう。その話には続きがあってな、少女のまわりには人型らしきモノがせわしなく飛行していたそうだ。巫条ビルから離れない、という事からあそこが網になっていたんじゃないかと話をしていてね」

話の奇抜さと難解さはますますその色を濃くしていく。

そんなこちらの顔色が判るのか、橙子さんは簡潔にまとめてくれた。

「巫条ビルには一人の浮いている人間がいて、そのまわりには飛び降り自殺者になってしまった少女達の姿があった。この八人の少女達は幽霊めいたものだろうね。生きて浮遊していたのは一人だけ。話としてはそれだけの、簡単な構造だ」

ははあ、と一応頷いてみる。

怪談の肝《きも》は解ったけれど、結局、今回も自分は終わった後で関わっているだけのようだ。式のさっきの台詞からすると、その幽霊とやらは式本人にやられてしまったのだろうし。

橙子さんと式を知り合わせてから二ヵ月。僕はこの手の話では解決編だけを聞く立場にあった。

二人と違い、いたってノーマルな自分としてはその手の話には関わりたくない。けれど無視されるのもなんだか所在ないので、このどっちつかずの立場は丁度いいと思う。世間さまでは、こういうのを不幸中の幸いというのだろうか。

「なんか、そう聞くと三文小説みたいですね」

だろう、と橙子さんは同意した。

式だけがますます視線に怒気を孕《はら》ませて、流し目でこちらを睨んでいる。

「…………？」

なにか式を怒らせるような事をしたのだろうか、僕は。

「あれ？　でも、式が最初に幽霊を見たのって七月初めだったよね。じゃあその頃の巫条ビルにいたのは四人だったんだ」

確認の為に当たり前の事を訊いてみると、式は気難しい顔つきのまま首を横に振った。

「八人。初めから飛んでいるのは八つあった。言っただろ、八人以上の飛び降りはないんだって。連中の場合、順序が逆なんだから」

「それって初めから八人の幽霊が視《み》えたってコト？　ほら、いつかの未来視の子みたいに」

「まさか。オレは正常だよ。あそこの空気がおかしいだけだ。そうだな、熱湯と氷水がぴったりと向き合っている感じで変なんだ。だから……」

煮え切らない式の言葉の続きを、橙子さんが間髪いれずに受け継ぐ。

「だから、あそこは時間がかしいでいるんだ。時の経過は一種類だけじゃない。朽《く》ちていくまでの距離は、それこそ全てに不均等だ。なら人間という一個体と、その一個体が持ちえた記憶にも、朽ちていく時間の差があるのは道理だろう。人が死ねばその者の記録は消えるのか？　消えないだろう？　観測者《もの》が残っているかぎり、あらゆる物は無へ突然に消失するわけじゃない。無へと薄れていくんだ。

人の記憶、いや記録か。その観測者が人ではなくそれを取り巻く環境であった場合、彼女達のような特異な人種は死後も幻像として街を闊歩《かっぽ》する。幽霊とよばれる現象の一部がこれだ。この幻像を視てしまうのは、その記録の一部分を共有する者……死した人物の友人や肉親になる。式は例外だがね。

まあ、そういった『記録だけの時間の経過』があるとすると、あのビルの屋上はそれが遅い。彼女達の生前の記録が、まだ本来の彼女達の時間に追いついていないんだ。

結果、思い出だけがまだ生きている。あの場所に幻像として映っているのは、きわめて遅く送られている少女達の行動の記録なんだろうさ」

橙子さんはそこで何本目かの煙草に火をつけた。

「…………」

ようするに何かが無くなっても、その何かの事を誰かが覚えているかぎりそれが無くなったわけではなく、覚えているという事は生きているという事なので生きている物ならば目に見えてしまう、という事だろうか。

それではまるで幻覚だ。——いや、橙子さん本人が最後に『幻像』とまとめたのは、それは本来ありえない物として定義しているからだろう。

「……理屈はいいよ、そんなのに害はないんだ。問題はあいつだろ。手応えはあったけど、本体が有るのならまた繰り返しになっちまう。幹也のお守りはもう御免だからな、オレは」

「同感だ。巫条霧絵《きりえ》の後始末は私がするよ。君は黒桐を送ってくれればいい。黒桐の退勤時間まで五時間はある。眠るならそこの床でも使えばいい」

橙子さんの指差した床は、ここ半年間一度も掃除をした事がなくて、紙クズのつまった焼却炉の中みたいになっている場所だった。

式は当然、それを無視する。

「それで。結局、あいつはなんだったんだ」

煙草をくわえた魔術師は、ふむ、と思案したかと思うと足音もなく窓際へと歩み寄った。

窓から外を眺める。この部屋には電灯がない。室内は外の陽射しだけを受け入れて、昼間なのか夕方なのか不明瞭だ。

それとは対照的に、窓の外ははっきりと昼間。夏の正午の街並みを、橙子さんはしばし無言で見つめていた。

「以前は、彼女も飛行の部類だったのだろう」

煙草の煙が、白い陽射しに同化していく。

窓の外の景色を見下ろす背中。

白にかすむ蜃気楼《しんきろう》のようだ。

「黒桐。高い所から見る風景は何を連想させると思う？」

いきなりの質問に、ぼんやりとした意識が引き戻された。

高い所なんて子供のころ東京タワーに上ったきりだ。その時なにを思ったかなんて覚えてもいない。自分の家を見付けようと躍起《やっき》になったけど、見つけだせなくて肩を落としたぐらいだっけ。

「……その、小さい、ですか？」

「それは穿《うが》ちすぎだね、黒桐」

……にべもない反論が返ってきた。気を取り直して違うものを連想してみる。

「……そうですね。連想する物はあまりないけど、綺麗だとは思いますよ。高い所からの風景には圧倒されますから」

さっきよりは本心からの答えだったからだろう、橙子さんはうん、と小さく頷いた。そうして、やっぱり視線は窓の外に向けたまま話し始める。

「高所から見下ろす景色は壮観だ。なんでもない景色でさえ素晴らしい物と感じる。だがね、自分の住んでいる世界を一望した時に感じるのはそんな衝動じゃない。俯瞰《ふかん》の視界から得る衝動はただ一つ──」

衝動、と口にして、橙子さんは少しの間だけ言葉を切った。

衝動は理性や知性からくる感情じゃない。

衝動とは、感想のように自分の内側からやってくるものではなく、外側から襲いかかってくるものだと思う。たとえ本人がそれを拒んでいようとも、不意に襲いかかってくる暴力のような認識。それを僕らは衝動と呼ぶ。では、俯瞰の視界がもたらす暴力とはなんなのか——

「それは遠い、だよ。広すぎる視界は、転じて世界との隔たりがはっきりと出来てしまうものなんだ。人間はせいぜい自分の身の回りにある物でしか安心できない。どんなに精巧な地図があって自分がどこそこの此処《ここ》にいる、という事実を知っていても、そんなのはただの知識でしかないだろう？　私達にとって、世界とは肌で感じ取れる程度の周囲でしかないんだ。脳が認めている地球の、国の、街の繋ぎ目なんてものを我々は実感できない。その繋ぎ目の場所に行かなくてはね。そして実際、その認識の仕方に間違いはない。

だがあまりに広すぎる視界をもってしまうと、それにズレが生じてしまう。自分が肌で感じている十メートル四方の空間と、自分が見下ろしている十キロメートル四方の空間。そのどちらも自分の住んでいる世界であるのに、よりリアルとして感じ取ってしまうのは前者だ。

ほら、ここにもう矛盾が生まれているだろう？　自分が体感できる狭い世界より、自分が見ている広い世界のほうを『住んでいる世界』と認識する方が正しい。けれど、どうしてもこの広い世界に自分がいるのだという実感が持てない。

なぜか。それは実感が、つねに周囲から得られる情報に優先される物だからだ。ここに知識としての理性と経験としての実感が摩擦し、やがてどちらかがすり減り、意識の混乱がはじまる。

——ここから見下ろす街はなんて小さいのだろう。あの住所にわたしの家があるなんて想像もできない。あの公園はあんな形をしていただろうか。あんな所にあんな建物があったなんて知らなかった。これではまるで知らない街だ。なんだか、とても遠い所まで来てしまったみたいだ——高すぎる視点はそういった実感を湧かせてしまう。遠い所もなにも、今もその本人は街の一部にきちんと立っているというのにね」

高い所は遠い所だ。それは距離的にも解りきっている。けれど橙子さんが口にしているのは精神的な事なのだろう。

「つまり、高いところから物を見続けるのはよくないんですか？」

「度がすぎるのはな。古代では空は別の世界と認識されていた。飛ぶという事は、つまり異界を行くという事でね。文明《てつ》で武装しなければ違う意識に染まってしまう。文字通り、正常な意識が狂ってしまうんだ。もっとも、まともな認識のプロテクトを持っているのならそう悪影響は受けないんだが。確かな足場があるのなら問題ない。地上に戻れば正常に戻るさ」

……言われてみれば、学校の屋上からグラウンドを見下ろしていたとき、不意に飛び降りたらどうなるのだろう、という考えが浮かんだことがある。

そんなのはもちろん冗談だ。

実行する気なんてこれっぽっちもないけれど、その、明らかに死につながる考えが浮かんでしまうのは何故だろう。

個人差がある、と橙子さんは言うけれど、高い所にいって落ちる事をイメージする事は、そう珍しい事ではないと思う。

「……これって一時的だけど、思考が狂ってるって事ですか？」

浮んだ感想を口にすると、橙子さんはあはは、と乾いた笑いをこぼした。

「タブーを夢想するのは誰にだってあるよ、黒桐。人はやれない事を想像で楽しむ、という物凄い自慰《じい》能力を持っているからね。ただ、そうだな……今のは少しだけ近い。重要なのはその場所でしかその場所に関する禁忌《きんき》への誘惑がこない、という事か。当たり前の事だがね。今の君の例は意識が狂っているのではなく、理性が麻痺《まひ》している、という事だよ」

「トウコ、話が長い」

もう我慢できない、とばかりに式が口をはさむ。言われてみれば確かに本題から外れてしまっているようだ。

「長くはない。まだ起承転結でいうのなら二つめだ」

「オレは結だけ聞きたいんだ。あんたと幹也のお喋りには付き合ってられない」

「式……」

ひどいけど、もっともな意見だった。

一言もない僕をよそに、式の文句はさらに続く。

「それと。高い所からの風景に問題があると言うけれど、じゃあ普通の視点ってなんだ。歩いている時だって、オレ達は地面より高い視点をしているじゃないか」

その、難癖をつけているようにしか見えない式の態度とは逆に、今の発言は確かに的を射ていた。人の眼は、たしかに地上より高い位置に存在する。ならその風景はおおむね俯瞰になっている場合もあるわけだ。

そんな式の言葉に、橙子さんはいいだろう、と頷いた。

「しかし君が水平と思っている地面も不確かな角度なんだぞ。だがまあ、それらを含めても通常の視界は俯瞰とは呼ばない。

視界とは眼球が捉える映像ではなく、脳が理解する映像だ。私達の視界は私達の常識によって守られているから、自身分の高さでは高いとは感じないし、それが常識ですらある。そこに高さという概念はない。しかし反面、人間は誰しも俯瞰の視界で生きている。身体的な観測としてではなく、精神的な観測として。その個人差はまちまちだ。肥大した精神ほどより高みを目指すだろう。だが、それでも自らの箱を離脱する事はない。

人は箱の中で生活するものだし、箱の中でしか生活できないものだ。神さまの視点を持ってはいけない。その一線をこえると、ああいった怪物になる。幻視《ヒュプノス》が現死《タナトス》に変わり、どちらがどちらなのか曖昧になって、結果判別がつかなくなる」

そう言葉を続ける橙子さん本人も、今は下界を見下ろしている。

地に足をつけて、下を見ている。

それはとても大事な事に思えた。

「…………」

ふいに、見ていた夢を思い出した。


――――蝶は、最後には墜落してしまった。


彼女は僕についてこようとしなければ、もっと優雅に飛べたのではないか。

そう、浮遊するように羽ばたくのなら、もっと長く飛べていたはずだ。

けれど飛ぶという事を知っていた蝶は、浮遊する自身の軽さに耐えられなかった。

だから飛んだ。浮くのをやめて。

そこまで考えて、自分がこんな詩的な人間だったろうかと首を傾げた。

窓際の橙子さんが煙草を外に投げ捨てる。

「巫条ビルのゆらぎは、彼女が見ていた世界なのかもしれない。式が感じた空気の違いは箱の中と外とを区別する壁ではないかと推測できる。それは人の意識だけが観測する不連続面だ」

橙子さんの話が終わって、式はようやく不機嫌そうな態度を崩した。

ふん、と息をついて視線を泳がしている。

「不連続面ね。どっちが暖流でどっちが寒流だったのかな、あいつにとって」

深刻そうな台詞とは裏腹に、式はそれにはどうでもよさげだった。

橙子さんは同じく関心のない素振りをして、

「無論、君にとっての逆だろう」

なんて事を切り返していた。

2／両儀式

——うなじの骨がシン、と軋《きし》む。

震えは外気の寒さからくるものなのか、内気の寒さからくるものなのか。

判別のつかないそれを放っておいて、両儀式は悠然と歩を進めた。

巫条ビルに人の気配はない。

午前二時、白ばんだ電灯だけがマンションの通路を照らしている。

クリーム色の壁は電灯に照らされ、通路の奥まで続いて見えた。闇《やみ》を完璧に払拭《ふっしょく》する人工の光は人間味がなく、払拭するべき闇より不気味《ぶきみ》だった。

式はカードチェックの玄関を素通りして、エレベーターに乗り込む。

中は無人。内部には鏡が張り付けられており、利用者の姿を見せるという趣向がこらしてあった。

浅葱色の着物の上に赤い革製の上着を羽織った、けだるい目をした人物がそこにいる。

何にも関心がない、呆《ぼう》としたその瞳。

式は鏡に映る自分と向き合ったまま、屋上へ通じるボタンを押した。

静かな機械音と共に、式の周囲の世界が上がっていく。機械仕掛けの箱はゆるりと屋上へ辿《たど》り着くだろう。

わずかな時間だけの密室。今この外で何が起きていようと式には何の関わりもなく、関わりようがない。その実感が、空虚な筈の心にわずかだけ染み込んだ。

この小さな箱だけが、今は自分が実感するべき世界。

音もなく扉が開く。

その先は一変して明かりのない空間だった。屋上に通じる扉だけがある小部屋に出ると、式を残してエレベーターは一階へと下りていった。

電灯はなく、周囲は息苦しいほどに暗い。

足音を響かせて小部屋を横断し、屋上へ通じる扉を開ける。


——暗い闇が、昏《くら》い闇へとすり替わる。


視界いっぱいに街の夜景がとびこむ。

巫条ビルの屋上は、特徴のない作りだった。剝き出しのコンクリートが真っ平らに続く床と、周囲に張り巡らされた網目状のフェンス。

今まで式がいた小部屋の上には給水タンクがあるだけで、他に目につくものは何もない。

作り自体は何の変哲もない屋上。

ただ、その風景だけが異質だった。

周囲の建物より十階分は高い屋上からの夜景は、綺麗というより心細い。

細い梯子の上に登って、下界を見下ろしているようだ。

暗い、光の届かない深海めいた夜の街は、たしかに美しい。街のそこかしこに灯る光は深海魚の瞬《また》きに似ている。


——自分の視界が世界の全てだというのなら。

たしかに今、世界は眠りについている。

おそらくは永劫《えいごう》に、おしむらくは仮初《かりそ》めの。

その静けさはどんな寒さより心臓を締め付けて、痛いくらいだ——


そんな眼下の街並みと対するように、夜空の冴《さ》えも際立っていた。

街が深海なら、こちらはただ純粋の闇。その闇に、宝石をばら撒《ま》いたような星々が煌《きら》めいている。月は穴。夜空という黒い画用紙に穿《うが》たれた、一際大きな穴としか見えない。

だから本当はアレは太陽の鏡などではなく、あちら側の風景が覗いているだけなのだ——と、式は両儀の家で聞かされた事があった。

曰く、月は異界の門だという。その、神代より魔術と女と死を孕《はら》んできた月を背に、ひとつ、人型が浮遊していた。

その周囲に、八人の少女を飛行させて。

◇

夜空に浮かび上がる白い姿は女のものだ。

一点の染みもない白い衣裳と、腰まで届いている黒髪。

装束からのぞく手足は細く、この女を一層たおやかに見せていた。

細い眉と冷淡にかげる瞳は、寿命《おい》から解放された、絵画の中の生き物のようだ。

年齢は二十代前半と推測できる。もっとも、幽霊じみた相手に生命としての年齢が当て嵌《は》まるかは疑問だが。

白い女は、けれど幽霊という程不確かではない。現実にそこにいる。幽霊と言うのなら、それは彼女を中心にして夜空を旋回している少女達の方だろう。

ふわりふわりと取りとめもなく中空を彷徨《さまよ》ってい る少女達は、飛んでいるというより泳いでいるようだ。その姿も不確かで、時おり形そのものが透明になる。

式の頭上にあるのは白い女と、それを守るように夜空を泳ぐ八人の少女達。

一連の光景はおぞましくはない。むしろそれは。

「ふん——たしかに、こいつは魔的だ」

嘲《あざけ》るように式は呟く。

この女の美しさは、すでに人のものではない。

黒髪は素晴らしく、絹糸を一本ずつ梳《くしけず》ったかのような滑らかさ。風が強ければ、黒髪のたなびく姿は幽玄の美となっていたろうに。

「なら、殺さなくっちゃな」

式の呟きに気付いたのか、彼女は視線を下界へ下げる。

この、地上七十メートルを超える巫条ビルの屋上からさらに四メートルの高所にある彼女と、見上げる式の視線が交錯する。

交わす言葉はなく、通じる言語さえない。

式は上着の内側からナイフを引き出す。刃渡り六寸もの、刀というより刃そのものの凶器を。

上空からの視線に殺意が籠《こ》もる。

つい、と白い装束がゆれた。

女の手が流れて、細い指先が式に向けられる。

その、細く脆《もろ》い手足が連想させるのは白ではない。

「────骨か、百合だ」

風の亡い夜、声は長く中空に残響した。

差し向けた指先に殺意が籠もる。

白い指先はぴたりと式の姿に向けられた。

ぐらり、と式の頭が揺れる。細い体は崩れ落ちるようにたたらを踏んだ。

わずか、一度だけ。

「────」

頭上の女は、それで微《かす》かに怯《ひる》んだようだ。

貴方は飛べるのだ、という暗示が、この相手には通じない。

相手の意識そのものに『飛んでいた』という印象をすり込むそれは、暗示の域をこえて洗脳の業《わざ》にまで達している。抗《あらが》う事はできない。人は結果として本当に飛行を実践してしまうか、その事実を信じられず、しかし飛べるのだという確固たる実感に怖れをなして屋上から逃げていく事になる、不可避の暗示。

それを、式は軽い目眩《めまい》だけでやり過ごした。

「────」

接触が浅かったのだろうか、と女は訝《いぶか》しみ、もう一度暗示を試みる。

今度はより強く。

〝飛べる〟などという薄い印象ではなく、〝飛ぶのだ〟という確固たる印象にして。


——だが。

それより先に、式は女を視《み》た。


両足に二つ、背中に一つ。中心よりやや左よりの胸部に一点。——死という名の切断面が確かに視える。

狙うのならとりわけ胸のあたりがいい。アレならば即死だ。この女が幻像であろうと何であろうと、生きている相手ならばたとえ神でも殺してみせる。

式は右手だけでナイフを掲げた。柄を逆手に持ち、上空の相手へと瞳を絞る。

間《あいだ》、もう一度式の中に衝動が巻き起こった。


……飛べる。自分は飛べる。昔から空が好きだった。昨日も飛んでいたんだ。たぶん今日はもっと高く飛べる。それは自由に。安らかに。笑うように。早く行かなくては。何処《どこ》に？　空に？　自由に？

——それは
現実からの逃避。大空への憧《あこが》れ。重力の逆作用。地に足がついていない。無意識下の飛行。行こう、行こう、行こう、行こう、行こう、行こう、行こう、行こう、行こう、行こう、行こう——行け！

「冗談」

素のままの左手を持ち上げる。誘惑は式には効かない。もう目眩さえしない。

「そんな憧れは、私の中にはないんだ。生きてる実感がないから、生の苦しみなんて知らない。ああ、本当はおまえの事だってどうでもいいんだ」

——それは唄うような呟き。

生きる事についてまわる悲喜交々《ひきこもごも》、大小様々な束縛を式は感じない。

だから苦しみからの解放なんてものに魅力も感じない。

「でも、あいつを連れていかれたままは困る。拠《よ》り所にしたのはこっちが先だから、返してもらうぞ」

何も握っていない左手が、中空を握る。そのまま後ろへと引かれた左手に手繰《たぐ》られるように、女と少女達の姿がぐい、と式へと引き寄せられた。

網にかかった魚達が、海水ごと陸に引き上げられるように。

「────────!」

女の形相が変わる。彼女はさらに力を込めて意志を式へと叩きつけた。言葉が通じたのならば彼女はこう叫んでいただろう。

落ちろ、と。その怨嗟《えんさ》を完全に無視し────

「おまえが墜ちろ」

急速に落下してきた女の胸に、ナイフが突き刺さる。果物を刺すように呆気《あっけ》なく、刺された者が恍惚《こうこつ》とするほどの鋭さで。

出血はない。女は胸から背中へと通り抜けた刃物のショックで動けず、びくん、と一度だけ痙攣《けいれん》した。

その遺体を、式は無造作に放り投げる。

フェンスの外────夜の街のただ中へと。

女の体は柵《さく》を擦り抜け、音もなく落下していった。

落ち際でさえ黒髪をなびかせる事もなく、白い衣裳を風に膨らませて闇に溶けていく。

それは深海の底に沈んでいく、白い花のようだった。

◇

両儀式は屋上から立ち去った。

頭上には未だ、中空を漂う少女達の姿が残っている。

3／巫条霧絵

⋮

胸に刃物を突き刺されて目が覚めた。

ものすごい衝撃だった。人の胸をたやすく貫《つらぬ》くなんて、あの子はよほどの力持ちだったのだろう。けれど、あれは狂暴な力ではなかった。

無駄がなく、骨と骨の隙間《すきま》、肉と肉の狭間を当たり前のように貫通したのだ。

その、恐ろしいまでの一体感。

全身を舐《な》めまわして　いく死の実感。

心臓を突き　破られる音と音と音。

わたしには痛みより、その感覚が痛かった。

それは恐怖であり、例えようのない悦楽だったから。

背筋に走る悪寒《おかん》は気が狂うほどで、体はがくがくと震えている。

泣きだしたいほどの不安と孤独、そして生《せい》への執着がそこにあって、わたしは声もださず、ただ、泣いた。

恐いからでも痛いからでもない。毎夜、明日の朝には生きていますようにと祈って眠りにつくわたしでさえ、感じた事のない死の体験がそこにあったからだ。

おそらく、わたしは永久にこの悪寒からは逃れはしないだろう。

さかしまに、わたし自身がこの感覚に恋をしてしまった以上は——。

⋮

ガチャリ、とドアが開く音がした。

午後。閉ざされた窓からは、お日さまの光が差し込んでいる気配がする。

診察の時間ではないから面会人だろうか。

わたしの病室は個室で、他に人はいない。

あるのは溢《あふ》れんばかりに差し込む陽光と、風に揺れた事のないクリーム色のカーテン、そしてこのベッドだけだ。

「失礼。巫条霧絵というのは君か」

やってきた人物は女性らしい。尖った声で挨拶をするると、椅子にも座らずにわたしの傍《かたわ》らまでやってきた。佇《たたず》み、わたしを見下ろしているようだ。

その視線は冷たい感じがする。

……この人は、恐い人だ。きっとわたしを破滅させる。

それでもわたしは内心で喜んでもいた。だって面会に来てくれる人は数年ぶりなのだ。たとえそれがわたしにとどめを刺しにきた死神であったって、とても追い返したりはできない。

「あなたはわたしの敵ね」

ああ、と女性は頷いた。

わたしは意識を集中して、なんとかこの来訪者の姿を見てみようと努力する。

——強い陽射しのせいか、大まかなシルエットしか判らない。

上着を着ていないけれど、皺《しわ》ひとつない洋服がガッコウの先生みたいで、少しほっとする。ただその白いシャツには濃い橙色のネクタイは派手《はで》すぎて、ちょっとだけ減点だ。

「あの子の知り合い？　それとも本人？」

「いや、君が襲った方と君が襲われた方との知人だよ。まったく、よりにもよっておかしな連中と関わったな。君も——いや、お互いに運がない」

言って、女性は胸ポケットから何かを取り出してすぐに仕舞った。

「病室は禁煙だったか。とくに君は肺をやられているようだ。紫煙は毒になるな」

残念そうに言う。

今のはシガレットの箱だったようだ。

わたしは煙草には触れた事もないけれど、なんとなく、この人が吸っている所を見たいと思った。たぶん……いやきっとリザードのパンプスとバッグをきめたマヌカンのように似合っているコトだろう。

「悪いのは肺だけではないな？　それが原因ではあるが、肉体の至る所に腫瘍《しゅよう》がみられる。末端での肉腫をはじめ、なかは殊《こと》にひどい。まともなのはその髪ぐらいなものか。だというのによく体力が保つ。常人ならばここまで病魔に蝕《むしば》まれる前に死亡してしまうものだがな。――――何年になる、巫条霧絵」

入院生活の事を訊いているのだろう。でも、わたしはそれに答えられない。

「そんなのしらない。数えるのはやめたの」

だって意味がないもの。

わたしはここから、死ぬまで出られないんだから。

女の人はそうか、と短く呟いた。

同情も嫌悪もないその響きは、嫌いだ。わたしが貰える恩恵は同情しかない。それさえもこの人はくれないというのだ。

「式に切断された場所は無事か？　話では心臓の左心室から大動脈の中間だというから、二尖弁《にせんべん》あたりを刺されたか」

平静な声ですごい事を言ってくる。わたしは会話の奇妙さに、つい笑みをこぼしてしまった。

「おかしなひと。心臓を切られてたら、こうしてお話なんてできないわ」

「もっともだ。今のは確認だよ」

ああ、そうか。わたしがあの和風とも洋風ともとれない格好の人にやられたモノなのかどうか、この人は言葉で確かめたのだ。

「だがいずれ影響はでるぞ。式の目は強力だ。あれが二重存在だったとしても、崩壊はいずれ君本体へと辿り着く。その前に二、三尋ねたい事があってね。こうして足を運んだという訳だ」

二重存在……あの、もう一人のわたしの事だろうか。

「私は浮いていたという君を見ていない。正体を教えてくれないか」

「わたしにも分からないわ。わたしが見れる風景はこの窓からの景色だけだもの。でも、それがいけなかったのかもしれない。ずっとここから外を見下ろしていた。四季を彩《いろど》る木々や、代わる代わるに入退院していく人達を。声を出しても聞いてもらえず、手を伸ばしても届かない。この病室の中だけで、ずっとわたしは喘《あえ》いできた。ずっと外の景色を憎み続けてきた。そういうのって呪《のろ》うって事でしょう？」

「……ふむ、巫条の血か。君の家系は古い純血種だ。祈禱が専門だったようだが、なるほど、本性は呪詛《じゅそ》が生業《なりわい》だったとみえる。巫条の姓、不浄の言代《ことしろ》なのかもしれない」

家系。

わたしの家。

それも、わたしの代で絶えてしまう。わたしが入院して間もない頃、両親と弟は事故で亡くなったのだから。

それからのわたしの医療費は、父の友人だったという人が受け持ってくれている。お坊さんみたいに難しい名前なので、どんな人だったかは覚えていないけれど。

「だが、呪いは無意識下で行なうものではない。一体君は何を願った」

……そんな事、わたしには分からない。きっとこの人にだって分かりはしないだろう。

「あなた、ずっと外を眺めていた事がある？　何年も何年も、意識が途絶えてしまうまで見つめ続けた事が。……わたしは外が嫌いで、憎くて、恐かった。ずっと上から見下ろしていた。そうしていたらね、いつか目がおかしくなったの。ちょうどあそこの中庭の空にいて、地面を見下ろしているようになった。体と心はここにあって、目だけが空を飛んでいるような感覚。でもわたしはここから動けないから、結局はこのあたりを上から見下ろす事しかできなかったけど」

「……ここ周辺の風景を脳内に取り込んだか。それならどのような角度からでも見たと思えるだろう。——視力を失ったのはその頃だな？」

驚いた。この人は、わたしの視力がもうほとんど無い事に気付いている。

「そうよ。だんだん世界が白くなっていって、やがて何もなくなった。はじめは真っ暗やみになったのかと思ったけど、違うの。何もない、いいかい、何もなくなっ、たのよ、目に見えるものはね。

けどそれに何の問題もなかった。だって、わたしの目はもう空に浮いているんだもの。病院のまわりの風景しか見えないけど、もとからわたしはここから出れない。何も変わらないわ。何も——」

そこで、わたしは咳き込んだ。こんなに話をしたのは久しぶりだから。それに、なんだか瞼《まぶた》が熱い。

「なるほど。それで君の意識は空にあったという事か。だが——それでは何故君は生きている。巫条ビルの幽霊が君の意識であったのなら、君は式に殺されている筈だ」

そう、わたしもそれは疑問に思う。

あの子……式という名前らしいけれど、どうしてあの子はわたしに切り付ける事ができたのだろう。

あのわたしは何も触れられない代わりに、何にも傷つけられる事はないのに。屋上に現れた式という子は、まるであのわたしが本当の体を持っていたかのように、あっさりと殺害してしまったのだ。

「答えろ。巫条ビルの君は、本当に巫条霧絵だったのか」

「巫条ビルのわたしはわたしじゃない。空を見つめ続けていたわたしと、空にいたわたし。あのわたしは、わたしを見限って飛んでいってしまった。わたしは自分にさえ置いていかれたの」

女の人が息を呑《の》む。はじめて、この人が感情らしきものを見せた。

「人格が二つに分かれた――ではないな。元から一つだった君に、二つ目の器を与えた者がいる。……一つの人格で二つの体を操っていたのか。確かに、これは他に類を見ない」

言われてみればそうなのかもしれない。

わたしは、ここにいるわたしを見捨てて街を見下ろしていた。けれどどちらのわたしも決して地に足はつけられず、ただ浮いているだけだった。窓の外の世界と隔絶されているわたしは、いくら望んでもその隔たりを突破する事はできないのだ。

別々になっても、結局わたし達は繫《つな》がっていたのだろう。

「――納得がいった。だが、なぜ君は外の世界を幻視するだけでは満足しなかったんだ。彼女達を落としてしまう必要はなかったと思うが」

彼女達――ああ、あの羨ましい女の子たち。あの子たちには可哀相な事をした。けど、わたしは何もしていない。あれはあの子たちが勝手に落ちていっただけなのだから。

「巫条ビルの君は意識体に近かった。それを利用したな？　あの少女達は初めから飛べていたんだろう？　それが彼女達の夢の中だけのイメージにせよ、実際に飛行能力があったにせよ、だ。

夢遊病者ならぬ夢遊飛行者はわりと多いが、そう問題にはならない。なぜか。彼らはつねに無意識下でなければ症状を表さず、無意識下であればこそ何の悪意も持たず飛行し、正常時には飛ぼうなどとも思わないからだ。彼女らはその中でも殊に特別だった。ピーターパンではないが、幼年期というものはとかく浮きやすい。一人か二人は実際に飛行していたろうが、大半は意識だけが飛行し、そんな夢を見たという感覚でしかなかった筈だ。それを君は意識させた。彼女達のそういった無意識下での印象を現実に引き戻して。

結果、彼女たちは自分が飛べるのだという事実を知ってしまった。ああ、もちろん飛べるとも。だがそれは無意識下であればの話だ。ヒト単体での飛行は難しいんだ。私だって箒《ほうき》がなくては飛べない。意識しての飛行の成功率は三割程度。少女達は当たり前のように飛ぼうとして、当然のように落ちた」

そう。あの子たちはわたしのまわりを飛んでいた。友達になれると思った。けどあの子たちはわたしに気付きもしないで、ただ魚のように漂うだけだったのだ。

意識がないんだ、と気付いてからは早かった。あの子たちに意識させてあげればわたしに気付いてくれると思ったのに。

それだけなのに、どうして――――。

「寒いのか、震えているぞ」

女の人の声は相変わらず、プラスティックのように味気ない。わたしは悪寒の止まらない背中を抱いた。

「もう一つ訊いておこう。君はどうして空に憧れた。外の世界を憎んでいるのに」

それは、たぶん――――

「空には、果てがないから。どこまでも行ければ、どこへでも飛べれば、わたしの嫌いじゃない世界があると思ってた」

それは見つかったか、と声が尋ねる。

わたしの悪寒はとまらない。体は誰かに揺すられるように震え、瞼は一段と熱くなってきている。

わたしは頷いた。

「――――毎夜、朝になった時、目が覚められるのかって怖れてた。明日は生きているのかって怯《おび》えてた。眠ったら、もう起きる体力はないとわかってた。

綱渡りみたいなわたしの日々は、死への怖れしかなかったわ。けど逆に、だからこそ生きているって実感できた。わたしの虚ろな日々は、死の匂いしかなかった。けれど生きていくには、その死の匂いだけが頼りだった。……普段のわたしはもう脱《ぬ》け殻《がら》だから。死と直面した瞬間しか、生きていると実感できない」

そうだ。だからわたしは、生より死に焦《こ》がれている。

何処までも飛ぶ。何処へでも行く。

――――その為に。

「うちの坊やを連れていったのは、道連れか」

「いえ。あの時は、それに気付いていなかった。わたしは生に執着していて、生きたまま飛びたかったの。彼とならそれが出来た筈だから」

「……式と君は近いな。黒桐を選ぶあたりはまだ救いがある。自分では持てない生の実感を他人に求めるのは、まあ、悪い事じゃないが」

黒桐。そうか、あの式という子は彼を取り戻す為にやってきたのか。救いの主はわたしにとって決定的な死神でもあったんだ。

けれど、それに後悔はない。

「あの人、子供なのよ。いつでも空をみてる。いつでもまっすぐにしている。だからその気になれば、どこへだって飛んでいけるんだわ。そう――――わたしは、彼に連れていってほしかった」

瞼が熱い。よくわからないけれど、たぶんわたしは泣いている。

悲しいからとかじゃなくて――――彼と、本当にどこかに行けたのなら、それはどんなに幸福だったろう。叶《かな》わない事だから、叶えてはいけない夢だから、それはこんなにも美しくて、わたしの瞳を濡らしている。

――――それはここ数年でわたしが見た、ただ一つの幻想《ユメ》だった。

「だが黒桐は空になど興味はない。……空に憧れる者ほど空には近付けない、か。皮肉だな」

「そうね。人間は必要じゃない物をいっぱい持ってるって聞いた事があるわ。わたしは浮くだけだった。飛ぶ事もできず、浮いている事しか出来なかった」

瞼の熱さは消えた。たぶん、この先二度とこんな事はないだろう。

　今わたしを支配するのは、背筋に走るこの寒気だけなのだから。

「邪魔をした。これが最後になるが、君はこの後どうする？　式にやられた傷なら私が治療してもいい」

　わたしは答えず、ただ首を横に振った。

　女の人は少しだけ眉《まゆ》をひそめたようだ。

「……そうか。逃走には二種類ある。目的のない逃走と、目的のある逃走だ。一般に前者を浮遊と呼び、後者を飛行と呼ぶ。

　君の俯瞰風景がどちらであるかは、君自身が決める事だ。だがもし君が罪の意識でどちらかを選ぶのなら、それは間違いだぞ。我々は背負った罪によって道を選ぶのではなく、選んだ道で罪を背負うべきだからだ」

　そして女の人は去っていった。

　最後まで名乗らなかったけれど、それは必要がなかったからだとわかる。


　……彼女には、はじめからわたしの採る結末がわかっていたに違いない。だってわたしは飛べなかった。ただ浮いていただけだから。

　わたしは弱いから、あの人の言ったようにはできない。

　だから、この誘惑にも勝てない。

　あの時――――心臓を貫かれた瞬間に感じた閃光《せんこう》。

　圧倒的なまでの死の奔流《ほんりゅう》と生の鼓動。わたしには何も無いと思っていたけれど、まだそんな単純で大切なものが残っていた。

　有るのは死。

　背骨を凍らすこの怖れ。

　あらんかぎりの死をぶつけて、生の喜びを感じなければならない。

　わたしが今まで蔑《ないがし》ろにしてきた、わたしの生命であった全てのために。

　けれどあの夜のような死を迎えるのは不可能だろう。

あれほど鮮烈な最期《さいご》は、おそらくもう望めまい。針のように、剣のように、雷《いかずち》のようにわたしを貫いたあの死には。

だから出来るだけそれに近付こうと思う。考えは浮かばないけれど、わたしにはあと数日の限りがあるから大丈夫。

それに、方法だけはもう決まっている。

言うまでもないけれど。

わたしの最期は、やはり俯瞰からの墜落死がいいと思うのだ。

／俯瞰風景

陽が落ちて、僕らは橙子さんの廃ビルを後にした。式のアパートはこの周辺なのだが、僕のアパートはここから電車で二十分程離れている。

眠り足りないのか、式はおぼつかない足取りで、けれどどこちらにぴったりと寄り添って歩いている。

「自殺は正しいのかな、幹也」

不意に、式はそんな事を訊いてきた。

「……うん、どうだろう。たとえば僕が物凄いレトロウィルスに感染して、生きているだけで街の人達が死んでしまうとする。僕が死ねばみんな助かるというのなら、僕はたぶん自殺するよ」

「なんだよ、それは。そんなありえない話じゃ例え話にもならない」

「いいから。でも、それは僕が弱いからなんだと思う。街の人みんなを敵にまわして生き抜くなんて度胸はないから自殺するんだよ。そのほうが安易だからね。一時《いっとき》の勇気と、永久に続けなければいけない勇気。どっちが苦しいかはわかるだろ。極論だけど、死は甘えなんだと思う。それがどのような決断の下であれ、ね。けれど当事者にはどうしようもなく逃げたい時もあるだろう。それは否定できないし、反論もできない。だって僕も弱い人間だから」

……けど、たぶん今いったような状況での自己犠《ぎ》牲《せい》は正しいものだし、その行為は英雄的と評価されるだろう。

けど、違う。いくら正しくても立派でも、死を選ぶのは愚《おろ》かなんだ。僕らは、たぶん、どんなに無様《ぶざま》でも間違っていても、その過ちを正す為に生き抜かないといけない。生き抜いて、自分の行ないの結末を受け入れなくてはいけない。

それはとても勇気がいる事だ。自分にそれが出来るとも思えないし、なんだか偉そうなので口にするのはやめておいた。

「……えーと、とにかく、人それぞれってコトなんじゃないかな」

なんとも半端《はんぱ》な言葉でまとめると、式は訝しむような視線を向けてきた。

「でも、おまえは違うよ」

心の呟きを見透かしたように式は言う。それは冷めていても、どこか熱のある言葉だった。

なんだか照れくさくて、しばし無言で街を歩いた。

大通りの喧噪《けんそう》が近付いてくる。

華やかな明かりと雑踏、賑やかな車のライトとエンジン音。溢れかえるような人波と雑多な音たち。

大通りのデパート群を抜ければ、駅はすぐそこだ。

と、式はぴたりと立ち止まった。

「幹也、今日は泊まれ」

「は？　なんでさ、突然」

いいから、と式は手をひっぱる。……そりゃあ式のアパートは近いから楽ではあるけど、やっぱり道徳上泊まるのは気が引ける。

「いいよ、式の部屋って何もないじゃないか。行ってもつまんないし。それとも何か用事でもあるの?」

そんなものがないのは分かっている。

分かっていて言ったんだから、式には反撃のチャンスはない……と思う。が、式はこっちに非があるような、非難がましい目をして反論してきた。

「ストロベリー」

「は?」

「ハーゲンダッツのストロベリー、二つ。おまえがこの間買ってきてそのままだ。始末してけ」

「……そういえば、そんな事もあったたっけ」

あったあった。

式のアパートに向かう途中、あんまりに暑いんで買っていったお土産だ。けど、なんだって自分はそんな物を買っていったんだろう。もう暦は九月になろうとしているのに。

まあ、そんな些細《ささい》な事はどうでもいい。どうやらここは式に従うしかないみたいだ。でも、それはなんとなく癪《しゃく》に障《さわ》るので少しだけ反撃する事にしよう。

式には、それを言われると癇癪《かんしゃく》をおこすものの黙ってしまう、という泣き所があるのだ。それは黒桐幹也としての本心からの頼みでもあるのだけれど、式はまだ聞き入れてくれない。

「しょうがない、今日は泊まるよ。でもね、式」

うん? と視線を向ける式に、僕は真顔で提案した。

「始末しろ、はないだろ。その言葉遣いだけでもなんとかしてくれ。君は女の子なんだから」

「————」

女の子、という単語に反応する式。

式は怒ったようにそっぽを向いて、うるさい、オレの勝手だろう、なんて事を呟いた。

/俯瞰風景・了

◇

その日、帰り道に大通りを選んだ。

自分にしては珍しい、ほんの気紛れである。

見飽きたビル街を呆《ぼう》と歩いていると、ほどなくして人が落ちてきた。

あまり聞く機会のない、ぐしゃりという音。

ビルから墜ちて死んだのは明白だった。

アスファルトには朱色が流れていく。

その中で原形を留めているのは長い黒髪と。

細く、白を連想させる脆い手足。

そして貌《かお》の亡い、潰れた顔。

その一連の映像は、古びた頁《ページ》に挟まれ、書に取り込まれて平面となった押し花を幻想させた。

それが誰であるか、自分は知っていた。

眠り《ヒュプノス》は、やはり現実《タナトス》となる事で還《かえ》ったのだろう。

集まってくる人だかりを無視して歩きだすと、ぱたぱたと足音をたてて鮮花が追い付いてきた。

「橙子さん、今の飛び降り自殺でしたね」

「ああ、そのようだね」……曖昧に答える。正直、あまり興味はなかったからだ。

その当事者の決意がどのようなものであれ、自殺はやはり自殺として扱われる。

彼女の最期の意志は飛行でもなく浮遊でもなく、墜落という単語で纏《まと》められてしまう。そこにあるのは虚《むな》しさだけだ。興味が持てる筈もない。

「去年は多かったって聞いたけど、また流行《はや》りだしたんでしょうか。でも私、自分で死んじゃうヒトの気持ちって分かんないな。橙子さんは解ります?」

ああ、とまた曖昧な頷きをする。

空を見上げ、本来ありえない幻像を眺めるように答えた。

「自殺に理由はない。たんに、今日は飛べなかっただけだろう」

2 殺人考察（前）

......and nothing heart.

――――1995年4月
僕は彼女に出会った

/殺人考察(前)

／1

今日も夜歩く事にした。

夏の終わりにしては涼しく、冷えた風が秋の趣《おもむき》を感じさせたからだろう。

「式お嬢様。今晩はお早くお帰りください」

玄関口で靴を履いている私に、世話係の秋隆《アキタカ》がそんな歯止めの言葉を告げる。

つまらない、抑揚《よくよう》のない彼の声を無視して、私は玄関から出ていった。

屋敷の庭を越えて、門を抜ける。

屋敷から出ればその先に電灯の明かりはない。周囲は闇。人影もなく物音もしない深夜。日付が八月三十一日から九月一日に替わろうとする午前零時。

風が微かにあって、屋敷を囲む竹林がざらざらと葉音をたてた。


――胸の中に、厭《いや》なイメージが湧きあがる。

そんな、ひどく不安を呼び起こす静けさの中での散歩が、式という名前を持つ私の唯一の愉《たの》しみだった。

夜が深くなれば、闇もまた濃くなっていく。

誰もいない街を歩くのは、自分が一人になりたいからだと思う。それとも逆に一人なのだと思いたいからだろうか。……どちらにしろくだらない自問だ。どうやっても私は一人になどなれはしないというのに。

――大通りを歩くのをやめて、小さな路地へ曲がった。

私は今年で十六歳になる。

学年でいうのなら高校一年生で、ありきたりの私立高に入学した。

どうせ何処にいったって私は屋敷に留まるしかない。なら学歴は無意味だろう。それなら距離的に近い高校に入って、通学時間を短縮するほうがよほど効率的だと思っての事だった。

けれど、それは失敗だったのかもしれない。

——路地は一段と暗い。ひとつだけ、神経質に点滅している街灯があった。

不意に誰かの顔が思い出された。

ぎり、と私は奥歯を噛《か》む。

近ごろ、私はあまり落ち着かない。こうして夜歩いている最中でさえも、何かの拍子《ひょうし》であの男の事を思い出してしまうから。

高校生になっても私の環境に変化はなかった。周《まわ》りの人間は同級生であれ上級生であれ、私には近よらなかった。理由は分からないけれど、たぶん私は思っている事が態度に出やすいのだろう。

私は極度の人間嫌いだ。子供の頃からどうしても彼らが好きになれなかった。救いがない事に私もその人間なので、自分でさえ嫌いなのだ。

そんなんだから、私は人に話しかけられてもあまり親切に相手ができない。

……別に嫌いだから憎んでいる訳でもないのだが、周りはそう納得したようだ。私のそういった性質は学園内に知れ渡って、一ヵ月ほどで私に関わろうとする者はいなくなった。

私も静かな環境のほうが好ましいので、周囲の反感はそのままにして理想的な環境を手に入れた。

けれど、理想は完璧ではなかった。

同級生の中で一人だけ、私に友人として接してくる生徒がいる。フランスの詩人めいた名字《みょうじ》をしたその人物が、とにかく私には邪魔だった。

そう。

本当に、邪魔だったのだ。

——遠くの街灯の下に人影が見えた。

不覚だ。あいつの無防備な笑顔を思い出してしまった。

——人影は、どこか挙動が不審だった。

後になって思えば。この時、どうして。

——なぜか、人影の後をつけた。

私は、あんな凶暴な昂《たか》まりを覚えたのだろう？

◇

路地裏からさらに路地裏へと奥まったそこは、すでに異世界だった。

行き止まりになっている路《みち》は、道ではなく密室として機能している。

周囲を建物の壁に囲まれた狭い道は、昼間でさえ陽射しの入らない空間なのだろう。街の死角ともいうべきその隙間には、一人の浮浪者が住んでいる筈だった。

今はいない。

色褪《いろあ》せた左右の壁には新しいペンキが塗られている。

道ともいえない狭い路は何かにぬかるんでいる。

随時漂っていた腐った果物の匂いは、もっと濃厚な、違う匂いに汚染されている。

——あたりは、血の海だった。

赤いペンキと思われたのは夥《おびただ》しいまでの血液だ。

今なお路にこぼれ、じわじわと流れる液体は人の体液。

鼻孔に突き付けられる匂いは粘つく朱色。

その中心に、人間の死体があった。

表情は見えない。両腕がなく、両足も膝《ひざ》のあたりから切られている。彼は人間ではなく、今は血を撒《ま》き散らすだけの壊れたスプリンクラーと化していた。

すでにここは異世界だ。

夜の闇さえ、血の赤色に敗退している。

――彼女《シキ》はそこでほころんでいる。

浅葱《あさぎ》色の着物の裾《すそ》が、今は紅。

鶴を思わせる雅《みや》びさで地面に流れる血に触れると、それを自らの唇に引いた。

血は唇から滑り落ちる。

その恍惚に体が震える。


それが彼女のした、初めての口紅だった。

／2

夏休みが終わって新しい学期が始まった。

学園生活に変化はない。あるとすれば校内の生徒達の服装が変わったぐらいで、彼らの服装は夏のそれから秋のそれへと少しずつ重くなっていた。

私は生まれてこのかた、着物以外の服を着たことがない。

秋隆は十六歳の少女らしい洋服を用意してくれたのだけれど、私は袖を通そうとも思わなかった。

幸いこの高校は私服登校だったので、私は着物のまま過ごす事が出来た。

本当は裏地のある正式な着物にしたかったのだが、アレでは体育の時に着替えだけで時間が終わってしまう。妥協案として浴衣《ゆかた》めいた、単衣《ひとえ》の着物を愛用する事にした。冬の寒さはどうしようと悩んだ事もあったが、それは昨日解決した。

……あれは休み時間の事だ。

いつものように席についていると、背後から不躾《ぶしつけ》に話しかけられた。

「寒くないの、式」

「今はまだ寒くはないけど、この先は厳しいでしょうね」

私の返答から、冬でも着物で過ごすという意図を読み取ったのだろう。相手は顔をしかめた。

「冬でもその格好なのか、君は」

「きっと。でも平気よ、上着を着るから」

早く会話を終わらせたくて、私はそんな事を言った。

相手は着物の上に羽織《はお》る上着なんてあるんだ、と驚いて離れていった。私も自分の意見に驚いた。

結局、私はその場しのぎの嘘を真実にする為に上着を買いにいった。一番暖かい上着という事で、革製のブルゾンを購入した。冬になれば着ることもあるだろうけど、それまではお蔵入りだ。

◇

誘われて、お昼を一緒に食べる事になった。

場所は第二校舎の屋上で、周囲には私たちのような男女の二人組がそれなりに見られた。それをしげしげと観察していると、耳元で何か話しかけられた。無視しようとも思ったが、その単語がいささか物騒なので訊き返さざるをえない。

「――――え？」

「だから人殺し。夏休みの最後の日にさ、西側の商店街でそういう事件があったんだ。まだ報道されてないけど」

「人殺しって、穏やかじゃないわね」

「うん。内容もかなりキワモノ。両手両足を刃物でばっさりやって、あとはほったらかしにしたんだって。現場は血の海でさ、鑑識する時、道の入り口にトタン板をつけて隠したほどらしい。犯人は捕まってない」

「両手両足だけ？　それだけで人間って死ぬの？」

「そりゃあ血がなくなれば酸素欠乏で生命活動が停止するでしょう。でも、この場合はショック死のほうが先だったろうね」

もぐもぐ、と口を動かしながら喋《しゃべ》る。

可愛らしい外見とは裏腹に、こいつはこういう話題をふってくる事が多い。なんでも親戚の従兄《いとこ》が警察関係の人物なのだそうだ。……肉親に機密を漏洩するぐらいだから、あまり高い地位の人物ではあるまい。

「あ、ごめん。式には関係のない話だった」

「別に。関係がないってわけじゃないわ。ただね、黒桐くん」

なに？　と聞き返してくる同級生に、私は目を閉じながら抗議した。

「そういうの、食事時のお話じゃないでしょう？」

そうだね、と黒桐は頷く。

……まったく。買ったばかりのトマトサンドが食べられなくなったじゃないか。

◇

私の高校一年の夏は、そんな物騒な噂話を聞くことで終わった。

季節はゆるやかに秋へと移りかわる。

両儀式にとって今までと微妙に違う生活は、じき寒い冬を迎えようとしていた。

◇

今日は朝から雨だった。

雨音の中、私は一階の渡り廊下を歩いている。

授業が終わり、放課後の校舎にはあまり生徒の姿がない。黒桐が話した殺人事件が報道された為、学校側が生徒の部活動を禁止したのだ。

事件は、たしか今月で四つ目になっていた。今朝車の中で秋隆が言っていたのだから間違いはないのだろう。

犯人の正体はいまだ摑《つか》めず、その動機さえ明らかになっていない。被害者に共通点はなく、その全てが深夜に出歩いていて殺害されたという事だった。

遠く離れた所での事件なら傍観できるが、それが自分達の住んでいる街となると話は違ってくる。生徒達は暗くなる前に帰宅し、女子にたがわず男子までグループになって下校していた。夜も九時を過ぎたあたりで警官が巡回しているので、このところ夜の散歩も満足にできないでいる。

「……四人……」

呟く。

その四つの光景を、私は。

「両儀さん」

突然呼び止められる。

足を止めて振り返ると、そこには見たことのない男が立っていた。

青いジーンズに白いシャツ、というパッとしない服装に、大人しそうな顔をした人物。たぶん上級生だろう。

「そうですが、何か？」

「はは、そんな恐い目で睨まないでほしいな。黒桐君を捜しているのかい？」

にこり、と作り物のような微笑《ほほえ》みをうかべて、男はそんなたわけた事を言った。

「私は下校するだけです。黒桐くんは関係ありません」

「そう？　それは違うな、君は分かってない。だから苛立っているんだ。あんまり、そういうのを他人にぶつけちゃ駄目だよ。他人を責めるのは楽だから、クセになる。あはは、四回はやりすぎだろう」

「――――え？」

知らず、足が一歩退いていた。

男は作り物のような――いや、明らかに作り物の微笑みを浮かべる。

なんて満足げで――私に似た。

「最後に君とまともに会話をしてみたかった。それも叶ったから、それじゃあ、さよなら」

上級生と思われる男は、かつんかつんと足音を響かせて遠くなっていった。私は彼を見届ける事もせず、下駄箱へ向かう。

靴を履き替えて外に出ると、雨だけが私を出迎えた。

迎えに来るはずの秋隆の姿はない。雨の日は着物が濡れるので秋隆が車で送り迎えをしてくれるのだが、今日は遅れているようだ。

靴を履き替えるのも面倒なので、昇降口の階段わきで雨宿りをする事にした。

淡いヴェールのような雨が、校庭を曇らせている。十二月の寒さのせいで呼吸は白く凍えていた。

……どのくらい経っただろう。気がつくと、私の横には黒桐の姿があった。

「傘あるよ」

「……いいの、迎えが来るから。黒桐くんは早く帰りなさい」

「もうちょっとしたら帰るよ。それまではここにいようと思うんだけど、いいかな」

私は答えなかった。

彼はうん、と頷いてコンクリートの壁にもたれかかる。

私は今、黒桐の話に付きあえる心境じゃなかった。彼が何を話そうが全て無視するつもりでいる。だから彼がここにいようといまいと関係がない。

私は雨の中、ただ待った。

不思議と静かだ。雨音だけが届く。

黒桐は話さなかった。

壁にもたれかかったまま、満足そうに瞼を閉じている。眠っているのか、と呆れて見たが、何か小さく詩《うた》を歌っていた。流行歌なのだろう。よけい、呆れた。あとになって秋隆に聞いてみたら、それはシンギングインザレインという有名な歌だった。流行の歌には違いない。

黒桐は話さない。

私と彼の距離は一メートルもないだろう。二人の人間がこんなに側にいて会話がないのは落ち着かない。

そんな気まずい沈黙は、けれど、ちっとも苦しくない時間だった。

――不思議だ。なんで、この沈黙は暖かいのだろう。

でも不意に恐くなった。

このままではアイツが出てくると直感して――――。

「――――黒桐くん！」

「はい!?」

無意識の叫びに、彼は驚いて壁から離れた。

「どうしたの、何かあった？」

こちらを覗き見る瞳に私が映っている。

たぶん、この時。

私は初めて、黒桐幹也という人物を見た。

今までのような観察ではなく。

彼はいまだ少年の面影が残る、柔らかな顔立ちをしていた。大きな瞳は温和で、濁《にご》りなく黒い。その性格を表すように髪型は自然で、染めても固めてもいない。

かけた眼鏡は黒ぶちで、そんなのは今じゃ小学生だってしまい。飾りのない服装は、上下ともに黒色。その色の統一が、黒桐幹也の唯一のおしゃれといえばおしゃれなんだろう。

つい、思ってしまった。

……この人のいい少年は、どうして私なんかにかまってくるのだろう、と。

「……今まで……」

うつむいて、私は彼を見ないようにする。

「どこに、いたの？」

「うん、ここに来る前は生徒会室。先輩が学校を辞めちゃうから、お別れ会めいたものをやっててね。白純里緒《しらずみりお》っていう人なんだけど、すごく意外だった。大人しい人だったんだけど、やりたい事が見つかったから、なんて言って退学届をだしちまうんだもんなぁ」

しらずみ、りお。聞かない名前だ。

けれどそういう会に呼ばれる黒桐の顔の広さは知っている。彼は同級生には友人としてしか見られないが、上級生の女生徒にはささやかな人気があった。

「式も誘ったぞろ。昨日の別れ際に言ったのに、生徒会室に来ないんだもんな。教室に行ってみたら誰もいないし」

確かに昨日、彼はそんな事を言っていた。けど、そんな会に私が行っても白けるだけだ。黒桐の誘いはただの社交辞令だと思っていたのに。

「……驚いた。あれ、本気だったんだ」

「あったりまえじゃないか。何考えてるんだ、式は」

黒桐は怒った。それは自分の言動が無視されたからではなく、私のつまらない思惑《おもわく》に対してのものだろう。

私は彼の人の良さに反感を持つしかない。だって、それは今まで体験しえなかった未知だからだ。

私はそれきり黙り込んだ。今日ほど秋隆の迎えが待ち遠しい日はないと思う。

ほどなくして校門に迎えの車がやってきて、私は黒桐と別れた。

◇

夜になって雨は止んだ。

両儀式は赤く染め上げた革のブルゾンを羽織って外に出る。

頭上の空は斑《まだら》だ。穴だらけの雲が、ときおり月を覗かせる。

街には私服の警官がせわしなく巡回している。それと鉢合わせするのは面倒なので、今日は川原へ足を運んだ。

雨に濡れた路面が、街灯の光を反射させる。なめくじの跡みたいにてらてらと光っている。

遠くで電車の音がした。

ごんごんと響く車輪の音に、鉄橋が近いのだと知らされた。川を横断する橋は、人間ではなく電車用の橋なのだろう。

——そこで人影を発見した。

ふらふらと、ゆっくりと、式は鉄橋へ向かった。

もう一度、電車が走る。おそらくは最終だろう。

先ほどの音とは比べものにならない轟音《ごうおん》が周囲に響く。まるで狭い箱の中に綿を押し詰めるような音の重圧に、知らず彼女は耳を塞いだ。

電車が去ると、鉄橋の下は途端に静かになった。街灯もなく月明かりも入らない橋の下の空間は、そこだけが闇に切り取られたように暗い。

その恩恵だろう。

今は、川原を濡らす赤色さえも暗い。

ここは五つ目の殺人現場だ。

無秩序に生え育った雑草に見立てて、死体は花のように変えられていた。

切り取られた顔を中心に、両手両足が四つの花弁のように置かれている。

首と同じく切り取られた手と足は関節を曲げられ、より花らしさを強調していた。……もっとも、花というより卍に見えてしまうのが少し残念だ。

草野の中、人工の花が捨てられている。

撒き散らされた血によって、花の色は赤い。

——だんだんと手慣れてきた。

それが彼女が抱いた感想だった。

ごくりと喉をならして、ひどく渇いている事に気がつく。

緊張か、それとも興奮の為か——喉の渇きは熱くさえあった。

ここには、ただ、死だけが充満している。

式の唇が声もなく笑みの形を作る。

彼女は法悦を抑えて死体を見つめ続ける。

この瞬間にのみ、自分は生きているのだと強く実感できるが故に。

／3

月の初めに師範代と真剣で試合をするのが、両儀家の跡取りの決まりだった。

遥かな前代、わざわざ指南役を招くのに嫌気がさした両儀家の当主は、自ら道場を建て好き勝手に剣術に没頭した。その系統は現代まで受け継がれてしまい、何の因果か女の身の私まで、刀を振り回す事を要求されてしまっている。

師範代は私の父親だ。父のこちらを上回る実力差、体力差を歴然とさせた試合が終わって、私は道場を後にした。

道場から本館までの距離はかなりのもので、高校でいうのなら体育館と校舎の距離ほどもある。

ぎしぎしと音もしない、可愛げのない板張りの廊下を歩く。

途中、秋隆が待っていた。使用人である秋隆は私より十歳は年上だ。汗で汚れた私を着替えさせる為に待っていたのだろう。

「お疲れさまでした。お父上は何か？」

「いつも通り。下がれ、秋隆。着替えぐらい自分でできる。おまえもな、いつまでもオレ専属ってわけじゃないだろ。兄貴についたほうが得だぞ。どうせ最後に跡を継ぐのは男なんだから」

私の乱暴な口調に、秋隆は微笑んだ。

「いえ、両儀家の跡取りはお嬢様以外おりません。兄上君にはその素質が受け継がれませんでしたから」

「――こんなのに、何の得があるってんだ」

私はそのまま秋隆を躱《かわ》して本館へと戻る。

自室に閉じこもると、一息ついてから道着を脱いだ。

そのまま鏡を一瞥《いちべつ》する。

……そこにあるのは、女の体だ。顔だけは眉を太く描いて目付きを悪くすれば、まあ、男に見えない事もないだろう。

けれど体だけは誤魔化しようがない。年月とともに成長する女性の肉体は、式はともかく織《しき》を少しずつ自暴自棄にさせているようだった。

「オレ、男に生まれれば良かったのかな」

誰にでもなく話しかける。

いや――話し相手はいる。私の内に。織という名の、もう一つの人格が。

両儀家の子供には同じ発音の、異なる名前が二つ用意される。

陽性、男性としての名前と、

陰性、女性としての名前が。

私は女として生まれたから式。男として生まれていたら織と名付けられていた。

なぜそんな事をするのかというと、両儀家の子供には高い確率で解離性同一性障害――俗にいう二重人格者が生まれるからなのだそうだ。

つまりは、この、私のように。

両儀の血にはそういった超越者の遺伝があるのだと、父は言った。それは呪《のろ》いなのだとも。……たしかに呪いだ。こんなもの、私から見れば超越者どころか異常者のそれに他ならない。

幸い、ここ何代かで私以外にこの症状を持つ後継者はいなかった。理由は単純で、みな成人を前に精神病棟に行く事になったからだ。

一つの体に二つの人格という事実は、それだけで危うい。現実と現実との境界があやふやになって、しまいには自殺してしまうケースが多かったという。

そんな中、私はとりわけ狂ったそぶりもなく育った。

私と織は互いを意識せず、無視して生きてきたからだろう。

肉体の所有権は絶対的に私にある。

織はあくまで、私の中の代理人格でしかない。ちょうど今、剣の稽古《けいこ》には攻撃的な男性人格である織が適任だからと交替しているように。

思えば、私と織はほぼ同時に存在している。

これは世間一般でいう二重人格というやつとは違う。私は式であり織なんだ。ただ、決定権が私にあるだけで。

父は喜んだ。自分の代で正統な両儀の跡取りを生み出す事が出来たと。そういった理由で私は兄を差し置いて、女の身でありながら両儀家の跡取りとして扱われている。

それはそれでいい。貰えるものは貰っておく。

私はたぶん、こうしてどこか歪《いびつ》な、けれど平穏な生活を送っていくのだと思っていた。こうした生活しか送れないのだと理解していた。

————そう。

たとえ織が人殺しを愉しむ殺人鬼であろうとも、私は織を消す事はできない。

自らの内に〝シキ〟を飼う私は、やはり彼と同じシキにすぎないのだから。

殺人考察（前）／

（1）

「幹也、おまえ両儀と付き合ってるってホント？」

学人《ガクト》の言葉に、僕はあやうくコーヒー牛乳をぶっかけそうになった。

呟き込みながら周りを見てみる。昼休みの教室は騒がしく、幸い、今の暴言を聞き付けた奴はいない。

「学人、それ、どういう意味？」

探りを入れてみると、学人は呆れたように目を開いた。

「おまえなにいってんのよ。1—Cの黒桐が両儀に入れ込んでるってのは周知の事実だぜ。知らぬは当人達だけだ」

学人の悪態に、僕はたぶん顔をしかめたと思う。

式と知り合って九ヵ月。季節は冬を間近にした十二月になった。

……まあ確かに、それだけあれば付き合っていてもおかしくはないと思うんだけど。

「学人、それは誤報だよ。僕と式はただの友達。それ以上の関係じゃない」

「そうかぁ?」

柔道部期待の一年生は、その屈強そうな顔を意地悪げに歪《ゆが》めた。

学人は名前とは正反対の肉体派の友人で、僕とは小学校からの腐れ縁だ。その経験からこっちの言葉に嘘がないと読み取ってくれたのだろう。

「に、しては名前を呼び捨てじゃんかおまえ。あの両儀がただのクラスメイトにそんなん許すはずねーだろが」

「あのね、式はそっちのほうが嫌がるよ。前に両儀さんって呼んだら、思いっきり睨まれた。視線で人を殺すっていうけど、式はその素質ありまくりだ。でさ。なんでだか知らないけど、彼女は名字で呼ばれるの好きじゃないんだって。名字で呼ぶのなら〝おまえ〟でいい、なんて言うんだぜ。それは僕のほうがイヤだから、妥協案として〝式さん〟になったんだけど、それもイヤだっていうから式。どうだ、このつまらない真相は」

四月の出来事を思い出してまくしたてると、学人はそりゃつまらん、と同意してくれた。

「なるほどね。なんとも色気のないお話で」

残念そうに学人はぼやく。……何を期待しているんだろうか、こいつは。

「じゃあ先週の昇降口の一件もなんでもないのか。くそ、1―Cくんだりまで来て損したぜ。大人しく自分の教室でメシ食ってりゃよかった」

「……待った。なんで君がそんな事知ってるんだ」

「だから有名だって言ったろ。先週の土曜、おまえと両儀が下駄箱で雨宿りしてたって話はとっくに知れ渡ってる。相手が両儀だからな、こんなつまらない事でも話題性は溢れてるってわけだ」

はあ、と僕は天を仰いだ。せめてこの話が式の耳に届かない事を祈るだけだ。

「ここって進学校なんだよな。ちょっと不安になってきた」

「……先輩の話じゃ就職率はいいってよ」

……ますますこの私立高の在り方に疑問を深めてしまう。

「しっかしなんだよなあ。なんだって両儀なんだよ、おまえ。どう見たってイメージ合わねえだろ」

似たような事は先輩にも言われた気がする。

黒桐幹也にはもっと大人しい子が合っているのに、という意見だったけれど、これもまた同じ意味なんだろう。

……なんだか、妙に頭にきた。

「式はそう、おっかない子じゃないよ」

つい尖《とが》った声で口にしてしまった。

学人がにやりと笑う。……尻尾《しっぽ》を出したな、という露骨な笑い顔。

「誰が友達以外の何物でもない、だ。ありゃあ剛《こわ》い女だぜ、間違いなくな。それが判らないってこたぁ、もういかれてるって証拠じゃねえの？」

こわい、とは硬いという意味なんだろう。

それはその通りなんだろうけど、学人の言葉に頷くのは癪だった。

「そんなの、分かってる」

「んじゃどこがいいんだ。見てくれか？」

……学人の言葉には遠慮がない。

たしかに式は美人だ。けれどそんな事ではなく、彼女は僕の気を惹《ひ》くのだ。

式はいつも怪我をしそうな感じだった。実際は怪我も傷も負わないぐらいしっかりしているんだけど、いつも、いつも怪我をしてしまいそうな危うさがある。

それが、たぶん放っておけない。あの子が傷つく姿は見たくはない。

「学人は知らないだけだ。式だって可愛いところはある。……そうだな、動物に例えるとうさぎぐらい可愛いよ」

……自分で言って、ちょっと後悔した。

「馬鹿いうな、ありゃあネコ科だって。それとも猛《もう》禽《きん》のたぐいかね。うさぎは遠いね、遠すぎる。両儀が淋《さみ》しいからって死ぬタマかよ」

学人は大笑いする。でも、式の人に懐かない所とか、遠くからこっちをじーっと見ている姿は似ていると思うけど。

……まあ、それが僕一人の錯覚だというのなら、それはそれで望むところだ。

「もういい。学人とは今後一切女の子の話はしないからな」

絶縁状を叩きつけると、学人は悪い悪い、と笑うのをやめた。

「そうかもな。案外、うさぎもあってるぜ」

「学人。あからさまな同意は嫌味だよ」

「そうじゃねえよ。うさぎだって無害じゃないって思い出した。世の中にゃ、こっちの運が悪ければ一撃で首を切り落とすうさぎだっているんだぜ」

真顔で言われて、少しだけ咳き込んだ。

「なんだか、すごくデタラメなうさぎだね、そいつ」

学人はおう、と頷く。

「そりゃあ出《で》鱈《たら》目《め》さ。なにしろ映画の話だからな」

（2）

二学期の期末試験が終わったその日、僕は信じられない物を見た。

自分の机の中に手紙が入っていたのだ。いや、そんな出来事自体に不思議はない。問題はその差出人と内容で、ぶっちゃけて言うと式からのデートの誘いだった。明日の休みに遊びにつれていけ、という脅迫状みたいな内容で、僕は混乱したまま家に帰り、なんだか切腹を申し付けられた侍めいた心持ちで夜明けを待つ事となった。

◇

「よ、コクトー」

やってきた式の第一声がこれだった。

待ち合わせ場所である駅前にやってきた式の服装……枯葉色の着物に真っ赤な革ジャン、という出で立ちに驚くより先に、その言葉遣いに僕はくらりとした。

「待ったか。悪いな、秋隆をまくのに手間がかかりすぎた」

さも当然のように彼女はすらすらと言葉を紡《つむ》ぐ。僕の知っている式ではない、男そのものの口調で。何も答えられず、僕は彼女の姿を再確認した。

式の姿に変化はない。

小柄な体は、けれど凜とした背筋や仕草のせいか形容しがたい迫力……雅びさがある。躍動する活人《いきにん》形《ぎょう》のようなアンバランスさだ。ちなみに活人形とは『からくり人形』を二分する、外見のみを精巧に磨き上げたものをいう。

「なんだ、一時間程度の遅刻で怒ってるのか。あんがい狭量だな、おまえ」

黒い瞳で式はこちらをのぞき見る。

乱暴に切り取られた、ショートカットの黒髪。小さい顔に大きな瞳は、そのどちらも流麗な輪郭《りんかく》をしている。墨を流したかのような黒色の瞳は、黒桐幹也の姿を映しながらもっと遠くを見つめているようだ。

……思えば。初めて遇《あ》ったあの雪の日から、僕はこの遠くを見据《みす》える瞳に惹かれていた。

「え…っと、式…だよね、君」

ああ、と式は笑った。口元の端をつりあげる、どこか不敵な形で。

「それ以外の何に見えるんだ。そんな事より時間がもったいない。さ、連れていってくれ。何処に行くかはコクトーに任せる」

言って、式は強引にこちらの腕を取ると歩きだした。

任せる、なんて言っておきながら結局のところ彼女が先導している事に、混乱している僕が気がつく筈もなかった。


とにかく色々と歩き回った。

式はあまり買い物はせず、デパート内の様々な店に入っては商品を見て回り、飽きると次の店へと移動する。

映画とか喫茶店で一息いれよう、という意見は却下された。……たしかに、こっちも今の式とそういった所にいっても面白くない。

式はよく喋った。

僕の勘違いでなければ、彼女は精神的にかなり高揚しているようだった。ハイになってる、という状況だろう。見てまわる店の大半は洋服関係だったけれど、その全てが女性専門店だという事に少しだけホッとした。

四時間ばかりで四つのデパートを征服すると流石《さすが》に疲れたのか、式は食事がしたいと言い出し、右往左往して、結局ファーストフードに落ち着いた。

席につくと式は上着を脱ぐ。

場違いな着物姿の式に周囲の注目が集まるが、本人はまったく気にしていないようだった。

意を決して、僕はさっきからの疑問を口にする。

「式。君、普段はそういう言葉遣いなのか」

「オレの時はな。でも言葉遣いに意味なんてないだろ。こんなの、コクトーだって変えられるじゃないか」

ぱくぱくと不味《まず》そうにハンバーガーを呑みこむ式。

「ま、こういう事は今までなかったんだ。今日が初めてだよ、表に出てみたのは。今までは式と同じ意見だから黙ってたけどな」

……まったく意味が分からない。

「そうだな……分かりやすく言うと二重人格って奴か。オレが織で、普段のほうが式。ただオレと式は別人じゃない。両儀式はつねに一人だ。オレと式の違いは、たんに物事の優先順位が違うだけ。好きなものの順位がズレてるだけだと思う」

言いながら、彼女は濡らした指でペーパーに文字を書く。細く白い指が、織と式という同じ発音の文字を作った。

「オレはコクトーと話してみたかった。それだけだ。式にとってそれは一番したい事じゃないから、オレが代わりにやってやってる。わかった?」

「まあ、言っている事は、なんとか」

心許なく返答する。

けれど、彼女の言っている事はかなり実感してもいたのだ。

二重人格うんぬんに関しては、実は思い当たる節があった。僕は以前、入学する前に式と会っている。けれど彼女はそれを知らないと言った。あの時は嫌われているから、と思ったけれど、それなら納得がいく。

いや、そんな事より。こうして半日過ごしてみて、彼女はやっぱり式以外の何物でもない。式……いや、織が言うとおり口調が違うだけで、その行動自体は式のそれと同じなのだ。話し方で感じていた違和感だって、いまではそう感じないぐらいに。

「けど、なんでそれを僕に言うんだ」

「隠し通せなくなりそうだったから」

すました顔で式はジュースを飲む。

彼女はストローに口をつけて、すぐに離した。式は冷たい物が苦手なのだ。

「白状するとさ、オレは式の破壊衝動みたいなもんなんだ。それが一番やりたい感情。だけど今まではその相手がいなかった。両儀式は、誰にも関心がなかったから」

淡々と織は言う。

その黒い、深すぎる瞳に見据《みす》えられて、僕は動くことが出来なかった。

「ああ、でも安心してくれ。こうして話をしているオレはそれでも式だ。式の意見をオレが口にしてるだけだから、暴れだしたりはしないぜ。言っただろ、口調が違うだけだって。……でもまあ、ここんところオレとアイツはズレてるからな。こっちの言う事は話半分に聞いておいてくれ」

「……ズレてるって……その、君と式の間で言い争いとかしたりするの？」

「あのな。どうやって自分と言い争いが出来るんだ。どんな事をやったにしても、それはどっちもどこかで望んでいる事なんだ。だからお互いに文句はない。どう足掻《あが》いたって肉体の使用権は式のものだ。オレがこうしてコクトーと会っているのも、式が会ってもいいと思ったからだぞ。……ま、こんな事を言っちまうと後になって反省するんだけどな。コクトーに会ってもいい、なんて式が口にする台詞じゃないだろ？」

そうだね、と間髪入れずに頷いてしまった。

織はおかしげに笑う。

「オレ、おまえのそういう所がいいと思う。けど式はそういうのが嫌なんだ。ズレっていうのは、こういう事」

……？　それはどういう事だろう。

式は僕の考えなしの所が嫌なんだろうか。

それとも、それをいいと思う式が嫌なんだろうか。

確証はないのに、僕はそれが後者なのだと感じ取った。

「これで説明は終わり。今日はここまで」

唐突に立ち上がって、織は上着を羽織った。

「じゃあな。オレはおまえの事が気に入ったから、近いうちにまた会うよ」

革ジャンのポケットからハンバーガーの代金を出して、織という名をした式は颯爽と自動ドアの向こうに行ってしまった。

◇

織と別れて自分の街に帰ってくると、もう日は沈んでしまっていた。例の通り魔殺人のおかげで、夕方でも人通りは少なくなっている。

家に帰ると従兄の大輔《だいすけ》兄さんがやってきていた。織との一件で疲れきっていたせいか、挨拶もおざなりにして炬燵《こたつ》に足をいれ、横になる。

大輔兄さんも炬燵に足を伸ばしていて、狭い空間に足を置く支配権を巡ってしばらく無言で戦った。

結果、僕は寝そべる事ができなくなって腰をあげる事となる。

「忙《いそが》しいんじゃないの、大輔さん」

テーブルの上の蜜柑を取りながら話しかけると、大輔兄さんはまあな、とやる気なく答えてきた。

「ここ四ヵ月で五人だぜ、そりゃあ忙しいさ。うちに帰る暇がないから伯父さんところで休んでるんだ。あと一時間もしたら出るよ」

大輔兄さんは警視庁捜査一課の刑事なんて事をやってる。怠け者を公言して憚《はばか》らないこの人が、どうしてそんな不向きな仕事についているかは謎だった。

「捜査は進んでる？」

「ぼちぼちな。今までなんの手がかりもなかったが、五人目でやっと尻尾を出してくれた。まあ、かなり作為的ではあるんだがね」

そこまで口にして、大輔兄さんは炬燵の上に寝そべるように顔を突き出した。目の前に従兄の真剣な顔がある。

「こっから先は部外秘だぞ。おまえも無関係じゃないから教えておく。一人目の死体状況は教えたよな」

そうして大輔兄さんは二人目、三人目と次々と死体の状況を話し始めた。

……全国の刑事さんがこんな口の軽い人でない事を祈りつつ、話に耳をかたむける。

二人目は体を縦に、脳天から股下まで真っ二つ。

凶器は不明。半分に分けた死体の片方だけが壁にぴたりと張りつけられていた。

三人目は両手両足を切って、足に手を、手には足をと縫い付けてあったという。

四人目は体をバラバラにして何か文字らしき物を印してあり、五人目は首を中心に手足で卍を象《かたど》っていたらしい。

「なんてわかりやすい異常者だ」

吐きそうになりながら感想を言うと、ああ、と大輔兄さんは同意した。

「分かりやす過ぎるってのも作為的なんだけどな。幹也、おまえはどう思う？」

「……そうだね、いずれも斬殺である事に意味はないと思う。それ以外はわからないよ。ただ……」

「ただ？」

「手慣れてきたな、って。次あたりは外じゃないかも」

だよなぁ、と従兄は頭を抱えた。

「動機がなく、法則性もない。今は外だけだが、こいつは家に押し入ってくるタイプだ。夜に出歩く獲物がなくなれば、余計にその色が強くなる。その辺を上の連中も覚悟してくれればいいんだがねぇ」

でな、と従兄は話を切り返す。

「五人目の現場にな、こんな物が落ちてた」

大輔兄さんが炬燵の上に置いた物は、うちの学校の校章だった。私服高ゆえに軽視されがちだが、登校時はどこかに着用が義務付けられている。

「現場が草むらだったから犯人が気がつかなかったのか、それともわざと落としたのかは判らん。だが、どちらにせよ意味はある筈だ。近いうちそっちに行く事になるかもしれんぞ」

最後に刑事の顔をして、従兄は不吉な事を言った。

（3）

高校一年生の冬休みはあっけなく終わった。

その間にあった事といえば織と初詣に行ったぐらいで、あとは平穏無事な毎日を送っていたと思う。三学期が始まると、式はその孤立をより強くしていた。彼女は僕にも判るほど、周囲に拒絶の意思を示していたからだ。

…


放課後。みんなが下校したのを確かめて教室に行くと、決まって織が待っていた。

彼女は何をするでもなく、窓際で外を眺めている。僕は呼ばれたわけでもないし、誘われたわけでもない。ただ、やっぱりいつも怪我をしそうなこの女の子が放っておけなくて、意味もなく彼女に付き合う事にしていた。

冬の日没は早く、教室は夕日で真っ赤だ。

その、赤と黒のコントラストだけの教室で、織は窓にもたれかかっている。


「オレが人間嫌いだって話、したっけ」

この日、心ここにあらずといった風情で織は話し始めた。

「初耳だけど。……そうなの？」

「うん。式は人間嫌いなんだ。子供の頃からそう。……ほら、子供の頃ってさ、何も知らないじゃない。会う人全部、世界の全てが無条件で自分を愛していると思ってるんだ。自分が好きなんだから、相手も当然のように自分を好いてくれるって、それが常識になってるだろ」

「そういえばそうだね。子供の頃は疑う事をしなかった。たしかに無条件でみんなが好きだったし、好かれているのが当たり前だと思ってた。恐いものだってお化けだったもんな。今恐いのは人間だっていうのに」

まったく、と頷く織。

「でもさ、それはすごく大事な事なんだ。無知でいる事は必要なんだよ、コクトー。子供の頃は自分しか見えないから、他人のどんな悪意だって気付きはしない。たとえ勘違いだとしても、愛されてるっていう実感が経験になって、誰かに優しくできるようになるんだ。———人間は、自分が持っている感情しか表せないから」

夕焼けの赤色が、式の横顔を染める。

この時———彼女がどちらのシキなのか、僕には判別がつかなかった。

そして、それは意味のない事でもある。どちらであろうと、これは両儀式の独白なのだから。

「でもオレは違う。生まれた時から、他人を知ってた。式は自らの内に織を持っていたから、他人を知ってしまった。自分以外の人間がいて、色々と物を考えていて、自分を無条件で愛してくれているワケじゃないと知ってしまったんだ。子供の頃に他人がどんなに醜いか知った式は、彼らを愛する事ができなかった。いつしか関心も持たなくなった。式が持つ感情は拒絶だけだ」

———だから、人間嫌いになった。

そう織が眼差《まなざ》しで語る。

「……でも、それじゃ淋しかったんじゃないか、君は」

「なんで？　式にはオレがいるんだ。一人じゃ確かに孤独だけど、式は一人じゃない。孤立していたけど、孤独ではなかったんだ」

毅然《きぜん》とした顔で織は言う。

そこには強がりもなにもなくて、彼女は本当にそれで満足だったのだ。

そう、それは本当に。

けど、それは本当に……？

「けど、最近の式はおかしい。自らの内に自分《オレ》という異常者を抱えているのに、それを否定したがってる。否定はオレの領分だ。式は肯定しかできない筈なんだけどね」

どうしてかな、と織は笑う。

ひどく殺伐とした——殺意さえ感じさせる笑みだった。

「コクトー。人を殺したいと思った事はある?」

その時。落ちる陽の光が朱に見えて、どきりとした。

「今のところはないよ。殴ってやりたい、あたりが関の山」

「そう。けど、オレはそれしかない」

教室に、彼女の声はよく響いた。

「————え?」

「言っただろ。人間ってのは自分が体験した感情しか表せないって。

オレは式の中での禁忌《タブー》を請け負ってる。式の優先順位の下位が、オレにとっての上位なんだ。それに不満はないし、だから自分がいるって解ってる。オレは式の抑圧された志向を受け持つ人格だ。

だから、つねに意思を殺してきた。織という闇を殺してきた。自分で自分を、何度も何度も殺してきた。人は自分の持てる感情しか表せないって言っただろう? ……ほら。オレが体験した事のある感情は殺人だけだ」

そして、彼女は窓際から離れた。

足音もなくこちらに近付いてくる彼女を——どうして、恐いと感じたのだろう。

「だからさ、コクトー。式の殺人の定義はね」

耳元に囁《ささや》く声。

「織を殺すってコトだよ。織なんていうヤツを外に出そうとするモノを殺すんだ。式はね、自分を守る為に、式の蓋《ふた》を開けようとするモノをみんな殺してしまいたいんだ」

くすり、と笑って織は教室を後にする。

それは悪戯をした時のような、無邪気で小さな笑みだった。

◇

翌日の昼休み。

ご飯を一緒に食べよう、と式に声をかけると、彼女は心底驚いたような顔をした。

この時彼女は知り合ってから初めて、僕に驚きの表情を見せた。

「……なんて、こと」

そう声をつまらせて、式はこっちの提案を受け入れてくれた。場所は彼女の希望で屋上となり、式は無言で僕の後に付いてくる。

じっと黙り込んでいる式の視線が背中に刺さる。もしかすると怒っているのかもしれない。いや、きっとそうだろう。

……そりゃあ、僕だって昨日の織の残した言葉の意味ぐらい解る。アレはもう自分に関わるな、関わると何をするか分からないぞ、という式からの最後通告だ。

けど式はわかってない。そんなのはいつも式が無意識に提示している事で、こっちはもう慣れてしまっていたんだ。

屋上に出ると、そこには誰もいなかった。

一月の寒空の下で昼食を食べよう、なんて物好きは僕らだけらしい。

「やっぱり冷えるな。場所を変えようか」

「私はここがいいの。変えるなら黒桐くんだけでどうぞ」

慇懃《いんぎん》な式の言葉に首をすくめる。

僕らは寒風を避けるように壁ぎわに座った。

式は買ってきたパンの封を開けもせずに座っている。そんな式とは裏腹に、僕はすでに二つ目のカツサンドを頬張っていた。

「なぜ私に話しかけたの？」

式の囁きは前触れがなく、よく聞き取れなかった。

「何かいった、式？」

「……どうして黒桐くんはそんなに能天気なのかしら、と言ったのよ」

刺すような目で式はあんまりな事を言う。

「ひどいな。たしかに馬鹿正直なんて言われるけど、能天気なんて言われた事はなかったぞ」

「周りが遠慮してたのね、きっと」

なるほど、と勝手に納得して式はトマトサンドの封を開けた。ビニールのこすれる音は、寒い屋上に似合っていた。

式はそれきり黙り込み、無駄のない動きでトマトサンドをかじり始める。

ちょうど入れ替わりで食べ終わってしまったこちらとしては、どうも所在ない。

食事には、やはり弾《はず》むような会話が必要だろう。

「式。君、すこし怒ってるね」

「……少し？」

じろり、と睨まれた。……話しかけるにしても、話題に注意するべきだったと反省する。

「よくわからない。けど、黒桐くんがいると苛立つわ。どうしてあなたは私に関わってくるのか、どうして織にあそこまで言われたのに昨日と態度が変わらないのか。理由、わからないもの」

「理由なんて僕にもわからない。式といると楽しいけど、どうして楽しいのって訊かれたら答えられないし。まあ……昨日のことを言われると、たしかに楽天家なのかもしれないけど」

「黒桐くん。私は異常者だって、理解してる？」

その言葉には頷くしかない。

式の二重人格……のようなもの、は本物で、それは確かに常軌を逸《いっ》している。

「うん、かなり普通じゃないね」

「でしょう。ならそれを認識すべきよ。私は普通に関われる人種じゃないんだから」

「付き合うのに普通も異常も関係ないよ」

式はピタリと止まった。

呼吸さえ忘れてしまったかのように、時間を止めてしまった。

「でも、私は貴方みたいにはなれない」

言って、式は髪をかきあげた。

ばさり、と着物の袖がゆれる。その細い腕に包帯が巻かれているのが目に入った。右腕の肘のあたりに巻かれた包帯は真新しい。

「式、その傷――」

気になって話しかけるより先に、式は立ち上がった。

「織の言葉で伝わらないのなら、私から言ってあげる」

式はこちらを見ず、どこか遠くを見据えたままで言った。

「このままだと、きっと私はあなたを殺すわ」

――その言葉に、どんな言葉を返せただろう。

式は昼食のゴミも片付けずに教室に戻っていった。

一人残されて、とりあえず後片付けをする。

「……まいったな、これじゃあ学人のいう通りだ」

いつかの友人との会話を思い出す。

学人の言うとおり、僕は馬鹿かもしれない。

たった今、目の前でこれ以上ないぐらいの拒絶の言葉を告げられたというのに、僕は式をまったく嫌いになれない。

いや、むしろ気持ちがはっきりしたぐらいだ。式と一緒にいて楽しい理由なんて、一つしかないじゃないか。

「とっくにいかれちまってたんだ、俺」

……ああ、もっと早く気がつけば良かった。

殺すとまで言われた事なんか笑い飛ばせるぐらい、黒桐幹也は両儀式が好きなんだっていうことに。

（4）

二月になって初めての日曜日。

目が覚めて食卓に行くと、大輔兄さんが今まさに出かける、という所だった。

「あれ、居たの？」

「おお。終電を逃しちまったんで泊まりにきててな、これから出勤だ。学生はいいよなぁ、きちんと休日っていう約束が守られて」

大輔兄さんはさも眠り足りない、という顔をしている。おそらく例の通り魔事件に進展があって忙しいのだろう。

「そういえばうちの学校に来るとか言ってたけど、アレはどうなったの？」

「ああ、もう一度行くことになりそうだ。実はな、三日前に六人目が出たんだ。爪から皮膚《ひふ》が検出された。その被害者が最後の抵抗をしたのか、爪から皮膚が検出された。女の爪ってのは長えからな、思いっきり犯人の腕を引っ掻《か》いたんだろう。死に際の抵抗だったのか、かなり深く引っ掻いている。検出された皮膚は三センチもあった」

従兄の情報はどの新聞にもテレビにも流れていない最新のものだった。

けれどそんな事よりも、僕は何か違った事でくらりとした。……それはたぶん、ここ数日の式の言動に殺すなんて不吉な単語が交じっていたからだと思う。そうでなければどうして、僕は式と通り魔の姿を一瞬だけでも重ねたというのだろう。

「……引っ掻き傷って、つまり犯人がつけられたわけ？」

「あったりまえだ。被害者が自分の腕を引っ掻くか。検出された皮膚は肘のあたりの物だと鑑識も出てる。血液鑑定も済んでいるから、じきチェックメイトだ」

じゃあな、と大輔兄さんは出かけていった。

膝の力が抜けて、僕は椅子に崩れ落ちる。

三日前は、夕焼けの中で織と話をした日だ。

その翌日に見た彼女の包帯は、たしかに、腕の肘あたりに巻かれていたと思う。

……そうして。正午を過ぎたあたりで、考えていても無駄だと気がついた。悩むぐらいなら式本人にあの怪我の事を尋ねればいい。それがなんでもない怪我だって言われれば、こんな鬱々とした気持ちは消えるのだから。

◇

学校の住所録を頼りに式の家を訪ねる事にした。

彼女の自宅はとなり街の郊外にあって、捜しあてた頃はすでに夕方になってしまっていた。

周囲を竹林に囲まれた両儀家の豪邸は、武家屋敷そのものの造りをしている。

高い塀に囲まれた屋敷の大きさは歩いているだけでは判らない。飛行機に乗って空から見下ろさないと、その規模を正確には把握できないだろう。

山道めいた竹林の道を歩いて、見上げるような門に着いた。

江戸時代にとり残されたようなこの屋敷にも今風のインターホンが用意されていて、少しだけホッとする。

呼び鈴を押して用件を言うと、黒いスーツ姿の男性がやってきた。二十代半ばの、亡霊みたいな暗さをもった彼は式の世話係なのだという。

秋隆というその人は、僕のような学生にも丁寧《ていねい》に、礼儀正しく応対してくれた。

あいにく式は出かけていて、秋隆さんは上がってお待ちください、なんて言ってくれたけれど、さすがにそれは辞退した。正直、こんな屋敷に一人で入っていく度胸もない。

日が暮れた事もあり、今日は帰ることにした。

一時間ほど歩いて駅前につくと、偶然先輩に会った。

先輩の誘いで夕飯を近くのファミリーレストランでとることになって、話し込んでいるうちに時計は十時を指してしまった。

先輩と違ってこちらはまだ学生の身分。そろそろ帰らなければならない。

先輩とさよならをした後、今度こそ駅の改札口でキップを買った。

時刻はじき午後十一時になろうとしている。

改札口を通る前。式はもう帰ってきているだろうか、なんて事をちらりと思った。


「何をしてるのかな、自分は」

夜の住宅街を歩きながら、そんな独り言をぼやく。

人気のまったくない深夜。

見慣れない街並みのなか、式の家を目指して足を運ぶ自分がちょっと理解できなかった。今から行っても彼女に会えないのは分かっている。それでも、なんとなく式の家に明かりがついている所が見たくなって、駅から引き返してきてしまった。

凍えるような冬の夜気に肩をすぼめて歩く。

ほどなくして住宅街を抜け、一面の林に辿り着いた。

その真ん中、石畳の一本道を進んでいく。

今夜は風がないので、竹林はとても静かだ。

街灯はなく、月明かりだけが頼りだった。

こんな所で誰かに襲われたらどうなるだろう、と冗談半分に思ってみたら、それは段々と心の中に浸透してきた。自分でも切り離したい妄想は、気持ちとは裏腹により鮮明にイメージを強めていく。

子供の頃はお化けが恐かった。竹林の影が妖怪に見えて怯えたものだ。

けれど今は人間が恐い。恐いのは誰かが竹林に潜んでいるんじゃないか、という錯覚だけだ。……いつから僕らは正体不明の存在が、ただの見知らぬ他人なのだと知ってしまったのだろうか。

……ほんと、嫌な予感というものはなかなか消えてくれない。

ああ、そういえばいつか式が同じような事を言っていたっけ。

あれは、たしか――

それを思い出そうとした時、前方に何かが見えた。

「————」

ぴたりと足が止まった。

僕の意思ではない。だって、この時。

黒桐幹也の意識は、とうになくなってしまっていた。

数メートル先に、白い人影が立っていた。

輝いてさえ見える純白の着物は、けれど赤い斑紋《はんもん》で汚れている。

着物の斑模様は段々と広がっていく。彼女のすぐ前にあるモノが、赤い液体をびゅうびゅうと噴き上げているせいだろう。

白い着物の少女は式。

液体を噴き上げるモノは、噴水ではなく人間の死体だった。

「————」

声がでない。

けれど、いつもこの予感だけはどこかにあった。

彼女が、死体を前にして佇《たたず》んでいるというイメージだけは。

だから僕は驚かない。騒ぎもしない。

意識が、とても綺麗に真っ白だった。

死体は今まさに事切れたのだろう。生きたまま動脈を切らないと、あんなに勢いよく血液は流れないからだ。

致命傷は首元と、体に斜め一文字《いちもんじ》に入った切り傷。

——この武家屋敷の門に相応しく、袈裟《けさ》に切ったか。

式は微動だにせず死体を見つめている。

死体は死そのものだ。

ぶちまけた血の色だけで気が遠くなるのに、その内臓がごそりと腹からこぼれて、それはもう、まったくの別物になりさがっている。

僕にはどろどろした何かが人間のふりをしているようにしか見えない。その擬態さえ不出来だから、とても正視できたものではなかった。……まっとうな人間なら、できる筈がなかった。

けれど、式は微動だにせず死体を見つめている。

幽霊のような彼女の着物に、返り血がついていく。

斑紋は赤い蝶に似ていた。

蝶は勢いよく、式の顔にも降りかかる。

血に濡れた式の口元は歪んでいた。

怖れか――――悦びか。

彼女は式か――――それとも織か。

「――――――」

何か言おうとして、地面に崩れ落ちた。

吐いた。胃にのこった物も、胃液も、できうるのならこの記憶もと、涙がでるまで嘔吐した。

けれど効果はない。そんな物なんか気休めにもならない。圧倒的な血の量は、その香りだけでも濃厚すぎて脳髄《のうずい》を泥酔させる。

やがて、式がこちらに気がついた。

顔だけが振り向く。

無表情の顔が笑みをうかべた。涼やかで、とても落ち着いた、母性を思わせる微笑みを。

それはこの惨状には不釣り合いすぎて、僕は逆に――、
意識が遠くなる。彼女が近付いてくる。

最後に失念していた彼女の言葉を思い出した。

――気をつけなさい黒桐くん。

厭な予感は、厭な現実を引き寄せるものだから――

……やはり僕は能天気だ。

考えるのを避けていた悪い現実を、出会ってしまうこの瞬間まで考えようともしなかったのだから。

(5)

翌日、学校を休むことになった。

殺人現場で呆然としていた所をお巡りさんに発見されて、そのまま事情聴取を受けたためである。保護されてから数時間、僕は何も言葉にできなかったという。真っ白になってしまった意識が戻るまでざっと四時間弱。……僕の脳の現実への復帰機能は、あまり優秀とはいえないようだ。

そんなこんなで警察署で取り調べをうけてから解放された頃は、もう学校に行く時間ではなくなっていた。

死体の殺害状況からして返り血を浴びない事は不可能だ。幸いこちらの服には一滴の血痕もなかったし、僕が大輔兄さんの身内という事もあって取調室での聴取はなく、比較的穏便に事は済んだと思う。

帰りは大輔兄さんが車で送ってくれるというので、遠慮なく車に乗り込んだ。

「で、本当に誰も見てないんだな幹也」

「しつこいな、見てないよ」

運転をする大輔兄さんを睨んで、僕は車の助手席に深く背を預けた。

「そうか。くそ、おまえが見ていれば話は早いんだがなあ。……考えてみれば犯人が目撃者を見逃す筈がないな。ま、肉親《おまえ》に死なれたら伯父さんに申し訳がたたん。俺にとってはおまえが何も見ていなくて助かった」

「刑事失格だね、大輔さんは」

いつも通り、平然と従兄の言葉に相づちをうつ自分がイヤになった。

嘘つき、と心の中で自分を罵倒《ばとう》する。

……自分でも、こんなに堂々と居直って嘘を言うなんて信じられない。しかも事は刑事事件だ。見た事は正直に話さなければ、事態は悪いほうへと転がってしまう。

にもかかわらず、僕はあの現場に式がいた事を一言も口にしなかった。

「なんにせよおまえが無事でよかったよ。それで、初めて仏さんを見た感想はどうだった？」

意地が悪いこの人は、この状況でもそんな事を訊いてくる。

「最悪。二度と見たくない」

だろうよ、と大輔兄さんは楽しそうに笑った。

「だがまあ今回のは特殊なやつだ。通常はもちっとマシだから安心しろ」

……もう。まったく、何に安心しろっていうんだろうか。

「しかし幹也が両儀の娘さんと知り合いだったとはな。世の中は狭いねえ」

従兄にとっては意外で楽しいだろうその事実は、逆に僕を暗くさせる。

……両儀家の前で起きた殺人事件は今までの通り魔殺人と同一視されたものの、捜査はぱったりと止まっていた。

警察も一通りの現場検証を済ますと両儀家の敷地には立ち入らない。大輔兄さん曰く、両儀家からの圧力であるらしい。

今回の事件は二月三日（土曜日）の午後十一時半から十二時にかけて犯人による殺害が行なわれ、唯一の目撃者は黒桐幹也だけと記録された。

その僕も、事が終わった後の現場を目撃し、死体を見たショックで意識が混濁している所を巡回中の警官に保護された、という事になっている。

両儀家のほうも、僕も、式については何も語っていない。

「けど大輔さん。両儀家の人たちは調べたんでしょう？」

「いや。娘の式の方はおまえの高校に通ってるしな、ぜひ話を聞いてみたかったが断られた。屋敷内ならともかく、外で起こった事など知らん、とよ。だが見た感じ、ありゃあ白だな。事件には関係ない」

「え？」

思わず声が漏れた。

僕はこれでも大輔兄さんを信頼している。署内でもこの人が免職にならないのはその有能さゆえだという評判だ。だからきっと、大輔兄さんは式を怪しんでいると思ったのに。

「その根拠はあるの？」

「んー、まあな。おまえ、あんな綺麗な子が人を殺すと思うか？　思わないだろ？　俺だって思わないぞ。こんなのは男として当然の結論だ」

……だから、どうしてこの人は刑事になんてなったんだろうか。いや、それ以前に僕以上の能天気ぶりにため息がでる。

「なるほど。大輔さんは生涯独身だよ」

「おまえな、もう一度ぶちこむぞ」

証拠不十分で釈放になるって。

……けど、大輔兄さんの意見には僕も賛成だ。大輔兄さんのような直感はないにしても、一連の事件は式じゃないというのが黒桐幹也の意見である。

たとえ彼女本人がそれを認めても、僕はそうではないと信じている。

だからその為に、一つやらなくちゃいけない事が出来てしまった。


…


事件は解決に近付いた。

こうして翌日から三年後のあの日まで、街を闊歩《かっぽ》する殺人鬼の姿は完全に途絶える事となる。

この時の僕にとって、この出来事はまったくの他人事でしかなかった。

けれどこれは、僕と式にとって最初で最後の、自分たちに関する事件でもあったのだ。

／殺人考察（前）・了

／4

屋敷の前で殺人事件が起きた。

私はその日、夜の散歩に出た後の記憶が曖昧だった。

けれど不鮮明な記憶を繋ぎあわせれば、何をやっていたかは明白になる。

織もそうだが、私も血の匂いには弱い質《たち》だ。見ているだけで意識がぼう、とする。

今回の死体の流血はとくに綺麗だった。

屋敷に通じる石畳の道。石と石の間の溝は迷路のようで、その迷路を走っていく朱色の線は今までにない雅びさがあったから。

ただ、それが災いした。

気がつけば誰かが背後で嘔吐していて、振り返ってみれば黒桐幹也の姿があった。

どうして彼があの場にいたか、私にはわからない。

あの時だって疑問にも思わなかった。

でも、と思う。

その後私は屋敷に戻ったが、事件の発覚はそれよりもっと後になったようだ。私があの場にいたという話もない。

とすると、あの時に見た彼は夢だったのだろう。あの真正直な同級生が、殺人鬼を庇《かば》いだてする道理はないのだから。

けど――――よりにもよって家の前とは。

「織、あなたなの……?」

問いかけてみたが、答えは返ってこなかった。

私と織はズレている。その感覚は日に日に強くなっていた。織に体を預けても、決定権は自分のものだ。けれどその時の記憶が曖昧なのはどういう事なのだろう。

……もしかして。

自分ひとり気付いていないだけで、私も両儀の血筋たちのように狂ってしまっているのだろうか。

〝自覚がある異常者なんて偽者だよ〞と織なら言うだろう。異常者にとってみれば周りのほうがおかしいのだから、自分になんら疑問は持つまい。

少なくとも私はそうだった。という事は、私は十六年かけてようやく周りと自分の違いを思い知らされたということか。

でも、それは誰によってなのだろう。

「お嬢様、よろしいでしょうか」

ドアのノック音と秋隆の声。

「なにか？」

入ってください、という意味合いの言葉に秋隆は従った。

眠りにつく直前の時間帯のため、彼はドアを開けただけで室内に入ってこようとはしない。

「屋敷の周りに張り込んでいる者がいるようです」

「警察は父が追い払ったと聞きました」

はい、と秋隆は頷く。

「警察の監視は昨夜から撤退させました。今夜のは別件ではないかと」

「好きにしなさい。私には関係のない事でしょう」

「ですが、張り込んでいるのはお嬢様のご学友のようなのです」

言われて、私はベッドから立ち上がった。

屋敷の門が見渡せる窓に近付くと、カーテン越しに外の風景を見る。

門の周囲の竹林の中、せめてあと少しだけでも巧く身を隠してほしい、と思うほど目立った人影がある。

「―――――」

……頭に、きた。

「ご指示してくだされればお帰り願いますが」

「あんなの、放っておいてかまいません」

私はベッドまで小走りに戻ると、そのまま横になった。秋隆はお休みなさいませ、と残してドアを閉める。

……部屋の電気を消して瞼を閉じても、まったく寝付けない。

やる事もないので、仕方なく私はもう一度外の様子を確かめた。

茶色のダッフルコートの衿をたてて、幹也は寒そうに身を震わせていた。彼は白い息を吐きながら門を眺めているようだった。……その足元に魔法ビンとコーヒーカップを持参しているあたり、大人物なのかもしれない。

あの時の幹也が夢だというのは却下だ。

彼はあの時確かに存在したから、こうして私を見張っている。その思惑は摑めないが、おそらくは殺人者の正体を確かめるためだろう。

……とにかく。

自分でも不思議に思うぐらい腹がたって、知らず私は爪を噛んだ。


…


そんな事があった翌日も、幹也はいつも通りだった。

「式、お昼一緒に食べない?」

なんて誘いをかけ、屋上へと行ってしまう。

食事の誘いだけは毎回受けている為か、餌付けされているような気がしないでもない。

私は彼とは関わらないと決めたのだが、幹也があの夜の事をどう考えているかは興味がある。おそらく今日あたり問い詰めてくるだろう、と私は屋上についていった。けれど、幹也は相変わらずだった。

「式の家って無意味に大きくないか? 訪ねにいった先で家令さんに相手をされたなんて、自慢話になっちゃうぞ」

家令なんて言葉を知っているあたり、幹也にそんな事をいう資格はない。

「秋隆は父の秘書です。それに今は家令じゃなく管理人っていうのよ、黒桐くん」

「なんだ、結局そういう人がいるんじゃないか」

……家の話が出たのはこれだけだ。

彼の事だから自分の張り込みが気付かれている事は知らないだろうけれど、それにしたっておかしすぎる。

あの時、返り血を浴びていた私を見た筈なのに、どうして幹也は今までどおりに笑いかけられるのだろう。

「黒桐くん。二月三日の夜、あなたは────」

「その話はいいよ」

私の詰問を、彼はそれだけの言葉であっさりと受け流してしまった。

「なにがいいっていうの、コクトー」

……信じられない。私は、無意識に織の言葉を使っていた。明らかに式としての私にコクトーと発音されて、幹也は少し戸惑っている。

「はっきりして。どうして警察に黙っているのか」

「────だって、僕は見ていない」

嘘だ。そんな筈はない。だってあの時、織は嘔吐している彼に近寄って────

「式はただあそこにいただけだろ。少なくとも、僕はそれしか見ていないんだ。だから信じる事にしたんだよ」

嘘だ。ならどうして屋敷を見張る。

────彼に、近寄って────

「ま、白状すると本当は辛いんだ。だから今は努力してる。自分自身に自信が持てるようになったら、式の話を聞けるようになれると思う。だから、今はその話はよそう」

どこか拗ねるようなその表情に、私は逃げ出したくなった。

────近寄って、織は、間違いなく黒桐幹也を殺そうとした────

私はそんな事を望んでいなかったのに。

幹也は信じると言った。

私も、そんな事を望んでいなかったと信じられれば、こんな未体験の苦しみを味わう事はなかっただろうに。

…

その日以来、私は幹也を完全に無視する事にした。二日ほど経ってあちらも私に話しかけてくる事はなくなったが、深夜の張り込みは続いていた。

冬の寒空の下、夜中の三時頃まで幹也は竹林の中にいる。おかげで私は夜の散歩もできないでいた。張り込みはすでに二週間ほどになる。

それほど殺人鬼の正体を暴きたいのか、と私は窓から彼の様子を盗み見た。

……ものすごく我慢強い。

そろそろ午前三時になろうとしているが、幹也はずっと門を眺めていた。

そこに鬼気迫るものはなく、逆に――去り際に笑いさえした。

「――――」

苛立ちに、唇を咬《か》んだ。

ああ、やっと判った。

アレは殺人鬼の正体を暴こうとしているんじゃない。

あいつにとって、私を信じるなんていうのは当然の事なのだ。

だから疑ってなどいない。彼は初めから私が夜出歩かないと確信してあそこにいる。

私の潔白を確かにするためにあそこにいる。

だから何事もなく夜が明けて、幸せそうに笑うのだ。

本当の殺人者を、本当に無実なのだと信じきって。

「――なんて、幸福な男」

呟いて、思う。

幹也といると、なんだか落ち着く。

幹也といると、彼と一緒なのだと錯覚する。

幹也といると、そちら側に行けるのだと幻想してしまう。

けれど、でも、ぜったいに。

その明るい世界は自分がいてはいけない世界だ。

自分がいられない世界、自分の居場所がない世界だ。

——幹也《アイツ》は当たり前のような笑顔で私を引きずり込む。

そう思う私は、そう思わせる幹也に苛立ちを覚えていたんだ。織という殺人鬼を飼う私、異常者である私を異常者だと認識させてしまうあの少年——

「私は独りで足りている。なのにあなたは私の邪魔をするのね、コクトー」

式《ワタシ》は狂いたくない。

織《ワタシ》は壊れたくない。

できればこのまま、普通に生きるという幻想《ユメ》など持たずに、生きていければ良かったのに——。

◇

三月になって、外の寒さはいくらか和《やわ》らいできた。

私は何週間かぶりに、放課後の教室で外を眺める。

窓から見下ろす俯瞰の視界は、私のような者にはむしろ安堵を覚えさせる。届かない景色は、届かないからこそ私に希望を抱かせない。

夕日で真っ赤に染まった教室に、いつものように幹也がやってきた。

こうして二人きりで教室で話をするのが織は好きだった。

……私も、決して嫌いではなかった。

「式から誘いがあるとは思わなかった。無視するのは止めてくれたの？」

「それができなくなったから呼んだの」

幹也は顔をしかめる。

私は織と混ざりあう感覚に襲われながら続けた。

「あなたは私が人殺しじゃないって言ったけど」

夕日が赤くて、相手の顔が見えない。

「残念ね。私、人殺しよ。あなただって現場を見たくせに。なんで私を見逃すの？」

幹也は憮然《ぶぜん》とした顔をする。

「見逃すも何もないだろ。式はそんな事してないんだから」

「私がそうだと言っているのに？」

ああ、と頷く幹也。

「自分の言う事は話半分に聞けって言ったのは式の方だろ。それに君にあんな事はできない。絶対だ」

何も知らないでそう言いきる幹也に、私は怒りを覚えた。

「————絶対ってなに。

おまえに私の何が理解できるんだ。

おまえは私の何を信じられるんだ」

怒りは言葉になって叩きつけられた。

幹也は困って、寂しげな微笑みをうかべて言う。


「根拠はないんだ。けど、僕は式を信じ続けるんじゃないかな。……うん、君が好きだから、信じ続けていたいんだ」

「————」

それが、とどめになった。

純粋な力、純潔な言葉は、そうであるが故に小賢しい装飾を剝《は》ぎ取ってしまう。

彼にとってなんでもないこの言葉は、式という私にとって小さな幸福であり、防ぎようのない破壊だった。

そう、破壊だ。私はこのしあわせなひとを通して、叶わない時間を見せ付けられただけなのだ。

……誰かと暮らせる世界は楽な世界なんだろう。

でも、私はそれを知らない。

きっと、私はそれを知らない。

誰かと関わりを持てば、織がその人を殺してしまう。

織の存在理由は否定だから。

そして肯定である私は、否定なくしては存在できない。

今まで何かに惹かれた事がなかったから、私はこの矛盾を遠ざけていられた。

知ってしまった今は、願えば願うほどそれが絶望的な願いだと解ってしまう。

それはとても苦しくて、憎い。

初めて、心の底からこいつが憎いと思った。


——幹也は当たり前のように笑う。

私は、そこにはいられないというのに。


そんな存在には耐えられない。

私は確信した。

この少年は、たやすく私を破滅させる。

「——おまえは、莫迦《ばか》だ」

心底からの本気で告げた。

「うん、よく言われる」


夕日だけが赤い。

私は教室から出ていく。去り際、振り向かずに問いただした。

「ねえ、今日も私を見張りにくる?」

「え……?」

驚く声。やっぱり私に張り込みがばれていると気付いていなかったようだ。

幹也は慌てて取り繕おうとするけれど、私はそれを制止した。

「答えて」

「なんの事かわからないけど、その、気が向いたら行くよ」

そう、と答えて私は教室を後にした。

茜の空には灰色の暈《かさ》がある。

にわかに騒ぎだした雲行きから、今夜は雨になるのだろうと私は思った。

／5

――――その夜。


夜になって空を覆った雨雲は、ほどなくして雨を降らせ始めた。

雨音が夜の暗さを、騒々しさに中和させる。

雨の強さは土砂降りというほどでもなかったが、小雨というほどでもなかった。

三月初旬といえど、夜の雨は冷たく痛い。

笹の葉と一緒に雨に濡れながら、黒桐幹也はぼんやりと両儀の屋敷を眺めている。

傘をさした手が赤く悴《かじか》んでいる。

ふう、と長く息が吐かれた。

幹也とて、いつまでもこんな変質者まがいの事をやっている気はない。この間に警察が殺人鬼を捕まえてくれれば御の字だし、あと一週間何もなければ止めようと思ってもいた。

……流石に雨の中の張り込みは疲れる。

冬の寒さと水滴の二重苦は、慣れ始めた幹也にとっても辛いものだった。

「はあ……」

ため息が出る。

けれど気が重いのは雨の事ではなく、今日の式の素振りだった。

自分の何を信じられる、という彼女に何を伝えられたのだろうか。

あの時の式は弱々しかった。泣いているのかとさえ思えたほどに。

雨は止まない。

石畳を黒く光らせる水溜まりが、小さな小さな波紋を飽きもせず繰り返していた。

静かで、なのに騒々しい雨音。

それをぼんやりと聴いている幹也の耳に、一つ、大きな音が聞こえてきた。

ぱしゃり、と一際大きい水音。

幹也がそちらに視線を向けると、そこには赤い単衣が立っていた。

単衣を着た少女は雨に濡れている。

傘もささず、降りしきる雨に晒《さら》された少女は、海の底から上がってきたように濡れていた。

短い黒髪が頬に張りついている。髪に隠れた瞳はどこか虚ろだった。

「――――式」

幹也は驚いて少女へと駆け寄る。

突然現れた少女は、どれほどの時間、雨に打たれていたのだろう。

赤い着物は肌に張りつき、その体は氷より冷たくなっていた。

幹也は傘を差し出し、バッグからバスタオルを取り出す。

「ほら、体を拭いて。なにやってんだ、自分の家がそこにあるっていうのに」

叱りつけながら差し出される腕。

その無防備さを、彼女は嗤《わら》った。


しゅん、と。

刃物が、空を滑る音。


「――――え？」

気がつくより千倍迅《はや》い。

差し出した腕に熱い感覚がして、幹也は咄嗟《とっさ》に仰《の》び退いた。

ぼたりと何か温かいものが腕を伝う。

切られた？

腕を？

どうして？

動かない？

鋭利すぎる痛み故に、それが普段感じる痛みと同じ物と理解できない。

あまりの痛みに、痛覚さえ麻痺している。

幹也に考える余裕はなかった。

式と思っていた赤い単衣の少女が動く。

以前この場所で惨劇を見た為か、幹也の意識はまだ混乱していなかった。

他人事のように冷静にとび退いて、ここから逃げ出した。


――――否《いな》。

逃げられる筈がなかった。


幹也がとび退いた瞬間、彼女は彼の懐に走り寄る。

その速さはヒトとケモノの違いだった。

ザン、という音を幹也は自分の足から聞いた。

雨の中に赤いものが混じる。

石畳に流れる自分の血――そう視認し、立っていられなくなって幹也は仰向けに倒れこむ。

「あ――――」


背中を石畳に打ち付けて喘いだ。

倒れこむ幹也の上に、赤い単衣の少女がのしかかる。

迷いはない。少女は手にしたナイフを幹也の喉元に突き付けた。

漠然と空を見上げる。

そこに在るのは闇と――――彼女だ。

黒瞳《こくどう》に感情はない。

ただ、本気だった。

ナイフの切っ先が幹也の喉に触れる。

少女は雨に濡れているせいか、泣いているように見えた。

表情はない。

仮面めいた泣き顔は恐ろしく、同時に憐れだった。


「コクトー、何か言ってよ」

式は言った。

遺言を聞いてあげる、と。

「僕は……死に……たく、ない———」

震えた声は、式にあてた言葉かもあやしい。

彼は式にではなく、今襲いかかってくる死そのものに言ったのだろう。

式は微笑《わら》う。

「私は、おまえを犯《ころ》したい」

それは、とても優しい笑いだった。


——暗転。

空の境界／序

一九九八年六月。

橙子さんの事務所に就職して、僕は初めての仕事を無事終わらせた。

といっても、やってる事は橙子さんの秘書めいた事で、契約上の手続きを弁護士さんと相談して処理しただけだ。

一人前扱いされていない不満は残るけれど、大学を途中で辞めてしまった自分が半人前という事は自分が一番よく分かっていた。

「幹也クン、今日は病院に行く日じゃなかったかしら」

「ええ、仕事があがってから行きます」

「早くきりあげてもいいよ。どうせ仕事なんてもうないんだから」

眼鏡をかけた橙子さんはとても親切なひとに変貌する。今日はそのラッキーデイで、本人も一仕事終えたばかりなのだ、と愛車のハンドルを磨いていた。

「それじゃあちょっと行ってきます。二時間ほどで戻りますから」

「おみやげよろしくねー」

ひらひらと手をふる橙子さんを背にして、僕は事務所を後にした。


週に一度、土曜の午後に僕は彼女のお見舞いに行く。あの夜以来、話す事も出来なくなった両儀式のもとに。

彼女がどんな苦しみを抱いて、どんな事を思っていたかは知らない。

どうして僕を殺そうとしたのかも、わからない。

けれど式が最後に見せた儚《はかな》げな笑顔だけで十分だった。

学人が言う通り、とうの昔から黒桐幹也は両儀式にいかれていたのだ。一度殺されかけたぐらいじゃ、とても正気になんか戻ってやらない。

病室で眠り続ける式は、あの時のままだ。

最後の放課後、夕焼けの中で佇んでいた式を思い出す。

燃えるような黄昏時に、自分の何を信じられるのかと式は問うた。

あの時の答えを繰り返す。

……根拠はない。けど、僕は式を信じ続ける。君が好きだから、信じ続けていたいんだ――――

それは、なんて未熟な答えだったのか。

根拠はないと言ったけれど、本当はあったんだ。

彼女は誰も殺さない。それだけは断言できる。

だって式は殺人の痛みを知っている。被害者でもあり加害者でもある君は――――誰より、それが哀しいことを識《し》っている。

だから信じた。

傷つかない式と、傷しかない織を。


――――いつも怪我をしそうで危うかった、ただの一度も本心を語れなかった、両儀式という女の子を。

0

用意された駒は三つ。

死に依存して浮遊する二重身体者。

死に接触して快楽する存在不適合者。

死に逃避して自我する起源覚醒者。

いずれ。

互いに絡み合いながら相克《そうこく》する螺旋《らせん》で君を待つ。

3 痛覚残留

ever cry, never life.

わたしがまだ小さかったころ、おままごとをして
手の平をきった事がありました。
借り物、偽物、作り物。
そんなちっちゃな料理道具の中に、
ひとつだけ本物がまざっていたからです。
拵えが立派な細い刃物を手にして戯んでいたわたしは、
いつのまにか指のあいだを深く切り裂いていました。
手の平を真っ赤にして母のもとに帰ると、母はわたしを叱りつけてから
泣きだし、最後に優しく抱きあげてくれたのを記憶しています。
痛かったでしょう、と母は言いました。
わたしはそんなわけのわからない言葉なんかより
抱きしめてもらえたのが嬉しく、母と一緒に泣きだしました。
藤乃、傷は治れば痛まなくなりますからね——
白いほうたいを巻きながら母さまは言います。
わたしはその言葉の意味もわかりません。
だって一度も、わたしは痛いとは感じなかったのですから。

／痛覚残留

0

「珍しい紹介状を持ってきたネ、きみ」

白衣の似合う初老の教授は、どこか爬虫類《はちゆうるい》じみた笑みをうかべて握手を求めてきた。

「へえ、超能力。きみ、そんなものに興味があるの」

「いえ、それがどんな物なのか知りたいだけです」

「そういうの、興味って言うんだよネ。まあいいけど。へえ、名刺を紹介状がわりにするなんて彼女らしいなぁ。彼女、ボクの教え子の中じゃ突き抜けてたからさ、気にしてたんだよ。ここも使えるヤツが少なくなる一方でね、人材が無いの。足りないのは、困るよね」

「あの、超能力の話なんですけど」

「うん、そうそう。でもねぇ、超能力っていったって種類があるよ。うちじゃ本格的に計測もしてないから、参考になるかなぁ。この業界じゃ鬼門だから、日本じゃ数えるぐらいしか研究施設はないんだよネ。決まってそういうの、ブラックボックスになっちゃってるから。ボクの所まで詳しい話はこないんだ。うん、ここ三年でかなり実用的なレベルまで上がったって話だけど、どうかなあ。あれはほら、生まれた時から突き抜けてないとダメだから」

「超能力の区別はいいんです。たぶんPKだと思いますから。僕が聞きたいのは、人間が超能力をどういうふうに持ってしまったか、という話で」

「チャンネルだよ。テレビ、きみは見る?」

「はあ、そりゃあ見ますけど——それが何か?」

「テレビテレビ。あのね、人間の脳をチャンネルにみたてるんだ。きみ、日常で平均的に見てるチャンネルは何かナ」

「……そうですね、8チャンネルだと思います」

「それ。それって一番視聴率がいいチャンネルって事だよネ。人間ってモノの脳には十二個のチャンネルがあるとする。ボクやきみの脳はね、つねにその

8チャンネル……一番視聴率のいい番組に合ってるんだ。それ以外のチャンネルは有るんだけど、ボクらには行けない。一番みんなが見ている番組、つまり常識かな。その常識の中で生きて、生きられるボクらのもっているチャンネルが8チャンネル。わかる?」

「――その、いちばん当たり障りのない番組を見せられてるってコトですか?」

「違う違う。それが一番いいの。今の常識、つまり一番視聴率のいい法則が8チャンネル。ボクらはそこにいられるんだから、それが一番平和でしょ。常識の中に生きて、常識という絶対法則に守られて意思疎通ができちゃう」

「はあ。すると他のチャンネルは平和じゃないんですか?」

「どうだろうねエ。

例えば3チャンネルは人間の言語のかわりに植物の言語を受信してしまえるチャンネルだとする。

例えば4チャンネルは本来、肉体を動かす筈の脳波が自分の肉体ではなく外界の物体を動かしてしまうチャンネルだとする。

この手のチャンネルはあれば凄いよ。けど、そこには8チャンネルで流れている常識はないよね。他のチャンネルにはそのチャンネル独自の〝番組《ルール》〟が流れているんだから。で、今の時代に即して生きる為のチャンネルはみんなが共通して使ってる8チャンネルなんだから、4チャンネルを見ている人間が社会《8チャンネル》に適応できる筈がない。他のチャンネルには8チャンネルで流れている当たり前の常識はないからネ」

「――つまり、8チャンネルがないって事は精神異常者って事になるんですか?」

「うん。仮に3チャンネルしか持っていない人間がいるとすれば、その人間は植物と話せるかわりに人間と話せない。結果として、社会は精神異常者として病棟に監禁する。

超能力者っていうのはそういうモノ。生まれながらにしてみんなの共通のチャンネルではなく、他のチャンネルを持っている人間の事サ。

でもね、たいていの超能力者は8チャンネルと4チャンネルあたりを同時に持っていて使い分けてるんだ。チャンネルなんだから、見たい時に番組、変えられるでしょ？　4チャンを見ている時は8チャンは見れない。8チャンを見ている時は4チャンが見れない。世間に紛れ込んでいる超能力者はね、そういうふうに使い分けて生きてる。だからボクらはちょっとやそっとじゃ彼らを発見できない」

「なるほど、だから――4チャンネルしか持っていない人間には常識が通用しない。いや、初めからそんな物がないんだ」

「そうだよ。そういう人をね、世間は殺人鬼とか狂人とか言うけどボクらはこう呼ぶ。〝存在不適合者〟って。社会に不適合な人間はいっぱいいるけど、彼らはその存在自体がすでに不適合なんだ。存在していてはいけない。いや、していられない。

もし仮にだよ。今まで普通のチャンネルと4チャンネルを持っていた人がいて、何かの弾みで肉体の機能が破壊されて普通のチャンネルに行けなくなったら、その人間は終わりだ。今までの生活で常識を知っていたにせよ、そのチャンネルに行けないのでは結局ボクらと話が合わなくなる。電波、違うからネ」

「……では、存在不適合者を、適合者にする方法はありますか」

「うん、生命活動が停止すればいいんじゃないイ？

もっと的確にいうと、その異常なチャンネルを破壊すればいいよ。でもそれって脳を潰すって事だからサ。結局殺すしかないわけ。肉体の機能を壊さずその組織だけ壊すなんて都合のいい技術はまだない。あったらそれこそ超能力だよネ。一番強力な12チャンあたりかな。あの局、なんでもありだから」

あはは、と教授は心底おかしそうに笑った。

「……参考になりました。ところで博士。その、P

Kと呼ばれる超能力で一番ポピュラーなのはスプーン曲げですか？」

「なに、スプーンって曲がるの？」

「スプーンは知りませんけど、人間の腕ぐらいなら」

「それってきみぐらいの成人の腕？　すごいね、そりゃあ。〝歪曲〟は物の硬さより物の大きさが問題になる。人間の腕を曲げるなんて七日はかかるんじゃないかな。で、それはどっち向きかナ？　右かな、左かな」

「────それ、意味があるんですか？」

「あるよ。軸の問題。地球だって回転方向あるでしょ。え、一定してない？　……ふーん、それって実在の能力？　なら関わらないほうがいい。チャンネル、二つ以上もってるよ、その存在不適合者。左回転と右回転。たぶん同時に回せるんだ。ボクね、チャンネルを二つも持ってて、それを同時に使えるなんてケースは聞いた事がない。００１と００２が合体したら、００９だって負けちゃうでしょ」

「……あの、時間がないんでこのあたりで失礼させていただきます。これから長野県まで行かないといけませんので。ええ、今日は本当にお邪魔しました」

「うん、いいよいいよ。彼女の紹介ならいくらでも来て。

それでさ、きみ。蒼崎くん、元気なの？」

／1

ぼんやりとした意識のまま、浅上藤乃《あさがみふじの》は身を起こした。

藤乃は部屋の中にいた。

周囲に人影はない。

部屋の電灯は点いていない。いや、そんなものなどある筈がない。

暗い闇だけが、彼女の周囲に散乱していた。

「ぁ────」

悩ましげに吐息《といき》を漏らし、藤乃は自身の長い黒髪に触れてみる。……左肩から胸元まで下げていた房がなくなっていた。さっきまで自分にのしかかっていた男がナイフで切ったためだろう。それを思い出して、彼女はようやく周りを見渡した。

ここは地下に作られたバーだ。半年前に経営難を理由に放棄されて、その後に不良たちの溜まり場になってしまった廃屋である。

……部屋の隅には乱暴に追いやられたパイプ椅子がある。……部屋の真ん中にはひとつだけビリヤード台が残されている。……コンビニで仕入れてきた簡易食は食い散らかされて、容器が山積みになっている。

そうした色々な怠惰の形が、醜悪な澱《おり》を作っているようだった。

部屋に充満するすえた臭いに、藤乃は不快になる。

ここは廃墟。それともどこか遠い国にあるスラム街の路地裏だろうか。階段を上がった先に正常な街が存在しているなんて、想像もできやしない。ここでまともな物といえば、彼らが持ちこんだアルコールランプの匂いだけだろう。

「ええと――――」

きょろきょろと、丁寧な仕草で周囲を見渡す。

藤乃の意識はまだ本調子ではなかった。さっきまで起こっていた事が、まだ把握《はあく》できていない。

彼女は傍らに転がっている手首を拾いあげる。捻《ねじ》り切られた手首には腕時計が巻かれている。デジタル表示が九八年の七月二十日を示していた。

時刻は午後八時。あれから一時間も経っていない。

「くっ……!」

突発的な痛みに襲われて、藤乃は呻《うめ》いた。

腹部に物凄い感覚が残る。自分の中身が締めつけられるようなもどかしさに、彼女は耐え切れずに身をよじった。

ぴしゃり、と床につけた手が音をたてる。

見れば、この廃墟の床は一面が水浸しだった。

「……ああ、たしか今日は雨でした」

誰に語るでもなく呟くと、藤乃は立ち上がった。

ちらりと自分の腹部を見る。血の跡があった。

自分が、浅上藤乃が、ここに散らばっている男達に刺された傷が。


…


藤乃をナイフで刺した男は、街では有名な人物だった。ドロップアウトした高校生の中でも一際目立ち、遊び人達のリーダーのような存在として知れ渡っていた。

気の合う仲間を集めてやりたい事だけをやっていた彼は、娯楽の一環として藤乃を凌辱《りょうじょく》した。

理由はあまりない。ただ藤乃が礼園《れいえん》女学院の生徒であり、美人だったからだろう。

すこしだけ野蛮で、省みないぐらい我儘《わがまま》で、どことなく頭が悪そうだった彼と、彼の類似品めいた彼らは、一度の暴行だけでは飽き足らなかった。

彼らとて、本来は自分達が訴えられる立場にあると知っていたらしいのだが、藤乃が誰にも相談せずに悩んでいると知って気を変えた。強いのは自分達なのだと気がついて、幾度となく彼女をこの廃墟に連れ込んだ。

今晩もその延長で、彼らは安心しきり、また、この行為に飽きつつあった。

あの男がナイフを持ち出した事も、そういった惰性的な繰り返しを打破する為だったのだろう。凌辱されながらも日々を変わらず過ごす藤乃に、若者達のリーダーは自尊心を傷つけられていたのだ。彼は藤乃を支配するのは自分なのだという、確かな証《あかし》が欲しかった。その為の更なる暴力としてナイフを用意した。

けれど、少女はよけい冷めた顔をするだけだった。

ナイフを突きつけられても表情を変えない少女を、彼はいきなり立って押し倒し、そして――

……


「……これじゃ、外には出られない」

血にまみれた自身に触れて、藤乃は目を伏せた。

自分の流した血は腹部に残る刺し傷だけだったが、髪から靴に至るまで彼らの血液で汚れてしまっていたからだ。

「こんなに穢《よご》れて——馬鹿みたい」

今日まで犯され続けた事より、血に汚れた事のほうが許せないのか。

藤乃は散らばった若者達の肉体の一つを蹴りつけた。普段の自分からはほど遠い凶暴性に驚きつつ、藤乃は考える。

外は雨だ。あと一時間もすれば人通りも少なくなる。雨といっても季節は夏だから、冷たいという事もあるまい。雨で血を落としながら公園に行って、そこでなんとか汚れを落とそう——。


そう結論を下すと、彼女はとたんに落ち着いた。

血だまりの中から歩き出て、ビリヤード台の上に腰をかける。そこでようやく死体を数えた。

一つ、二つ、三つ、四つ。

……四つ。……四つ。……四つ？　どんなに数えても四つ……!?

なんて事——ひとつ、足りない。

「ひとり、お逃げになったのですね——」

儚げに漏らす。

なら自分は警察に捕まってしまうだろう。彼が交番に駆け込めば、わたしはそのまま逮捕される。

けれど——はたして、彼は交番に行くだろうか？

この出来事を、どのように説明できる？

浅上藤乃という少女を大人数で拉致《らち》して凌辱し、その件を学院側に公表されたくなければ大人しく従え、という脅迫をした始まりから説明する――？

まさか。そんな事は不可能だし、こんな連中に真実を隠して巧く作り話をする能力はない。

藤乃は少しだけ安堵《あんど》すると、ビリヤード台にあるランプに火を点した。

ぼう、という乾いた音がして、炎が暗闇を照らしあげる。

十六個ものバラバラの手足が、はっきりと浮かび上がった。探せば胴体と首も四つずつあるだろう。

オレンジ色の光に照らされて、気が狂ったかのように赤く塗り替えられた部屋は、あらゆる意味で終わっていた。

その惨状を、藤乃はあまり気にしなかった。

……一人、逃げた。彼女の復讐はまだ終わっていない。

喜ばしい事に、まだ終わってはいなかった。

「わたし、復讐しなくちゃいけないのかしら」

まだあと一人殺さなくてはいけない、という事実に藤乃は恐怖した。出来るはずがない、と体が震える。でも彼の口を封じないと自分の身が危ない。いや、だとしても人を殺すなんて、そんな悪い事をするのはもう厭だ――

それは彼女のまったくの本心だった。

血だまりに映った彼女の口元は、小さく笑っていた。

痛覚残留／

1

七月も終わりに近付いて、僕の周囲はにわかに騒がしくなってきた。

二年間も病院のベッドで昏睡《こんすい》状態にあった友人が意識を回復したり、大学を辞めて就職した先の仕事場で二つ目の大仕事が終わったり、五年ほど会っていなかった妹が上京してきたり、と息をつく暇もない。

黒桐幹也の十九歳の夏は、そんな慌ただしさの中で始まった。

今日は久しぶりの休日で、高校時代の友人の誘いで飲み会に顔を出して、気がつけば終電を逃していた。

飲み会に参加した連中はタクシーを捉まえたりして帰っていったが、給料日を明日に控えた自分にそんな余分はない。

仕方がないので歩いて帰ることにした。幸い自宅はここから二駅ほどしか離れていない。さっきまで七月二十日だった日付は、もう二十一日に移り変わっている。

午前零時すぎ、夜の街をひとり歩く。

明日が平日という事もあり、繁華街は眠りにつこうとしている。今日の晩はひどい雨だった。深夜になって雨は止んでくれたが、アスファルトにはいまだ名残《なごり》が強い。

濡れた路面が水音をたてる。

夏も真中《まなか》。今夜も気温は三十度をゆうに超えている。夜の熱気と雨の湿気が肌にまとわりついてうんざりしていると、道にしゃがみこんでいる女の子を見かけた。

黒い制服を着た女の子が、苦しげにお腹を押さえて道の端にうずくまっている。

……その、教会のシスターを思わせる制服には見覚えがあった。地味ではあるが上品なデザインは、お嬢様学園と名高い礼園女学院のものだ。学人に言わせるとメイドさんぽくていい、とその筋の人達には大人気の制服である。

断っておくと別に僕はその筋には含まれず、妹が礼園に入学しているので見知っているだけだった。

「礼園は全寮制だと聞いたけど……」

なのに、こんな時間にこんな所にいるのは怪しすぎる。何かのトラブルに巻き込まれたのか、それとも校則を守らない不良さんなのか。

妹の事もあるし、少女に声をかける。

もしもしと話しかけると、少女は緩やかに振り向いた。さらり、と長く束ねられた黒髪が流れる。

「────」

少女は微かに────ものすごく密《ひそ》やかに、息を呑んだように見えた。

髪の長い子だった。瞳は落ち着いていて、とても大人しそうだ。整った顔立ちは小さく、可愛らしいくせに細く鋭角的な輪郭をしている。その微妙なバランスは日本人形の美に近い。

長い髪をストレートに背中にさげ、耳元から髪をわずかに束ねて胸元まで左右対称におろしている。その左右対称の房の、左側だけがハサミで切られたように無かった。

前髪は綺麗に切り揃えられていて、一目で良家のお嬢様を連想させる。

「はい、なんでしょう」

青い顔で少女は言った。

唇が紫色。チアノーゼを起こしているのは明白だ。少女は片手をお腹にあてて、苦しそうに顔を歪めていた。

「お腹、痛いの?」

「いえ、その────わたし、あの────」

少女は平静を装いながら、言葉を空回りさせる。

その様はどこか危うかった。まるで初めて会った頃の式のように、今にも倒れてしまいそうな雰囲気がある。

「君、礼園の生徒さんだろ。電車に乗り遅れたの？ここからじゃ礼園は遠いよ。タクシーを呼ぼうか？」

「いえ、いいんです。わたし、持ち合わせがありませんから」

「うん、僕だってないよ」

少女は、はあ、と目をしばたいた。

……我ながら、とんでもない条件反射をしてしまった。

「そっか。なら家が近いんだね。礼園って全寮制って聞いたけど、外出届が通るのか」

「いえ、家はもっと遠いんです」

ははあ、と頭を掻いた。

「つまり家出のたぐいかな」

「はい、そうするしかないと思います」

……困った。

見れば少女はずぶ濡れだ。さっきまでの雨に傘もささなかったのか、ぽたぽたと水滴がしたたっている。

あの時以来、僕は雨に濡れた女の子は嫌いだった。だからだろう。自然に、こんな言葉が出た。

「今晩だけ、僕の所に来る？」

「そんな、よろしいんですか……!?」

しゃがみこんだまま、すがるような目付きで少女は訊いてきた。

「うん。一人暮らしだから問題はないけど、保証はしないよ。一応その気はないけど、へんな偶然が起きてこっちがその気になっちゃうかもしれない。これでも健康な青年男子だから、そのあたりは考慮にいれてくれ。それでもいいっていうんなら、おいで。あいにく給料日前で何もないけど、鎮痛剤ぐらいはあるから」

少女は喜んだ。その無防備で純粋な笑みは、僕も嬉しい。

手を差し伸べると彼女は緩やかに立ち上がった。

――一瞬。

少女が座っていたアスファルトに、赤い染みがあったような気がした。

◇

「わりと歩くけど、苦しかったら言いなさい。女の子ひとりぐらいなら、なんとか背負っていけるから」

「はい。でも傷は塞がっていますから、痛みません」

そう遠慮する彼女は、けれど片手を腹部にあてたままだ。どう見ても何かの痛みに苦しんでいるようにしか見えない。

僕はなんとなく、さっきと同じ言葉を繰り返した。

「お腹、痛む？」

いいえ、と少女は否定して黙り込んだ。

ゆっくりと歩く。

ほんの少しの沈黙のあと、少女は首を縦に振った。

「――はい。とても……とても痛いです。わたし、泣いてしまいそうで――泣いて、いいですか」

こちらが頷くと、少女は満足そうに瞼を閉じた。

……何故だろう。不思議と、夢見るような表情だった。

◇

少女は名乗らなかったので、僕も名乗らない事にした。何となく、それが礼儀のような気がしたからだ。

アパートに辿り着くと、少女はシャワーを借りたいと言い出した。濡れた制服も乾かしたいというので、席を外す事にする。

煙草を買ってくる、なんてありふれた言い訳をして部屋を出る。吸いもしない物を買いに行くほど、自分がお人好しだと実感する時はない。

一時間ほど時間をつぶして帰ってみれば、少女は居間のソファーにもたれて眠っていた。

目覚ましを七時半にセットしてベッドに横になる。

……眠りにつく時、お腹のあたりが切られた、少女の制服がやけに気になった。


翌朝。目が覚めると、少女は所在なさそうに居間に正座していた。

こちらが起きるとぺこり、とおじぎをする。

「昨晩はお世話になりました。お礼はできませんが、本当に感謝しています」

それでは、と少女は立ち上がって出ていこうとする。……そのおじぎをする為だけに正座をして待っていたかと思うと、このまま帰すのに忍びない。

「待った。朝ごはんくらい食べていきなさい」

言うと、少女は大人しく従った。

残っている食材はパスタとオリーブ缶だけだったので、朝食は自然、スパゲッティーとなる。二人分を手早く作って食卓に運び、少女と一緒に食べる事にする。会話が淋しいのでテレビをつけると、朝からとんでもないニュースがやっていた。

「――――うわあ。こいつはまた、なんて橙子さん好みな」

本人がいたらスリッパでも投げられそうな呟きをしてしまった。でもそれぐらい、ニュースの内容は猟奇的だったのだ。

現場にいるキャスターが淡々と語る。

半年前から放置されていた地下のバーで、四人の青年の死体が発見された。四人はいずれも何者かに手足を引き千切られ、現場は血の海になっていたそうだ。

場所はわりと近い。昨日の飲み会から、四駅ほど離れたあたりか。

――――手足を切断された、ではなく引き千切られた、という表現はどこか不適切だ。なのにニュースではその部分に関して追及はせず、被害者達の身元を公表し始めた。

被害者の四人はいずれも高校生の少年で、現場付近の街を中心に夜遊びをしていた一団らしい。薬の売り買いにも手を染めていたとかで、ニュースキャスターにマイクを向けられた関係者が被害者の生前を語っていた。

〝殺されても仕方ないいんじゃないですかね、あの連中〟

そんな言葉が、声質を変えてテレビから流れる。死者を責めるようなニュース内容に嫌気がさして、僕はテレビをきった。

ふと少女を見ると、彼女は苦しげにお腹を押さえていた。朝食を一口も食べていないところを見ると、やはりお腹の調子が悪いんだろうか。……俯《うつむ》いているため、表情が判らない。

「――――殺されて仕方のない人なんて、いません」

荒い呼吸のまま、少女はそう口にした。

「なんで――――治ったのに、こんな……！」

少女は乱暴に椅子から立ち上がると、髪を乱して玄関まで走っていく。

あわてて追いかけると、少女は俯いたままで片手を突き出した。近寄るな、という意思表示だった。

「待った。落ち着いたほうがいいよ、思うに」

「いいんです、わたし――――やっぱり、もう戻れない」

苦しみに歪む顔。

痛みに耐えるその顔は、ひどく――――式に似ていた。

少女は落ち着くと、深くおじぎをしてドアノブに手をかける。

「さよなら。もう二度と、会いたくありません」

少女はそうして去っていった。

人形のように静かな顔立ちの中で、瞳だけが泣きそうだった。

2

見知らぬ少女との一件の後、事務所へ向かった。

僕が勤める会社に正式な社名はない。専門は人形作りなのだが、大部分の仕事は建築関係の仕事だった。

所長である蒼崎橙子は見た目二十代後半の女の人で、工事途中で放棄された廃ビルを買い取って自分の事務所にするような変人だ。ようするにそれは会社ではなく、橙子さん本人の趣味の延長に他ならない。

そんな所で働く事にしたのには色々と事情があるのだけれど、今はこれが黒桐幹也の日常だ。

愚痴はあるけど文句はない。むしろ幸運だとさえ思っている。……問題もあるんだけど、そんなのはまだ我慢できる範囲だし。

――そんな事を思っているうちに会社についた。

ビルは四階建てで、事務所は四階にある。

工場地帯と住宅地の間にあるこのビルは、どことなく伽藍《がらん》のようだ。あまり高くないくせに、見上げる者の心を威圧している。

エレベーターはないので階段で四階へ上がる。

事務所に入ると、いつもの散らかった光景の中に不釣り合いな姿がひとり。

黒に近い藍色の着物姿の少女が、気怠《けだる》い眼差しでこちらに振り返る。――着物には魚らしき模様があった。

「あれ？　式、なんでこんな所にいるのさ」

「こんな所とは失礼だな。まがりなりにもここは君の仕事場だろう、黒桐」

式の向こう側、机に向かった橙子さんがじろりと睨む。

煙草を口に咥《くわ》えた橙子さんは、相変わらず飾り気のない服装をしている。葬式にだって出られるぐらいスマートな黒いパンツに白いシャツ。片耳にだけピアスをしていて、色は無論オレンジだ。理由は不明だけど、この人はオレンジ色の飾りを必ず一品つけるという嗜好《しこう》があるらしい。

「しかし早いな。しばらく仕事の受注はないから、今日は昼過ぎに顔を出せといったろう」

「いえ、そういう訳にもいきません」

そう、こっちの金銭状態がそういうワケにはいかないのだ。さすがに手持ちが電車の定期とテレカだけ、というのは心細い。

「それより、なんで式がいるんですか？」

「私が呼んだんだ。少しばかり野暮用ができてね」

式は何も言わず、ただ眠そうに片目をこすった。昨晩も夜に出歩いていたのだろうか。彼女が昏睡状態から回復して一月ほどしか経っていない。僕らはなんとなく、お互いに話しづらい関係にあった。

式は話したくなさそうなので、自分の机に向かう事にする。

……仕事がないから、やるせない。こういう時は雑談にかぎる。ちょうどいい話題もある事だし。

「そういえば橙子さん、ニュース観ました？」

「ブロードブリッジの事か。外国じゃあるまいし、日本にあんな大きな橋はいらないよ」

言われて、僕はうっと身を退いた。

橙子さんが言っているのは、来年に完成が予定されている全長十キロメートルの大きな橋の事である。僕らの住んでいる街は港に近い。車で二十分も走れば武骨に埋め立てられた人工の港に辿り着くのだが、この港は地形に問題があった。

簡単にいうと対岸があるのである。地図で見るのなら三日月のようなカタチの港で、三日月の一番上から一番下まで行くには大変な遠回りが強制される。大きく弧を描く三日月の外周をぐるりと走る事になるからだ。これを憂えた市の開発部門は大手の建設グループと協力して、市民の不満を解消する為に行動を起こした。

三日月の両端を巨大な海橋で結び、曲線を直線にしようというのだ。……もちろん、そこに集まる莫大な資金の大半は僕らの税金でもある。初めからありもしない市民の不満を解消するといって本当に不満を肥大化させる、一番解りやすいケースだと思う。

で、この問題の橋は途中に水族館やら美術館やらを持ち、千台単位の一大駐車場をも内包した橋なんだかアミューズメントパークなんだかよく判らない代物《しろもの》だ。つい先日までは単純に観布子《ミフネ》大橋なんて呼ばれていたが、橙子さんの口振りではブロードブリッジと正式名称が決定したようだ。

ちなみに、僕も橙子さんもこの件に関してはあまり好い感情を持っていない。

「でも橙子さん、嫌ってるわりには橋の内部の展示スペースを確保してますよね」

「あれは私の本意じゃない。知り合いが報酬代わりに権利を置いていっただけだ。売り払ってもいいんだが、浅上《あさがみ》建設とは多少の縁もあるから横流しするわけにもいかない。まったく、金にならん手形なんて藁《わら》半紙以下だ」

悪態をつく橙子さんは、どうもお金に困っているらしい。

……なんだか、イヤな予感がした。

「あの、所長。出社早々こんな事は言いたくないんですけど、お給料ください」

「黒桐。その件なんだが、困った事に金がない。申し訳ないが今月分は来月送りにさせてもらうぞ」

まったくの平常心で橙子さんは言いきった。しかも断定。まるでこっちが悪党みたいに。

「待ってください。昨日、百万近い銀行振込があったでしょう。なんでそれで金《モノ》がないって言うんですか!?」

そりゃあ使ったからだろう、と橙子さんは椅子をキイキイ鳴らして反論してくる。

そんな橙子さんの様子を、式は羨《うらや》ましそうに見つめていた。……たしかに、橙子さんは見た目楽しげではある。

いや、今はそんな事はどうでもいい。

「いったい何に使ったんですか、橙子さん」

「ああ、それ自体はつまらない物でね。ビクトリア朝の頃のウイジャ盤なんだ。効果はあまり期待できないが、成ってから百年近く経っているから無価値という訳でもない。どんなにつまらない物でも、そこに魔術の痕跡と長い年月があれば付加価値が生まれる。

ま、それでも役たたずには変わりない。分類するなら趣味の一品というヤツかな」

淡々と語るこの人が分からない。

蒼崎橙子という人物は魔術師でもある。手品師だったらどんなに良かったかと思うのだが、事実は事実なので認めるしかない。

魔法使いな彼女は更に弁解を続けた。

「突然の出物だったんで勢いで買い付けてしまったんだ。そう怒るな、私だってこれで一文無しだぞ」

……怒るなって、そりゃあ無理だ。


実際橙子さんの奇跡を目《ま》のあたりにしているこちらとしては、この人のこういう生活力のない所はお茶目に思えてしまっていたが、今日はそう寛大にはなれなかった。

「つまり、アレですか。冗談抜きで今月は給料なし、と」

「ああ。社員は各自で金銭を都合してくれ」

わかりました、と答えて席を立つ。

「では、今月の生活費を都合してきますので会社を早退させていただきます。よろしいですね」

「いいよ。ところで黒桐、それとは別にひとつ頼みがあるんだ」

口調を変えて橙子さんが言う。式が呼び出された事に関係があるのだろうか。内心の怒りを抑えて立ち止まる。

「なんですか、橙子さん」

「金、貸してくれないか。見ての通りおけらなんだ」

「――――全力でお断りします」

力いっぱいドアを閉めて事務所を後にした。

◇

そんな黒桐幹也と蒼崎橙子のやりとりを一部始終眺めてから、両儀式はようやく口を開いた。

「トウコ、話の続き」

「そうだったな。あまりこの手の依頼は受けたくないんだが、先立つものがないのでは生きていけないものね。……まったく、錬金術師でもないのに金銭に窮するとは。これというのも黒桐が金を融通してくれないからだぞ」

不愉快だ、と彼女は吸い殻を灰皿に押しつけた。

たぶん幹也はもっと不愉快だろうな、と式は思う。

「さて、昨晩の事件の話だが――」

「それはもういいよ。だいたい分かった」

「ふぅん――そう。まだ事件の起きた現場の状況しか説明していないのに、それで十分ときたか。察しがいいね、おまえは」

橙子は含みをもった目で式を流し見る。

昨夜、夜七時から八時にかけて起きた地下のバーでの殺人事件。その結果しか彼女は言っていないにも関わらず式はどのような事件だったのかを理解したという。

「依頼主は犯人に心当たりがあるとの事だ。君の仕事はその犯人を可能なら保護すること。だが少しでも抵抗するようなら――ためらわず殺してほしい、とさ」

式はそう、とだけ答える。

内容は簡単。犯人を捜して、殺すだけ。

「けど、その後は？」

「もし殺害におよんだ場合、あちら側で事故死として処理する。依頼主にとって彼女はすでに社会的に死んだ人間だ。死人を殺す事は法に触れない。どうする？　実におまえ向きの仕事だと思うんだが」

「そんなの、答えるまでもない」

言って、式は歩き始める。

「性急だな。そんなに飢えていたのか、式」

式は答えない。

「ほら、相手の顔写真と経歴だ。顔も知らずに何をしようというんだ、おまえは」

呆れて資料を投げる橙子に、式は眼差しだけで答えた。

資料の入った封筒がぱさり、と床に落ちる。

「いらないよ。そいつは間違いなくオレと同類。

――――だからきっと、会った瞬間に殺しあう」

衣擦れの音と冷酷な眼差しを残して、両儀式は魔術師の工房を後にした。

◇

勢いで事務所から飛び出した後、仕方がないので友人からお金を借りる事にした。

六月に辞めてしまった大学の食堂で待ち合わせると、正午過ぎに肩で風を切って学人がやってきた。学人は体格の良かった高校時代からさらに輪をかけて迫力を増している。

こちらの用件を言うと、学人はやっぱり難しい顔をした。

「驚いたな。金借りる為に人を呼び出すなんて、おまえ本当に黒桐幹也くんか？」

「僕だって追い詰められれば何でもやる。言いたくないけど、今はそういう状況なんだ」

「それで開口一番に金を貸せ、か。らしくねえなあ、俺が年中金欠だって知ってるだろ。そんな無駄なコトするより親御さんに借りた方が早いんじゃねえの？」

「あのなあ、両親とは大学辞めた時にケンカ別れしてそれっきりだ。今更どの面さげて帰れっていうんだ、おまえ」

「ははあ、幹也はヘンな所で頑固だからな。親父さんと派手な言い争いでもしたか」

「うちの事情なんてどうでもいいよ。それで貸すの、貸さないの」

「なんだ。機嫌悪いな、おまえ」

余計なお世話だと睨むと、学人は簡単にオーケーしてくれた。

「おまえの名前を出せばカンパだけで五、六万は集まるだろうし、それでも足りなかったら俺が援助してやる。ただし、魚心あれば水心ありだ」

……どうやらこいつにも頼み事があるらしい。

学人は周囲に気を配り、人気が無い事を確認してぼそぼそと喋りはじめた。

「まあ、ようするに人捜しなんだけどよ。俺達の後輩で一人、家に帰ってないヤツがいるんだ。これがどうも、変な事件に足つっこんじまったようでな」

学人の話は、穏やかではなかった。

行方不明の後輩の名前は湊《みなと》啓太《けいた》。

昨日から行方不明という学人の後輩は、昨晩あった猟奇殺人の被害者達の一党だという。昨夜、一度だけ湊啓太は友人に連絡をいれたのだが、その様子があまりにおかしかったので、連絡を受けた友人が先輩である学人に相談しにきたというのだ。

「啓太のヤツ殺されるとかなんとか口走っていたそうなんだが、電話はそれきりでな。携帯にかけても出やしない。電話を受けたヤツの話じゃ、かなりキマッちまってたらしいがね」

キマッてる、とは薬のことか。後遺症の残らない初心者向けの麻薬は、最近になって値段も安く入手も容易《たやす》くなっている。エルあたりなら高校生でも手が届くだろうけれど、無理して届かせる必要はない。

「……あのねえ、僕にそういうヴァイオレンスな世界が似合うと思ってるのか？」

「何いってやがる。こういう失せ物捜しは得意中の得意のくせに」

「………。で、その啓太って子、普段から薬はやってるの？」

「いや、やってたのは殺された連中。啓太って覚えてないか？　おまえにやけに懐いてたヤツの一人だよ」

「――あぁ。そうか、あの子か」

高校時代、なぜか僕はその手の後輩からも好かれる立場にあった。たぶん学人の友人だという事で特別視されていたのだろう。

「……はあ。慣れない薬でトリップしてるんならいいけどね。連中のやってる薬ってアップ系とダウン系、どっち？」

麻薬には精神が高揚して上機嫌になるアップ系と、逆に陰鬱に沈み込むダウン系がある。

学人が口にした麻薬はダウン系だった。

「恐くなって薬に逃避している――なら、まずいな。その子、本当に犯人に狙われているのかもしれない。……仕方ない、引き受けるよ。連中の友人関係を教えてくれ」

学人は待ってました、とばかりにアドレスをよこす。友人の数だけは多いのが彼らグループの特徴で、数十人もの名前と携帯電話の番号、それと各グループの溜まり場が書き込まれていた。

「見つけ次第連絡するよ。もしかすると僕のほうで保護する事になるけど、かまわないな？」

この保護、とは刑事である従兄の大輔兄さんに預かってもらう、という意味だ。

それは承知しているのか、学人はおうと頷いた。

商談成立だ。とりあえず捜査資金として二万ほど借りる。

学人と別れた後、殺害現場に行ってみる事にした。やるのなら本腰をいれないといけない、と直感していたからだ。

軽い気持ちでこの人捜しを引き受けたわけじゃない。

本当は関わるべきではないと理解していても、その湊啓太という後輩が危うい立場にある事もやっぱり理解できてしまっていて、断る事はできなかったのだ。

／2

電話のコール音が響く。

五回ほど鳴って音は止まり、留守番電話に切り替わった。

ぴー、という発信音のあとに、今まで私が聞き慣れていたらしい男の声が流れる。

「おはよう式。さっそくだけど頼まれてくれないかな。今日の正午きっかりに駅前のアーネンエルベって喫茶店で鮮花《あざか》と待ち合わせしてたんだけど、どうも行けそうにない。君、暇だろ。行って僕は来ないって伝言しておいてくれ」

電話はそこで切れた。

……私はけだるい体を動かして、ベッド脇の時計を見る。

七月二十二日、午前七時二十三分。

帰って来てからまだ四時間ほどしか経っていない。

昨日、トウコの依頼を了承して夜の街を朝の三時頃まで歩き回っていたせいか、体がまだ眠りたがっていた。

私はブランケットを被りなおす。

真夏の朝の暑さも、私にはあまり関係がない。両儀式は子供の頃から暑さや寒さには我慢強い体質で、それは今の私にも受け継がれているからだ。

しばらくそうしていると、もう一度電話のコール音が鳴り響いた。

電話は留守番電話に切り替わり、次にあまり聞きたくない声が流れてくる。

「私だ。ニュースは見たか？　見ていないな。見なくていいぞ、私も見てない」

……つねづね思っていたが、確信した。あの女の思考回路は私とは大きくかけ離れている。トウコの言葉の本意を理解してはいけない。

「昨晩起こった死亡事件は三件。もう恒例になった飛び降り自殺の追加と、痴情のもつれによる物がふたつだ。そのどれも報道されていないから、あくまで事故と片付けられたのだろう。だが一つだけ奇怪なケースがある。詳しく聞きたければ私の所まで来い。ああ、いや、やはり来なくていい。考えてみればこれで事が足りる。いいか、寝呆けている君の為に解りやすく言ってやるとだな、ようするに犠牲者が一人増えたということだ」

　電話はそこで切れた。

　私も、そこできれそうになった。


　犠牲者がひとりふたり増えたところで、私には何の関係もない。身近な現実さえも不確かな私にとって、そんな遠い出来事はそれこそ無価値だ。

　名前も知らない連中の死なんて、朝の陽射しより印象が弱い。

　体の疲れがとれた頃、私は起床した。

　以前の式が十六年間にわたって学習した常識通りに朝食の支度《したく》をして、それを口に運び、出かける支度をする。

　今日は淡い橙の紬《つむぎ》に袖を通す。昼間から街を歩くのなら、着物は街着である紬が好ましいからだ。

　——自分の意見と思われるそんな服選びも、実の所は過去からの習慣でしかない。

　誰かの生活を間近で観ているような感覚に襲われて、私は唇を噛む。

　二年前。まだ両儀式が十六歳だった頃はこうではなかった。二年間にもおよぶ昏睡状態が私を変えた訳でもない。……空白の二年間がもたらした物は、もっと別のモノなのだ。

　そんな事は別にして、今の私は私の意思で動いている気がしない。

　両儀式という十六年間の糸が、私を人形のように操っている錯覚がいつもある。けれどそれは本当に錯覚だろう。

　どんなに空虚《くうきょ》だ、虚構《きょこう》だ、飯事《ままごと》だと罵《ののし》っても、私は結局自分の意思で行動している。そこに私以外の意思が介入する事はできない。

着替え終わると、時刻はじき十一時になろうとしていた。

私は一本目の留守番電話をリピートする。過去、何度も聞いたはずの声が繰り返された。一度大気に飛んで失われたはずの声は、こうして録音されて未だカタチとして残っている。

……黒桐幹也。

二年前、私が最後に見た人物。

二年前、私が一度だけ心を許したクラスメイト。彼との様々な過去を今の私は知っている。けれどその最後の映像だけが無い。

いや、彼と関わってからの一年間、両儀式がまだ十六歳だった頃の記憶は穴だらけだ。所々、大事な所が欠落している気がする。

どうして式は事故に遭ったのか。

どうしてその瞬間に幹也の顔を見ていたのか。

忘却した記憶が録画されていたのなら、それはどんなに便利だろう。私はその欠落が気になって、まだうまく黒桐幹也と話をする事が出来ないでいた。

……留守番電話の再生が止まる。

幹也の声を聞くとほんの少しだけ苛立ちが消えるのが不思議だった。何か、確かな足場があるような感覚が得られるのだけど、声という物が足場になる筈もない。

それも錯覚だろう。

たぶんきっと錯覚なのだ。

今の私が得られる唯一つの現実は、殺人を犯す時の高揚感だけなのだから。

◇

アーネンエルベはアンティークな喫茶店だった。

ドイツ語で書かれた看板を確かめて中に入る。

正午だというのに客の数は少なかった。

どのような作りなのか、店内は仄暗《ほのぐら》い。外側に面したテーブルだけが明るく、カウンターのある店の奥がやけに暗い。

壁には四角い窓が四つ穿《うが》たれていて、照明はそこからの陽射しだけだった。

窓際にあるテーブルだけが、四角く切り取られたように明るい。夏の強い陽射しのせいか、その明暗の対比は陰気さではなく荘厳さすら感じさせる。

一番奥のテーブルに、黒桐鮮花は座っていた。西洋風のデザインをした制服の少女がふたり、横に並んで幹也を待っている。

「ふたり――――?」

話が違う。幹也の話では鮮花が待っているという話だった。もうひとりいるなんて聞いていない。

私は近寄りながら少女達を観察した。

ふたりとも黒い長髪をストレートに背中におろしている。

顔立ちもわりと似ていて、どちらもお嬢様学園らしい落ち着いた、理知的な美形だ。もっとも、ふたりの印象は正反対だが。

鮮花の目は気丈で、何かに挑むような強さがある。清楚《せいそ》なお嬢様然としていても鮮花の芯の剛《つよ》さは隠せない。幹也はその人徳から同級生に親しまれたが、鮮花はその厳しさから尊敬されるタイプだろう。

そんな鮮花の隣にいる少女はあくまで弱々しい。姿勢も凛《りん》としていて堂々たるものなのに、折れてしまいそうな弱さを感じさせる。

「鮮花」

彼女達のテーブルに近付いて呼びかけた。

鮮花は私に視線をよこすと、あからさまに眉をひそめる。

「両儀――――式」

私の名を囁く声には微かな敵意が存在した。非の打ち所のない美少女然とした雰囲気は、この少女の装飾のようなものなのだ。

「わたし、兄さんと待ち合わせをしているんです。貴女に用なんてありません」

あくまで冷静を保ちつつ、鮮花は棘《とげ》のある口調で言う。

「その兄さんから伝言だ。今日は来れないとさ。すっぽかされたぞ、おまえ」

鮮花が息を呑む。幹也が約束を反古《ほご》にした事がよっぽどショックだったのか。それともそれを報せにきたのが私だからか。

「式、あんたの仕業ね……!」

わなわなと手を震わせる鮮花。どうも私が来た事のほうがショックのようだ。

「馬鹿いうな、オレだって被害者だ。鮮花には会ってられないから追い返してくれ、なんて一方的な伝言を頼まれたんだからな」

火のような瞳で鮮花は睨んでくる。

このまま放っておけばコップを投げつけてきかねない鮮花を、傍らの少女が窘めた。

「黒桐さん、その、皆さんが驚いています」

線の細い声。

それに、私は一歩退いた。

「……そうだった。今日の用件はあんただものね、藤乃《ふじの》。わたしが怒る筋合いじゃなかった」

ごめん、と鮮花は藤乃と呼んだ少女に謝る。

私は大人しげな少女を見る。

むこうもこちらを見ていた。

「おまえ——痛くないのか」

つい、そう口にしていた。

少女は答えない。ただ私を見る。まるで風景でも眺めるような無関心さと、昆虫のような無機質さで。

私の中で二つの確信が浮かぶ。

こいつが敵だという直感と、そんな筈がないという実感が。

「……いや、おまえじゃない」

結局、私は実感を信じた。

この藤乃という少女に殺人を愉しむ事はできない。

なぜなら愉しむ理由がない。

いや、それ以上に少女の細腕で四人もの男の四肢を引き千切るなんて事は不可能だ。私のように正常な規格から外れてしまった目を持っているというのなら、話は違ってくるのだろうけど。

私は少女から関心を失って鮮花へ声をかける。

「用件はそれだけ。何かあいつに伝言はあるか」

「それでは一つだけ伝えてください。兄さん、早くこんな女と手を切ってくださいい、と」

鮮花は本気で、そんな伝言を残した。

◇

「兄さん、早くこんな女と手を切ってください」

式という和服の少女に、黒桐さんは真顔でそう言った。

ただ眺めあっているだけのこの二人の間には、どうとも語れない緊張感があって、わたしは気が気でない。なんだか互いの喉元に包丁をあてて、隙があるなら一気に引ききろうとしているよう。

空気が張り詰める雰囲気に、わたしは臆病になってしまう。こうなるとせめて騒ぎになりませんように、と祈るしかなかった。

幸い二人はそれきり言葉もなく、きれいな橙色の紬を着こなした少女は見惚《みと》れるほど流麗な足取りで去っていった。

わたしはその背中を瞳で追い続ける。

式という子は、話し方が男のひとのようだった。そのせいか年齢が計れなかったけれど、もしかするとわたしと同い年なのかもしれない。

りょうぎ、という名字は、たぶんあの両儀じゃないだろうか。それならあの高級な紬も納得がいく。もともと紬は街着だけれど、あの子のは細かい部分の折り返しに今風の工夫がみられた。両儀の子なら自分専門の織物職人を抱えていてもおかしくない。

「――――綺麗なひとでしたね」

わたしの独白に、黒桐さんはまあね、と答えた。

相手を嫌っていようと正直に答える彼女は偉いと思

う。

「でも、それと同じぐらいに恐いひと。——わたし、あのひと嫌いです」

黒桐さんが驚いている。彼女の驚きはもっともだ。わたしだってこの気持ちに困惑している。たぶん——生まれて初めて、他人に反発心をもったから。

「意外ね。わたし、藤乃は誰も憎まない娘だと決めつけていたのに。わたしの認識もまだ甘いなぁ」

「憎い————?」

……嫌いは憎いに繋がるんだ。わたしは、そこまで大それた事は思っていない。ただ、あの人とは相容れないと感じただけなのに。

わたしは瞼を閉じてみる。

式。不吉すぎる漆黒の髪。不吉すぎる白純《しらずみ》の肌。不吉すぎる底無しの眼。

あの人はわたしを見ていた。

わたしもあの人を見てみた。

だからお互いの背中にある風景を見合ってしまった。

あの人にあるのは血だけ。自分から人を殺そうとする。自分から誰かを傷つけようとする。……あの人は殺人鬼だ。

けれどわたしは違う。違うと思う。わたしは一度も、自分からやろうと思った事がないのだから。

視界が閉ざされた眩病《くらやみ》のなか、わたしは何度もそう訴えかける。けれどあの人の姿は消えてくれない。たった一度、言葉も交わしていないというのに、彼女の形はこの眼球に焼きついてしまったんだ。

「ごめんね、藤乃。せっかくの休みが台無しになって」

黒桐さんの声に瞼《まぶた》を開ける。

わたしは練習通りに微笑む。

「いいんです。今日はあまり乗り気ではなかったから」

「顔色悪いものね、藤乃。もとから白いんで判りづらいけど」

乗り気でないのは、本当は別の理由。けれど彼女の言葉にわたしは頷いた。

……体の不調は反応が少し遅い事で判っていたけど、顔に出るぐらい悪いとは気がつかなかった。

「仕方ないな。幹也にはわたしから頼んでみるから、今日はもう帰ろうか?」

黒桐さんはわたしの体を心配してくれる。

ありがとう、とわたしは答えた。

「けど、お兄さんへの伝言はあれでいいんですか?」

「いいの。あの伝言はこれで何度目か忘れてしまったぐらいだから、幹也も慣れているでしょう。実を言うとね、これって呪いなの。飽きることなく繰り返された言葉は、現実をそちら寄りに歪めてしまえる。ほんと、少女らしい一途な呪い。愚かで、どこか哀しいわ」

どこまで本気か判らないけど、彼女はそんな事を真面目に説明してくれた。

彼女の突拍子のなさには慣れている。わたしは静かに黒桐さんの透き通った美声を聞くことにした。

……学院の中ではつねに首席、全国模試でも十位以内に入る黒桐鮮花は、ちょっとヘンで紳士なところがある。

彼女は礼園女学院での友人の一人。わたしも彼女も高校から学院に編入した。小学校からのエスカレーター方式である礼園では、わたし達のように高校から入ってくる者は珍しい。わたしと彼女はそういう縁で知りあった。

休日はたまに二人で外出したりもする。今日はわたしの我が儘で、彼女のお兄さんを通して人を捜してもらう筈だったのだ。

わたしは地元の中学に通っていて、一年生の時の総合体育祭で他校の先輩に声をかけられたことがある。

最近辛い事が起きて沈んでいたわたしは、その先輩を思い出す事で救われた。

それを黒桐さんに打ち明けると、なら本人を捜し出そう、と彼女は言った。彼女のお兄さんも地元の中学で、びっくりするぐらい交友関係が広いという。お兄さんはわたし達ぐらいの年代の人捜しは得意中の得意なのだそうだ。

……本当はそれほど会いたかったわけではないのだけれど、鮮花の勢いに断りきれず、わたしは先輩を捜す事となった。今日はその相談の為にお兄さんを待っていたのだが、あいにく来れないという。

……正直、それはそれでほっとした。

乗り気ではないのは、そう。

わたしは、その先輩と二日前に偶然出会ってしまっていた。

わたしはその時、三年前に言えなかった事を言えた。

目的はもう達してしまったから、捜すこともしなくていい。黒桐さんのお兄さんがやってこれないのは、かみさまがちゃんと分かってくれているからだろう。

「出ようか。さすがに紅茶二杯で一時間は居づらいや」

お兄さんに会えず気を落としているだろうに、さらりと席を立つ自然さはとても優雅で惚れ惚れする。

彼女は時々、すごく男前だ。さっぱりした性格と口調の為だろう、丁寧な言葉遣いが今みたいに抜け落ちて、男の人みたいに格好よくなる。

けれどそれは猫を被っているんじゃなくて、そういう部分も彼女の地。わたしはこの友人を、一番好ましく思う。

――――だから、会うのはこれで最後にしよう。

「鮮花、先に寮に帰っていて。わたしは今晩も実家に泊まりますから」

「そう？　いいけど、あんまり外泊が多いとシスターに睨まれるわよ。何事もほどほどにね」

ひらひらと手をふって黒桐さんも去っていった。

わたしはひとりになって、ふと店の看板に視線を送る。

アーネンエルベ。ドイツ語で遺産という意味だった。

◇

黒桐さんと別れて、当てもなく歩き始めた。

実家に帰る、というのは嘘。

わたしにはもう帰るところはない。二日前のあの夜から学校にも行っていない。

たぶん昨日の無断欠席で父のもとに連絡がいっているだろう。

家に帰れば何をしていたかと問い詰められる。わたしは嘘をつくのが苦手だから、何もかも喋ってしまうに違いない。そうなれば——父はきっとわたしを軽蔑する。

わたしは母さんの連れ子だ。父が必要としていたのは母と家の土地だけで、わたしは昔からおまけだった。だからこれ以上嫌われないように必死だったんだ。

母のような貞淑な女に、父が誇れるような優等生に、誰もが不審に思わないような普通の子に
——ずっと、なりたかった。

誰かの為なんかではなく、わたし自身そのユメに焦がれて、守られてきた。

でも終わり。そんな魔法は、わたしの周りには何処を探したって無かった。

わたしはだんだんと日が暮れていく街を歩き続ける。

無関係に通り過ぎていく人波と、無神経に点滅するいくつもの信号の間を逍遥《しょうよう》した。

わたしより幼いひと達も、わたしより老いたひと達も、みんな幸せそうだった。

ずきり、とココロが収縮する。

ふと、思い立って頬をつねってみた。

……何も感じない。

もっと強く捻る。

…………何も。

諦めて手を放すと、指の先が赤かった。爪が肉に食い込むまでつねってしまったらしい。

それでも、何も感じない。

生きてる、なんて感じない。

「ふふ……」

おかしくて笑ってしまう。

わたしは痛みを感じないのに、どうして心は痛いと感じるんだろう。

そもそも、ココロってなんだろう。傷ついているのは心臓なのか、それともわたしの脳なのか。

浅上藤乃という個人を攻撃する意味合いの言葉を脳が受け取ると、それを防御する為に傷がつくんだ。傷がつけば、それが痛いとわかるから。反論も弁護も罵倒も、受けた傷を和らげる為に脳が作り出した薬でしかない。

だから痛みを知らないわたしも、ココロの傷だけは痛みがわかる。

けれどそれは錯覚。

たぶんきっと錯覚なんだ。

本当の痛みは、決して言葉だけでは拭いされない。ココロについた傷はすぐ忘れてしまう。ココロについた傷なんて瑣末《さまつ》だから。

けれど肉体についた傷は、傷があるかぎり痛み続ける。それはなんて強い、確固たる生の証なんだろう。

ココロが脳であるのなら、脳が傷ついてくればいい。

そうすればわたしも痛みを手に入れられる。

わたしの今までの日々のように。

同い年か、それとも年下かの少年達に凌辱された記憶が、傷になってくれるなら。

「――――――」

……また思い出してしまった。

彼らの笑い声とか、恐い顔とかを。

脅され、詰《なじ》られ、犯され続けたわたしの時間を。

わたしの体に覆い被さった男がナイフを振り下ろした時。お腹が熱くなって、私の服の腹部は裂けて血に濡れていた。

刺されると思った時、わたしは攻撃的だった。

彼らを済ませた後、わたしはその熱さが痛みだと実感したのだ。

もう一度、ココロが収縮した。

許せない、という発音がバラバラになるまで心の中で繰り返された。

「――――く」

がくん、と膝が笑う。

またアレがやってきた。

お腹が熱い。見えない手に、わたしの中身が鷲摑《わしづか》みにされる不快感が。

吐き気がする。――いつもはそんなものはしない。

めまいがする。――いつもは唐突に意識が落ちる。

腕がしびれる。――いつもは目で見て確認する。

とても、痛い。

――ああ、生きている。

刺された傷が疼《うず》きだした。

治った筈の傷の痛みだけが、こうして突発的に蘇《よみがえ》る。

とおいむかし、傷は治れば痛まないと母は言った。けどそれは嘘だ。ナイフに刺された私の傷は、こうして完治した後も痛みを残している。

……でも母さま。わたしはこの痛みが好きです。生きているという感覚の無かったわたしにとって、これ以上に自分が生きている事実を思い知らせてくれる事柄はないのですから。

この残留する痛覚だけは、決して錯覚じゃないんだから。

「早く、捜さないと」

荒い呼吸でわたしは呟いた。

復讐をしないといけない。逃げてしまった少年の息の根を止めなければいけない。

とても厭だけど、やらないとわたしが人殺しだと知られてしまう。せっかく痛みを手に入れたのに、そんなのは嫌だ。もっと生きているんだという快楽を感じたい。

わたしは歩くたびに痛む体を引きずって、以前の彼らの溜まり場へと歩きだした。

激痛に瞳が泪《なみだ》する。

けど今は、その不自由ささえ愛しかった。

／3

鮮花と別れてから、私はいったん部屋に戻った。

夜になって街に出る。

今日までで殺された人間の数は五人。二日前の地下のバーで四人、トウコの話では昨日の夜に工事現場でさらに一人。先の四人はともかく、昨夜の被害者にあまり関連性は感じられない。

けれど、まったくの他人とも思えない。

夜の街で遊び歩く連中は顔見知り程度なら幾らでも繋がる、と幹也が言っていた事もある。昨夜の死体も先の四人と友人である可能性が高いだろう。

「あいつ――――」

ふいに、私は鮮花と一緒にいた女を思い出した。

――毛細血管のように体中に根付いた、死の気配。

まだ自分の目の扱いに慣れていない私は、前準備もなしにそれを視てしまった。

……アレは異常だ。ともすれば、この両儀式《わたし》より突き抜けている。

なのに、あの少女は普通だった。血の匂いもしたし、私と同じように自分が立っている境界が分かっていない目をしていた。間違いなく獲物はあいつなのに、私は自信を持てないでいる。

だって、あの少女には理由がなかった。

自分のように殺人を愉しむ理由、殺人を愉しめる欠落が。

殺人を愉しむ。それを求めている。

これを黒桐幹也が聞いたらどう思うだろう。

やっぱり、人殺しはいけない事だと私を叱るだろうか。

「莫迦」

ふん、と呆れてみた。自分に対してか、それとも幹也に対してかはよく分からない。

黒桐幹也は、私は以前と変わらないと言った。事故によって昏睡する前の私と、今の私は変わらないらしい。なら、以前の私もこんな風に夜の街を歩いたのだろうか。何か誰かと殺し合えないか、と求める異常者のように。

「————」

いや、違う。

式にはそんな嗜好はなかった。あったけれど、それはあまり優先されなかった筈だ。ではこれは織の感性か。陰性、女性としての両儀式の中にいた陽性、男性としての両儀織の。

……その事実にも、私は首を傾げてしまう。

かつての私には彼がいた。今はいない。いないという事は死んでしまったのだろう。

なら————殺人を求める意志は、間違いなく今の私から沸き上がる物に他ならない。

トウコの言うとおり、今回の事件は実に私向けだ。無条件で人を殺せるという状況を、私は明らかに喜んでいるのだから。

◇

————時刻はじき夜の十二時。

地下鉄を乗りついで見慣れない駅についた。

不夜城めいた喧噪をみせるこの街からは、遠くに大きな港が見える。

黒桐さんと別れてから、わたしは行き先を変更した。

逃げてしまった残りひとりの行き先は知れない。けれど調べる方法はあると思う。

浅上藤乃と直接関係を持っていたのは済ませた四人と、逃げだした最後のひとりだけだけど、わたしはよく彼らの遊び場に連れて行かれた事がある。

そこに行って彼らの友人に話を聞けば、逃げてしまったもうひとりの居場所も判るだろう。親元にも帰らず、学校にも警察にも頼ろうとしない彼らが頼るのは同類の仲間達だけだろうから。

わたしは熱いお腹を抱えながら、慣れない夜の街を歩く。

いかがわしい夜の遊び場にひとりで入っていくのには抵抗があったけど、痛みと凌辱の記憶に苛《さいな》まれる今のわたしには瑣末な事でしかない。

三つ目の店で湊啓太の友人に出会えた。

大きなビルをまるごとカラオケルームにした店の店員である彼は、なんだか厭な笑みをこぼして、わたしに付き合ってくれると言った。

彼は店の仕事を抜け出すと、ゆっくり話が出来る場所に行こう、と歩きだす。

この人の仲間達が愛用している溜まり場に案内される事は、長い経験で解っていた。このひと達は弱い人間を的確に嗅ぎつける。愛想笑いだけはとても気前のいい彼は、わたしが汚しやすい相手と看破したんだ。

……きっと、わたしが湊啓太のグループに遊ばれていた事も聞いている。だからこうも容易くわたしを連れ出す。

そこまで判っているのに、わたしは彼の誘いを断らなかった。わたしより幾らか年上の彼は、段々と寂しい通りへと進んでいく。

わたしはいっそう痛みだしたお腹を押さえて覚悟を決めた。

——時刻はじき夜の十二時。
繰り返された凌辱を呪いながら彼を追う。
不夜城めいた喧噪をみせるこの街からは、
遠くに大きな港が見えた。

◇

青年は自分の運の良さを実感していた。

湊啓太のグループがどこぞの女子校の生徒をまわしていた事は、それを誇らしげに語る啓太自身の口から聞いて知っていたからだ。週に一度呼びつけてはやりたい放題をし、その自慢話をするのが啓太の習慣だったからである。

青年にとってみれば、それはまったくの他人事だった。

啓太のグループとはあまり関わりあいはなく、根付いている区域も遠かった。故に話半分で啓太の自慢話を聞いていたのだが、それがまさか自分のもとに転がり込んでくるとは夢にも思わなかった。

据え膳食わぬはなんとやら、彼は仕事をきりあげて彼女を連れ出した。

別に青年は性交の相手に不自由している訳ではない。女を四、五人でまわすなどというのは、自分達の中でもそう珍しいイベントではないからだ。

青年が喜び、仲間達に連絡を入れない理由は別にある。要は、相手が浅上建設の令嬢だという事だった。彼女を辱《はずかし》めてその一部始終を公表すると脅せば、いくらでも金が引き出せるだろう。

啓太たちのグループはその手の事にはうとい。リーダー格の男があまり頭が良くなかったせいだろう。いや、それとも——頭が良かったから金など必要なかったのか。

まあ、そんなコトはどうでもいい。

とにかく青年は心躍らせていた。

報酬は一人の方が実入りがいい。浅はかな考えから、青年は仲間達に連絡を入れなかった。

湊啓太を訪ねに来た少女――浅上藤乃は無言で付いてくる。

彼女を仲間達の溜まり場に連れていくのはまずい。青年は人気のない、港の倉庫街を選んだ。

夜も深まり、じき零時。

倉庫街に人影はない。

街灯も少なく、倉庫と倉庫の間に入れば誰に咎《とが》められるコトもない。気になるといえば波の音と、遠くの海に見える建設中のブロードブリッジの明かりだけだ。

藤乃をその闇に連れ込んで、ようやく青年は彼女に振り向いた。

「このへんでいいだろ。んで、訊きたい事ってなんだよ」

青年はとりあえず当初の目的――藤乃の質問に答えてやる事にする。いきなり襲いかかるのはスマートではない、という彼流の美学の表れだ。

「――はい。啓太さんが何処にいらっしゃるか、ご存じないでしょうか」

藤乃は俯いて、片手で腹部を押さえている。

顔は綺麗に切りそろえられた前髪に隠れて見えない。

「いや、啓太はここんところ見ねえよ。あいつ自分のうちもねえから、人のアパートを渡り歩いてんだ。携帯もないし、連絡はとれないぜ」

「いえ――連絡はとれるんです」

「は？」

顔を伏せたまま少女は言う。

居場所が判らないのに連絡はとれる？

もしかしてこの女、犯《や》られすぎてイッちまってんのかね、と彼は内心で呟いた。それならそれでこの後は楽になるのだが、荒事になると予想していただけに拍子抜けしたのも事実だった。

まあいいか、と青年は気を取り直す。

「へえ、連絡とれるんだ。なら居場所を訊けばいいじゃない」

「それが――啓太さん、わたしには隠れている場所を話したくないって。ですからわたし、こうして啓太さんのお友達を訪ねているんです。知っていても知らなくてもいいですから、答えてください」

「おいおいおい、ちょっと待てよ。なんだよ、その隠れてるって。アイツなんかヤバイ事でもやったワケ？」

ますますおかしい少女の言動に彼は苛立った。

隠れている、って事は藤乃をレイプしていた事がバレたのか。いや、それならこの少女自身がやっては来まい。青年は考える。しかし答えはでない。なぜなら、不幸な事に、彼はニュースなど見ていなかったからだ。

「ま、いっか。それよりさ、知っていても知らなくてもいいってどういうコトよ。もしかして、あんたも初めからその気だったってコト？　啓太のことなんかタテマエで、新しい男を探しにきたとかさ！」

今までの愛想笑いではなく、本心から愉快になって青年は笑った。

本当に自分は運がいい。こりゃあ脅すまでもなく金にありつけそうだ。それに――浅上藤乃は、自分達では容易に手が出せないほどの美人でもある。高値の花と高嶺《たかね》の花が両方手に入るのだ。これをツイてると言わずしてなんと言おうか。

「悪りいな、それなら初めからうちに連れ込むんだった。いやいや、それともこういう場所のほうがいいのかな、お嬢様は」

黒い制服を着た少女は、こくんと頷いた。

「その前に答えてください。啓太さんの居場所、知っているんですか」

「ばっか、そんな口実はもういいだろ。だいたいなあ、オレがあいつの居所なんか知ってるワケないっての」

そう、と少女は顔をあげた。

青年を見つめる瞳は尋常ではない。

螺旋を灯した彼女の瞳には感情がなかった。

――――正気では、ない。


「……?」

その狂気に気が付かない青年は、おかしな事態に遭遇した。

自分の腕が、勝手に動いた。関節が捻れる。ほぼ九十度の角度まで肘が捻れたかと思うと、さらに関節は捻れてゆき――――ついに砕けた。

「ええ――――!?」

間の抜けた悲鳴。

青年の命運はここで尽きる。

たしかに彼は運が良かった。悪運も不運も、その同胞には変わるまい。

そうして。

月明かりも届かない路地裏で、惨劇が始まった。


…


「、、、、、、、、、!」

うめき声は、そんなケモノじみた発音にしかならない。

青年の両腕は、すでに腕ではなかった。まるで知恵の輪。それとも紙飛行機を飛ばす為に捻られたゴム。――――いずれにせよ、二度と人体として機能はしまい。

「た、た、助け、て……!」

青年は目前に立っているだけの少女から逃げ出そうと走り出す。

とたん、彼の体はふわりと浮いて、右足が膝から千切れた。

びしゃり、とバケツの水を叩きつけるように血が迸《ほとばし》る。倉庫のコンクリート壁に跳ねたその跡は、なにかのアートのようでもあった。

浅上藤乃はそれを爛《らん》とした瞳で見つめ続ける。

「ね、捻れ、、捻れて、、、はは、ネジだ、オレの足ネジになっちゃった、ひひ、あはははは……っ!」

彼の言葉は、よく、わからない。

あたまがわるいせいだろう、と藤乃は無視する事にした。

「……凶《まが》れ」――――呟く。

それは何度めかの同じ発音。

繰り返し繰り返す言葉は呪いになると、彼女の友人は教えてくれた。

青年は地面に這《は》いつくばり、首だけを動かしている。

両手は捻れて、右足はない。

足からの出血が地面を濡らす。

赤い絨毯《じゅうたん》みたいだ、と藤乃はそこに踏み込んだ。

靴が血に沈む。

夏の夜は暑い。粘つく大気が肌に纏《まと》わりついて、苦しくなる。たちこめる血の薫りはそれに似ていた。


「――――あぁ」

芋虫みたいな青年を見下ろして、藤乃は嘆息《たんそく》する。なんて事を自分はしているのか、と自分が厭になった。

でも初めからこうするつもりだったんだ、とも思う。この人が地下のバーでの事件を知らないのは素振りでわかったけれど、それでもいずれは知ってしまう。その時湊啓太を捜していた自分の事を、彼は不審に思うだろうから。

でも、これは仕方のない事だ。

彼も初めからその気だったし。

間接的になるけれど、これも浅上藤乃の復讐なのだ。自分を侵《おか》した者への反撃にすぎない。ただそれが、彼らの他人を侵す能力と、藤乃の他人を侵す能力に差が有り過ぎただけで。

「ごめんなさい――――わたし、こうしないといけないから」

青年の残った左足が千切れた。

かくして、かろうじて残っていた彼の意識も途切れた。

微動する青年の肉体を藤乃は俯いて見つめる。

今は彼の気持ちがわかる。

今まではわからなかった。他人が痛がる仕草がどうしても理解できなかった。けれど痛みを知った今の彼女は、青年の痛みに強く共感できていた。

それが嬉しい。生きていくという事は、痛んでいくという事だから。

「こうしてやっと――わたしは人並みになれる」

自分の痛み。

他人の痛み。

彼をここまで追い詰めた自分。あの傷を与えたのが自分。

浅上藤乃が優れているということ。

これが生きているということ。

「ああ――」

それは、
誰かを傷つけないと生きる愉しみを得られない、酷く醜い、奇形な自分。

「――母さま。藤乃はこんな事までしないと、駄目な人間なんですか」

胸の中に湧いた苛立ちが堪えきれない。

心臓が早鐘を打つ。

背筋に百足《むかで》が這い上がってくるような――

「わたし、人殺しなんかしたくないのに」

「そうでもないよ、おまえは」

突然の声に藤乃は振り返った。

「あなた、は――」

倉庫と倉庫の間であるこの路地裏の入り口に、着物姿の少女が立っていた。

暗く月明かりを反射させる港を背にして、両儀式がそこにいる――

◇

「式————さん？」

「浅上藤乃。……なるほど、浅神に縁《ゆかり》の者だったのか」

からん、と足音を立てて、式は一歩だけ踏み込んだ。

路地裏に充満した血の匂いに瞳を細める。

「いつから————」

そこに、と言いかけて藤乃は止めた。そんなことは訊くまでもない。

「ずっと。おまえがその肉片を誘い出すあたりから」

冷たい声に、藤乃はぞくりとした。

式は一部始終見ていた。見ていたのに、出てきた。見ていたのに、止めなかった。こうなる事を知っていたくせに、ずっと見ていた……。

————このひとは、異常だ。

「肉片だなんて言わないでください。このひとは人間です。人間の死体です」

心とは裏腹に藤乃は反論する。


青年を肉片、と人間以下に貶《おとし》める式の言葉があまりだと思ったから。

「ああ、人間は死体でも人間だ。心がなくなったぐらいで肉片にはなりさがらない。けど、それは人間の死じゃないだろ。人間はさ、そういう風には死なないよ」

からん、ともう一歩踏み込んでいく。

「人間らしい死を迎えなかったヤツは、もうヒトじゃない。頭が残っていようが傷がなかろうが、おまえに殺されたヤツは常識では扱いきれないだろ。境界から外されたヤツは根こそぎ意味を剝奪されるんだ。だから、それはただの肉の集まりにすぎない」

唐突に————藤乃はこの相手に反発心をもった。

式はこの青年の死体と、それを行なった自分が常識外のモノだと言っているのだ。今、眉ひとつ動かさず惨劇を見つめているこの両儀式と同じように。

「……違います。わたしはまともです。あなたとは違う！」

何の根拠もなく、如何《いか》なる理由もなく、藤乃は叫んでいた。

式はおかしそうに微笑う。

「オレ達は似たもの同士だよ、浅上」

「――ふざけないで」

藤乃は式を凝視《ぎようし》する。爛《らん》、と自分の瞳が捉える映像が歪みはじめる。……彼女が子供の頃に持っていた〝力〟が行使される。

けれど、それは唐突に薄れていった。

「――!?」

驚きは式と藤乃ふたりのものだ。

浅上藤乃は使えなくなった自分の〝力〟に。

両儀式は途端に変わってしまった浅上藤乃に。

「またか――おまえ、一体どうなってやがる」

苛立った声、式は台無しだ、とばかりに頭を掻く。

「さっきまでのおまえなら殺してやったのに。喫茶店の時もそうだった。……もういい、白けた。今のおまえなんか知らない」

式は踵《きびす》を返す。

足音が藤乃から遠ざかっていく。

「大人しく家に帰れ。そうすれば二度と会う事もない」

姿も、それで遠くなった。

藤乃は血だまりの中、ぼうと立ち尽くす。

――以前の自分に戻ってしまった。

また、何も感じない。

藤乃はもう一度、青年の死体を見下ろした。

さっきまでの感覚もない。罪の意識だけが脳を痺《しび》れさせる。

あとに残るのは、式が残した言葉だけだ。自分達は同じ殺人鬼だよ、という告発めいた台詞だけ。

「違う――わたしは、あなたなんかとは違う」

泣くように藤乃は呟いた。

事実、彼女は殺人を厭がっている。

この先、湊啓太を見つけだす為に同じ事を繰り返さないといけないのか、と思うと震えてくる。

人を殺してしまうなんて、許されるはずがないと。

それは彼女のまったくの本心。

……血だまりに映った彼女の口元は、小さく笑っていた。

痛覚／残留

3

七月二十三日の早朝、ようやく僕は湊啓太の居場所に辿り着いた。

彼の友人達から聞いて得た情報、彼の行動範囲の限界、それから湊啓太の人となりから推測して、まる一日かけて隠れ家を絞り込んだ。

都心から離れた住宅街のマンションの一つ、六階の空き部屋に湊啓太は不法侵入して寝泊まりをしている。

その部屋のチャイムを鳴らして、大声にならないように声をあげた。

「湊啓太。君の先輩に頼まれて捜しにきた。邪魔するよ」

玄関のドアの鍵は開いていた。

静かに中に入る。部屋には電灯が点いておらず、朝なのに薄暗かった。

フローリングの廊下を歩いてリビングに出る。何もないリビングからは台所と寝室が見渡せた。もとから誰も住んでいない為、一切の家具がない。ガランとした部屋に、夏の朝日だけが明るかった。

「奥にいるだろ。入るよ」

奥に通じるドアを開けると、中は真っ暗だった。雨戸を閉めきっているためだ。朝日が開けたドアから差し込む。光に反応したのか、暗がりの奥からひっ、という小さな声がした。

やはり部屋には何もない。家具が無い部屋は箱と同じだ。生活の匂いも何もない。そんな密室に十六歳ぐらいの少年と、食べ散らかした食物の容器、それに携帯電話だけがあった。

「湊啓太くんだろ。こんな所に引きこもってちゃ体に悪い。それにね、人が住んでいないからって勝手に部屋を使うのもいけない。こういうのも空き巣扱いになる」

部屋に入ると、啓太少年はびくりと壁に身を退いた。……その顔はひどくやつれている。事件の晩からまだ三日しか経っていないというのに、頬はこけて眼球は血走っていた。

一睡もしていないのは明白だ。薬をやっている、との話だったがそれは違う。彼は薬の助けなんかなくても正気を失いかけている。おそらくは、認めたくない程の惨劇を見てしまった為に。

彼はこの人工的な闇の中、自分を閉じこめる事で辛うじて自我を守っている。崖っ縁の防御方法だけれど、三日程度なら効果的かもしれない。

「――――誰ですか、あなた」

ぼそり、とした声には微かに知性が残っている。

踏み込む足を止めた。相手は猟奇事件に直面して錯乱している。犯人を見て恐慌に陥《おちい》ってる節もあるから、うかつに近寄れば何をしてくるか分からない。

疑心暗鬼は僕を犯人の一味としか考えさせないだろう。

けれど会話が出来るのなら別だ。話をしていれば理性は蘇生する。近寄って落ち着かせるより、立ち止まって会話を交わした方が効果的だと判断した。

「誰なんですか、あなた」

繰り返される質問に、僕は両手を上げた。

「学人の知り合い。いちおう君の先輩でもある。黒桐幹也って言うんだけど、覚えてるかな」

「黒桐――――先輩?」

彼にとって、僕は予想外の登場人物だったのだろう。しばらく愕然としてから、彼はポロポロと泣き始めた。

「先輩、先輩がどうしてオレのところに来るんですか」

「学人の頼みで君を保護しにきたんだ。厄介《やっかい》な出来事に巻き込まれたって心配してる。学人も、僕もね」

近寄っていいかい、と尋ねると啓太少年は激しく首を横に振った。

「オレ、ここから出ません。外に出たら殺されます」

「ここにいても殺されるよ」

啓太少年が目を見開く。敵意を剝き出しにした血走った眼差しを受けて、僕は煙草を取り出した。

……本当は吸わないけれど、いかにも冷静ぶって相手を落ち着かせるのに効果的なジェスチャーだからだ。

「事件のあらましは聞いてる。啓太、君、犯人を知ってるだろ」

簡潔に問い詰めたが、啓太少年は黙ってしまった。

「それじゃ少しだけ、独り言をしてみようか。

君達は二十日の夜、いつもの溜まり場であるバー蜃気楼に集まっていた。あの晩は雨だったたね。僕もちょうどその頃飲み会に顔を出してたけど、そんなのはどうでもいいか。学人から君を捜してくれ、と頼まれてから色々と話を聞いたよ。事件の夜も何をしていたか見当はついている。警察はまだ知らないみたいだ。君の友人達、おまわりさんには協力的じゃないから」

困ったもんだ、と肩をすくめる。

啓太少年はさっきとは違った怯えを見せていた。これから起こる事への怖れではなく、今までしてきた事を暴かれる怯えだろう。

「事件の夜、現場には君達五人の他にもう一人いた。君達が脅していた女子高生。名前は知らないけど、彼女がバーに下りていく所を見たって子がいてね。その女子高生は事件が起きても警察に出頭もしていないし、発見されてもいない。かといって殺された四人と違って遺体もない。君、その子がどうしたか知らないか？」

「知らない――オレ、そんなヤツ知りません」

「じゃあ、あの四人を殺したのは君になるな。警察に連絡するよ」

「そんな、あんなのオレのせいじゃないですよ……！　あんな事、あんな……出来るはずがない……！」

「うん、それは同感。じゃあ女の子は本当にいたんだね？」

しばらく黙ってから、啓太少年は頷いた。

「でも、それはそれで疑問だ。あの事件は女の子ひとりで出来る事じゃない。薬でも呑まされたのか、君ら？」

少年はぶるぶると首を横に振った。

女の子が犯人ではない、という意味じゃなく、自分達はいつも通りだった、という意味合いで。

「男が五人もいて女の子ひとりにやられたなんて、ありえない」

「でもそうなんです……！　あいつ、初めからヘンだと思ってたけど、やっぱりまともじゃなかった！　化け物、化け物だったんですよぅ！」

自分で口にして〝その時〟の事を思い出したのだろう。がちがちと歯を鳴らして、少年は両手で頭を抱えた。

「あいつ、つっ立ってるだけだったのに、みんな捻れていくんです。ばきばきって骨が砕ける音がして、なんだかわからなかった。ふたりやられた時、オレ、気がついたんだ。やっぱり藤乃は普通じゃないって。ここにいたら殺されるって——————！」

啓太少年の独り言は、たしかに異常だった。

少女——————藤乃というその子は、ただ睨むだけで少年達の腕や足をねじ切ったというのだ。どうしてそう思うのかは分からないが、その場に居合わせた啓太少年には肌で実感できたのだろう。殺す側と、殺される側の違いというものが。

それにしても——————見るだけで物を曲げる？

スプーン曲げじゃあるまいし、とも思ったけど、それもありうるかな、と頷いてしまった。式という特別な目を持ってしまった少女と、魔術師である橙子さんを知っている自分が今さら何を否定できるというのか。

まあそれはそれで保留しておこう。そんな事より気になる単語があった。

「わかった。その藤乃って子がやった事は信じるよ」

「——————へ？」

驚いて顔をあげる啓太少年。

「だって先輩、そんなのウソです。こんなの誰も信じやしないでしょ!?　ねえ、頼みますからウソだって言ってください……！」

「じゃあトリックという事にしておこう。それとも催眠術って事にすればいいかな。ともかくあんまり深く考えちゃだめだ。わかんない事は無理に受け入れないほうがいいよ。それよりさ、初めからヘンだったってどういう意味？」

僕の投げやりな詭弁《きべん》に、啓太少年は毒気を抜かれたようだ。さっきまでの緊張感が段々と薄れていく。

「あ……ヘンって……その、ヘンなんです。なんか芝居じみてるっていうか、何をやっても反応が遅れるっていうか。リーダーに脅されても表情ひとつ変えないし、薬を呑まされても変わらないし、殴られてもけろりとしてやがったし」

「……へえ、そう」

彼らが藤乃という少女に暴行を働いていたのは知っていたが、こう臆面もなく言われると言葉がない。

半年間にわたって凌辱を受けた藤乃という少女は、その復讐として彼らを殺害した。そこに正義はあるのかないのか、単に正義と社会は昔から仲が悪いのか。さすがに、今は考えたくない。

「だからルックスは最高でしたけど、やってもあんまし面白くなかった。人形を抱いてるみたいな感じで。でも……そうだ、あの時は違った。最近の話なんですけど、仲間のひとりに危ないヤツがいたんです。そいつ、いくら殴っても無表情の藤乃を面白がって、しまいには金属バットを持ち出して背中を殴りつけたんです。ばぁん、って藤乃はふっとんで痛そうに顔を歪めてた。オレ、それで逆にホッとしました。ああ、こいつでも痛がるんだなぁって。あの夜だけはあいつ、人間らしくてよかったから覚えてるんですけど」

「……君、少し黙って」

啓太少年は口を閉ざす。これ以上話を聞くと、僕も僕でいられる自信がなかった。

「だいたいの事情は解った。警察に知り合いがいるから保護してもらおう。それが二番目ぐらいに安全だ」

座り込んだ少年を立たせる為に近寄る。と、彼はイヤだ、と叫んで身構えた。

「ダメだ、警察なんか行かない。それに——出ていったら殺される。あ、あんな風にねじ切られるぐらいなら、ずっとここにいたほうがマシだっ！」

「外に出れば殺される……？」

その台詞《せりふ》には、何か微妙な齟齬《そご》があった。僕と少年との間にはまだ決定的な食い違いがある。

外に出れば見つかる、というのなら解る。

けれどそれを飛び越えていきなり殺される、というのはおかしい。それじゃあまるで監視されてるのと――同じ、なのか。

そこで、ようやく僕は気がついた。

啓太少年の傍らにある携帯電話の役割に。

「……電話がかかってくるのか、浅上藤乃から」

その一言で啓太少年は恐慌状態に戻ってしまった。

「この場所は、もう知られているの？」

わからない、と少年は震えて答える。

「オレ、逃げる時にリーダーの携帯を持ってたんだ。みんなが殺されたあと、電話がかかってきた。オレを捜すって。絶対に見つけだすって。だから隠れなくちゃって、オレ！」

「携帯電話をまだ持っているのは、なぜ？」

わかっていたけれど、訊いた。

「だって、捨てたら殺すって言うんだぜ……！　死にたくなかったら持ってろって。持っているかぎりは見逃してくれるって！」

……なんて、ことだ。浅上藤乃の恨みは、なんて深い。


「なのに、あいつ毎晩電話をかけてくるんだ。……まともじゃねえよ。一昨日は昭野、昨日は康平に会ったって。オレの居場所を知らないから殺したって。良かったわね、なんて優しく言ってさ……！　お友達が大事なら会いに来いなんて言いやがって、出来るわけないだろ、そんなの！」

……それは、なんて恐怖だったろう。

毎晩かかってくる電話の内容は、自分を殺そうとしている相手からの報告なのだ。

今日は貴方を捜し出せなかった。

そのかわりに貴方の友達が一人死んでしまった。

お友達を死なせたくなかったら会いにきて。

来なくてもいいけれど、それまで殺人は続いて、いつか貴方に辿り着く――――。

「どうしよう、オレ。死にたくない。あんな風に死にたくない。痛い痛いって、泣いてたんだぜ連中！口から血を吐いてさ、首が――首が、雑巾《ぞうきん》みたいに捻れるんだ！」

「その電話を捨てよう。そうしないと犠牲者が増える」

「わかんないのかよ、そんな事すればオレが殺されるって言っててんじゃないか……！」

その為に、まったく関係のない人間が二人死んだ。

その為に、浅上藤乃は意味のない殺人を二回もした。

「今のままじゃどのみち殺されるだろう、君は」

吸っていた煙草を床に押しつけて歩きだす。

座り込んで、膝を抱えて閉じこもる少年の腕を強引に引っ張る。

「先輩、勘弁してください。オレ、もうどうしようもないんです。ほっといてください。………やだ、違う、ほんとは恐いんだ。オレ、もうひとりでいるのはイヤだ。お願いですから助けてください…！」

ああ、と僕は頷いた。

「助けるよ。君は警察には引き渡さない。僕が知るかぎり一番安全な場所に連れていく」

この少年を保護できるのは橙子さんの所しかない。それが誰にとっても最善の方法だろう。

4

橙子さんに事情を説明して、啓太少年の保護を了承してもらう。

橙子さんは事件当日から一睡もしていなかった少年を寝室のソファーに眠らせて、僕と式がいる事務所に戻ってきた。

橙子さんは自分の椅子に座り、式は立ったまま壁に寄り掛かっている。

啓太少年を眠らせてようやく落ち着くと、ふたりは口をそろえて「このお人好し」なんて言ってくれた。

「ええ、そろそろそんな風に馬鹿にされると思ってました」

「分かっていたのなら厄介事には関わらない。ただでさえその手の輩《やから》に付け入られやすいんだからな、黒桐は」

「しょうがないでしょう。場合が場合なんですから」

言い返すと橙子さんはふむ、と思案する。

憎まれ口を叩いているけれど、橙子さん本人は少年の保護に賛成してくれていた。

一方、壁ぎわの式は反対している。無言で僕を睨んでいるあたり、怒り心頭に発するといった感じだ。

「場合が場合、か。たしかに尋常なケースじゃないのは認めるが、これからどうするつもりなんだ。浅上藤乃を捜して説得でもする気か？」

「――――そうですね。いつまでも湊啓太を保護してあげる事はできないし、その間にも浅上藤乃は殺人を繰り返すかもしれない。会って、話をしてみるしかないと思います」

「この莫迦。だからお人好しだっていうんだ、おまえは」

式の言葉には遠慮がない。いつもそんな物はないけど、今日は輪をかけて攻撃的だ。彼女は本気で怒っている。

「あいつに話は通じないよ。完全に手遅れだ。目的を果たすまで止まらない。いや、果たしたって止まるかどうか。手段と目的が入れ替わっちまってるからな」

「式、まるで浅上藤乃を知ってるような口振りだね」

「知ってるし、会ってる。昨日の鮮花との待ち合わせに同伴してたんだから」

「え？」

なんで鮮花が浅上藤乃と一緒にいるんだ？　話がまったく繋がらな……くはないか。不良達に脅されていたのは女子高生としか聞いていなかったけど、浅上藤乃が礼園女学院の生徒なら話は別だ。

「なんだ、鈍《にぶ》いな黒桐。浅上藤乃の調査はしてないのか」

「あのですね、その名前を聞いたのはほんの二時間前です。こっちは湊啓太の保護だけが目的だったんですから、そこまで気は配れません」

……けど、何か嫌な予感がする。

それは鮮花が関わっているとか犠牲者になるとか、そういった不安じゃない。もっと何か……大事な事を考えないようにしていたのに、それを強引に思い返しそうな焦燥《しょうそう》に近い。

「……けど、それじゃあ浅上藤乃は今も学校に通っているんでしょうか？」

「いや。事件の晩から寮にも家にも帰っていないし、学校も休んでいる。完璧な行方不明だ。鮮花も昨日から会っていないというしな」

「橙子さん、いつそんな事を調べたんです」

「少し前からだよ。彼女のご両親から捜索依頼を受けてね。昨夜、式から鮮花と浅上藤乃が一緒にいたと聞いて連絡をいれてみたが、鮮花は友人である浅上藤乃の異常には気が付いていないようだった」

――なんて皮肉だ。鮮花との約束があと一日遅ければ、いや、もっと早く湊啓太を捜し出せていたら、昨夜の被害者は出なかったかもしれないのに。

「そういう訳だから、湊啓太の保護はうちとしても無駄な行為じゃない。このまま浅上藤乃を発見できなかったら擬餌《ぎじえ》として使わせてもらおう。あとは荒事になるから、黒桐は啓太少年と一緒にここに残ること」

その抑揚のない声で、僕はようやく悟った。

式が、ずっとここにいる理由が。

「荒事って――浅上藤乃をどうするつもりなんですか、橙子さん」

「場合によっては戦闘もやむをえまい。なにしろ依頼主からしてそれを望んでいる。娘が殺人鬼として報道されるのは避けたいそうだ。せめて表沙汰になる前に殺してくれとさ」

「そんな、浅上藤乃は無差別な殺人を起こしてるわけじゃないでしょう……！　話し合いは可能だと思います」

「ああ、そりゃあ無理だ。黒桐、おまえは大事な事実を聞き逃している。浅上藤乃が彼らのグループを皆殺しにした時の決定打を知らない。先ほど湊啓太を眠らせる時に白状させた。彼らのリーダーはね、最後の夜に刃物で藤乃に襲いかかったそうだ。その時、どうも藤乃は刺されてしまったらしい。復讐の引き金はそれなんだ」

……刃物。凌辱されて、なおナイフで脅されたっていうのか。でも——それがどうして駄目な理由なんだろう？

「問題はここからでね。腹部を刃物で刺されたのが二十日の夜。式が出会ったのがその二日後だ。その時、浅上藤乃に傷はなかった。完治していたというんだ」

「お腹に刺し傷……」

待った。それ以上考えるのはまずい。そう理性が歯止めをかけるけれど、僕にはそれが出来なかった。

二十日の夜。礼園女学院の生徒。腹部に刺し傷。

「啓太少年曰く、藤乃は電話越しに傷が痛みだすから忘れられない、と繰り返し言うんだとさ。

完治したはずの傷が痛みだす。おそらく過去の凌辱の記憶が脳裏をかすめるたびに、腹部を刺された時の痛みが蘇るんだ。忌《い》まわしい記憶が、忌まわしい傷を呼び起こす。痛みは錯覚なんだろうが、彼女にとっては本物なのだろう。これでは発作と変わらん。浅上藤乃はありもしない痛みを思い出すたびに、突発的に殺人を犯している。話し合いの最中にそれが起きないと誰が言い切れる？」

でも、それは逆に傷さえ痛まなければ話し合いができるって事じゃないか。

僕がそれを口にしようとするより早く、沈黙していた式が声をあげた。

「違うぜ、トウコ。あいつには本当に痛みがある。浅上藤乃の痛みは体内にまだ残ってるよ」

「そんな筈はない。では式、傷が完治しているというのはおまえの誤診か？」

「刺された傷なら完治してる。中に金属片とかも残ってない。本当にあいつの痛みは消えたり出てきたりしてたぜ。痛んでいる時の浅上藤乃は手遅れだ。逆に普通の浅上藤乃はつまらない。殺す価値もないんで帰ってきたって言っただろ」

「……そもそも内部に金属片なんぞ残っていたら一日で死んでいるがね。へえ、完治しているのに痛む傷、か」

不可解だ、とばかりに橙子さんは煙草を取り出した。

僕も式の言葉には首を傾げる以外ない。

お腹を刺された傷が治るまで痛がるのなら普通だ。けれど完治した後も痛みが突発的に蘇るというのはなんなんだろう。それではまるで、痛覚だけが残留しているような物じゃないか。

「あ」

唐突に思い当たった。

浅上藤乃の正体不明の症状の解決にはならないけれど、彼女がヘンだったという事の意味が〝症状〟という単語から連想できたのだ。

「なんだ黒桐。五十音発音による健康法か？」

……そんな物、あったって誰もやらないと思う。

「違います。浅上藤乃がヘンだったって話ですよ」

うん？　と橙子さんは片眉をあげる。ああ、そういえば事件の概要だけしか話してないから、これはまだ説明していなかった。

「湊啓太からの話の中であったんですけど、浅上藤乃は何をされても動じなかったそうなんです。初めは気丈な子だな、と思ったんですけど、そうじゃない。あの子はそう強い子じゃなかった」

「――――知ってるような口振りだな、幹也」

なぜか式が鋭い視線を向けてきた。

今の式の台詞は無視しなくちゃいけない、と本能が命令する。……藪《やぶ》をつついて蛇をだす結果になりかねない。

「もしかすると……自分はよく知らないんですけど、彼女は無痛症ってヤツなんじゃないかなって」

無痛症とは、文字通り痛みを感じられない特殊な症状の事だ。

希有《けう》な症例なので滅多《めった》に見られないけれど、もしそうなら彼女の不可思議な痛覚もありうるのではないか。

「……そうか。それなら少しは説明できるが……それにしたって原因があるはずだ。腹部をナイフで刺されたとしても、無痛症であるのなら痛みは初めから無かった筈だからな。浅上藤乃は生まれ持っての無痛症なのかの確認も必要だし、その感覚麻痺が解離症かそうでないかも判らないのでは話にならない。

まあ仮に彼女が無痛症だったとしてもだ。何かしら彼女に変化を与える要因はなかったのか？　背中を強打したとか、首筋に大量の副腎皮質ホルモンを射ち込んだとか」

背中を強打――――アレか。

「程度は知りませんが、背中をバットで殴られた事があるそうです」

感情を抑えた僕の言葉を、橙子さんはおかしそうに笑った。

「ははあ、連中の事だ。フルスイングしたろうな、それは。なら背骨は折れたか。そして折った後も浅上藤乃はその感覚がなんであるか判らないまま、彼らに犯されたってワケだ。……まったく、初めて感じた痛みがそれか。彼女はその苛立ちがなんであるかも判らなかったろうに。

いやあたいしたもんだ。黒桐、おまえよく湊啓太を保護する気になったな」

橙子さんは口元を吊り上げながら言う。この人は気が向いたのなら、誰であろうと言葉で追い詰めるという悪癖を持っている。ひとを理性で苛めることが好きなのだそうで、その被害はたいてい僕にやってくる。

いつもはそれに対抗するのだけど、今は答える事ができない。……答えられるだけの自信がない。うつむいてその回答を拒絶するしか出来なかった。

「……それで橙子さん。背骨と無痛症って関係があるんですか」

「あるよ。感覚を司《つかさど》っているのは脊髄《せきずい》だろ。痛覚に異常がある場合、大抵は脊髄に何らかの異状がある。黒桐、脊髄空洞症というのを知っているか?」

……医学生でもない僕が、そんな専門的な病名を知るわけがない。黙って首を振ると、そうか、と橙子さんは残念そうに肩を落とした。

「空洞症は感覚麻痺の代表的なものなんだがね。いいか黒桐、感覚には二種類あるんだ。

感触や痛み、温度感などを味わわせる表在感覚。肉体の動き、位置感を自身に報告する深部感覚。普通、感覚麻痺はこの二つが同時に起こる。完全に感覚がないという事がどういう事か分かるか?」

「言葉でなら理解できます。触っても感じないし、食べても味がしないって事でしょう?」

そうそう、と頷く橙子さんはなんだか楽しそうだ。

「それが感覚を持っている者の当然の意見だ。感覚がなくても体があって、きちんと動くのだからそれ以外は自分達と変わらないと思っている。でもそれは違うんだ。感覚がないという事はね、何も得られないという事なんだよ、黒桐」

何も得られない――――?

そんな筈はない。物だって持てるだろうし、話をする事もできるのだ。無痛症とは、ただ触っている実感が湧かないだけじゃないか。それがどうして何も得られないって事になるのか。体が無いってわけでもあるまいに。体の一部が無くて苦しんでいる人に比べれば、そんなに深刻な状況ではないと思う。

「――――あ」

そこで、気付いた。

………からだが、ない。

触れても、それを触っていると感じられない。ただ目で見て、触っているという事実を認めるだけの現実。それでは本を読んでいるのと同じだ。絵空事、架空の話と何が違うというのか。

歩いても、体が動いているだけ。地面の反動も感じなくて、ただ足が動いているという認識しかない。いいや、その認識だって目で見てやっと信じられるぐらい稀薄な認識なのだろう。

感覚がない。それは体がないってことだ。まるで幽霊だ。

彼らにとって、すべての現実はただ見ているだけのもの。そんなの、触れていたとしても触れられないのと同じじゃないか。

「――――それが、無痛症ですか……！」

「そうだよ。浅上藤乃の無痛症は、背中を強打したという一件で一時的に治ったと仮定しようか。そうすれば彼女も痛い、という意味合いを知っている事になる。今まで体験しえなかったその感覚が、彼女の殺人衝動の一つだろう」

痛みを知った少女は、それに敵意を向けただろうか？

向けられる筈がない。

……幽霊のような少女。痛みを知った時、彼女はどれほど嬉しかっただろう。その、嬉しいという感情さえも判らなかっただろうけれど。

「……無痛症が一時的に治って、痛みを感じるようになって、憎いっていう感情を知ったのかな。せっかく手に入れた痛覚が、復讐の引き金になってしまってるなんて」

なんて、皮肉――――

「そこなんだ。傷が痛むから復讐する、と浅上藤乃は言ったそうだが、どうだかなぁ。正確には傷が痛む事で過去の凌辱を思い出してしまって復讐する。これが動機だとは思うんだが、いまいちしっくりこない。第一、式の話じゃ彼女は無痛症に戻っていたんだろう？　それならもう復讐の意味なんてないじゃないか。傷は治れば痛まないぞ」

「違います。橙子さん、感覚がないって事は性感もないって事でしょう。だから凌辱されても痛みも感覚もない。浅上藤乃という子にとってみれば、それは辱められたというだけの事実です。けど、いやだからこそ、体が痛まないかわりに心だけが擦り切れていった。彼女の傷は肉体にじゃなくて、心にあるんじゃないでしょうか。だから記憶と一緒に痛覚が蘇る。心が痛むから」

橙子さんは答えず、かわりに式が笑いだした。

「そんなわけあるもんか。心はないんだ。ないものがどうして痛むっていうんだよ」

……そう言われると、確固たる反論なんかない。そりゃあ心なんて詩的で感傷的なものは、あるかどうか判らないものだ。

そう僕が言葉を呑むと、意外な事に橙子さんはいや、と呟いた。

「でも、心は壊れやすい。カタチがないからといって傷つかない、というのはどうかな。事実、精神が病む事によって死に至る者もいる。それがどのような錯覚妄想のたぐいであれ、そういった事実があるかぎり、その計測不能な現象は〝痛む〟と表現されるんだ」

橙子さんにしては曖昧な反論。でも今の自分にとっては頼りになる味方だ。

式はむっとして腕を組む。

「なんだトウコ。おまえまで幹也と同じに浅上藤乃の肩を持つのか。あいつはそんなにかわいいヤツじゃないぜ」

「ああ、それに関しては式に同感だ。浅上藤乃にそんな感傷はあるまい。心が痛いから復讐する？　まさか。だってね黒桐。無痛症は、その心さえ痛まないんだ」

味方は、一瞬にして最大の敵になった。

「いいかい。人格というのは医学的に〝個人が外部からの刺激に反応し、それに対応する現象〟と表現される。

人の精神……優しさや憎しみは、自分の内側からだけじゃどうしても発生しないんだ。心は外部からの刺激がなければ働いてくれない。その為に痛みがある。痛まない、という事は冷めている、という事なんだ。先天的な無痛症患者は人格に乏《とぼ》しい。いや、作るのが難しい。成長過程で人格形成がうまくいかなかった者は、長く無感動な自身と向き合う事になる。そういった症状の者にはね、黒桐のような当たり前の思考や嗜好はないんだ。彼らには常識があまり通用しない。そして、今現在その最たるモノになっている浅上藤乃には、正常な話し合いなど通じないんだよ」

忘れかけていた話し合いの結論を、橙子さんはさりげなく告げた。そのあまりの自然さは、逆に最後通告のようで僕を追い詰める。

「……会ってもいないくせに、そんな事言わないでください」

耐えきれず、僕はソファーから立ち上がった。

「それは初めから無痛症だったらの仮定でしょう。浅上藤乃はそうじゃないかもしれない」

「無痛症だと言い出したのは君なんだがね、黒桐」

冷淡に橙子さんは言った。……この人は、本当に不感症だ。女のひとなのにどうしてここまで浅上藤乃に冷たくできるのか。いやそれとも。女のひとだから何処までも冷たくなれるのか。

「まあ私にだって気になる点はある。浅上藤乃はただの被害者かもしれない。問題はいったいどちらが先だったのか、だ」

……どっちが先って何のことだろう？　橙子さんはぶつぶつと考え込んでしまって、それ以上の説明はしてくれなかった。

「式はどう思う？」

背後の彼女に、振り向かずに訊いてみる。

式は予想通りの返答をした。

「トウコと同意見。ただ、オレはトウコの事情なんて関係なく浅上藤乃を許せない。あいつがまた人を殺すかと思うだけで吐き気がする」

「近親憎悪か。やはりこのての手合いは群れないな」

式の言葉を橙子さんが引き取る。

僕は、式がそう語る理由がわかっていた。

……式本人はいつ気が付くのだろう。殺人を嗜好する彼女は、本当はそんなものではないという事を。浅上藤乃と両儀式。このふたりは似ていると思う。似ているからこそ、ふたりにはその決定的な違いが許せない。もしこのふたりが争う事になったのなら――式は、自分の中のほんとうに気がついてくれるのだろうか。……いや。ふたりが争うなんて、そんな事態にしちゃいけない。

「――わかりました。僕は僕なりのやり方で浅上藤乃を調べてみます。彼女の資料、あるなら貸してください」

橙子さんは簡単に資料を渡してくれた。

式は勝手にしろ、とそっぽを向いてしまう。

資料を見ると、浅上藤乃は小学校まで長野県に住んでいた。そこでの名字は浅上ではなく浅神。今の彼女の父親は実の父親ではなくて、藤乃は母親が再婚した際に引き取られた連れ子だということだ。調べるとしたら、まずこのあたりからだろう。

「少し遠出します。今日明日と戻れないかもしれません。ああ、それと橙子さん。超能力って本当にあるんでしょうか」

「黒桐は湊啓太の話を信じてないのか。浅上藤乃は間違いなくその手の類の能力者だよ。超能力なんて大雑把《おおざっぱ》な言い方は的確ではないが、詳しく知りたいのなら専門家を紹介しよう」

言って、橙子さんは自分の名刺の裏にさらさらと専門家とやらの住所を書いていく。

「あれ、橙子さんは詳しくないんですか？」

「あったりまえだ。魔術は学問だぞ。あんな理論も歴史もない先天的な反則なんかに付き合えるか。私ね、ああゆう選ばれた者だけの力ってのが一番嫌いなの」

最後だけ眼鏡をかけた時の口調になるあたり、本当に嫌いなんだろう。僕はその名刺を受け取ると、最後まで剣呑《けんのん》にしていた式に話しかける。

「式。それじゃ行ってくるけど、無茶はしないようにね」

「無茶はおまえだ。莫迦は死ななきゃ治らないって話、本当なんだな」

そうやって式は悪態をつくけれど、その後に努力してみる、と小さく呟いてくれた。

／4

七月二十四日。

黒桐幹也が浅上藤乃の調査を始めてから一日が経過した。

その間に起こった出来事はあまり特筆すべき物ではない。

例えば今日の夕方から明日の早朝にかけて大型の台風が上陸するとか、乗用車を無免許で運転していた十七歳の青年が道を外れて事故を起こしたぐらいである。


あくまで、表向きは。

両儀式は電灯のない蒼崎橙子の事務所で、ぼんやりと外を眺めていた。

夏の空模様は一目で見飽きてしまうほど広い。雲一つない蒼天に、ただ燦々《さんさん》と輝く太陽がある。

この、青い絵の具だけで描けるような大空が、夜になれば吹き荒《すさ》ぶ暗雲に呑み込まれるのなんて、それこそ質《たち》の悪いゆめのようだ。

かーん、かーん、という音が、耳鳴りのように響く。

事務所は製鉄工場の隣にある。窓際にいる式には工場から響く機械音が絶え間なく届いていた。

式は無言で橙子を一瞥する。

橙子は眼鏡をかけたまま電話をしていた。

「ええ、そうです。その事故の事なんです。……ああ、やっぱり接触事故を起こす前に死亡していた、と。死因は絞殺ですか？　違うことはないでしょう。首がねじ切られているのなら、それは絞殺ですわ。

強さの加減はまた別の問題です。そちらの見解はどうなってます？　やはり接触事故扱いですか。そうでしょうね、車の中には被害者しかいなかった。走る密室なんて、どんな名探偵でも解決できませんもの。いえ、これだけ教えていただければ十分です。

——どうもすみません。このお礼は必ずいたしますわ、秋巳《あきみ》刑事」

橙子の会話は丁寧で、この上なく優しい女性のものだった。彼女を知る者が聞けば背筋を震わせかねない。電話が終わると橙子は眼鏡を微《かす》かにずらした。およそ温かい感情が廃絶された眼差しがそこにある。

「式、七人目がでた。これは二年前の殺人鬼どころじゃないぞ」

式は名残惜しそうに窓から離れた。

彼女は、この空が暗雲に侵食される瞬間を見ようと思っていたのに。

「ほらみろ。今度こそ無関係の殺しだろ」

「そのようだね。湊啓太も事故を起こした高木《たかぎ》彰一《しょういち》など知らないそうだ。これは彼女の復讐とはまったく関係のない余分な殺人だ」

白い紬を着た式は、ぎり、と奥歯を噛んだ。そこにあるのは怒り。彼女は赤い革の上着を着物の上から強引に羽織る。

「そう。なら、もう待ってられない。トウコ、あいつの居場所わかる？」

「さあな。潜伏場所なら二、三心当たりがある。捜すというのなら、手当たり次第に行ってみるしかないぞ」

橙子は机から数枚のカードを取り出し、式に放り投げた。

「……なんだこれ。浅上グループの身分証明書？　誰、この荒耶《あらや》宗蓮《そうれん》って」

三枚のカードは、全て浅上建設が関わっている工事中の施設への入場許可証だ。電磁ロックになっているのか、カードの端には磁気判別のストライプがある。

「その偽名は私の知人だ。適当な名前が思いつかなくてね、依頼人に身分証明書を作らせる時に使ったんだ。ま、そんな事はどうでもいい。浅上藤乃が潜伏しているとしたらそのうちのどれかだろう。面倒だから黒桐が帰ってくる前にやってしまえ」

　式は橙子を睨む。普段うつろな式の目は、こうなるとナイフのように鋭い。

　式はほんの数秒だけ橙子に無言の抗議を向けたが、何も言わずに踵を返した。

　結局は、彼女も橙子と同じ意見だったからである。

　式は別段急ぐ風でもなく、いつも通りの流麗な足取りで事務所から消えていった。

　ひとりになって橙子は窓の外へと視線を移す。

「黒桐は間に合わなかったか。さて。嵐が来るのが先か、嵐が起こるのが先か。式ひとりでは返り討ちにあうかもしれないぞ、両儀」

　誰にでもなく、魔術師は呟いた。

◇

　正午を過ぎたあたりで、空模様が段々と変わっていった。

　あれだけ青かった空は、今ではもう鉛のような灰色に覆われつつある。

　風も吹いてきた。

　道を行くひとたちは口々に台風が来ている、とはやしたてる。

「くっ————」

　わたしは熱くなったまま戻らないお腹を押さえながら歩く。

　台風の話なんて、わたしは知らなかった。ずっと人捜しに夢中だったからだろう。

　街は慌《あわ》ただしくはあるものの、人の姿は段々と少なくなっていく。これでは人捜しなんて出来そうにない。

今夜は帰ろう、と思った。

何時間もかけて、徒歩で港に着いた。空はとうに暗い。まだ夏の夜の七時なのに。嵐の到来は、季節がもつ本来の時間さえ狂わせるんだ。

一日ごとに反応が遅れる体を動かして、わたしは橋の入り口に辿り着いた。

この橋は、父がもっとも心を砕いている構築物だ。こちらの港と対岸の港をつなぐ、大きくて立派な橋。

車道は四車線もあって、橋の下にはクジラに張りつくコバンザメのように通路が作られている。

一部の地下はショッピングモールになっている。海の上に浮いているのに道路の下にあるから、地下と呼ぶしかない。

地上の橋には警備員がいて、中には入れない。けれど地下のモールへの入り口は無人で、カードさえあれば中に入ることができる。

わたしは家から持ち出した数枚のカードから一枚を取り出して、入り口を開けた。……中は暗い。もう大体の内装は終わっているけれど、電気が通っていないからだ。

無人のモールは終電間近の駅みたいだ。

どこまでも真四角に伸びる通路。

通路の左右には色々なお店がある。

五百メートルも歩くと、モールは武骨な鉄柱が林のように並ぶ駐車場に変わった。

ここはまだ工事中で、とにかく散らかっている。

壁もまだ未完成で、壁にあてられた雨避けのビニールがばたばたと鳴っていた。

――そろそろ八時になるのだろうか。

風が強い。びゅうびゅう吹き荒ぶ音と、海面に打ち付ける音に耳を塞ぎたくなる。

壁に当たる雨の音は、映画で観た機関銃より激しく火花を散らしている。

「雨――」

あの日も雨だった。

初めての殺人のあと、温かい雨で体の穢《けが》れを落とした。

その後に、あのひとに会えた。

中学時代にたった一度だけ会って、話しただけの遠いひとに。

……ああ、おぼえてる。

遠くの地平線が燃えているみたいな夕暮れどき。

お祭りだった総合体育祭が終わったあと、ひとりグラウンドに残っていたわたしに話しかけてきた他校の先輩を。

わたしは足を挫《くじ》いてしまっていて、動けなかった。

無痛症のわたしは、本当は動けた。動いても心に何の支障もなかったから。けれど腫れ上がったくるぶしは、それ以上動けば取り返しのつかない事になると訴える。

わたしは何の感覚もないまま、ただ夕日を眺めるしかなかった。

あの時、わたしは助けを呼ばなかった。

呼びたくなかった。

呼べばきっとみんな言うんだ。よくここまで我慢したね。痛くないの？　痛まないの？　痛いと思えないの？　と。

そんなのは厭だ。だからわたしはいつも通り、普通の表情をして座り込んでいた。誰にも気付かせてやるもんかって、ひどく意固地になっていた。

お母さまにも、お父さんにも、先生にも、友達にも、誰にも気付かせない。せめてまわりの人たちに藤乃は普通なんだと思わせなければ、わたしはきっと潰れてしまう。

その時、ぽん、と肩に手をかけられた。

感覚はなかったけれど、耳元で音がしたんだ。

ふりかえると、そのひとが立っていた。

わたしの気もしらないで優しい目をしていたそのひとへの第一印象は、憎らしい、だったと思う。

「痛いの？」

そのひとは、信じられない言葉で挨拶をしてきた。

絶対にわかるはずのない足の傷を、どうして。

わたしは首をふった。認めてなんてやるもんかって意固地になってた。

そのひとは体操服についたわたしの名札を見て、わたしの名前を口にした。

そうしてわたしの挫いた足に触れて、顔をしかめる。

ああ、きっと厭な事を言うんだ、とわたしは目をつぶった。

痛いの、とか痛まないの、とか。そういう、普通の感覚を持ってるひとが無神経に口にする心配なんか、わたしは聞きたくなかったから。

けど、違う言葉がやってきた。

「馬鹿だな、君は。いいかい、傷は耐えるものじゃない。痛みは訴えるものなんだよ、藤乃ちゃん」

……それが中学時代、わたしが先輩に言われた言葉。

その先輩はわたしを抱えて医務室に行くと、わたしを置いてそれっきりだった。

なんだか、淡い夢みたいだった。

思えば、あの時から浅上藤乃は彼が好きだったのかもしれない。誰も気付かない、誰にも気付かせない筈だった自分の苦しみを案じてくれたあの笑顔が

——


「っ…………！」

ずきり、とおなかが疼《うず》く。それで夢は冷《さ》めた。

血に汚れたわたしが、思い出にひたっていい筈がないんだ。けど——、
雨は、不浄を落としてくれるのかもしれない。

わたしは橋の上に行きたくなった。

台風は本格的にやってきている。橋の上は、それこそ南国のスコールみたいになっているだろう。

なんだかうきうきした。もう痛みが消えてくれない重い体を引きずって、わたしは駐車場の坂道を登っていく。

浅上藤乃は橋の上へ。

なつかしいなつのあめにうたれるために。

◇

大橋は、底の浅い湖と化していた。

四車線もの広いアスファルトは一面雨水に浸され、歩く度にくるぶしまで濡れてしまう。叩きつける雨は斜めに降り注ぎ、風は柳の幹のような街灯を叩き折らんと荒れ狂っていた。

空は闇。

此処はすでに遥かな海上。

港に見える街の明かりは、まるで地上から月を見るように、遠く遠く届かない。

浅上藤乃は、その嵐の中へやってきた。

黒い制服は烏《カラス》めいて夜に溶ける。

彼女は雨に濡れながら、紫に変色した唇から息を吐いて歩く。

街灯の下まで辿り着いた時、死神に出会った。


「やっと会えたな、浅上」

嵐の海に、白い装束の両儀式がいた。

赤い革の上着がぱちぱちと雨を弾いている。

彼女も雨に濡れて幽霊のように見えた。

式と藤乃はお互い街灯の下に立つ。

ふたりの距離は、そう。ちょうど十メートル程。

この豪雨と烈風の中、お互いの姿はよく見えたし、お互いの声もよく聞こえるのが不思議だった。

「両儀――――式」

「大人しく家に帰れば良かったのに。おまえは血の味を知ったケダモノだ。人殺しを愉しんでる」

「――――それは貴女でしょう。わたしは、愉しんでなんか、いない」

藤乃は荒い呼吸のまま、式を凝視する。

そこにあるのは敵意と殺意。彼女は静かに左手で自らの顔を覆った。……指の隙間から、爛と輝く両目が覗く。

応えるように、式は右手にナイフを持った。

これでふたりの対面は三回目。

この国には三度目の正直という諺《ことわざ》があったな、と式はつまらなげに笑った。

この浅上藤乃は、十分なほど殺人対象だ。

「……実感したよ。オレ達は似たもの同士だって。ああ――今のおまえなら殺してやる」

その言葉で、ふたりの枷《かせ》は完全に解き放たれた。

／5

式の疾走が始まった。

水に濡れた足場、吹き荒ぶ豪雨の中で、見惚れるほどの速さだった。

十メートルの距離を詰めるのに、おそらく二秒はかかるまい。藤乃の細い体を地面に叩きつけ、心臓にナイフを突き立てるのには十分すぎる時間だ。

しかし、その驚異的な速度も視力には及ばない。

接近して切り付けねばならない式と。

ただ、その両目で目標を捉えるだけの藤乃との差は、二秒では遅すぎた。

「――――」

藤乃の両目が光る。左目は左回転を、右目は右回転を。式の頭と左足に軸を固定して、一気にねじ切る。

異変はすぐに現れた。

式は自分の体にかかる見えざる力を感じた瞬間に真横に跳んだ。

弾けるような真横への跳躍。しかし、式の体にかかる力はなお弛《ゆる》まない。

藤乃の能力は飛び道具ではない。その場所から離れたとしても、彼女の視界に収まっているかぎり逃げる事は不可能なのだ。

――こいつ――！

内心で舌を鳴らす。藤乃の力は、考えていた以上に強力だと実感して。

式はなお走った。藤乃の視界から逃れるように、藤乃を中心にして円《まどか》に走る。

「そんなことで――――」

逃げられるものですか、と藤乃は呟き、絶句した。

あっさりと逃げられた。

信じられない事に、式は橋の上から海面へと飛び降りたのだ。

がしゃん、という窓の割れる音がする。

なんていう運動能力だろう。両儀式はこの大橋から落ちて、そのすぐ下に広がる駐車場へと飛び移ったのだ。

「なんて――――出鱈目な人なんでしょう」

呟くその口元は、笑っている。

たしかに逃げられた。けれど、藤乃の視界は式の左手を最後まで見つめていた。革製の上着がねじれる光景を、確かに見届けたのだ。

まず片腕を潰した。

藤乃は実感する。

「わたしのほうが――――強い」


腹部の疼きは強くなる一方だ。

それを我慢しながら、藤乃は地下への坂道を下りていく。

両儀式とは、ここで決着をつけねばならない。


駐車場は一面の闇だった。

視界は悪く、歩きにくい。

なんだかミニチュアの街にいるようだ、と藤乃は顔をしかめる。所々に立つ鉄柱と地面に積み上げられた資材の山は、ビル街のように入り組んでいた。

式を追いかけて数分。藤乃はここを戦場にした事を悔やんでいる。

彼女の能力はあくまで対象を視界に収めていなければ回転の軸を作れない。いくら鉄柱の裏に式が潜んでいると判っていても、式を眼球で捉えられないのなら回転軸は鉄柱にいってしまう。

あの、橋の上での僅《わず》か一瞬の交叉《こうさ》で、式は藤乃の能力を看破した。だから逃げた。自分に勝ち目ができるこの場所に。明らかに戦う者としての能力が劣っている事を、藤乃は思い知らされた。けれど——

——それでも。まだ、自分のほうが強い。


見えないのなら裸にするまでだ。

藤乃は手当たり次第、邪魔になりそうな鉄柱を曲げて倒す。一本、また一本と壊すごとに腹部の疼きは深くなり、駐車場の揺れは激しくなっていった。

「目茶苦茶《めちゃくちゃ》だな、おまえ」

式の声が闇に響く。

その場所へ藤乃は瞬時に振り向いた。

式の隠れていた資材の山が粉砕される。

刹那《せつな》——その陰から、白い装束が飛び出してきた。

「————そこ!」

藤乃の両目が、式を捉える。

白い着物と赤い上着の少女は、血に染まった左腕を突き出して走ってくる。

「————っ……!」

ほんの微かだけためらって、藤乃は曲げた。

ばきん、と音をたてて式の左腕が折れる。

次は首。そこへ視線を投げかけた時————式は、もう彼女の間合いに入っていた。

振るわれたナイフの一振りはまさに閃光。

闇の中にいつまでも軌跡が残るような、白銀の一振りだった。

ためらわず一撃した式のナイフは、しかし藤乃には当たらない。

確実に首の頸動脈めがけて振るわれた式の一撃を、藤乃は屈《かが》んで躱《かわ》している。

いや、違う。今のはただの偶然だ。

浅上藤乃は、左腕が壊れながらも怯《ひる》まずに迫ってくる両儀式が恐くて顔を背けただけだった。

「チッ————」

舌打ちして式は空振りした右手を構え直す。

藤乃は夢中で式の胴体を凝視した。

「————消えて————!」

藤乃の叫びより、式の移動のほうが速い。

式は間髪入れずに闇の中へと紛れ込む。驚くのならその運動能力より、即座に離脱を選んだ思考の速さだろう。

「————なんて————」

ひと、と藤乃は漏らす。

彼女の呼吸が荒いのは、決して腹部の痛みからではない。

藤乃は神経質に周囲の闇に気を配る。いつ、その中から式が飛び出してくるかわからない。

藤乃は首筋に指を当てた。……今の出来事で、自分の首に傷が出来ていた。四ミリほどの傷は、けれど出血がない。……血はでないけれど、呼吸が苦しかった。

「腕を潰したのに、どうして————」

止まらないの、と。その疑問からくる恐怖に耐えられず、藤乃は呟いていた。

今の一瞬が、忘れられない。

左腕を潰されてなお、足を止めなかった式の目が。

愉しんでいた。この、絶対的に有利な自分でさえ緊張ではち切れそうな状況を、あのひとは愉しんでいた。

もしかすると————両儀式にとっては、腕が潰された事は苦しみではなく喜びなのかもしれない。

藤乃は今まで殺人行為を愉しんだ事はない。

人殺しなんてしたくないから。

けれど、あのひとは違う。あのひとは殺し合いが好きなんだ。その状況が極限であれば極限であるほど、両儀式は歓喜する。

藤乃は思う。両儀式が自分と同じく生きていると いう感覚に乏しい人間なら、その代償行為を何に求めるのだろう。

藤乃は殺人だった。自分と同じ人間が死んでいく姿を見ると、形容しがたい苛立ちが胸に湧いた。

痛みというものがわかった藤乃は、その痛みを誰かに与える事によって痛みに共感できた。他人を支配しているのが自分なのだという事実が、ここにいるのだと実感させた。

一方的な殺人こそが浅上藤乃の代償行為。

本人が今も気付かない殺人快楽症。

では、両儀式は一体何に――――?

◇

「――――今のはまずいな」

資材の陰に隠れて、式はぽつりと呟いた。

橋の上で捻られた左腕は、もう握力がなかった。どうせ使えないのなら盾にしよう、と今の一撃に賭けたのだが、それは浅上藤乃が思っていたより臆病だった、という事実の前に失敗してしまった。

式は上着を脱いで腕の部分を切り取る。そのまま、片手で器用に左腕の止血をした。上腕部分をぐるぐる巻きにしただけの乱暴な止血である。

藤乃に捻られた左腕の感覚はない。おそらく、一生まともには動くまい。

その事実に、式は背筋が震えた。

「いいよ浅上。おまえは最高だ――――」

急速に失われていく自分の血液。

気が段々と遠くなる感覚。

――――もとから血の気は多いのだ。

余分が抜ければ思考が綺麗になってくれる――――

式は神経を研ぎ澄ます。

浅上藤乃は、おそらくこの先二度と出会えない強敵だろう。

一歩間違えれば自分は瞬時に死亡する。

それが愉しい。生きている、と実感できる。

過去の記憶に囚《とら》われる式にとって、この瞬間だけがリアルだった。

自分の命を危険に晒す事によって得られる感覚。

ただ一つ今の自分の物だと言いきれる、この小さな命。

互いに殺し合い、殺し合う。

日常でさえあやふやな式は、そんな最も単純な、追い詰められた方法でしか生を実感できない。

浅上藤乃が殺人に快楽を求めるのなら。

両儀式は、殺人を嗜好する事で実感を求める。

両者の違いは、ここにきて決定的だった。

……藤乃の呼吸音が闇に響く。

……荒く、強く。苦しげに、怯えるように。

いまだ傷を受けていない彼女の呼吸は、けれど今の式と同じように激しい。

闇の中、ふたりの呼吸が重なりあう。

鼓動も思考も、命さえも同じなのか。

嵐の中で揺れている橋は、揺り籠のリズムに似ている。

式は、初めて藤乃が愛《いと》しくなった。

その命を、この手で奪ってやらなければいけないと思うほどに。


「――無駄な事だって、分かってるけどさ」

喫茶店で会った時から判っていたのだ。浅上藤乃の内部が、すでに崩壊寸前だという事は。

ここで危険を冒して彼女を仕留めるのは無駄なこと。

けど、人生なんてそんなものだ。

無駄に無駄を重ねていくと、いつかは何か出来ると思う。

人間は無駄を行なう生物なんだ、と橙子の台詞を思い出した。式も、今ならそれに同感だった。

この橋と同じだ。或る一つの無駄を愚かと蔑み、或る一つの無駄を芸術と持てはやす。一体、その境は何処にあるというのだろう。

境界は不確かだ。定めるのは自分だというのに、決めるのは外側になっている。なら初めから境界などない。世界はすべて、空っぽの境界でしきられている。異常と正常を隔てる壁なんて社会にはない。

――隔たりを作るのはあくまで私達だ。

私が世間から離れたがるように、
幹也が私を異常とは思わないように。

そして、浅上藤乃が懸命に死に傾斜しているように。

そういった意味では、式と藤乃は融け合っている。彼女達は似たもの同士。この狭い空間に、同じ存在はふたりといらない。

「——行こうか。おまえの手品のタネはもう視えた」

出血によって白く——クリアになっていく頭を振って、式は立ちあがった。

強く、右手のナイフを握る。

藤乃が自ら境界を引かないのなら、跡形もなく消し去るまでだ。

◇

式がゆっくりと現れた。

藤乃は自分の目を疑う。

こんな真っ正面、距離もずいぶんと離れているのに、と。

藤乃本人は気付かない。彼女の熱は、すでに三十九度を超えている。腹部の痛みが『ある病状』からなるものだと、最後まで気付かない。

「……やっぱり。貴女、正気じゃないんですね」

そうとしか藤乃には思えなかった。

彼女は式を見つめて、曲げる。

視界が歪む。式の頭と足に作られた軸がそれぞれ逆方向に回転し——式の肉体を、布きれのように曲げた。

曲げる、筈だった。

式は血をこぼす左腕はそのまま、右手で持ったナイフを振るっただけで藤乃の〝歪曲〟を無効化した。

いや、完全に殺しきった。

「……カタチのないものは視えにくいんだけどな。おまえ、乱発しすぎだよ。おかげでやっと視れた。おまえの視線は緑色と赤色の螺旋でさ。

ほんとうに――すごく、綺麗だ」

藤乃には式の言う意味が解らない。

理解できるのは、自分は間違いなく式に殺されるという事実だけ。

藤乃は繰り返し念じた。

凶《まが》れ、凶れ、凶れ、凶れ。繰り返す凝視を式は悉《ことごと》く切り払う。

藤乃の腹部の痛みは、臨界を超えようとしていた。

「貴女――何者」

「万物には全て綻《ほころ》びがある。人間は言うにおよばず、大気にも意志にも、時間にだってだ。始まりがあるのなら終わりがあるのも当然。オレの目はね、モノの死が視えるんだ。おまえと同じ特別製でさ。だから――生きているのなら、神さまだって殺してみせる」

走った。

歩くような優雅さだった。

藤乃に近寄って彼女を押し倒す。その上にかぶさるように乗りかかった。

触れられるほどの〝死〟を前にして、藤乃は喉を震わす。

「わたしを――殺すの？」

式は答えない。

「どうして殺すの？　わたしは、ただ傷が痛むから殺していただけなのに」

シキは、笑った。

「そんなのは嘘だ。それならどうして――おまえは笑っているんだ。あの時も、今も、どうしてそんなに愉しそうなんだ？」

そんな、と藤乃は言い淀む。

静かに、彼女は自らの口元に手をあてた。

――それは。

例えようも無く、歪んでいた。

「――――」

感覚のない自分には判らなかったけれど。

わたしは、たしかに笑っている。

初めての殺人。血だまりに映った自分の顔はどうだったんだろう。

二度目の殺人。血だまりに映った自分の顔はどうだったのだろう。

わからないけど、いつも苛立ちがあった。

人を殺す時、いつも苛立っていた。

あの感情は——悦びだったのか。

犯されても感じえなかったわたしは、人殺しに快楽していた——？

「結局、おまえは楽しんでいるんだよ。人を傷つけるのがたまらなく好きなのさ。だからその痛みも永遠に消えない」

消してしまえば、人を殺す理由がなくなるから。

傷は永遠に痛み続ける。誰よりも、自分自身の為だけに。

「——それが——こたえ？」

藤乃は呟く。
そんなの、認めたくない。
こんなの、考えたくない。
わたしは、あなたとは違うんだから——
「言っただろ。オレとおまえは似たもの同士だって」
式のナイフが走る。
藤乃は灰になるまで叫んだ。
みんな、凶ってしまえと。
駐車場が烈震《ふる》えた。
藤乃の脳裏に、嵐夜《アラヤ》に浮かぶ海峡の全景が浮かび上がる。
脳が蕩《とろ》けるような灼熱に耐えきって、
藤乃は橋の入り口と出口に回転軸を作り——
——それを、曲げた。

◇

ばがん。

雷が落ちてきたかのような轟音がした。

鉄筋が軋む。悲鳴をあげる。

地面は斜めに傾斜し、所々の天井が崩れていく。

一つの建物がガラガラと崩壊していく様を、浅上藤乃は呆然と見つめていた。

さっきまでのしかかっていた少女は、突然の世界の傾斜に巻き込まれて落ちていった。

外は嵐。下は海。……どこかに摑まる事もできずに落ちたのなら、助からない。

藤乃は苦しすぎて息も出来ない体に命令する。

ここにいては落ちてしまう。離れなくてはいけない、と。

燃えつきそうな体を引きずって、駐車場から脱出する。

ショッピングモールは比較的無事だった。

四角い通路が、今では菱形になっている。

藤乃は歩いて、歩いているつもりで、倒れた。

呼吸ができない。

足が動かない。

頭がぼうとして、何も見えない。

あるのは、そう――――身体の中の激しい痛みだけだった。

死ぬんだ、と初めて彼女は思った。

だってとても痛い。こんなのには耐えられない。この痛みを抱いて生きていくのなら、死んだほうがましだった。

「――――ごふっ」

うつぶせに倒れこんで吐血する。

地面に寝そべって、ぼんやりとまばたきをする。

白くなっていく視界で、床に流れる自分の血だけが鮮明だった。

赤い血――――赤い景色。

夕焼けは燃えるようで――いつもとても燃えるようで。

「やだ……死にたく、ない」

藤乃は腕を伸ばした。

足が動かないのなら、腕で進むしかない。

這いずって、少しずつ前に向かう。

そうしないと――あの死神が、自分をきっと追ってくる。

藤乃は懸命に進んだ。

感覚はすべて痛覚。

痛い。痛い。痛い。そんな単語しか、もう考えられない。

やっと手に入れた痛覚なのに、今はこんなにも憎い。

でも――ほんとうだ。痛いから――とても痛いから、死にたくないと渇望する。

このまま消えるのはイヤ。もっと、生きて何かをしなくちゃいけないんだ。

だってわたしは何もしていない。何も残していない。

そんなのはみじめすぎる。

そんなのはむなしすぎる。

……そんなのは、ひどく悲しすぎる。

でも痛い。生きていこうとするココロが麻痺してしまうぐらいに痛くて、負けてしまいそうだ。

痛い。痛い。痛い。痛い。いたい、けれど。

……藤乃は、血を吐きながら腕を動かす。

繰り返すのは同じことば。

彼女は初めて、とても強い意志で願った。


――もっと生きて、いたい。

――もっと話して、いたい。

――もっと思って、いたい。


――もっと　ここに　いたい――

でも、もう何も動かなかった。

痛みだけが繰り返す。

これが――自分が愉しんでいたモノの正体。

その事実が、何より浅上藤乃には痛かった。

自分が犯した罪、自分が流した血の意味が今は解る。

意味は重すぎて謝る事さえできなかった。

今はただ、優しい笑顔を思い出す。あのひとがいたのなら――こんな自分を、まだ、抱えてくれるのだろうか。

びくん、と自分の体が痙攣した。

喉元から逆流する血液が、最後の痛みの到来を告げる。

その衝撃で、光さえ失った。

もう、自分の中に残されたモノしか視えない。いや、それさえも薄れていこうとしている――。

消えていく孤独に耐えきれず、藤乃は口にした。

今までずっと意固地になって守ってきた、彼女のほんとうのココロ。幼い頃からユメみていた、とてもちっぽけでささやかな願いを。

「――いたい。痛いです、先輩。すごく痛くて
……こんなに痛いと、わたし、泣いて、しまう
――。……ねえ母さま――藤乃は、泣いて、いいん、ですか」

……このココロを、わたしは誰かに伝えたかった。

三年前の夕暮れの日に、わたしはわたしを伝える事が出来ていたのなら、それはどんなに――。

泪がこぼれた。

痛くて悲しくて、とても淋しくて、ただ泣くことしかできなかった。

でも、それだけで、そんな事だけで痛みは薄れていった。

痛みは耐えるものじゃなくて。誰かに愛してと訴えるものなんだって、あのひとは教えてくれたんだ。

会えてよかった。――――こうなる前に出会えて、ほんとうによかった。

「苦しいか」


苦しみの果てに、式が立っていた。

その手にはナイフがある。

藤乃は自分で体を仰向《あおむ》けにして、式と向き合う。

「痛かったら、痛いっていえばよかったんだ、おまえは」

式は、最後にそんな事を言った。

……藤乃の思い出と同じ言葉。

たしかに、と彼女は思う。

たとえ今からでも痛いと言えるのなら――――わたしは、こんな間違った道には迷いこまなかったろう、と。

その不自由な、けれど正常な生活が走馬灯のように浮かぶ。


けれどいけない。自分は罪を重ねすぎた。自分は人を殺《あや》めすぎた。

――――自分の幸せのために、たくさんの人を殺してしまった。

浅上藤乃は、緩やかに自ら呼吸を止めた。

彼女の痛覚は急速に消えていく。

今、胸に突き立ったナイフの痛みも、感じないぐらいに。

5

台風が都心を直撃している最中、僕は事務所に帰ってきた。

雨に濡れて事務所に入ると、橙子さんはぽろり、と口に咥えた煙草を落として出迎えてくれた。

「早いな。まだ一日しか経っていないぞ」

「台風が来るっていうんで、交通機関が麻痺する前に帰ってきたんです」

そうか、と難しい顔をして橙子さんは頷く。何か、都合の悪い事でもあるのだろうか？　いや、今はそんな事より――

「橙子さん。浅上藤乃についてですけど、彼女は後天的な無痛症です。四歳までは普通の体質だった」

「なんだそれは。そんな馬鹿な話があるか。いいか、浅上藤乃は痛覚麻痺を起こしているにもかかわらず、運動麻痺を起こしていない。後天的というのならやはり脊髄空洞症あたりが有力だが、それでは運動能力に支障をきたすんだ。あんな感覚だけがない、なんて特殊なケースは先天的な物以外あるまい」

「ええ、彼女の主治医もそんな事を言ってました」

長野の山奥での出来事を一から話したかったが、そんな時間はない。

僕は旧浅上……いや、浅神家での藤乃の話を端的に説明する。

「浅神家というのは長野の名家だったんですけど、藤乃が十二歳の頃に破産しています。その折に母親に引き取られて今の浅上家にやってきた。浅上は浅神家の分家筋らしくて、土地の利権欲しさに借金を肩代わりしたようです。

それでですね。子供の頃の藤乃にはきちんと痛覚があったんです。ただ、そのかわりに不思議な能力があったらしくて。手を触れずに物を曲げる事が出来た、と」

「――――で？」

「里では鬼子と忌み嫌われてたそうです。ひどい迫害も受けていた。けれど藤乃が四歳の頃から、その能力は消えています。彼女の感覚と一緒に」

「……………」

橙子さんの目付きが変わる。皮肉げに吊り上がった口元から興奮している事が判る。

「そこから彼女に主治医があてがわれるんですけど、浅神家にその記録は残っていませんでした。なにしろもう廃墟でしたから」

「なんだそりゃ。そこから先が重要だっていうのに、話はここで終わりか！」

「まさか。その主治医を捜し出して話を聞き出しましたよ」

「む――――えらく手際がいいな、黒桐」

「はい。記録をたどって秋田まで行きました。医師免許のない闇医なんで、話を聞き出すのに一日かかりましたけど」

「……呆れた。ここを馘《くび》になったら探偵になれ、黒桐。私の専属にしてやるから」

考えときます、と返して話を続ける。

「この主治医自体は、薬品を提供していただけらしいんです。どうして藤乃が無痛症になったのかは知らないという。アレは藤乃の父が一人でやった、と」

「一人でやった――――？　治療をか、それとも薬物投与をか」

その微妙な言葉の違いに、僕は頷く。

「無論、薬物投与です。主治医の話では、藤乃の父親は無痛症を治す気はなかった、と。主治医が流した薬品の大部分はアスピリンやインドメタシン、ステロイドですね。主治医自身の診察では藤乃は視神経脊髄炎の可能性が高かった、と話しています」

「視神経脊髄炎――――デビック症か」

デビック症。脊髄炎の一つで、これも感覚の麻痺を起こす病気だ。おもな症状は両下肢の運動・感覚麻痺。それと両眼の視力低下。失明の虞《おそれ》さえあるという。

この病気には早い時期のステロイド治療が必要とされる。ステロイドっていうのは、前に橙子さんが言っていた副腎皮質ホルモンの事らしい。

「そのくせ、痛覚を麻痺させる為のインドメタシンなんぞを使う。はははあ、なるほど。たしかにそれならああいう人間になる。先天的でも後天的でもない。浅上藤乃は人工的に感覚を無くされた。まるっきり式の反面という事だ！」

あははは、と橙子さんは笑いだす。

なんだか昨日訪ねた教授みたいで、ちょっと恐い。

「橙子さん、インドメタシンってなんですか？」

「痛みを和らげる物質だよ。

末梢性であろうと関連痛であろうと、痛みというのは外部からの〝生命活動に異常をきたす刺激〟に反応して起こる。発痛物質が体内で生成されて疼痛《とうつう》を司る神経末端を刺激、脳に痛みの信号を送るんだ。このままじゃ死んじゃうぞ、ってね。発痛物質は知っているだろう。キニンやアミンの他、この二つを強化するアラキドン酸代謝産物がある。アスピリンやインドメタシンというのは、このアラキドンに含まれるプロスタグランジンを抑制する。キニンやアミン単体での痛みなどたかがしれているから、インドメタシンの大量投与で痛みはほとんど消失するんだ」

よほど楽しいのか、橙子さんはかなりハイだ。

正直、アラキドンとかキニンドンとかいわれても怪獣の名前としか思えない。

「つまり痛みをなくしてしまう薬なんですね？」

「直接的じゃないがな。たんに痛みをなくすのならオピオイドっていう麻薬のほうがいい。有名な所でエンドルフィンがあるだろう？　脳内麻薬と言われる、脳が勝手に痛みを麻痺させる為に分泌させるアレだ。それと同じで、オピオイドは中枢神経を鎮痛させるんだが――ああ、そんな事はどうでもいいか。

なるほどな、藤乃の父は感覚を閉じる事で能力を封じる事にした。必死になって能力者を発現させようとする両儀とはまったく逆の純血家だ。しかし悲しいかな、そうした事によってよけい藤乃の能力は強まった。エジプトあたりの魔術師はね、魔力を体内から逃さないように目を縫いつけるんだ。浅上藤乃とどこが違う」

……橙子さんの言葉は、覚悟していたというのにショックだった。

僕も、とうに解っていたのだ。

浅神の血族には、藤乃のような超能力者――異なるチャンネルを生まれながらにして持つ子供が生まれる。彼らはそれを鬼子と嫌い、その力をなんとか封じようとした。

その結果が――無痛症。

超能力というチャンネルを閉ざす為に、感覚という機能をも閉ざしたんだ。

だから浅上藤乃は、痛みが蘇ると超能力を発現してしまう。……閉ざされていた感覚が繋がって。

「……酷いですよ、そんなの。異常である事が、唯一正常でいられる事への条件だったなんて」

そうだ。浅上藤乃は無痛症という異常でなければ、僕らと同じ世界にはいられなかった。けれど無痛症である以上、彼女は何も得られない。ただ世界に住んでいる事を許されていただけの、幽霊にすぎなくなった。

「痛みさえしなければ――彼女も人を殺す事はなかったのに」

「おいおい、痛みを悪いものみたいに扱うな。痛みはいいものだ。悪いのはあくまで傷。前後を間違えてはいけない。私達には痛みが必要なんだ。それが、どんなに苦しいものだとしてもね。

人間は痛みがあるから危険が判る。火に触れて手を引っ込めるのは手が燃えるからか？　違うだろう。

手が熱い、つまり痛いからだ。そうでなければ、我々は手が燃えつきるまで火という物の危険性が判らない。傷は痛むのが正しいんだ、黒桐。それが無いものは人の痛みが分からない。

浅上藤乃は背骨を強打され、一時的に痛覚を取り戻した。その後に受けた痛みで、初めて防衛をしたんだ。今まで危険と感じなかった若者達を、痛みによって危険なモノと理解できた。――まあ、だからといって殺すのはやりすぎだがね」

……けど、その藤乃には痛覚がない。彼女の防衛によって若者達は死んでしまったが、その責任の一端は彼女を襲った連中にもあるんじゃないか。彼女一人を悪者にはできない。

「――橙子さん。彼女は治りますか」

「治療できない傷はない。治らない傷は傷ではなく死と呼ぶべきだろうね」

遠回しに、彼女は浅上藤乃の傷を死と呼んだ。けど、今回の事件の原因は腹部の刺し傷だ。

その痛みが蘇るというのだから、その原因さえ分かれば――

「黒桐。彼女の傷は治らないよ。ただ痛み続けるだけだ」

「え？」

「だからさ。もともと傷ついてなどいないんだよ、あの娘はね」

――それは、予想もしていなかった一言だった。

「あの……それって、どういう意味ですか……？」

「考えてもみろ。腹部をナイフで刺されたら、傷は独りでに治るものなのか？　それも一日二日で」

……それは――そうだけど。

根底から足場を崩す橙子さんの指摘に、僕はぐらぐらと困惑した。

「おまえが浅上藤乃の過去を調べにいったように、私も浅上藤乃の現在を調べてみた。藤乃は二十日から都心内のどの病院にも通っていない。彼女が秘密裏に通っていた専属医の所にも来ていなかったそうだ」

「専属医って、ぇぇ――――!?」

橙子さんは呆れた顔で眉を下げる。

「……君は物捜しは一流だが、洞察力に欠けるな。

いいか、無痛症患者にとって一番恐ろしいのは身体の異常なんだ。痛みがない彼らは、自分がどんな病気にかかっているか判らない。結果として定期的に医師の診察を受ける事になる」

そうか。まったくその通りだ。

けど、それじゃあ――――浅上藤乃の今の両親は、藤乃の無痛症を知らないのか。

「きっかけは些細な勘違いなんだ、黒桐。

藤乃はナイフを持った若者に組み伏せられ、刺されると思った。いや、事実刺される寸前までいっていただろう。その時に彼女の痛覚はすでに戻っていたんだから、その能力も発現できる。

切るか捻るかは、藤乃のほうが先だったのさ。

結果、若者の首はねじ切られ、その血が押さえ付けられていた藤乃の体に散らばった。藤乃は思っただろうね。お腹を刺されてしまった、と」

その時の映像が克明にイメージできてしまい、僕はぶんぶんと頭を振った。

「それはヘンです。痛覚が戻っていたのなら、そんな勘違いはしないでしょう。刺されてないなら痛まない」

「初めから痛かったんだ、藤乃は」

………え？

「今の藤乃の主治医にカルテを見せてもらった。彼女は慢性の虫垂炎《ちゅうすいえん》……俗にいう盲腸炎だ。もっとも、だからこそ医者にかかっていたんだろう。あの子の腹部の痛みはね、ナイフの痛みではなく内臓の痛みなんだよ。

彼女の痛覚は回復と麻痺を繰り返していた。ナイフで刺される直前に痛覚が回復したなら――――間違いなく刺されたと勘違いする。痛みを知らないで育ったのなら、傷なんてあるかどうかも確認しまい。

藤乃は刺された自分の腹部を見て、その傷がなくてもこう思ったに違いない。ああ、傷が塞がってくれた、とね」

「勘違い——なんですか」

「傷の種類そのものはね。だが、事実は変わらない。実際彼女は追い詰められていた。ナイフがあろうがなかろうが、彼女は彼らを殺害する以外に抜け道はなかったんだ。殺さなければ殺される。体ではなく心がね。けれど湊啓太が運悪く逃げ出してしまった。復讐があの場で済んでいたのなら、ここまではならなかったろうに。式の言う通りさ。どちらにせよ浅上藤乃は手遅れだ」

そういえば、式はそれを繰り返し言っていた。

なんで——手遅れなのだろう。藤乃が殺人を犯してしまったという事か。でもそれなら、四人を殺してしまった時にすでに手遅れだという筈だ。

僕には、そこがどう考えても分からない。

「手遅れって、どうして」

「式の言っていたのは精神面での話だろう。藤乃の殺人はね、五人までなら殺人なんだ。それ以外の行為は殺人ではなく殺戮《さつりく》。そこには大義名分がないって、式は怒っていたんだよ。

……あの子は自分が殺人嗜好症のくせに、死というものがいかに大切なものか無意識に感じ取っている。だから浅上藤乃のように無差別な殺人行為はしない。そんな彼女にとってみれば、好き放題やってる藤乃は許せないんだろうね」

好き放題——やっているんだろうか、浅上藤乃は。僕には必死になって逃げているようにしか思えないのに。

「だが、私が言う手遅れとは肉体面での話だ。

虫垂炎は放っておくと穿孔《せんこう》して腹膜炎になる。腹膜の炎症は虫垂とは比べものにならない激痛をともなうんだ。ナイフで刺されたぐらいには、まあ匹敵するかな。こうなると高熱を発したりチアノーゼを起こしたり、果ては血圧低下によるショックも起こす。十二指腸あたりにいってしまえば最悪、半日で死亡するよ。二十日から今日まで五日。とうに穿孔している頃だろう。

気の毒だが——間違いなく致命的だ」

なんでこの人は、涼しい顔でそんな事実を口にできるのか。

「まだ手遅れじゃないでしょう。急いで浅上藤乃を保護しないと……！」

「黒桐。今回の依頼主はね、浅上藤乃の父親なんだ。彼は幼い頃の藤乃の能力を知っていたんだろう。だから事件の惨状を聞いて、それが藤乃の仕業だと感づいた。その父親が、あの怪物を殺してくれと言ったんだ。彼女を唯一守れる父親が、彼女の死を望んでいる。ほらね、黒桐。あらゆる意味で彼女には救いがない。

それに、もう式が行ってしまった」

「——馬っ鹿野郎……！」

誰に対してでもなく、そう叫んでいた。

6

ブロードブリッジは巨人の手で絞られたように歪んでいた。

嵐の中橙子さんのバギーで駆けつけて警備員ともめていると、片腕を血塗《ちまみ》れにした式が橋の地下からひょっこり出てきた。警備員は式に走り寄ったが、式はあっけなく警備員に当て身を食らわせて気絶させた。

「よう。いるとは思ってたんだ、なんとなく」

式は青白い顔のまま、眠っているように言った。

言いたい事が山ほどあったのに、そんな弱々しい彼女の姿を見せられたら何も言えない。

近寄って触ろうとすると、式はひどく嫌がって支えさせてもくれなかった。

「片腕ですんだのか、式」

橙子さんは意外そうだ。式は不満そうに睨む。

「トウコ。あいつ、最後に透視能力まで発現しやがったぞ。ほっとけばとんでもない能力者になる」

「透視能力――――クレアボイアンスか。たしかに彼女の能力に千里眼が加われば、それは無敵だ。物陰に隠れてても回転軸が作られてしまう。あん――――ほっとけば、だと？」

「……最後にあいつ、無痛症に戻りやがった。汚いよな、そんな浅上藤乃は対象にならない。仕方ないんで、ハラん中の病気だけ殺しておいた。急げばまだ助かるかもしれない」

式は、浅上藤乃を殺さなかった。

その事だけ理解すると、急いで病院に電話をする。この嵐の中でやって来てくれるかは不明だけど、そうなったらこっちが連れていくだけの話だ。

幸い、彼女の主治医だったお医者さんは二つ返事で了承してくれた。行方不明の浅上藤乃を心配していたそのお医者さんは、電話越しで涙ぐんでいるようだ。少ないけれど、彼女にも味方がいてくれる。

感動している僕の後ろでは、ふたりが何やら物騒な会話をしていた。

「その腕は止血してあるのか？　血が出ていないが」

「ああ。使いものにならないんで殺しちまった。トウコ、義手ぐらい作れるだろ。人形師を自称してんだから」

「よかろう、今回の報酬はそれだな。おまえは直《ちょく》死《し》の魔眼を持っているくせに肉体面が普通すぎるとかねがね思ってたんだ。その左手、霊体ぐらいは摑めるようにしておこう」

……なんか、そういうのやめてほしいな。

「救急車が来てくれるそうです。ここにいたら何かと面倒くさいから、離れませんか？」

もっともだ、と橙子さんは頷くけれど、式は無言だった。……たぶん浅上藤乃が無事に運ばれるのを見届けたいんだろう。

「連絡した手前、僕は最後までいます。結果は報告しますから、橙子さんは帰っていいですよ」

「この豪雨の中、黒桐も物好きだな。式、帰るぞ」

橙子さんの誘いを、式は遠慮する、とつっぱねた。

ははあ、とイヤな笑みをうかべて橙子さんは車両法違反としか思えないオフロード用のバギーに乗り込む。

「式。浅上藤乃を殺せなかったからって、黒桐を殺すなよ」

あははは、と本気で言って橙子さんは車を走らせる。

夏の雨の中、僕と式は手近な倉庫の下で雨宿りする事にした。

◇

救急車はほどなくやってきて、浅上藤乃を運んでいった。

この嵐の中だったので、顔は見えない。あの夜の少女だったのか確証は得られないけれど、そのほうがいいと思った。

式はぼんやりと夜を見つめていた。

雨に濡れて寒そうに佇んでいる。

彼女はずっと、浅上藤乃を睨んでいた。

雨音に紛れるように、彼女の心に問いかける。

「式、今でも浅上藤乃が許せないか」

「――――一度殺したヤツの事なんて、興味がない」

きっぱりと式は言う。

そこには憎しみも何もない。式にとって藤乃は知らない人になってしまったんだろう。……悲しいけど、それは彼女達にとって一番カタチのいい結末かもしれない。

式はちらり、と瞳を向けてきた。

「おまえはどうなんだ。どんな理由があっても人殺しはいけない事なんだろ」

彼女は、まるで自分について問いただしているようだった。

「……うん。けど、僕は彼女に同情する。正直にいって、彼女を襲った連中が死んだ事に何の感情も浮かばない」

「意外だ。オレ、おまえの一般論を期待してたのに」

……自分を責めてほしいのか、式。でも君は、誰も殺さなかったじゃないか。

僕は瞼を閉じて、雨音を聞く。

「そうかな。でも、これが僕の感想。だってね、式。自分を見失っていたにせよ、浅上藤乃は普通の子なんだ。自分がしてしまった事を、誤魔化しもできずに受けとめてしまうだろう。たとえ自首したにせよ、あの子のやった事は立証できず、社会的な罪は問われない。それがよけい辛い」

「なんで？」

「……罰っていうのは、その人が勝手に背負うものなんだと思うんだ。その人が犯した罪に応じて、その人の価値観が自らに負わせる重荷。それが罰だ。

良識があればあるほど自身にかける罰は重くなる。常識の中に生きれば生きるほど、その罰は重くなる。浅上藤乃の罰はね、彼女が幸福に生きれば生きるほど重くて辛いものになる」

お人好し、と式はもらす。

「それじゃあ、良識のないやつは罪の意識も罰の重みもないってことかよ」

「無い事はないんじゃないかな。それはその人にとって軽いだけだけど、やっぱり在るんだ。とても薄い良識の中に生まれたもっと薄い罪の意識。僕らからみればそんなもの、道端で転んだぐらいの感情だろうけど、その人にとってみれば枷になる。僕なら笑い飛ばせる感傷も、薄い良識しかない人にはとても居心地の悪い感傷となる。大きさは違っても、罰という意味は同じだから」

……そう。例えば、唯一生き残った湊啓太が発狂寸前まで怯えていたのも、彼流の罪の意識が生み出した罰ということだと思う。

後悔も罪悪感も。畏《おそ》れも恐怖も焦燥も。それを償う事もできず、でも償おうと頑張っていくしかない。

「たしかにさ、社会的に罪を問われないのは楽だろうけど。誰かに裁かれないのなら、罰は自分で負うしかない。自責はずっと消えてくれないものだろ。ふとした弾みで思い出される。誰も許してくれなかったから、自分でさえも許せない。心の傷は蒼いままで、ずっと痛み続けるんだ。あの子の痛覚が残留していたように、永遠に癒《い》える事はない。式が言うように心には形がないから――――もってしまった傷の治療はできないんだと思う」

式は黙って聞いている。浅上藤乃の過去を調べてきたせいだろうか、僕は柄にもなく詩的だった。

式は突然、倉庫の屋根から出て雨に打たれる。

「幹也はこう言うんだな。常識があればあるほど、罪の意識を覚えるって。だから悪人はいないんだって。でもさ、オレにはそんな上等なものはないよ。そういうヤツを野放しにしていいの?」

言われてみればその通りだ。

式は善人とか悪人とかいうその前に、常識ってものが稀薄な子だった。

「そっか。じゃあ仕方ない。式の罰は、僕が代わりに背負ってやるよ」

それはまったくの本心だった。

式は不意を衝かれたように止まって、雨の中できょとんとしている。

しばらく雨に打たれて、式は不愉快そうに俯いた。

「……ようやく思い出した。おまえ、昔からその手の冗談を真顔で言うんだよな。白状すると。そういうの、式はすごく苦手だった」

「――――はあ、そうですか。女の子ひとりぐらいは抱えられるって思ってるんですけどね、僕は」

いじけて抗議すると、式は楽しそうに笑った。

「もうひとつ白状するとさ。……オレも、今回ので罪を背負ったと思う。けど、かわりに一つだけ分かった。自分の生き方、自分が欲しいものが。とてもあやふやで危なっかしい物だけど、今はそれにすがっていくしかない。そのすがっていくものが、自分が思っているほど酷《ひど》いものじゃなかったんだ。それが少しだけ嬉しい。ほんの少し────ほんの少しだけ、おまえよりの殺人衝動────」

……最後の単語には顔をしかめるしかないけれど、そういって雨の中で笑う式はとても綺麗だった。

嵐は弱まって、朝には雨も止むだろう。

夏の雨に打たれる式を、僕はただ眺め続ける。

思えばそれが────彼女が目覚めてから初めて僕に見せた、本当の笑顔だった。

／痛覚残留・了

4 伽藍の洞

garan-no-dou.

—— and she said

なにもかもを受け入れるのなら
傷はつかない。
自分に合わない事も。
自分が嫌いな事も。
自分が認められない事も。
反発せずに受け入れてしまえば
傷はつかない。

なにもかもをはねのけるのなら
傷つくしかない。
自分に合ってる事も。
自分が好きな事も。
自分が認められる事も。
同意せずにはねのけてしまえば
傷つくしかない。

ふたつの心はガランドウ。
肯定と否定の両端しかないもの。
その中に、なにもないもの。
その中に、私がいるもの。

／伽藍の洞

／0

「ねえ、三階の個室の患者さんの話、聞いた？」

「あったりまえでしょう。そんなの昨日のうちに知れ渡ったわよ。冗談一ついわない脳外科の芦家《あしか》先生からして取り乱したんじゃ、こっちにだって筒抜けになるわ。信じられないけど、あの患者さん回復したんですってね」

「違う違う、そうじゃないの。ま、確かにあの娘《こ》の話なんだけど、それって続きがあるのよ。あの患者さん、昏睡《こんすい》から回復するなり何をしたと思う？　驚くなかれ、自分で自分の目を潰したんだって」

「――――なによそれ、ほんとのはなし？」

「うん。院内じゃタブーになってるみたいだけど、芦家先生に付き添ってた子から聞いたんだから間違いないわよぉ。先生が目を離したすきに、手の平で瞼《まぶた》の上から目を圧迫したんだっていうんだから、ホラーよね」

「待って。あの子、二年間寝たきりだったんでしょ？　なら、満足に体が動くはずないじゃない」

「そうなんだけどぉ。あちらのお家ってお金持ちでしょ？　入院中あたしらが丁寧《ていねい》にリハビリテーションしてあげてたから、関節とかは固まってなかったんだ。でもまあ、本人が動かしてたワケじゃないからいまいちうまく動けなかったみたい。そのおかげで両目潰しは未遂に終わったんだけどさ」

「――――それでもすごいわよ。横臥《おうが》は楽な反面、体がもっとも弱りやすいって習ったでしょ？　二年間も眠ってたら、ほとんど人間として機能しないでしょうに」

「だから先生も油断してたんでしょうね。ほら、なんていったっけ。白目が出血するケース」

「球結膜下出血」

「そう、それそれ。普通は自然治癒するらしいんだけどさ、緑内障《りょくないしょう》一歩手前まで眼球を圧迫したとかで、今は目が見えない状態なんだって。本人の希望で目だけを包帯でぐるぐる巻きにしてるって話」

「ふぅん。じゃあ、あの患者さんは目が覚めてから一度も日の光を見てないのね。……闇《やみ》から闇か。ちょっと普通じゃないな」

「ちょっとじゃないよぅ。それにさ、問題はまだあるんだ。どうもさ、失語症？　そんな感じなんだって。うまく会話ができなくて、先生は知り合いの言語療法士を招くって。うちの病院、そういう人いないじゃん」

「荒耶《あらや》先生は先月辞めてしまったものね。

でも——そうなると、その患者さんは面会謝絶になるのかな」

「そうみたいよ。精神状態が安定するまで、ご両親も少ししか会えないんだって」

「そっか。そうなるとあの男の子、可哀相ね」

「誰、男の子って？」

「知らない？　患者さんが運ばれてから毎週土曜日に見舞いにくる子がいるのよ。もう男の子って歳じゃないんでしょうけど、あの子には会わせてあげたいわ」

「あ、例の子犬くんね。へえ、まだ通ってたんだ。今時には珍しく真摯《しんし》じゃない」

「ええ。この二年間、あの子だけが患者さんを見守ってた。だから——患者さんが回復した奇蹟の何分の一かは、あの子のおかげなんじゃないかなって思う。……何年もこの仕事やってて、そんな夢を口にするなんてわたしもどうかしてるとは思うんだけど、さ」

／1

◇

其処は暗く、底は昏《くら》かった。

自分の周りにあるのが闇だけと知って、私は死んでしまったのだと受け入れた。

光も音もない海の中に浮かんでいる。裸で、何も飾らないままで、両儀式《りょうぎしき》という名前の人型が沈んでいく。

果てはなかった。いや、はじめから墜ちてなどいなかったのかもしれない。

ここには、何もないから。光がないんじゃなくて、闇さえもない。何もないから、何も見えない。墜ちていくという意味さえない。

無という言葉さえ、おそらくはありえまい。

形容さえ無意味な「　」の中において、私の体だけが沈んでいく。裸のままの私は、目を背《そむ》けたくなるほど毒々しい色彩をしている。ここでは「ある」ものは全て毒気が強すぎる。

「――――これが、死」

呟《つぶや》く声さえ、たぶん夢。

ただ、時間らしきものを観測する。

「　」には時間さえないけれど、私はそれを観測できてしまう。

流れるように自然に、腐敗するように無様《ぶざま》に、時間だけを数えていた。

何もない。

ずっと、ずっと遠くを見つめていても、何も見えない。

ずっと、ずっと何かを待ちつづけても、何も見えない。

とても穏やかで、満ち足りている。

いや――――あらゆる意味がないから、ここではただ「ある」だけで完璧なんだ。

ここは死だ。

死者しか到達しえない世界。生者では観測できない世界。

なのに、私だけが生きているなんて――――


気が、狂いそうだった。

二年間。私はここで死という観念に触れていた。それは観測ではなく、むしろ戦いの激しさに近かったと思う。

◇

朝になって、病院はにわかに騒がしくなってきた。

廊下を行く看護婦の足音や起きだした患者達の生活音が幾重にも繰り返される。夜中の静けさに比べると、朝の慌《あわ》ただしさはお祭りみたいに感じられた。

目が覚めたばかりの私には、その賑やかさは大きすぎる。幸い、私の病室は個室だった。外は騒がしいが、この箱の中だけは静かで落ち着ける。

ほどなくして、医師が診察にやってきた。

「気分はどうですか、両儀さん」

「――――さあ。よく、わからない」

感情のない私の返答に、医師は困ったふうに黙り込む。

「……そうですか。ですが、昨夜よりは落ち着いているようですね。辛いでしょうが、現在の貴女《あなた》の状況をお話しします。気分が悪くなったのなら遠慮なく言ってください」

医師の言葉に私は無言を返答にした。そんな、わかりきった事なんて興味はなかったから。彼はそれを承諾の意と勘違いしたようだ。

「では、簡単に説明します。今日は九八年の六月十四日です。貴女――――両儀式さんは二年前の三月五日の深夜に交通事故によって当院に運ばれました。横断歩道上での、乗用車との接触事故です。覚えがありますか？」

「…………」

私は答えない。――――そんな事は知らない。

記憶という引き出しから取り出せる最後の映像は、雨の中で立ち尽くすクラスメイトの姿だけだ。どうして自分が事故に遭《あ》ったのか、なんて事は覚えていない。

「ああ、思い出せなくても不安がることはありませんよ。両儀さんは乗用車と接触する寸前、それに気がついて跳び退いたようなのです。それが幸いしたのか、身体面での傷は重くなかった。

けれど、その反面で頭部に強い衝撃を受けたようです。当院に運びこまれた時点で意識は昏睡状態でした。ですので、記憶が思い出せないのは二年間の昏睡状態による一時的な意識の混乱でしょう。昨夜の診察では脳波に異状は見られませんでしたからね。記憶はおいおい回復されるでしょうが、絶対とは言いきれません。なにぶん昏睡からの回復そのものからして前例がないのです」

二年間と言われても、私にはあまり実感が湧《わ》かない。眠っていた両儀式にとって、その空白は無に近しい。

両儀式という人物にとって、昨日とは間違いなく二年前の雨の夜の事だろう。

けれど、私にとってはそうではない。

今の私にとって、昨日はそれこそ「無」だ。

「また、両目の傷も重いものではありません。圧迫による傷は眼球の障害でも軽いものですからね。昨夜は貴女の近くに刃物がなくて幸いでした。包帯もじきとれるでしょう。外の景色を見るのは、あと一週間ほど我慢してください」

医師の台詞《せりふ》には、どこか非難がましい響きがあった。彼は私が自分で目を潰そうとした事に迷惑しているのだろう。昨夜もどうしてそんな事をしたのか問い詰めてきたが、私は答えなかった。

「これからは午前と午後に身体のリハビリテーションを行なっていただきます。ご家族の方との面会は日に一時間程度が適切でしょう。体と心のバランスが整えばすぐに退院できます。辛いでしょうが頑張ってください」

予想通りの台詞に興醒めする。

私は皮肉を口にするのも疲れて、自分の右手を動かしてみた。……体は、そのどれもが自分の物ではないようだった。動かすのに時間がかかるし、関節や筋肉がばりばりと破けていくように痛む。二年間も使っていなかったのだから、それも当然なのだろうが。

「では、今朝はこれで。式さんも落ち着いたようですから看護婦はつけません。何かご用の時は枕元のボタンを押してください。隣室に看護婦が控えています。些細《ささい》な事でも遠慮なく使ってやってください」

やんわりとした台詞。

目が見えていたのなら、私は医師のインスタントな笑顔を見ていた事だろう。

去っていく医師は、最後に思い出した、とばかりに一言つけたして言った。

「ああ、そうでした。明日からカウンセラーがこられます。両儀さんにわりと近い年齢の女性ですから、気軽に会話してください。今の貴女には、会話は回復に欠かせないものですから」

そうして、私はひとりになった。

病室のベッドの上で横になって、自ら閉ざした瞳を抱えて、ぼんやりと存在する。

「自分の名前――――」

乾いた唇で、言った。

「両儀、式」

けど、そんな人間はここにはいない。

二年間の無が私を殺したから。

両儀式として生きてきた記憶は全て鮮明に思い出せる。でもそれがなんだっていうのだろう。一度死んで、生き返った私にとってそんな記憶が何になるというのか。

二年間の空白は、かつての私と今の私の繫《つな》がりを完全に断ってしまっている。

私は間違いなく両儀式で、式以外の何物でもないのに――かつての記憶を、自分の物と実感できない。

こうして蘇生した私は、両儀式という人間の一生を映像にして見ているだけなのだ。映画の登場人物を、私は私と思えない。

「まるで、フィルムに映《うつ》った幽霊みたい」

唇を嚙《か》む。

私は、私がわからない。

自分が本当に両儀式なのかさえあやふやだ。

私が、なにか得体の知れない者のように思える。

体の中身は空っぽで、洞窟みたいだ。空気でさえ風みたいに通り過ぎる。

理由はわからないけれど、本当に、胸に大きな穴が開いてしまっているようだ。

それがとても不安で――とても淋しい。

欠けたパズルのピースは心臓。その空隙《くうげき》に、軽い私は耐えられない。

空っぽすぎて、生きる理由も見当たらない。

「それが――どうしたっていうんだ、式」

言葉にしてみれば、どうという事はなかった。

不思議な事に――胸を搔《か》き毟《むし》らなければならないほどの不安や焦《しょう》燥《そう》を、私は苦しいとも悲しいとも感じない。

不安はある。痛みもある。

でもそれは、あくまで両儀式だったものが抱くものだ。

私は無感動だ。二年間の死からの蘇生にも興味はない。

ただユラユラとここにいる。

自分が生きているなんて、とても実感できないいまで。

／2

次の日になった。

光を捉えられない今の自分にも朝の到来が判るのは、ちょっとした発見だ。

そんなどうでもいい事がやけに嬉しい。なぜ嬉しいのかと考えているうちに朝の診察が始まり、いつの間にか終わっていた。

午前中はあまり静かではなかった。

母と兄が面会に来て、話をした。

まるで他人のようで、会話は嚙み合いもしない。仕方なく式の記憶通りの対応をすると、母は安心して帰っていった。

芝居をしているようで、気が滅入るほど滑稽《こっけい》だった。

◇

午後になって、カウンセラーがやってきた。

一応言語療法士だという女性は、底抜けに明るかった。

「はぁい、元気？」

なんて挨拶をする医師の話を、私は聞いた事がない。

「へえ。やつれてるかと思ったけど、肌のつやとかキレイなのね。話を聞いた時はね、柳の下にいる幽霊みたいなのを想像しちゃってあんまり気乗りしなかったんだけど。うん、私好みの可愛《かわい》い娘《こ》でラッキーじゃん！」

声の質からして二十代後半らしき女性は、私が眠るベッド横の椅子に座り込む。

「はじめまして。貴女の失語症の回復を助けにきた言語療法士です。ここの人間じゃないから身分証明書はないんだけど、目が見えないならどうでもいい問題よね」

「――失語症って、誰が」

つい言い返すと、女医はうんうんと頷いたようだ。

「そりゃあ、ふつう怒るわよね。失語症ってあんまりいいイメージないし、なおかつ誤診だし。芦家クンは教科書通りの人間だからさ、あなたみたいな特殊なケースには弱いのよ。でも、あなたも悪いわよ。面倒くさがって何も話そうとしないから、そんな疑いをかけられちゃう」

さも親しげに、女性はくすくすと笑う。

――完全な偏見だが。私は、この相手が眼鏡《めがね》をかけている人間だと決めつけた。

「失語症と、思われてたんだ」

「そうよ。あなたは事故で脳やっちゃってるしね。言語回路が破損してるんじゃないかって。でもそれは誤診。あなたが話をしないのは身体的なものじゃなくて精神的なものでしょう？　だから失語症じゃなくて無言症。そうなると私はお役御免になるんだけど、わずか一分足らずでクビっていうのもイヤな話でさ。ちょうど本業も暇だから、しばらく付き合ってあげるわ」

……余計なお世話だ。

私は看護婦を呼ぶボタンに手を伸ばす。

と、女医はボタンをすばやく私から取り上げた。

「――おまえ」

「危ない危ない。芦家クンに今の話を言われたら、私はすぐさま退場だものね。いいじゃない、失語症だと思わせておけば。あなたもつまらない返答をする必要がなくなるんだから、お得でしょ？」

……それは、たしかにその通りだ。けれどそれをはっきりと口にするこの人物は何者なんだろう。

私は包帯の巻かれた瞳を正体不明の女医に向ける。

「おまえ、医者じゃないだろ」

「ええ、本業は魔法使いなの」

呆《あき》れて、私は息を吐いた。

「手品師に用はないよ」

「あはは、確かにそうね。あなたの胸の穴はマジシャンじゃ埋められない。埋められるのは普通の人だけだもの」

「――――胸の、穴――――？」

「そう。気付いてるんでしょ？　貴女は、もう一人なんだって事を」

クスリと笑って、女医は立ち上がった。

片付けられる椅子の音と、立ち去っていく足音だけが私に届く。

「まだ早すぎたみたいだから、今日はここまでにしとく。また明日くるから、バイ」

唐突に現れて、唐突に彼女は去っていった。

私は動きにくい右手で、口元に手をあてた。

もう、ひとり。

胸に空いた、穴。

――――ああ、なんて事だろう。

なんて事を、私は失念していたんだ。

いない。どこに呼びかけたって、彼がいない。

両儀式の中にいたもう一人の人格である両儀織《しき》の気配が、綺麗さっぱりなくなっている――――。

◇

式は、自らの内に異なる人格を抱える二重人格者だった。

両儀の家系には遺伝的にふたつの人格を持ってしまう子供が生まれる。世間一般の家庭なら忌《い》み嫌われるそれは、両儀の家では逆に超越者として祀《まつ》られ、正統な跡継ぎとして扱われていた。

……式はその血を受け継いだ。男子である兄を差し置いて女子である式が跡継ぎになっているのはそのためだ。

けど、本来はこんな事は起こらない。

ふたつの人格――――陽性である男と陰性である女の人格の主導権は、陽性である男性のほうが強い。

今までの数少ない〝正統な〟両儀の跡継ぎは、全員が男性として生まれ、その内に女性としての人格を持っていた。けれど式は何かの手違いでそれが逆転してしまったのだ。

女性としての式の内に、男性としての織が包摂《ほうせつ》された。

肉体の主導権を持つのが女性である式――つまり私。

織は私のマイナス面の人格で、私の抑圧された感情を受け持っていた。

式は織という負の闇を圧《お》し殺して生きてきた。何度も何度も、自分という織を殺して普通のふりをして生きていた。

織本人は、それに別段不満もなさそうだった。彼は大抵眠っていて、剣の稽古《けいこ》の時などに呼び起こすと退屈そうにそれを請け負った。

……まるで主人と従者の関係だけれど、本質はそうじゃない。式と織は結局のところ、ひとつなんだ。

式の行動は織のもので、織が自身の嗜好《しこう》を圧し殺すのは彼本人の望みでもあった。

……そう。織は殺人鬼だった。私が知るかぎりでその経験はなかったが、彼は人間という、自分と同じ生物を殺害する事を望んでいた。

主人格である式はそれを無視した。ずっと、それを禁じてきた。

式と織は互いに無視しあいながらも、なくてはならない存在だった。式は孤立していたけれど。織というもう一人の自分のおかげで、孤独ではなかったから。

でも、その関係が壊れる時がやってきた。

二年前、式が高校一年生だった時。今まで肉体を使いたがらなかった織が、自分から表に出たいと願いはじめたあの季節――。

そこから式の記憶は曖昧《あいまい》だ。

今の私では、高校一年の頃から事故に遭うまでの式の記憶が呼び出せない。

覚えているのは――殺人現場に居合わせている自分の姿。

流れでる赤黒い血液を見て、喉《のど》をならす自分の姿。けれどそれより、もっと鮮明に覚えている映像がある。

赤くて、炎《も》えるような夕暮れどきの教室。

式を壊してしまった、あのクラスメイト。

シキが殺したかった、ひとりの少年。

シキが守りたかった、ひとつの理想。

それを、ずっと昔から知っている気がするのに。

長い眠りから目を覚ました私は、彼の名前だけが、まだ思い出せないでいた。

◇

夜になって、病院は静かになった。

ときおり廊下に響くスリッパの音だけが、私は目覚めているのだと感じさせる。

闇の中で――いや、闇の中だからこそ。

何も見えない私は、自分が独りだと痛感する。

かつての式ならその感覚はなかっただろう。

自らの内にもう一人の自分を抱えていた式。けれど織はもういない。いや――私は、自分が式であるのか織であるのかさえ判らない。

私の中には織が無かった。ただそれだけの事で、私は自分が式だと認識している。

「は……なんて矛盾《むじゅん》。どちらかがいなければ、自分がどちらか判らないなんて」

嗤《わら》ってみたけれど、胸の空虚さは少しも埋まらない。せめて悲しいとでも思えれば、この無感動な心にも何か変化があるだろうに。

自分が判らないはずだ。私は誰でもないから、両儀式の記憶を自分の物と実感できない。両儀式というカラだけあっても、その中身が洗い流されてしまったのでは意味がない。……いったい。このガランドウの入れ物には、どんな物が入るのだろうか。

「――ボ。クガ、ハイ、る。ヨ」

ふと、そんな音が聞こえた。

扉が開いたような空気の流れ。

気のせいだろう、と私は閉ざされた瞳を向ける。

そこに――いた。

白いモヤが、ゆらゆらと揺らめいていた。見えないはずの私の目は、そのモヤの形だけをとらえている――

モヤは、どことなく人間に似ていた。いや、人間がクラゲのように骨抜きになって風に流されている、としかとれない。

気色の悪いモヤは、一直線に私に向かってきた。

まだ体が満足に動かない私は、それをぼんやりと待った。

これが幽霊というモノだとしても恐くはない。

本当に恐ろしいのはカタチが無いモノだ。たとえどんなに奇怪なものでもカタチがあるものなら、私は恐いとは感じない。

それに幽霊であるのなら、今の私も似たようなものだろう。生きていないコレと、生きる理由のない私に大差はないのだから。

モヤは私の頬《ほお》に触れてきた。

全身が急速に凍えていく。背筋に走る悪寒は鳥の爪めいて鋭い。

不快な感覚だったけれど、私はそれをぼんやりと見つめ続けた。しばらく触れていると、モヤは塩をかけた蛞蝓《ナメクジ》みたいに溶けていった。

理由は簡単だ。モヤが私に触れていた時間は五時間ほどあった。時刻はじき午前五時になる。朝になったので幽霊は溶けていったのだろう。

眠れなかった分、私はこれから寝なおす事にした。

／3

私が回復してから何日目かの朝がやってきた。

両目はまだ包帯に巻かれたままで何も見えない。

誰もいない静謐《せいひつ》の朝。

漣《さざなみ》のような静けさは、健常すぎて我を失う。

——小鳥の囀《さえず》りが聞こえる。

——陽射しの温かさを感じる。

——澄んだ空気が肺に満たされる。

——あの世界に比べて、ここはとても綺麗だ。

なのに、それを喜びもしない自分がいる。

ただ気配だけで感じる朝の空気に包まれるたびに、思う。

——こんなにも幸福なのに。

人間は、こんなにもひとりだ。


ひとりでいる事は何にもまして安全なのに、どうしてひとりでいる事に耐えられないのか。かつての私は完成されていた。ひとりで足りていたから、誰も必要ではなかった。

けど、今は違う。私はもう完全じゃない。

足りない部分を待っている。こうしてずっと待っている。

でも、私はいったい、誰を待っているというのだろう……？

◇

カウンセラーを名乗る女医は毎日やってきた。

いつのまにか私は、彼女との会話を虚ろな一日の拠り所にしているようだった。

「ふぅん、なるほどね。織クンは肉体の主導権がなかったんじゃなくて、使わなかっただけなんだ。ますます面白いな、あなた達は」

相変わらずベッドの横に椅子を寄せて、女医は楽しげに話をする。

どういうわけか、彼女は私の事情をよく知っていた。

両儀の家の者しか知らない私の二重人格の事も、二年前の通り魔事件に私が関わっていた事も。本来ならば隠し通さなければならないそれらの事柄は、しかし、私にとってはどうでもいい事だ。

知らず、私はカウンセラーの軽口に合いの手をいれるように会話をしていた。

「二重人格に面白いも何もないと思う」

「ちっちっち。あなた達のはね、二重人格なんて可愛いものじゃないわ。いい？　同時に存在して、それぞれが確固たる意志をもって、なおかつ行動が統合されている。こんな複雑怪奇な人格は二重人格じゃなくて、複合個別人格というべきね」

「複合……個別人格——？」

「そう。けど、少し疑問が残る。それなら織クンは眠っている必要なんかないのよ。あなたの話じゃ彼はいつも眠っていたというけど、そこがちょっと、ね」

いつも眠っていた織。……その疑問が分かるのは、たぶん私だけだ。

織は式より——夢を見るのが好きだったから。

「それで。今も眠っているの、彼は？」

女医の言葉に、私は答えなかった。

「そっか。じゃあやっぱり死んだのね。二年前の事故の時、あなたの代わりになって。だからあなたの記憶には欠落がある。織クンが受け持っていた二年前の事件の記憶が曖昧なのはそのせいよ。彼が失われてしまった以上、その記憶は戻らない。……両儀式が通り魔殺人にどう関わっていたかは、これで本当に闇の中に消えてしまったわ」

「その事件。犯人は捕まっていないそうだけど」

「ええ。あなたが事故に遭ってから嘘《うそ》みたいに行方を晦《くら》ましたわ」

どこまで本気なのか、女医はあははと笑った。

「でも、織クンが消える理由はなかったのよね。だって黙っていれば、消えていたのは式サンだったんでしょ？　彼はどうして、自ら消える事を望んだのかしら」

そんな事、私に訊かれても解るものか。

「知らない。それよりハサミは持ってきた？」

「あ、やっぱりダメですって。あなたは前科があるから、刃物は厳禁だそうよ」

女医の言葉は予想通りだ。

日頃のリハビリテーションのおかげか、私の体はなんとか自分で動けるくらいまでに回復した。日に二回、わずか数分だけの些細な運動でこんなにも早く回復したのは私が初めてだそうだ。

そのお祝いをしよう、という女医に、私はハサミを欲しがった。

「でもハサミなんか何に使うの？　生け花でもする気？」

「まさか。たんに、髪を切りたかったから」

そう。体が動くようになったら、背中にあたる自分の髪が鬱陶《うっとう》しくなったのだ。首筋からざらざらと肩に流れる髪は小煩《こうるさ》い。

「それなら美容師さんを呼べばいいのに。言いにくいなら私が呼んできましょうか？」

「いい。他人の手が髪に触れるなんて、想像したくもない」

「そうよねー、髪は女の命だもの。あなたは二年前のままなのに、髪だけは伸びていたのって可憐《かれん》だわ」

女医が立ち上がる音がした。

「それじゃあ代わりにこれをあげましょう。ルーンを刻んだだけの石だけど、お守りぐらいにはなると思うの。ドアの上に置いておくから、誰にも取らせないように注意してね」

女医は椅子を使って扉の上にお守りとやらを置いたようだ。

彼女はそのまま扉を開ける。

「それじゃあ、私はこれで。明日からは別の人で来るかもしれないから、その時はよろしくね」

おかしな言い回しをして、女医は立ち去っていった。

◇

その夜、いつもの来客は現れなかった。

深夜になると決まってやってくるモヤのような幽霊は、この日にかぎって病室に入ってこなかった。

モヤは毎夜やってきては私に触れていた。

それが危険な事だと判ってはいたが、私は放っておいた。

あの幽霊みたいなものが私に取り憑《つ》いて殺すというのなら、それもかまわない。

いや、いっそ殺してくれるのなら、どんなに簡単だろう。

生きている実感の湧かない私には、生きていく理由さえない。なら、いっそ消えてしまったほうが楽だ。

闇の中、瞼を覆う包帯に指を触れさせる。

視力はじき戻ろうとしている。そうしたら私は今度こそ完全に眼球を潰してしまうだろう。今は視《み》えないけれど、治ってしまえばまたアレが視えてしまう。あの世界が見えてしまうぐらいなら、こんな目はいらない。その結果としてこちらの世界が見えなくなったとしても、幾分はましだろう。

……なのに、私はその瞬間まで行動を起こせないでいる。

かつての式なら迷う事なく眼球を破壊しているだろうに、今の私は仮初《かりそ》めの暗闇を得た事で停滞しているのだ。

――なんて、無様。

私は生きる意志もないくせに、死のうとする意志さえない。無感動な私は、どんな行動にも魅力を感じない。誰かの意志を受け入れる肯定しかできない。

だから、あの得体のしれないモヤが私を殺すというのなら止めはしない。

死ぬ事に魅力は感じないけれど抵抗する気もない。

……どうせ。喜びも悲しみも、両儀式だったものにしか与えられないというのなら。今の私は、生きていく意味さえないのだから。

伽藍の洞／

1

蒼崎橙子《あおざきとうこ》が両儀式という人物の話を聞いたのは、ちょうど六月になったばかりの、天気のいい昼下がりの事だった。

彼女が気紛れで雇った新入社員が両儀式の友人で、暇潰しのつもりで彼の話を聞きだしたのがそもそもの発端だ。

話によると両儀式は二年前に交通事故に遭ってから昏睡状態に陥り、生命活動こそ維持しているものの目が覚める見込みはまったくないのだという。それだけでなく、どうも肉体の成長も止まってしまっているらしい。生命活動があるのに成長が止まっているなんて間違いを、初め、橙子は信じなかった。

「……ふぅん。成長しない生物は死んでるものなんだがね。いや、時間の圧力は死人にさえ影響を及ぼす。死体は腐敗という成長をとげて土に還《かえ》るだろう。動くクセに成長しないなんてのは、この間君が稼働させてしまった自動人形ぐらいのものだよ」

「でも本当なんです。彼女はあれから歳をとってるように見えない。式のような原因不明の昏睡状態って他に例はないんですか、橙子さん」

新入社員の問いに、橙子はふむ、と腕を組む。

「そうだな。あちらさんの国で有名なのがあるだろう。当時結婚したばかりの二十代の女性が昏睡に陥り、実に五十年もの歳月を超えて蘇生したという例だ。知らないか？」

橙子の言葉に新入社員はいえ、と首をふった。

「あの、その人って目覚めた時はどうなっていたんですか」

「いたって正常だったそうだ。五十年の眠りなんて、それこそ無かったぐらいにな。彼女は二十代の心のままできちんと蘇生して、夫を悲しませた」

「――――え？　悲しむって、なんでですか。奥さんが回復したんだから、喜ばしい事じゃないですか」

「だからさ。心は二十代のままで肉体はもう七十歳に老化してしまっていたんだ。昏睡している間にもね。生かすというのは劣化させるって事だから、これればかりは仕方あるまい。

そうして、七十歳の夫人は自分がまだ二十代のつもりで夫に遊びにいこうとせがむ事になる。夫の方は正しく七十年間生きてきたからそれでいい。問題は妻のほうだ。五十年という時間を知らないうちに使いきられた彼女は、どんなに言葉で説明してもその現実を認められない。嫌がって認めないんじゃなくて、本当に真実として認識できないんだ。悲劇といえば悲劇だよ。皺だらけの体を背負って遊び場に行こうとする彼女を、夫は泣きながら止めたという。

そしてこう思ったそうだ。こんな事なら目覚めなければよかったのに、と。

どうだ？　夢物語のような悲劇はね、実はとうの昔に現実の物になっているのさ。参考になったか？」

橙子の言葉に、彼は神妙にうなだれた。

「おや、思い当たる節でもあったか」

「……えぇ、少し。ときどき思うんです。式は、自分から起きようとしないいんじゃないかって」

「ワケありのようだな。よし、暇潰しに話してみろ」

本当に暇潰しのために言う橙子に、彼は怒って顔を背ける。

「お断りします。橙子さんの、そういう無神経なところって問題ありますよ」

「なんだ、話をふったのはそっちだろう。いいから話せ。私だって興味本位なわけじゃないんだ。鮮花《あざか》のやつ、電話口で毎回そのシキという名前を言ってね。どんな人間だったのか知らないと、返答のしようもないだろう？」

鮮花、という名前を出されて彼は眉《まゆ》を寄せる。

「前から尋ねようと思ってたんですけど。うちの妹と橙子さん、どこで知りあったんです？」

「一年前に旅先で。ちょっとした猟奇事件に巻き込まれた時に、不覚にも正体がばれてしまった」

「……まあいいですけど。鮮花は純真なんですから、あることないこと吹き込まないでくださいよ。あいつ、ただでさえ不安定な年頃なんですから」

「鮮花が純真、ね。たしかにありゃあ純真かもしれない。ま、妹との確執は君の問題だから関与しないよ。それよりシキって子の話をしよう」

机に身を乗り出して言う橙子に、彼はため息まじりに話しだした。

両儀式という友人の性格と、その特異な人格の在《あ》り方を。

彼と両儀式は高校時代のクラスメイトだった。

入学する前から両儀式という名前に縁があった彼は、彼女と同じクラスになった後に友人になった。あまり友人を作りたがらない両儀式と親しくしていたのは彼だけだったという。

だが、彼らが高校一年生だった頃に起きた通り魔殺人事件以後、両儀式は微妙に変わりだしてしまった。

　彼女は自分が二重人格者だという事、そしてもうひとつの人格が殺人を嗜好しているという事を彼に打ち明けたのだ。

　実際、二年前の通り魔殺人に両儀式がどう関わっていたかは謎だ。それが明らかになる前に、彼女は彼の目前で事故に遭って病院に運ばれた。

　三月の初めの、冷たい雨が降る夜に。

　そんな一連の話を、橙子は酒の肴《さかな》程度にしか聞いていなかったのだが、話が深まるにつれ、その表情から笑みが消えていった。

「以上が僕と式の顚末《てんまつ》です。もう、二年も前の話だけど」

「────それで成長が止まってるワケか。命のリザーブなんて、吸血鬼じゃあるまいし。それでさ、その子の名前ってどう書くんだ？　漢字で一文字だろ？」

「数式の式ですけど、それが何か？」

「式神の式、か。それで名字《みょうじ》が両儀ときた。出来すぎだよ、それ」

　咥《くわ》えていた煙草《たばこ》を灰皿に押しつけると、橙子は我慢ならないとばかりに立ちあがる。

「病院は郊外だったっけ。興味が湧いたから、少しだけ様子を見てくる」

　返事を待たずに橙子は事務所を後にした。

　まさかこんな所でそんな物に関わるなんて、なんて因果だと唇を噛みながら。

2

　両儀式が回復したのは、それから数日後の事となる。

　親族でさえ容易に面会ができない状況は、取りも直さず一般面会の不可能性を示していた。

そのせいだろう。新入社員の彼が人が変わったような陰鬱さでこつこつとデスクワークに没頭しているのは。

「暗いな、どうにも」

「はい。電灯、いいかげんに購入しましょう」

橙子に視線も向けないで答える。

真面目な人間が思い詰めるととんでもない奇行に出る場合がある。この青年もその類《たぐい》かな、と想像して橙子は声をかける事にした。

「そう思い詰めるな。今日あたり不法侵入しそうな気配だぞ、君」

「無理ですよ。あそこの病院、研究所なみの警備システムなんですから」

さらりと返答するあたり、詳しく警備システムを調べあげているのだろう。

せっかくの新入社員を犯罪者にする訳にもいかないか、と橙子は肩をすくめる。

「……黙っておこうと思ったんだが、仕方ないから教えてやる。私ね、ちょっとした代打として今日から あの病院に勤める事になったんだ。両儀式の近況にさぐりを入れてきてやるから、今は大人しくしていろ」

「――――え？」

「だから、医師として招かれている。いつもなら断る所だが今回は他人事《ひとごと》ではないのでね。君から無理遣り話を聞き出した手前、これぐらいはしてやろうと思ったんだ」

つまらなそうに橙子はいう。

彼は椅子から立ち上がると、そのまま橙子へと歩み寄って彼女の両手を握った。

ぶんぶん、とふたりの手が縦に動く。……それが感謝の意思表示なのだと解らず、橙子は難しい顔で彼の顔を眺《なが》めた。

「奇怪な趣味をしているな、君」

「うれしいんです。おどろきました、橙子さんにも人並みの優しさとか義理があったんですね！」

「……人並みにはないが、そういう事は口にしないほうがいいと思うぞ」

「いいんです、僕が浅はかでした。あ、だから今日はスーツ姿なんですねっ。すごく格好いいです、似合ってます。見違えちゃいました、ええ！」

「……普段通りの服装なんだが、まあいい。世辞は受け取っておく」

何を言っても無駄か、と悟って橙子は会話を手早くきりあげた。

「そういう訳だから、あまり早まった行動はするな。ただでさえあの病院はおかしいんだ。君はここで留守番に専念する事。いいな？」

その言葉で、舞いあがっていた彼はいつも通りの落ち着きを取り戻した。

「――――おかしいって、あの病院がですか？」

「ああ。結界らしき物の前準備が施されている。私以外の魔術師が介入しているようだ。ただ、目的は両儀式じゃないだろう。それなら二年間も放ってはおかないだろうしね」

あからさまな嘘だったが、堂々と言い切ったので彼は疑いもしなかった。

「……えっと。結界って、このビルの二階みたいなヤツですよね？」

「ああ。結界とはレベル差こそあれ、一定の区画を隔離するものをいう。本当に壁を作ってしまうものから、見えない壁で覆ってしまうものもある。一番上等なのは何もしていないのに誰も近寄らない、という強制暗示。このビルと一緒だ。ここに来る目的がない者には意識できない、という暗示なら、誰にも気付かれずに結界であり続けられるからな。派手に異界を象《かたど》って周囲に異常を知らしめる結界なんていうのは下の下の仕事だよ」

異常を気づかせない異常、それが彼女の工房の守りだ。

地図にあっても誰もが見落としてしまう結界。卓越した魔術師が巣くう世界とは、何げない隣の家めいたものなのだ。

だが――――その結界を、この新入社員は無意識に破った。蒼崎橙子という人物を知っていなければ見付けだせないこのビルを、彼はいともたやすく発見してしまったのである。そのあたりが橙子が彼を雇った理由でもあるのだが。

「……それで、病院の結界って危ない物なんですか？」

「人の話を聞けというんだ。結界自体に害はない。もともとは仏教用語だぞ、結界という単語は。アレはあくまで外界と聖域を隔離するものなんだ。いつからか魔術師が身を護る術の総称になってしまったがね。

いいか、さっきも言ったが一番上等な結界は一般人に異常と思わせない〝無意識下に訴える強制観念〟なんだ。最も高等なのは空間遮断になるんだが、そこまでいくと魔術師ではなく魔法使いの業《わざ》になる。現在、この国に魔法使いは一人しかいないから、まずそんな結界は張られない。

張られないんだが、あの病院に張られた結界はかなり巧《うま》い。私も初めは気がつかなかったぐらいだ。知り合いに結界作りのエキスパートがいたが、そいつと同格の作り手かな。……まあ、結界作りの専門家には哲学者が多い。連中は切った張ったには疎《うと》いから、まず安心していいだろう」

そう、結界自体に危険はない。問題は外界と遮断した世界で何を行なうか、という事だ。

あの病院の結界は外ではなく内に向いていた。

すなわち、院内でどのような出来事が起きても誰も気がつかない、という類の。例えば深夜に病室の一つから悲鳴があがっても、誰一人として目を覚ます事はないだろう。

橙子はその事実を口せず、そろそろ時間だ、と時計に視線を投げて歩きだした。

「橙子さん。式の事、よろしくお願いします」

ああ、と橙子は手の平をひらひらさせて答える。

振り返りもしない彼女に、彼はもう一つの些細な疑問を投げかけた。

「そうだ。その、知り合いのエキスパートって誰ですか？」

ぴたり、と橙子の足が止まる。

彼女はしばし考え込んでから、くるりと振り返って答えた。

「そりゃあおまえ。結界の専門家っていえば、坊主に相場が決まってるだろ」

3

橙子が臨時の医師として病院に招かれてから六日ほど経過した。

日に日に回復に向かっているという両儀式の吉報を彼に届ける度に、橙子はある種の不安を持たずにはいられなかった。

すなわち、現在の両儀式と過去の両儀式が他人にとって同一のものなのか、という事を。


「日に二回のリハビリテーションと脳波のチェックが彼女の日課らしい。退院の日ぐらいは面会もできるだろうから、もうしばらくの我慢だな」

病院から帰ってきた橙子は、オレンジ色のネクタイを緩《ゆる》めながら机に腰かける。

夏を間近に控えた夕方。

夕日の赤が、電灯のない事務所を深紅に染め上げていた。

「一日二回のリハビリって、それだけでいいんですか？　二年間も眠ったままだったんですよ、式は」

「患者が眠っていても毎日関節《からだ》は動かしてたんだろう。それにリハビリは運動じゃないんだ。日に五分もやれば上等だよ。そもそもリハビリテーションっていうのは医学用語じゃないぞ。あれはね、人間としての尊厳の回復という意味なんだ。だから今まで寝たきりだった両儀式が、自身を人間なのだと実感できればそれでいい。身体の回復は、また別の話」

そこで一息いれて、橙子は煙草に火をつける。

「だがな。問題は身体面ではなく精神面だ。あの子は、以前の両儀式ではなくなっている」

「———記憶喪失、ですか」

覚悟していたのか、彼は恐る恐るそんな莫迦《ばか》げた事を言った。

「うん、どうだろう。人格自体は以前のままだとは思う。両儀式自身に変化はない。変化があったのは式のほうでね。君にはショックな話かもしれんな」

「そんなの、今までで慣れました。詳しく説明してください。式は……その、どうなってるんですか?」

「ああ。率直に言うとね、彼女は空っぽなんだ。今まで内にもう一人の自分を抱えていた式。けれど織はもういない。いや、彼女には自分が式であったか織であったかさえあやふやだろう。目覚めた彼女の中には、織が無かった。それが失われた事により、彼女の心の中は空白になってしまったんだ。おそらく———あの子は、その空隙に耐えられない。……胸が空いているんだ。穴のように、足りていない。空気さえ風のように通り過ぎる」

「織がいないって———どうして」

「式の身代わりになったからだろ。とにかく二年前の事故の時に両儀式は死んだんだ。なまじ生きているから勘違いしてしまうが、死んだものと仮定してみろ。両儀式は新しい人間として両儀式の肉体に再生した。今の式にとって、過去の式と、それによって派生している現在の式は他人にすぎん。誰だって他人の歴史は実感できない。たぶん、あの子は今も自分が自分でない感覚のままで夜を過ごしているだろう」

「……他人って。それじゃあ式は以前の事は覚えていないんですか?」

「いや、覚えてるよ。今の彼女は間違いなく君の知ってる式だろう。彼女が生き延びられたのは、式と織という個別にして同格の人格を持っていたからだ。両儀式が事故によって精神死した。その時に死ぬ役をかって出たのが織とする。それで彼女は死亡したわけだが、まだ脳内には式が残っているんだ。結果、精神死にはならない。式は両儀式が死んでしまったという事実の為に眠り続けてしまっていたが、死んだのはあくまで織一人で、彼女は生きていた。二年間もの昏睡はそういう事だ。生命活動はあるのに成長しなかった。死んでいるのに生きていたからさ。しかし蘇生した彼女は以前の式とは細部が違う。記憶喪失、というほどでもないが、必要時でなければかつての記憶を思い出したりはしないだろうね。

他人とも別人とも言えないが、今の彼女は今までの式とは違うんだ。式と織という人格が混ざり合った第三の人格とでも受けとめておけばいい」

……だが、本当はそんな事にはなりえない。

式が両儀である以上、半身である織と溶け合う事もないし、織が欠けた空白を式ひとりで埋める事もできないのだから。

その事実を口にせず、橙子は話を続ける。

「だが、たとえ彼女がまったくの他人として再生しても、彼女は両儀式だ。どんなに自身に実感が持てなくても——あの子はやっぱり両儀式なんだよ。今はまだ生《せい》の実感さえ掴《つか》めていないだろうが、いずれ彼女も自身を式なのだと認識できる時がくる。

薔薇は薔薇として生まれるんだ。育った土と水が変わっただけで違う花になりはしない」

だからそんなことで悩みこむな、と彼女は呟《つぶや》くように付け足した。

「結局、空いた穴は何かで埋めるしかないんだ。彼女は記憶ではなく、今を積み重ねて新しい自分を形成していくしかない。それは誰も手を貸せない伽藍《がらん》造りだ。他人が口をはさめる事じゃない。ようするに、君は今までどおりに彼女に接すればいいだけさ。あの子の退院、近いそうだよ」

吸いきった煙草を窓の外に放って、橙子は両手を上げて背筋を伸ばした。

ばきばきと豪快に骨がなる。

「まったく、慣れない事はするもんじゃないな。煙草がまずくて仕方がない」

誰に言うでもなく、長く息をはきながら彼女は言った。

／4

いつも通りの朝の診察が終わって、今日が二十日だと知らされた。私が目覚めてから七日経《た》ったという事だ。

身体の方も順調に回復しつつある私は、明日退院する事になる。両目の包帯も、明日の朝には解けるという話だった。

七日……一週間。

その間に私が得たものは、そう多くはない。

失ったものが多すぎて、何を無くしてしまったのかさえ曖昧だ。

両親も秋隆《アキタカ》も、たぶん以前のままで変わっていない。けれど私が捉える彼らは別人だ。両儀式という私でさえ変わってしまったのだから、私をとりまいていた全ての事柄が無くなってしまうのは、きっと仕方のない事なのだ。

ふと、両目を覆う包帯に手をかける。

失ったものの代わりに得たモノが、これだ。

二年間――――生きたまま『死』という物に触れていた私は、そんなカタチのない概念を見てしまう体質になっていた。

昏睡から目覚めて初めて目にしたものは、驚いて駆けよってくる看護婦ではなく、彼女の首筋に引かれた線だった。

人にも、壁にも、空気にも――――凶々《まがまが》しくも清麗な線が見えた。線は常に流動し、一定しない。

けれど確実にその個体のどこかにあって、今にもそこから『死』が滲《し》みだしそうな強迫観念に囚われた。私に話しかける看護婦が、首筋の線からぼろぼろと崩れていく幻視をした。

それが一体何であるか理解した時――私は、自らの手でこの両目を押し潰そうとした。

二年間も動いていなかった両腕は力をいれるだけで激痛を伝えてきたけれど、それでも腕を動かした。不幸なのか幸運なのか、私の腕力はまだ弱くて、両目を壊すという行為は途中で医師に止められてしまった。彼らは意識の混濁からの突発的な衝動だと結論して、私が両目を潰そうとした理由をあまり問わなかった。

「もうすぐ――目が、治るのか」

そんなのは御免だ。あんな世界など、私は二度と見たくない。

何もない世界。そこに『ある』ころは、とても穏やかで満ち足りていた。

――信じられない。目が覚めて思い返せば、あの場所ほどおぞましい世界はないんだ。あの闇が、眠っていた私が見たただの悪夢だったとしても――あそこに墜ちるのだけは耐えられない。

そして、そこに繋がってしまうこの両目も。

私は指先を瞳につきたてる。あとは竹刀を振りおろすような潔さで、この指を眼球につき入れるだけだ――。

「待て待て。思い切りが良すぎるよ、おまえは」

突然、声がした。

私は扉に意識を向ける。

そこにいるのは――何だ?

足音も無く近寄ってくる。

私の横たわるベッドの脇に来ると、その誰かはぴたりと止まった。

「直死《ちょくし》の魔眼か。それを無くすのはもったいないぞ式。第一、潰したところで視えてしまうものは視えてしまうんだ。呪咀《じゅそ》の類はな、捨ててしまっても戻ってくるものなんだから」

「おまえは――人間か?」

私の問いに、誰かは笑いをかみ殺したようだ。

しゅっ、とライターが火を吐き出す音がする。

「私は魔術師だよ。おまえに、その目の使い方を教えてやろうと思ってね」

聞き覚えのある女の声。……この誰かは、間違いなくあのカウンセラーだった。

「この目の使い方、だって……？」

「ああ。今よりはマシな程度だが、知らないよりはいい。睨《にら》むだけで相手の死を具現させる、なんて魔眼はケルトの神さま以来だ。無くすのは惜しい」

バロールと言うんだがね、と女は意味のわからない事を付け足す。

「魔眼というのは自己の眼球になんらかの付属効果をもたらす霊的手術の結果なんだが、おまえの場合は自然に現れてしまったんだな。もともとその素質があって、今回の出来事で才能が開花したという訳だ。聞いたかぎりの話では、昔から式という子は物事の奥を見つめていたようじゃないか」

……見知ったような事を言う。

けれどこの女の言う通り、式は昔から遠くを見つめていた。人を見る時もその人間の表面ではなく、その中にある深部を捉えていたような気がする。式本人は意識していなかっただろうけど。

「それはね、きっと両儀式が無意識に行なっていた制御法なんだよ。おまえは表面を見ようとしては駄目なんだ。

万物には全てに綻《ほころ》びがある。完璧な物体などないから、みんな壊れて一から作り直されたいという願望がある。おまえの目はね、その綻びが視えるんだ。顕微鏡みたいなものさ。霊的な視力が強すぎる。我々では視認できない線が視えて、かつ、死に長く触れていたおまえには、それが何であるか理解できてしまう。結果、脳が死を視てしまっている。そればかりか触れる事もできる筈《はず》だ。生物の死線というのは、生きているかぎり絶えずその位置を変える。それを確実に視てしまえる能力は、睨むだけで生命を死に至らしめる魔眼と大差はない。おまえがそれを破壊するというのなら私がもらう。言い値で買い取ってやるぞ」

「……目がなくとも視えてしまうといったな。なら、目を壊す理由なんてない」

「そうさ。おまえは普通には生きられない。悩むのもそこまでにしておけよ、両儀式。いいかげん目を醒《さ》ませ。おまえはもともと私側の人間だろう？　なら——人並《こうふく》みに生きようなんてユメなどみるな」

「————————」

……その一言は、ある意味、決定的だった。

でも、それを認めてはいけない気がした。

私は今できる精一杯の反論をする。

「生きる意志なんて——私は、持っていない」

「ふん。心が空だからか。だが死ぬのはイヤなんだろう？　なぜならおまえはあちらの世界を識《し》ってしまったからな。ケテルのカバリストでも辿《たど》り着けない深部に居られたというのに、贅沢《ぜいたく》な女め。いいか、おまえの悩みは簡単だ。他人として再生したからどうだというんだ。単に織がいないだけだろうに。たしかに式と織はセットだった。織がいないという事は、もうそれだけで別人だろう。たとえおまえが式そのものだとしても、以前とは違うのも解る。

だが、それはただ欠けただけの話なんだ。なのにおまえは、生きる意志がまったくないくせに死ぬのだけは御免だという。生きる理由がまったくないくせに死ぬのだけは恐いという。生と死のどちらも選べずに境界の上で綱渡りだ。心がガランドウにもなるさ」

「……知ったような口を、よくも——」

私は女を睨みつける。とたん——たしかに、見えない筈の目が、女の輪郭《りんかく》と黒い線を捉えてしまった。

『死』が、女の線から私自身に絡《から》み付く。

「みたことか。隙《すき》があるからその程度の接触に動じるんだ。ここの雑念どもにとってみれば、おまえの体は特上の器《うつわ》だ。目を醒まさなければやつらに取り殺される事になるぞ」

取り殺すとは、あの白いモヤの事か。

だが、あれはもうやってこない。

「雑念というのはな、死んだ後も残ってしまった魂《たましい》の欠片《かけら》にすぎない。意志がないから、ただ漂うだけだ。だが欠片である以上、連中は段々と固まりだして一つの霊となる。連中には意志がないが、本能だけは残っている。以前の自分に戻りたい。人間の体がほしい、というな。

病院《ココ》には雑念が多い。それは浮遊霊となって体を求めている。彼らは微弱だからこそ、一般人には感知されないし接触もできない。形のない霊が関われるのはそれを感知できる霊能力者だけだ。霊視を生業《なりわい》とする術者は彼らに取り憑かれないよう、自我を殻《から》で守るから浮遊霊なぞにつけこまれるケースは少ない。

だが——おまえのように心がガランドウの者は簡単に憑かれるぞ」

侮蔑《ぶべつ》するように女は言った。

なるほど、あのモヤが私の所にやってきた理由はそれか。だが、それならどうしてアレは私に憑かなかったのか。アレが私の中身になるというのなら、私は抵抗しなかっただろうに。

「——無様だな。ルーンの守護もこれでは無意味だ。もういい、やはり性にあわん。あとは勝手にしろ」

毒のある言葉を吐き捨てると、女はベッドから離れていく。

病室の扉を閉める間際、女は言った。

「でもさ。織は本当に無駄死になのかい、両儀式？」

私はそれに答えられない。

ほんとうに——この女は、私が避けている事ばかりを棘《とげ》のように残していく。

◇

夜になった。

周囲には昏い闇。今日にかぎって、廊下を行く足音も聞こえない。

穏やかな夜の中で、私はあの女との会話を繰り返していた。

いや、正確には最後の言葉だけを。

どうして織は、式の身代わりになったのだろう。

質問に答える織はいない。

――――もういない織。

何のために彼は消えてしまったのか。

何と引き替えにして、彼は消えてしまったのか。

夢を見るのが好きだった織。

彼はいつも眠っていた。その行為さえ放棄して、あの雨の夜に彼は死んだ。

もう会えない自分。はじめから会えなかった自分。


織という、本来自分だったもの――――。

意識は沈む。

彼が到達した結論に辿り着こうと、ただ思い出を逆行した。

ぎぃ、と病室の扉が開く。

遅くて、緩慢《かんまん》な足音が近付いてくる。

看護婦だろうか。いや、時刻はすでに午前零時を過ぎている。

来訪者があるとすれば、それは――――。

その時、人間の手が私の首に絡み付いた。

冷たい掌《てのひら》は、そのまま私の首の骨を折らんとばかりに力をいれた。


(／5)


「あ――――」

首にかかる圧迫に、式は喘《あえ》いだ。

呼吸ができない。喉が締め付けられる。

これでは呼吸困難の前に首がねじ切られる。

式は見えない目でその相手を凝視し、

『……人間じゃ――――ない』

緩慢に、その異常《げんじつ》を受け入れた。

いや、カタチは人型。けれど彼女にのしかかって首を絞めている人間は、すでに生きてはいなかった。

死人が、ひとりでに動いてベッドの上の式を襲っている。

首にかかる力は休まない。

式は相手の両腕を摑んで抵抗するが、力の差は歴然としていた。

第一――――これは、自分が望んだ事ではなかったか。

「――――――」

呼吸を止めて、式は両腕を死者の腕から離す。

このまま殺されるのなら、それもいいと諦めて。

だって生きていても意味がない。

生きている感覚がないのに存在しているのは、それこそ苦行だ。消えてしまうのが自然の摂理にさえ思えた。

力がかかる。

実際にはまだ数秒も経っていないだろうに、時間はとても緩やかだ。

ゴムのように間延びしていく。

死者が生者の首を絞める。

体温のない材木めいた指が喉に食い込む。

この殺人行為には容赦などなく、初めから意志さえない。

首の皮膚《ひふ》が裂けた。

流れる血は生きている確かな証だ。

死んで――――織と同じに死んで――――それを捨てる。

捨てる……？　その単語に、式の意識は引き戻される。

ふと疑問が生まれた。

はたして――――彼は、喜んで死んだのだろうか。

……そうだ、それを考えていなかった。

理由はともかく、そこに彼の意志はあったのか。

死にたかった筈はない。

だって——死は、あんなにも孤独で無価値なのに。

死は、あんなにも黒くて不気味《ぶきみ》なのに。

死は、どんなものよりも恐かったのに————！

「————御免だ」

瞬間、式は体に活《かつ》をいれた。

両腕で死者の腕を摑み、下になったまま片足を相手の腹にそえて————

「私は、あそこに墜ちるのだけは嫌だ————！」

————力のかぎり、この肉塊を蹴り上げた。

ずるり、と皮膚と血をぬめらせて死者の両手が首から離れる。

式はベッドから立ちあがる。

死者は式へ跳びかかる。

両者は明かりのない病室の中で組み合った。

死者の肉体は成人の男子のものだ。式より頭ふたつ分も大きい。


どうあがいても式は組み伏されてしまう。

両腕を摑まれたまま、式はずるずると後退した。

狭い個室は、すぐに壁に突き当たる。

だん、と壁に押しつけられて、式は覚悟を決めた。

式は意図的に自分の背中に窓がくるように逃げた。

こうやって組み伏せられるのは承知の上だ。

問題は————ここが地上何階かという事で。

「————迷うな」

自身に言い付けて、式は死者を押さえる両手を離した。

死者が首筋めがけて手を伸ばしてくる。

それより早く————彼女は、自由になった手で窓ガラスを開け、両者はもつれるように外へ落下した。

◇

落ちていく一瞬。

私は死者の鎖骨を摑んで、上下を反転させる。

くるりと死者を地面に、自分はその上に乗る形になると、あとは勘だけで跳躍した。

すでに地上は目の前だったようだ。死者の体が地面に叩きつけられ、私の体は叩きつけられる前に地面と水平に跳んでいた。

ざああ、と病院の中庭の土を崩しながら両手両足で着地する。

死体は病棟の花壇に落ち――――私はそこから大きく離れた中庭に滑り落ちる形になった。道場でもやった事のない神技めいた着地をしても、三階分の高さの重みは私の四肢を麻痺させている。

私の周りは中庭にある木々と、こんな事になっても物音ひとつしない静かな夜だけだった。

私は動けずに、ただ喉《のど》の痛みだけを感じる。

ああ――――自分は、まだ生きている。

そして――――あの死者も、まだ死んではいない。

死にたくないのなら、やる事は明白だ。

殺《や》られる前に殺る。そう思っただけで胸の空虚さは消え失せた。同時に、様々な感情も薄れていく。

呟く。

「なんて、こと」

こんな事で、私は目覚めた。

そう――――悩んでいた私は莫迦みたいだ。

答えは、こんなにも簡単なのに――――

◇

「驚いた。猫か、おまえは」

辛辣《しんらつ》な声は式の背後から。

式は振り向かず、着地の衝撃を懸命に堪《こら》えている。

「おまえか。何でこんな所にいる」

「監視していたからな。今晩あたりだとヤマをはっていた。そら、休んでいる暇はないぞ。さすがに病院は活きのいい死体がある。連中、霊体では入り込めないものだから実力行使にでた。死体に取り憑き、肉としておまえさんを殺してから乗り移る気だよ」

「それもこれも、おまえのおかしな石のせいだろ」

地面に這ったままで式は言う。そこに、今までのような迷いは微塵も見られなかった。

「おや、知ってたのかい。うん、たしかにこれは私のミスだ。霊体が入れないようにと病室に結界を張ったが、それを破る為に体を得てからやってくるとはね。普通、連中にそんな知恵はないのに」

くっく、と魔術師は愉快げに笑う。

「そうか。なら、おまえがなんとかしろ」

「承知」

ぱちん、と魔術師が指を鳴らす。

見えぬ式にはどう映ったか。魔術師は煙草の火で中空に文字を刻む。文字は投影されたように死者の体に重なった。

直線のみで形成された遠い国、遠い世界の魔術刻印。ルーンと呼ばれる回路が働き、とたん――――地面に倒れこんでいた死者の体が燃えだした。

「む――――手持ちのＦ《アンサズ》では弱すぎたな、これは」

魔術師がぼやく。

炎に包まれた死者は、ゆっくりと立ちあがった。完全に折れている両足で何故動けるのか、筋肉だけで動くようにずるずると式に向かってくる。

炎は、ほどなくして消えた。

「おい――――この詐欺師《さぎし》」

「そうがなるな。人間大の物体の破壊は難しいんだ。生きているなら心臓を燃やせば終わる。だが死者はそうはいかん。死んでいるから、腕がなくなろうと頭がなくなろうとおかまいなしだ。殺すのと壊すのは別物だと解るだろう？　アレを止めたければ火葬場なみの火力を持ってくるか――――徳の高い坊主でも連れてくるしかあるまい」

「能書きはいいよ。要は、おまえじゃ無理なんだ」

式の発言に、魔術師はいたくプライドを傷つけられたようだ。

「君でも無理だ。死者はすでに死んでいるから殺せない。あいにくと手持ちの武装では人を殺す事はできても消す事はできないんだ。ここは逃げよう」

魔術師は後退した。けれど、式は動かない。

三階からの落下で足が折れてしまった訳でもなく。

彼女は、ただ嘲《ワラ》っていた。

「死んでいようがなんであろうが、アレは〝生きてる〟死体だろ。なら――――」

這っていた体があがる。

それは背をかがめて獲物に襲いかかる、肉食獣の在り方に似ていた。

つう、と彼女は自らの喉に触れる。血が流れている。皮膚がさけている。絞められた跡が残っている。

――――でも、生きている。

その感覚に、恍惚《ゾクリ》とした。

「――――なんであろうと、殺してみせる」

はらり、と瞳を覆っていた包帯がほどける。

闇の中、直死の魔眼がそこにある――――

細い両足が地を蹴った。

走りくる式に、死者は両腕を突きだして迎え撃つ。

それを紙一重でかわして、彼女は瞳が捉える線をなぞるように、片手で死者を引き裂いた。

右の肩から袈裟《けさ》斬《ぎ》りにするように、左の腰まで式の爪が突き立てられる。

彼女の指の骨はそれで砕けたが、死者の傷はそれを遥かに上回っていた。

だらり、と操っていた糸が切れた様に、死者は地面に倒れこんだ。

それでも片腕だけは糸が残っているのか、這いつくばったままで死者は式の片足を摑み――――その腕を、式はためらわずに踏み潰す。

「死の塊が、私の前に立つんじゃない」

言って、式は声もなく嗤った。

生きている。今までの心が嘘だったように、こんなにもはっきりと生きている。

「式！」

魔術師は少女の名を呼び、一振りのナイフを放り投げた。

式は地面に突き刺さったナイフを引き抜き、いまだ動いている、不出来な死者を見下ろす。

そのまま、彼女は死体の喉へナイフを突き刺した。

死者はピタリと停止する。——だが。

「馬鹿者、やるなら本体を刺せ！」

魔術師の叱咤《しった》より早く、その異変は現れた。

式が死体を刺した瞬間、死体からモヤが飛び出したのだ。

モヤは逃げ込むように必死に、式の肉体へと消えていく。

「————」

がくん、と式の膝が落ちる。

今まで式の意識があったからこそ取り憑けなかった彼らは、式が殺人による高揚を得て忘我している瞬間を狙って彼女の中へ侵入した。

「詰めを誤ったか、たわけ」

魔術師が走りよる。

それを——式の体は片手で制した。

近寄るな、という意思表示。

式の体はナイフを両手で握って、その切っ先を自身の胸に向けた。

虚ろだった瞳が、強い意志を取り戻す。

硬かった唇が、ぎり、と歯を噛んだ。

ナイフの切っ先が、胸に触れる。

彼女の意志も肉体も——亡霊などには冒《おか》されてはいなかった。

「これで、逃がさない」

呟きは誰彼へではなく、ただ、自己に宛《あ》てられた。

式は自らの内側に蠢《うごめ》くモノの死を直視する。

貫くのは両儀式の肉体だ。けれど、それは在る事もできない粗雑なモノを殺すだけのこと。自分自身には決して傷などつかないと確信する。

そうして、彼女は力を込めた。

「私は、弱い私を殺す。おまえなんかに――――両儀式は渡さない」

ナイフは滑らかに、死にたくないと認めた、少女の胸を突き刺した。

◇

銀の刃が引き抜かれる。

血は出ない。彼女にあるのは、胸を刺したという痛みだけ。

ぶん、と式はナイフを振るう。刀身についた、汚れた霊を祓《はら》うように。

「……おまえ、言ったよな。オレにこの目の使い方を教えてやるって」

彼女の口調が定まっていく。

魔術師は満足しながら頷《うなず》いた。

「条件付きだがな。私はおまえに直死の使い方を教える。おまえは見返りとして私の仕事を手伝う。使い魔をなくしてしまってね、ちょうどいい手足がほしかった所なんだ」

式は魔術師に振り向きもしないで、そう、と静かに言葉を漏《も》らした。

「それ、人は殺せる――――?」

魔術師でさえ、戦慄《せんりつ》する呟きで。

「あぁ、無論だ」

「ならやる。好きに使え。どうせ、それ以外に目的がないんだ」

哀しげな式は、そのままゆっくりと地面に倒れこんだ。今までの疲れからか――――それとも自らの胸を貫くなどという荒事のためか。

魔術師は彼女の体を抱き起こすと、瞑目《めいもく》した寝顔を見つめた。眠りなどでは生温《なまぬる》い――――死者そのものの凍った顔。

それを長く、魔術師は眺め続ける。

やがて言葉が漏れた。

「目的がない、か。それも悲惨だがね、おまえはまだ間違えたままだ」

穏やかな式の姿。

憎むように、魔術師は言った。

「伽藍洞《がらんどう》だという事はいくらでも詰め込めるという事だろう。この幸せ者め、それ以上の未来が一体どこにあるというんだ」

呟いて、魔術師は舌打ちした。

心からの言葉なんて物を口にした自らの未熟さを。

……本当に。そんな物は、久しく忘れていたというのに。

／伽藍の洞

夢に墜ちて、意識を沈めた時の続きを思う。

いなくなってしまった織。もうひとりの自分。

彼は何と引き替えに消えて。

彼は何を守るために消えたのか。

両儀式の記憶を遡《さかのぼ》って、それが分かってしまった。

おそらくは――織は自らのユメを守ったんだ。

幸福に生きるという彼のユメ。

それがあのクラスメイトだったのか。

それとも彼が成りたかった男としての人間が、あの少年だったのか。

それはもう分からないけれど。

織は、彼と式を無くさない為に消えていった。

私に、こんなにも深い孤独を残して。

朝日が差し込む。

視力を取り戻した私の瞳は、その温かさで眠りから瞼を開けた。

私はベッドの上で眠っていた。昨夜のあの出来事は、あの魔術師がうまく取り繕ったに違いない。

いや。今はそんな瑣末事《さまつ》より、彼の事を考えよう。

私は横になった姿勢のまま、首さえ動かさないで朝の空気を受けとめた。

光で目が覚めるのは、どのくらい久しぶりなんだろう。

淡くもつよく。ただ鮮やかな陽射しに、ココロの闇が塗りつぶされていく。

いま手に入れた仮初《かりそ》めの生と——

もう戻らない別のわたしが、溶けあって、光の中に消されていく。

両儀織の存在と。彼がユメ見ていたものが消えていく。

泣けていたのなら、私は涙を流してやりたかった。けれど瞳は乾いている。泣くのは一度きりと決めていたし——この事柄で涙するのは間違っている。もう戻らないものだからこそ、私は二度と悔やまない。

朝日に照らされ薄れていく、この闇のように。潔く消えていくことを、彼は願ったはずなのだから。

◇

「おはよう、式」

傍らで声がした。

首だけを横に動かす。

そこにいるのは、ずっと昔に見知った友人だ。

黒ぶちの眼鏡も、飾らない黒髪も、本当に変わっ

…

ていない。

「僕のこと、わかる……?」

声は微かに震えていた。

……ああ、知ってた。おまえがずっと式を待って。

おまえだけがずっと、私を守っていてくれたことを。

「黒桐幹也《こくとうみきや》。フランスの詩人みたいだ」

呟いた声に、彼は破顔した。

まるで一日ぶりに学校で会った時のような、ありきたりの笑顔をする。

そこにどれほどの努力が隠されているのか、私には分からない。

ただ――彼も、あの約束を覚えていたんだ。

「今日が晴れてよかった。退院にはもってこいだ」

できうるかぎりの自然さで彼は言う。

ガランドウの私には、それは何より温かかった。

泣き顔より笑顔である事を、この友人は選んだ。

孤立である事より孤独を認める事を、織は選んだ。

――私は、まだどちらも選べないけれど。


「……ああ。無くならないものも、あるのか」

柔らかな陽射しと合一していきそうな彼の笑顔を、
私はぼんやりと眺めた。

飽きるまで。

――そんな事で胸の穴が塞《ふさ》がりはしないと分かっていても、今はそうする以外に何もしたくない。

柔らかな彼の笑顔。

それは、私の記憶の中にある物と同じ笑顔だった。

／伽藍の洞・了

境界式

◇

いつもと何も変わらない、変わるはずのない病室のベッドの上で、彼女は衰弱した体をびくんと震わせた。

面会人など迎えるはずのない扉が開く。

足音も立てずに、けれどこれ以上ないというほどの存在感をもって、その人物はやってきた。

来訪者は男性だった。長身で、がっしりとした体格をしている。その表情は険しく、永遠に解けない難問に挑む賢者のように曇っていた。

おそらくは――――それがこの人物の変わることのない貌《かお》なのだろう。

男は険しく厳しい眼差しで彼女を見据える。

その、恐ろしいまでの閉塞感。

病室が真空になったのではないか、と錯覚するほどの束縛。死ではなく束の間の生だけを怖れる彼女でさえ、この人物に死への畏《おそ》れを感じるほどの。

「おまえが巫条《ふじよう》霧絵《きりえ》か」

重い声は、やはりどこか苦悩の響きがあった。

彼女――――巫条霧絵は視力のない瞳で男に応える。

「あなたが、父の友人ですか」

男は答えもしなかったが、巫条霧絵には確信があった。家族がいない自分に、ずっと医療費を与えていたのはこの人物に違いないと。

「何をしにきたの？　わたしは何もできないのに」

震えながら霧絵は言う。男は眉さえ動かさない。

「おまえの望みを叶えにきた。自由になるもう一つの体、欲しくはないか」

その、ひどく現実性からかけ離れた言葉には魔力が籠《こ》もっていた。少なくとも巫条霧絵にはそう感じられた。何故なら何の抵抗もなく、この男にはそれが可能なのだと受け入れてしまったのだから。

わずかな沈黙の後、喉を震わせて彼女は頷いた。

男は頷く。その右手があげられる。

霧絵の長年の夢と、
ずっと続く悪夢を同時に与えられる。
だがその前に――――彼女はひとつだけ問うた。
「あなた、なに？」と。
その質問に、男はつまらなげに答えた。

◇

廃墟になった地下のバーから解放されて、彼女は弱々しい足取りで帰路についた。

呼吸のリズムがおかしく、目眩《めまい》がする。

何かにより掛かっていないと、巧く前に進めない。

おそらく、原因はさっきの凶行によるものだろう。

いつも通りに彼女を凌辱《りょうじょく》しようとした五人の少年のひとりが、何を思ったのか野球のバットで背中を殴りつけたのだ。

痛くはなかった。いや、もとから彼女に痛みはなかった。ただ、重くて。背中からこみあげる悪寒が彼女を苦悶《くもん》させ、背中を打たれたという事実が彼女の心を歪ませる。

それでも涙は流さず、彼女は凌辱の時間を耐えて、こうして学生寮へ帰ろうとしている。

けれど、今日はその道が果てしなく遠かった。

巧く体が動いてくれない。

ふとショーウインドウを見れば、自分の顔色が蒼白になっている事が判った。

痛みのない彼女には、どんな傷を負っていようと、それがなんであるか判らない。背中を殴られた事も、ただそれだけの事実だ。その事実によって背骨が折れかかっているなど気付かない。

そんな彼女でも、自分の身体が苦しんでいる事だけは読み取れた。

病院には行けない。両親に内緒で通っている町医は遠すぎるし、電話で呼び付けても何故こんな傷を負ったのかと質問されるだろう。嘘が下手な自分では、医者の追及を誤魔化す自信はなかった。

「――どうしよう。わたし、どうしよう――」

喘ぐ呼吸のまま、彼女は地面に倒れこむ。

それを――太い、男の腕が引き止めた。

驚いて彼女は顔をあげる。そこにあるのは、険しい表情をした男性だった。

「おまえが浅上藤乃《あさがみふじの》か」

男の声は否定を許さない。

彼女――浅上藤乃は全身が凍りつくような畏れを、この時初めて体験した。

「背骨に亀裂がある。このままでは家に帰れまい」

家に帰れない、という単語が手品めいた鮮やかさで藤乃の意識を縛る。

それは、嫌。家――寮に帰れないのは厭だ。今ではあそこだけが、浅上藤乃の休める場所なのだから。

助けを請う瞳で藤乃は男を見上げる。男は夏だというのにコートのような上着を着ていた。上着も中着も、全て黒色。翻《ひるがえ》るマントめいた上着と男の厳しい眼差しは、なぜか――藤乃にお寺のお坊さんを連想させた。

「治してほしいか」

催眠術じみた魔をもった声がする。

藤乃は、自分が頷いている事さえ気付かなかった。

「承諾した。おまえの体の異常を治そう」

表情を変えず、男は右手を藤乃の背中に当てる。

だがその前に――彼女はひとつだけ問うた。

「あなたは、何ですか……？」と。

その質問に、男はつまらなげに答えた。

◇

だがその前に――彼はひとつだけ問うた。

「あんた何者だ」と。

黒い外套《がいとう》の男は眉一つ動かさずに答える。

「魔術師――荒耶宗蓮《あらやそうれん》」

言葉は神託のように、重く路地裏に響き渡った。

5 矛盾螺旋
Paradox Paradigm.

幼いころ、その小さな金属片が自分の宝物だった。
いびつで、小さくて、ただ機能美しかもたない。
銀色の鉄は冷たくて、つよく握ると痛かったのを覚えている。
かちゃり、と一日の始まりに半分まわす。
かちゃり、と一日の終わりに半分まわす。
幼い自分はその音を聞くたびに誇らしい気持ちになった。
なのに、その音を聞くたびに泣きそうになる自分がいた。
かちゃり、かちゃり。始まりに一回、終わりに一回。
一日はきちんと円を作って、それを毎日繰り返した。
まわるまわる、飽きもせず懲りもせず。
喜びも悲しみも半分ずつ。くるくると変わらない日々は、床屋の看板みたいだ。
けれど、つきる事のない螺旋の日々は唐突に終わってしまった。
銀色の鉄はただ冷たいだけで。――嬉しくもない。
強く握ると血がにじんだ。――悲しくもない。
あたりまえだ。鉄は鉄にすぎない。そこに幻想はない。
現実を知った八歳の時、鉄は以前のように眩しい存在ではなくなった。
その時に悟った。大人になるという事は、幻想を賢さと取りかえる事なんだ、と。
早熟と思う愚かさゆえに、俺は、その事実を誇らしげに受け入れたのだ。

／矛盾螺旋

／0

今年の秋は短かった。

十一月を前にして季節が冬へと変わろうとしていた頃、警視庁捜査一課の秋巳《あきみ》刑事はおかしな怪談に出合った。

職業柄、病院の次に人死にの多い彼の職場では怪談に季節外れも何もない。春夏秋冬、いつでもその手の話には事かかないのが常である。

自然、並大抵の与太話では眉一つ動かさなくなっていた秋巳刑事だったが、その話は今までの物とは毛色が違っていた。なにしろ正規の報告書に堂々と怪談としか思えない出来事が記録されているのだ。本来なら誰も目を通す事のない一派出所の報告が彼の元に流れてきたのは、署内でも有名になった彼のミステリ好きが原因だろう。

その事件は、狂言強盗の一つとして処理されていた。

内容は単純である。十月の初め、都心からわずかに離れた団地の一角で強盗事件があった。家人の留守中を狙った空巣泥棒というヤツで、被害にあった家は十以上あるマンションの中でも一際高級なマンションの一室だったという。

犯人は前科のある常習犯で、計画的に犯行を重ねるタイプではなく、突発的に空巣を行なうという愉快犯だった。犯人はいつもの通りにぶらりと初めて見るマンションの中に入りこみ、適当に留守の家にあたりをつけて侵入した。

問題はこの後で、数分後に犯人は最寄りの派出所まで駆け寄り、助けを求めたというのだ。犯人は錯乱していて会話は要領を得なかったが、どうやら忍びこんだマンションの一室、その家族全員が死体のまま放置されている、という事だった。居合わせた警官は犯人をともなって現場に駆けつけたが、犯人の言葉とは裏腹に家族は全員健在で、幸せな夕食の最中だった。

犯人はますます困惑し、それを不審に思った警官が問い詰めてみれば、男が空巣狙いでマンションにやって来ていた事が露見し、未遂として逮捕したとの事だ。

「はあ？　なんだこりゃ」

報告書にざっと目を通すと、ぎしぎしと音のなるパイプ椅子に背を預けて秋巳刑事は声をあげた。

おかしな話といえばおかしな話だし、気に留める話かといえば別段そうでもない。

犯人はアルコールも薬物も服用しておらず、精神状態に問題はなかったと報告書には記されている。狂言犯罪で逮捕される空巣強盗は、確かに珍しいといえば珍しい。

こんな瑣末な、しかも終わってしまった事件（そもそも事件と呼べるのかさえ疑問だ）に口をだす暇はない。

今の彼は三年前のように忙しい。いや、あの事件の再来ではないのかと疑いたくなるほど、巷《ちまた》では行方不明者が相次いでいるのだ。表沙汰《おもてざた》にはなっていないが、十月から始まってすでに四名の行方不明者が出ている。被害者の親族の口に蓋をしておくのもそろそろ限界だろう。

その状況下においてこんな狂言に付き合っている暇はない。ないのだが、どうしても後ろ髪を引かれている。

「くそ」

こぼして、受話器を手に取る。ダイヤルは報告のあった派出所だ。相手はほどなくして電話をとり、秋巳刑事は事件の詳細を訊いてみた。

犯人の言っていた〝死体が放置された家族〟の部屋の周囲の人間に確認はとったのか、犯人が説明したという死体の描写に矛盾はなかったのか。

答えは予想通りで、左右の家にはもちろん調査に当たり、犯人が口走っていた死体の状況は狂言にしては克明すぎた、という事だった。

礼をいって受話器を置く。と、背後から声がかかった。

「何やってんだ大輔《だいすけ》。急げ、二人目の遺体が出たそうだ」

「もう出ちまいましたか。その言い分だとまた食い残しで？」

ああ、と頷く声がする。

秋巳刑事は椅子から立ち上がると、綺麗に思考を切り替えた。この報告書がどんなに気にかかろうが、所詮は終わった事件。優先すべき事ではない。

こうして一課随一の物好きと言われる秋巳刑事でさえ、このおかしな事件の追及を綺麗さっぱり切り捨てた。

／1（矛盾螺旋、1）

十月になったばかりだというのに、街は冷えこんでいた。

時刻は午後十時少し前。

風は冷たく、夜の闇は鋭かった。

本来なら街はまだ十分に明るい時間帯であるのに、今夜にかぎっては時計の針が一時間ばかり遅れているのでは、と訝《いぶか》しむほど街は陰鬱としていた。雪が降りだしてもおかしくない寒空は、早すぎる冬の到来を思わせる。

そのせいだろう、いつもは人混みで賑わう駅前にも日常の華やかさがない。

駅から出てくる人影はそろって上着の衿を高くして、寄り道もせずに自分の家へと帰っていく。家というものは、どんなに小さくても暖かい安息の地だ。こんな寒い日では誰もが自らのホームに帰ろうと足を急がせるのだろう。

流れていく人々。停滞しない熱気。いつもより闇の濃い街並み。

そんな光景を、少年はただ眺めていた。

駅前から離れた大通りの外れ、缶ジュースの自動販売機の横。そこに隠れるように座り込んでいる少年の視線は、普通ではなかった。

膝《ひざ》を抱えて座り込む少年は、一見性別が判らない。繊細《せんさい》な顔立ちに華奢《きやしや》な体。髪は赤く染めていて、くせっ毛なのかまとまりがよくない。年齢は十六、七歳という所だろうか。焦点の合っていない瞳は細められ、女の格好をしていれば、遠目からなら女性と間違われるだろう。

かちかちと歯を鳴らす少年は、服装もどこかおかしい。汚れたジーンズのズボンに、群青色をした大きめのブルゾンを羽織《はお》っているだけ。上着の下は裸である。

少年は寒さか――それとも別の何かに耐えるように、ただ歯をかちかちと鳴らしている。

どれほどの時間、彼はそうしていただろうか。駅から出てくる人影もまばらになった頃、いつのまにか少年は何人かの若者にとり囲まれていた。

「よう、トモエ」

どこか蔑《さげす》むような気軽さで若者の一人が言った。

声だけが流れる。赤毛の少年は反応しない。

「……臙条《えんじよう》。テメエ、無視してんじゃねえよ」

若者は乱暴に少年の上着を摑み、少年を立ち上がらせた。

声をあげたのは少年とほぼ同年輩の人間だ。彼の周りには同じ年頃の少年が五人ほど集まっている。

「なんだよ、学校辞めたらもう他人ってわけか？そうか、トモエちゃんは社会人だから、ボクたちみたいなお子さまとは付き合えないっていうんですか？」

あはは、と笑い声があがる。

けれど少年――巴《トモエ》は何の反応も示さない。

ふぅん、と男は巴の上着から手を離すと、少年の頰を殴りつけた。がん、という衝撃。ちゃりん、と何かが路面に落ちる音。

「――――」

「寝てんな、馬鹿」

なぶるような男の声に、また周囲が笑いだす。

その音で少年――臙条巴《ともえ》はショック状態から蘇生した。

「……えんじょう……ともえ」

自分の名前を呟く。思考が停止していた巴は、自分が何であるかさえ忘れていた。己の名前を口にする事は、その名称の活動を再開させる駆動式のようなものだ。

正気に戻って、巴は目の前の男を睨みつける。

かつての同級生と、その仲間達。

彼らの事は覚えている。普通の学生にも、さりとて不良にもなりきれず、自分のように弱い者だけを付け回すハンパな連中だ。

「相川《あいかわ》か。おまえ、こんな時間に何やってんだ」

「そりゃあこっちのセリフだぜ。オレはてっきり、おまえが体売ってんのかと思って心配したんだぜ？なんたってトモエちゃんはかよわい女の子だからさ」

なあ、と男が周りの仲間たちに振り返る。

もちろん巴は女の子ではない。まだ巴が高校生だった頃、華奢な体とその名前のおかげでそう馬鹿にされていただけだ。

巴は何も反論せず、ひょい、と空き缶を拾いあげる。

「相川」男の名前を呼ぶ。

あん？　と巴に向き直るそのニキビ顔に、巴は空き缶を突き入れた。

男の口に空き缶がねじ込まれる。そのまま巴は手の平で空き缶を殴りつけた。

「ごっ……!?」

たまらず男は倒れこむ。咳き込んで吐き出した空き缶には、赤い血がべったりと付着していた。

男の仲間たちはあっけにとられて、まだ動けない。

彼らは単に、高校を中退して働いているという元クラスメイトを見かけたので奢《おご》ってもらおう、と考えていただけなのだ。こちらからの暴力はあっても、まさか巴からの暴力があるなどと夢想だにしていなかった。だから、仲間が殴り倒された事を、そもそも理解できなかった。

「相川。おまえ、相変わらずアタマ悪いな」

言って、臙条巴は倒れている男の頭を蹴りつけた。サッカーボールでも蹴るように、爪先で思いっきり。淡々とした口調とは裏腹に、殺しかねない激しさだった。

男はそれきり動かなくなった。失神したのか、それとも首の骨が折れたか。

——単に痛みですぐに立ち上がれない程度か、と確認して、巴は走りだした。

人通りの多い駅前へではなく、さびれた路地裏へ。

巴が走りだしたのを見て、彼らはようやく現状を把握《はあく》した。

金を奪い取るだけの相手に、仲間が殴られ、逃げられた。殴られた仲間は口から血を流して倒れこんでいる——

「あのヤロウ、ふざけやがって——ブッ殺してやる!」

誰かが叫ぶと、激情は残った五人全員に感染した。彼らは逃げ出した雌鹿を捕まえ、報復する為に走りだした。


…


ブッ殺してやる、か。

連中の大声を聞いて、俺はつい笑ってしまった。

奴らはそれを本気で言っている。そのくせ、その言葉の意味合いを真剣に考えていない。その覚悟がない者が、たった今その経験をしてきた相手に「殺す」と告げるなんて、なんて軽率さだろう。

——俺は、さっき人を殺してきたのに。

かちかちかち。人を刺す時の感触が蘇《よみがえ》って、あやうく胃の中のモノを吐き出しそうになった。

思い返すと震えがくる。歯は壊れたようにかちかちと鳴って、頭の中は嵐が飛び込んだようにぐちゃぐちゃになる。

殺すという事がどれほどの事か、あいつらは解っていない。解っていないから、そんな言葉を口にできる。

――――なら、俺が教えてやる。

ひどく乾いた心で俺は口元を吊り上げた。

……別段、自分は凶暴な性格ではないと思う。やられたらやりかえすのが信条だが、さっきのように殴られただけで相手を悶絶させるような倍返しは今日が初めてだ。今夜の俺はおかしかった。……いや、それとも。単に、おかしくなりたがっているだけなのか。

――――このあたりでいいか。

建物と建物の隙間《すきま》にある、道とも呼べない路地裏に入りこむ。

ほどなくして、俺は奴らに追いつかれた。

いや、正確には追いつかれてやった。

人目につかない路地裏で立ち止まり、やってきた人数が五人と確かめて、俺は先頭の相手へ殴りかかった。

手の平で相手の顎《あご》をうつ。素人《しろうと》同士の殴り合いは殴って殴られての繰り返しだ。先に根負けしたほうが、後は一方的に殴られる事になる。殴り合いになれば自分に勝ち目はない事はよく解っている。だから――――やるのなら、本当に殺す気でやる。

容赦なんてしない。相手が殴りかかってくる前に、連中に取り囲まれるより早く、一人一人始末するしかない。

殴りつけたヤツが殴り返そうとしてくる。それより早く、俺はそいつの左目に指を突き入れた。

硬いゼラチンに指をねじ込む感覚。

「ひ――――いゃあぁぁぁぁあ！」

痛みの悲鳴があがる。その隙にそいつの顔を摑むと、渾身《こんしん》の力を込めて後頭部を壁に叩きつけた。

べこん、という音がして、先頭の男がずるずると座り込む。片目からは血の涙。後頭部からは血の跡を壁に残していく。

――――これだけやっても、まだ死なない。

目を背けたくなる惨状に、やってきた残る四人は愕然《がくぜん》と立ち尽くしていた。

殴って血を見る事ぐらいはあるだろうが、死ぬか生きるかの瀬戸際の流血を見るのは初めてだろう。

その隙に、俺は一番近い相手へと襲いかかる。

手の平で殴りつけてから、髪を掴む。そのまま頭を下げさせ、蹴り上げるように膝を打ちつけた。膝の骨に、べしゃりと鼻を砕く感触が伝わる。この一撃で相手は反撃の意志をなくした。

そこからさらに三回ほど膝を顔面に叩きつけてから、ぐったりとした相手の後頭部に思いっきり肘をたたきこむ。

衝撃に、びぃぃん、と腕の骨が軋《きし》んだ。

二人目が倒れこむ。

顔面を蹴り続けた俺の膝は返り血で濡れている。

「膿条、てめえ――――！」

二人。二人も再起不能にされて、ようやく奴らは覚悟を決めたようだ。残った三人は理性も統率もなく、一斉に殴りかかってくる。

そうなれば、あとの結果は明瞭《めいりょう》だった。

一人である自分が、三人もの人間を相手には出来ない。

殴られ、蹴られて、俺はあっけなく壁に追い込まれ、地面に座り込んだ。

力任せに頬を殴られる。腹を蹴られる。それでも俺がしたほどの暴力を奴らが加えない事を、冷めた目で観察する。

――――三人で無抵抗の人間を袋叩きにするだけ、か。

それは明確に『殺す』意志のない暴力だ。それでも、このままならいずれ自分は死ぬだろう。致命傷にならない衝撃でも、繰り返せば心臓に届く。それまで殴られ続ける痛みに耐えなければいけないのが、苦痛といえば苦痛だった。

――――見ろ。殺す気なんかなくても、人は簡単に人間を殺してしまえるんだ。

それは罪か。自分のように明確な殺す意志があっての殺人と、彼らのように目的もなく結果として犯してしまった殺人。

そのどちらが、より重い罪になるのだろう。

そんな事を胡乱《うろん》な頭で思いながら殴られ続ける。

顔も体も痣《あざ》だらけで痛みにも慣れた。たぶん連中も、殴り続ける事に慣れてしまって止まらないのだ。

「カワイイ顔してやってくれたじゃねえか、朧条ぉ！」

ダン、と一際激しく胸を蹴られて、咳き込んだ。殴られて口の中が切れたのか、それとも内から出てきたのか。咳には血のようなモノが混じっていた。

この三人にその気がなくとも。これがあと数秒も続けば、朧条巴は死んでしまうだろう。……それで、ようやく気がついた。俺が、俺の命をどうでもよく思っているのだという事を。

奴らの拳《こぶし》が片目に当たって、瞼が切れる。瞼が腫《は》れあがって視界が途切れるのと同じように、意識も途切れようとする。その直前――

からん。

綺麗な音がした。

人を殴りつける鈍い打撃音に比べてとても小さい、鈴のような音。

三人は動きを止めて、音のした方向……自分達が入ってきた路地裏の入り口へ振り返る。

腫れあがった瞼を開けて、俺もその相手を見た。

「――――」

意識が、凍った。

そうとしか思えないほど、俺はその相手から目を離せなくなってしまった。

それほど――路地裏の入り口に立つ人影は、常軌を逸していたのだ。

そいつは、この寒空のもと素足で丸っこいゲタのような物を履いていた。漆塗りの黒と赤い紐が、白い素足をよけいに際立たせて、言葉を失うほど印象的だ。

いや、胸をつくほどの特異さはそれだけじゃない。その人物は橙色の和服を着ていた。豪華な晴れ着ではなく、祭りの日に見かけるような簡素な着物だ。その上に、あろう事か赤い革製のジャンパーを羽織っている。

からん、ともう一度音がした。

ゲタが地面を蹴る音。一歩ずつ近寄ってくる。

ゆれる髪、すれる衣の音——自分の目が、この人物のどんな些細な動きさえ見落とさないようにしているのが分かる。俺の——朧条巴の意思とは無関係に。

人影は、まるで何事も起こっていないような自然さでやってくる。

黒い、墨をおとしたような黒髪は肩口までもない。乱雑に切られた髪は、けれどこの人物には似合って見えた。

細い体と輪郭。白い肌と——こちらの魂《たましい》を見据えるような玄《くろ》い瞳。薄汚い路地裏には不釣り合いな幽美な立ち姿。

ソレは、どうやら女のようだった。

……いや、年齢は俺たちと大差がないから少女と言うべきか。あまりに整った顔立ちの為、性別はどちらにもとれてしまう。もちろん、そのどちらでも寒気がするほどの美形である事は間違いない。けれど俺は、この相手が女であると理解出来てしまっていた。

「おい」

和風と洋風を混合させた少女が、ぶっきらぼうに言った。

少女は不機嫌そうな表情でこちらを眺めると、無遠慮に近寄ってくる。

俺を囲んでいた三人は戸惑ってから、少女を囲みはじめた。暴力に麻痺していた奴らは、麻痺しているからこそやってきた女が欲しくなったのだ。普段の奴らでは出せない、抑圧された感情を剥き出しにして少女を威圧する。

「オレ達に何か用か」

じりじりと近寄りながら奴らは言う。すでに逃がさないように囲んでいるあたり、三人の心は一つのようだ。ゲスめ、と罵《ののし》りながらも、俺は何もできない。殴られた手足は痣だらけで力が入ってくれない。

あの着物の少女が、こんなニセモノみたいなガキに汚されるのは我慢ならない。いや――――だが、アレがこんな連中に汚されるなんて事があるのだろうか？

「何か用かって訊いてんだよ。耳ないの、あんた？」

連中のひとりが近付きながら怒鳴る。

彼女は答えず、無造作に片手を差し出した。

……そこからの出来事は、本当に魔法みたいだった。

少女の細い腕が、取り囲む若者の腕を取る。軽く引き寄せる。体重がなくなったかのように、男はくるんと縦に回って、地面に頭から倒れこんだ。

柔道でいう所の内股というヤツだろうか。一連の行為はとても迅《はや》いのに、そのあまりの自然さで逆にスローモーションのように見えた。

残る二人が着物の少女に襲いかかる。その一人の胸元に掌を押しつけると、それだけで相手は地面に崩れ落ちた。人間一人を気絶させる為にこっちはあれだけの暴力を振るったというのに、少女は必要最小限の動きだけで二人もの人間の意識を落としてしまった。時間にしたって五秒もかかっていないだろう。

その事実に俺が戦慄したように、残された一人もこの相手が普通ではないと理解したようだ。

うわあ、と声をあげて逃げ出す。背を向けて走りだすその頭を、少女は蹴った。鮮やかな回し蹴りは、音さえ立てずに最後の一人を昏倒させてしまった。

「ちっ、いしあたまな石頭」

舌打ちしながら、少女は乱れた着物の裾をなおす。

俺は言葉もなく、ただその姿を眺めていた。

――――街の灯《あか》りも、月の光さえも届かないこのゴミ溜めの中で。彼女の頭上にだけ、銀色の光芒《こうぼう》が降り注いでいるみたいだった。

「おい、おまえ」

少女がこちらに振り向く。俺は何か言おうとしたのだが、口の中が傷だらけで言葉をひっこめてしまった。

少女は革ジャンのポケットに手をいれると小さな鍵を取り出して、こちらに投げてよこした。地面に座り込む俺の前に、見覚えのある鍵が落ちる。

「落としもの。おまえのだろ」

声は、脳の奥のほうで響いた。

……鍵。ああ、さっき殴られた時に落としたのか。もう、今になってはどうでもいい家の鍵。これを届ける為にこの女はやってきたのか。

と、少女はそれで用は済んだとばかりに背を向けた。

さよならの言葉も、いたわりの言葉もない。

やってきた時と同じように、散歩めいた足取りで去っていく。……俺の事などどうでもいいというように。

「――――ま」

て、と手が動く。

何を引き留める？　どうして引き止めようとする？

俺だって――――臙条巴だって、あんなイカレた女はどうでもいい。

けど――――けど、今こうして置いていかれるのはたまらなかった。誰にでもいいから、捨てられたくなかった。自分には何の価値もないのだ、本当に偽物にすぎないのだ、という衝動に耐えられなかった。

「ちょっと待て、おまえ！」

叫んで、立ち上がる。……いや、立ち上がろうとしたが、うまく立てなかった。体の節々がうずいて、壁に手をかけてようやく中腰の姿勢がとれるだけだ。

着物の少女は立ち止まると、ぞっとするほど冷たい視線で振り向いた。

「なんだ。ほかに落としものはないぞ」

平然と言う。その足元に五人もの人間が倒れこんでいるのに、こいつは何も感じていない。

「おい、まさかこのままにして行く気じゃないだろうな」

息も絶え絶えに言うと、彼女はようやく周囲の惨状を見渡した。

倒れている連中の中には、俺が傷つけて血を流している二人もいる。不細工な暴力の結果だ。

ふぅん、と少女は俺を上目遣いで見た。

「安心しろ、そっちのヤツの目はダメだけど、この程度じゃ死なないよ。初めに目が覚めたヤツがどうにかするさ。それでも今すぐ助けがいるのか？」

女の物としか思えない細く高い声で、男そのものの台詞を言う。

俺はそうだ、と頷いた。

「そっか。でもこういう場合、どっちを呼べばいいのかな。警察？　それとも病院？」

本気で、どこかズレた事を訊いてくる。

俺は病院しか考え付かなかったが、これをあくまで正当防衛として考えるのなら警察を呼んだほうが早いかもしれない。だが――

「――警察は、ダメだ」

どうして？　と女の視線が言う。

……何故だろう。俺は、決して口にしてはいけない秘密を、切り札を差し出すような決意で告げた。

「俺は、人を殺したんだ」

わずか。時間が、止まった気がした。

少女は興味を持ったのか近寄ってくると、必死に壁にもたれかかっている俺をしげしげと観察した。

「そうは、見えないけどな」

訝しげに言う。が、難しそうに唇に手をあてて悩みこんでいるあたり、コイツにも確証はなさそうだった。俺は熱にうかされたように、自虐的な告白を続ける。

「本当だぜ。ついさっき殺してきた。包丁でハランん中ぐちゃぐちゃにして、首かっ切ってやったんだ。アレで生きてるはずがあるもんか。……へへ、今頃うちじゃポリ公どもが集まって俺を血眼になって捜してる事だろうよ。そうだ、夜が明ければ俺は一躍有名人ってワケさ————！」

気がつけば、俺は自嘲《じちょう》ぎみに笑っていた。つまらない自分の声を聞く。……どうしてか、それは泣いているような声だった。

「そう。ならホントウなんだろうな。じゃあ病院にも連絡はやめておけ。そのまま鉄格子に直行する事になるぞ。……ああ、服は返り血を浴びたんで脱ぎ捨てたのか。てっきりそういうのが流行なのかと思った」

冷たい手が、俺の胸をなぞる。

「————な」

息を呑んだ。この女の言う通り、着ていた服は血に濡れてしまったから脱いだのだ。ズボンだけはそのままで、上半身裸のままブルゾンを羽織って逃げてきた。

……理解《わかつ》ている。この女は俺が殺人者だと分かっているのに、どこにも驚いている素振りがない。それが————逆に、俺を不安にさせた。

「おまえ恐くないのか。俺は人を殺してきたんだぞ。一人殺すのも二人殺すのも一緒だ。事情を知ったおまえを、このまま行かせると思うのか？」

「————一人殺すのと二人殺すのは違うよ」

不愉快そうに目を細めて、着物の少女はいっそう顔を近付けてきた。

……俺の方が頭一つ分高いというのに、下から覗き込む彼女に威圧されてしまう。

黒い眼に見据えられて、俺はごくりと喉を鳴らした。

息を呑むのは、威圧されてのものではない。

ただ、見惚《みと》れていた。

俺は今まで、人間というものに感じ入った事がなかった。十七年間生きてきて、ここまで何かに魅了される事はなかった。ここまで我を忘れて感動する事はなかった。


――――そう、ここまで。

人間を、美しいと感じた事はなかったんだ。


「本当に――――俺は人殺しなんだ」

そんな事しか言えない。

少女は顔を伏せると、くすり、と笑った。

「知ってる。オレだってそうだから」

布のすれる音がする。

少女はこれで本当に興味をなくした、とばかりに離れた。

去っていく。からからと音をたてて。

……その背中を、俺は逃がしたくなかった。


「ま、待てよ、自分もそうだって言ったな、おまえ！」

駆け寄ろうとして、地面に倒れこむ。それでもなんとか立ち上がって、俺は振り返る女の顔を睨んだ。

「なら助けろ。似た者同士なんだろ、俺達」

いつもの自分からは考えられない勝手さで叫んだ。必死になって、恥も外聞もない。脈絡も理由もない俺の声に、少女は目を点にして驚いている。

「似た者同士……うん、たしかにおまえは空っぽだ。けど、助けるって何をだ。人を殺した罪からか。それともその体の傷を治せって事か。あいにく、どっちもオレには専門外だ」

――――ああ、そうだ。

俺は、何から助けてもらいたいんだろう？

助けてほしい。そう思うだけで明確に何から助けてほしいのか、俺はうまく考えられない。……それが何より大切な事だと、臙条巴の心に刻まれているというのに。

「――ここはそのうち人目につく。その前に、俺を匿《かくま》え」

でも、とりあえずはそれが最優先だ。

女は難しそうに、今までの無感情さとは正反対の、人間らしい仕草で考え込んだ。

「匿うって、隠れ家を提供しろって事？」

「そ、そうだ。人目につかない所まで手を貸してくれればいい」

「人目につかない所なんて、この街にはないぜ。他人に見られないのは自分の家の中だけだろ」

難しい顔をして言う。そんな事は俺だってわかってる。

殴られた痛みのせいで短気になっていたのか、俺は怒鳴り返した。

「それがダメだから言ってるんだよ！　それともおまえの家にでも匿うっていうのか、この馬鹿女！」

くそ、と悪態をつく。と、少女は納得したように頷いた。

「いいぜ。オレのとこでいいなら勝手に使え」

「――――え？」

「簡単なヤツだな、そんな事が助けてほしい事なんて」

歩き始める。俺に手も差し出さなければ肩も貸さないで。

それでも、少女の背中がついてこい、と告げていた。

俺は――――自分でも不思議に思うぐらいの力強さで、その後をついていった。

そうしているだけで殴られ続けた体の傷も、人を刺した時の心の痣も、きれいさっぱり忘れられた。

超然と歩いていく背中を、ただ追いかける。

あの少女は一人暮らしなのかとか、まだ名前さえ聞いていない事とか、尋ねなくてはいけない事が山ほどあるというのに、何も考えられない。

……そう、たぶん。今まで信じた事もなかったけど、これが運命というヤツなのかもしれない。

だってとうの昔に。俺の目は、もうあの女しか見えなくなっていたんだから。

／2（矛盾螺旋、2）

がたり、と音がした。隣の部屋からだ。

時刻はそろそろ十時になるのだろうか。仕事で疲れきった体を布団《ふとん》に預けてから、数分と経《た》っていない。浅い眠りから起こされて、俺はゆったりと微睡《まどろ》んでいた。

隣の部屋からした物音は一度きりだ。

襖《ふすま》が開く。隣の部屋に通じる襖。電気を消した暗い俺の部屋に、四角い光が入りこむ。母親だろうか？　俺は薄目でそちらを眺めて——


——いつもここで思う。

こんな光景、見なければよかったのにと。


襖を開けたのは母親だ。逆光になって、立っている事しか判らない。俺にはその姿より、襖から覗ける隣の部屋の惨状しか見えなかった。

安物の卓袱台《ちゃぶだい》の上に倒れ伏している、父親の姿。

茶色のはずの卓袱台は真っ赤に染まって、倒れ込んだ親父は畳に赤い血を流し続けている。……どこか、壊れた水道管みたいだった。

「巴、死んで」

立ち尽くす影が言った。

その影が母親であった事は、自分の胸を刺されてから思い出した。母は俺の胸に何度も何度も包丁を突き刺すと、最後には自分の喉に包丁を突き立てた。

悪夢といえば悪夢だ。

俺の夜は、いつもこんな風にして終わってしまう。


…

かちかちかちかちかち。

……耳の奥から響いてくるような音で目を覚ますと、両儀はもう出かけていた。

俺は殴られて痣だらけの体を起こすと、部屋の中をぐるりと観察する。

ここは四階建てアパートの二階の隅にある、着物の少女の家だ。いや、家というよりは部屋といったほうが正しいか。玄関から居間に続く廊下は一メートルほどで、その途中、風呂場に通じるドアがひとつあった。

居間は寝室と兼ねているらしく、さっきまで女が寝ていたベッドがある。隣にもう一部屋あるのだが、必要ないので使っていないのだそうだ。

――――昨日の夜。

あの女の後を一時間も歩いて着いたのがこの部屋だった。アパートの入り口にあったポストの表札には両儀と書かれていたから、女の名字は両儀というのだろう。

女――――両儀は俺を部屋に連れこむと、何も言わずに革ジャンを脱いでベッドに横になってしまった。

無関心にもほどがある。俺はいい加減あたまにきて、襲ってやろうと本気で考えた。考えたが、そこで大声をだされて人を集められるのも困る。散々迷ったあげく、床に転がるクッションを枕《まくら》にして寝る事にした。

そうして、目が覚めればあの女の姿がなくなっていたというワケだ。

「――――何なんだ、あいつ」

思わず呟く。冷静になって思い返してみれば、両儀は俺と同い年ぽかった。女、というより少女という形容の方がしっくりくる。

十七歳といったら学生だ。という事は高校に行ったのだろうか。いや、それにしてはこの部屋は殺風《さつぷう》景《けい》すぎる。部屋にあるのはベッドと冷蔵庫と電話機、それと上着掛けに吊された革ジャンと、洋服入れらしい箪笥《たんす》だけだ。テレビもオーディオもない。読み捨ての雑誌もなければテーブルさえなかった。

ふと、昨夜のあいつの台詞を思い出す。

人殺しだという俺の言葉に、両儀は自分もそうだと答えた。……現実味のなかった両儀の言葉は本当なのかもしれない。だってこの部屋は逃亡者のそれだ。生活感というものが病的なまでに欠けている。

そこまで考えたらぞくり、と背筋に悪寒が走った。俺はスペードのエースを引いたつもりで、本当はジョーカーを引いていたのかもしれない。

……何にせよ、長居する気はなかったんだ。礼の一つぐらいは言っておきたかったが、本人がいないのでは仕方がない。俺は盗みに入った泥棒みたいに慎重《しんちょう》な足取りで、見知らぬ少女の部屋から出ていく事にした。


外に出て、目的もなく歩き回った。

初めはびくびくと住宅街の道を歩いたが、世間はこちらの事情とは関係なくいつも通りなのだ。時計の針と同じに、変化なくクルクルと日常を繰り返している。

結局そういう事か、と俺は自棄《ヤケ》になって大通りに出た。

街はいつも通りだ。臙条巴を捜し回る警官の姿もなければ、俺を人殺しと蔑む視線もない。どうやら死体はまだ発見されていないようだ。

そう、俺みたいな半端者がやった行為で、世間がすぐさま変わる訳はなかったんだ。俺はまだ追われる立場じゃない。だからといって、自分の家に帰る気にはなれないが。

昼が過ぎて、俺は犬の銅像がある広場までやってきていた。適当なベンチに腰を下ろして、ビルに作られた大きな電光掲示板を見上げる。

そのまま、ぼんやりと何時間も過ごした。

平日だっていうのにここは人通りが激しすぎる。歩道には人が溢れ、横断歩道が青になれば、車を塞《せ》き止める勢いで人波が流れていく。

人波の大部分は俺とそう違わない年齢の人間だ。皆大抵は笑顔か、訳知り顔で前へ前へと歩いていく。そこに迷いはない。いや——迷いなんて考えた事もないんだろう。連中の顔には思案のシの字もなくて、叶えたい夢、信じている未来の為に今を生きている顔付きにはとても見えない。

誰も彼も、解っているような顔で行く。でもその中に、どれだけの本物がいるのだろう。

全員か、それとも一握りの数だけか。

本物と偽物。融けこむ事のできない人群れの中から本物を見付けようと睨み続けてみたが、てんで判別がつかない。

当たり前か——そもそも、そんなのは自分本人にしか分からない事なんだから。

俺は人の波から目を背けて、空を仰いだ。

そうだ。——少なくとも、俺は本物じゃなかった。本物だと思っていたのに、あっけなく地金をさらしてしまった。


……高校に入学するまで、臙条巴は陸上界では名前の通ったスプリンターだった。中学時代では負け知らず、一度だって他の選手の背中を見た事はなかった。タイムはまだまだ縮められる確信があったし、才能だって疑いもしなかった。

それに何より——俺は、走るのが好きだった。それだけは、俺の本当だった。どんな障害にも負けないという心もあったんだ。

なのに、俺は走る事を止めた。

もともと、俺の家は裕福じゃなかった。小学校の頃から父親の仕事がなくなり、家庭は荒《すさ》んでいく一方だった。母親は名家の出で、父親とは実家と縁を切って結婚したのだという。

職をなくして働かなくなった父親と、世間知らずで何もできない母親。

ただ壊れていくだけの家庭の中で、俺は他のガキどもより早く知恵をつけていったと思う。気がつけば年を誤魔化して働いていたし、学費だけはなんとか自分で払っていた。

家の事は知らない。俺は、俺の事だけで精一杯だった。

自分で働いて、学校にいって、自分の力だけで高校に入学した。もう親とも思えない両親と、生きていく為の金の問題。その二つの苛立《いらだ》ちを抱えていた俺にとって、走る事だけが救いだった。

だからどんなに疲れていても部活だけは続けたし、高校にも入学できた。

けれどすぐに、親父《オヤジ》が事故を起こした。車で人を撥ねたのだ。それだけじゃない。最悪な事に、父親は運転免許なんて持っていなかった。

相手への賠償金は、母親が実家に頭を下げてどうにかしたらしい。俺は、その間はダメになって何も考えられなかったから、よく知らない。

もめ事が終わった後に待っていたのは、周囲の変化だった。あの両親と俺はもう無関係なのに。その子供だという事だけで、学校側の態度は急変した。

今まで協力的だった陸上部の顧問は、あからさまに俺を無視した。期待の新人なんて持てはやしていた先輩達は、部を辞めるように圧力をかけてきた。

でもそんな事は慣れていたから、問題じゃなかった。

問題は家の話で。事故のせいで、今までかろうじてあった収入をなくした父親に、家庭を維持していく力はなかったのだ。母親が慣れないパートをはじめたとしても、そんな物は光熱費程度にしかならない。

父親が数年前から定職についておらず、あげくに無免許で車を乗り回して人を一人殺してしまったんだ。その噂は尾ひれをつけて近所に知れ渡り、父親は家から外に出なくなった。母は陰口を叩かれながら働いていたが、一つの職場に長くはいられなかったようだ。しまいには歩いているだけで出ていけと蔑まれた。

……周囲のイヤがらせは日増しにエスカレートし

ていったが、俺はそれに怒りは感じなかった。だって親父がした事は本当のコトだ。差別も侮蔑も当然の反応だと思えた。悪いのは世間ではなく俺の父親なんだから、と。

そうは言いながらも、怒りの矛先は両親に向いていたというワケでもない。

俺は、その時なにもかもがイヤになったのだ。俺を取り巻く様々なしがらみが、本当に面倒になった。何をやったって、どんなに頑張ったって、どうせ結果は同じになるんだ。どんなに速く走っても、家族という厄介事がついて回るというのなら、将来なんてタカがしれている――――。

俺はきっと、その時抗《あらが》う事を止めてしまった。

世間一般でいう当たり前の生活を求めるから苦しい目にあう。自分の人生はこんなものなんだ、と受け入れてしまえば自分が不幸だと思う事もない。子供の頃と同じだ。幻想を賢さと取りかえて、俺は自分一人で生きていく事に決めた。

そうなると馬鹿らしくなって学校は辞めた。いや、一日全部を働く事にしなければ、家族を養っていけないからだ。年齢が若ければ経歴がなんであれ働き口はいくらでもある。半端に良心なんてものを持っている俺は、家族を見捨てる事が出来なかった。といっても、高校を辞めてからは両親とは話をした事さえない。

そうして――――気がついた時には、俺はアレほど好きだった走る事を、綺麗さっぱり忘れていた。あんなに好きだったのに。あれだけが救いだったのに。

それなりの不幸が起きただけで捨ててしまえる程度の物だったと気付いて、愕然とした。

誉めてくれた人間が消えて。走る時間がなくなってしまって。そんな言い訳みたいな出来事に、好きだという気持ちが負けたんだ。

本物なら――――走るという事柄が俺にとって掛け替えのない、臙条巴という人間の〝起源〟であったのなら、そんな事にはならなかったはずだ。

……子供の頃。両親に連れられて牧場で馬を見た。名前も知らないその馬を見て、俺は泣いた。ただ走るだけのその姿を見て、涙があふれて止まらなかった。前世というものがあるのなら、俺は彼らだったのだろう。そう信じてしまったぐらい、走るという行為そのものに感動した。

けれど、俺はニセモノだった。

そう。本物のような確信を持っただけの、まがい物にすぎなかったんだ——。

「——あげくに、人を殺しちまったんだもんな」

くく、と笑ってみる。

ちっとも楽しくないのに笑えるあたり、人間は故障だらけだ。

空を見上げる事にも飽きて、街を眺める。

……人波は相も変わらず途絶える事がない。

笑い顔やすまし顔で行く連中が、本物であるはずがない。何かを目的として生きるのなら、こんな遊び場にいられるものか。いや、遊ぶ事こそが連中の目的だとしても——そんな〝本物〟を、俺は認めない。

……かちかちかちかちかち。

ふと、そこで正気に戻った。俺は——こんな独善的な考えをするほど、主義主張なんてなかった筈だけど。

時計を見ると、じき夕方にさしかかろうとしていた。

何時間もここにいる訳にもいかない。俺はあてもなく、人込みの奔流を後にした。

◇

見知らぬ住宅地の道を、街灯の弱々しい光が照らす。

秋の陽が落ちてから三時間は歩いた。

どこで夜を明かそうかと悩んで、気がつけば、俺は両儀のアパートの近くまでやってきていた。

人間、堕《お》ちればここまで女々《めめ》しくなるのかと呆れる。

俺の――――臙条巴というヤツの長所は感情の切り替えの速さだと自負していたのに、これじゃあ速いも遅いもない。全然、未練が断ち切れていないじゃないか。

見上げれば、両儀の部屋には電気がついていいない。彼女は留守のようだった。

「――――いいさ、ついでだ」

誰もいないから中に入れない事は分っているのに階段を上がっていく。シビアな現実に直面する事で、唯一の救いにしがみつく自分に引導を渡してやりたかったのだ。

カンカンと音をたてる鉄の階段を上がって、二階の端にある部屋の前についた。

今朝、俺が出る時には差し込まれたままだった新聞がない。両儀は一度帰ってきたようだ。ドアをノックしても、何の反応もない。

「ほら、いない」

俺は立ち去ろうとして、ドアのノブを回してみた。

――――動く。

ドアはすんなりと開いた。

中は暗い。俺はノブを手にしたまま凍りついて、頭が真っ白になってしまった。

もしかするとこのまま何時間もつっ立っているのだろうか、と思った瞬間――――俺はドアの隙間へ身を滑り込ませ、中に忍び込んでしまった。

「――――――」

ごく、と喉がなる。

信じられない信じられない、こんな事をやるなんて信じられない！

そりゃあ俺はアウトローをきどっていたけど、犯罪めいた事は嫌っていたんだ。卑怯《ひきょう》な事は子供の頃から嫌なんだ。だっていうのに、人殺しの次は家宅侵入をやらかしている。――――いや、これは不可抗力だ、それにあいつだって言っていたじゃないか、勝手に使っていいって！

かちかちかちかち。

内心で支離滅裂な言い訳をしていながら足を進ませる。玄関から廊下へ、廊下から居間へ。

電灯がついていないから、部屋は真っ暗だ。闇の中、息を荒くして足を忍ばせる。くそ、これじゃあ本当に泥棒だ。電気。電気だ。暗いから怪しくなる。あ、でもスイッチってどこだ？

蛍光灯のスイッチを求めて、壁を手探りで調べていく。

と————その時、玄関のドアが開く音がした。

両儀が帰ってきた、と身構えるより早く、この家の主人は電気をつけて部屋のドアを開けた。

開けて、ぼんやりとした目で不法侵入中の俺を見つめる。

「————なんだ、今日もきたのか。何してるんだ、電気もつけないで」

同級生を非難するような冷たい口振りをすると、両儀は部屋のドアを閉めて革ジャンを脱ぐ。そのままベッドに腰を下ろすと、片手に持っていたコンビニのビニール袋にがさがさと手をつっこんだ。

「食うか？　冷たいの嫌いなんだ、オレ」

ぽい、とアイスのカップを放ってくる。銘柄はハーゲンダッツのストロベリー。俺という侵入者を気にしていないのも謎なら、嫌いな物を買ってくる所も謎だ。

俺は冷たいカップを両手に持って、理性を総動員させた。

この女は、俺の事をなんとも思っていない。俺が人殺しだという事を……どこまで本気かは知らないが……分かっているくせに。なのに隠れ家として自分の部屋を提供するという事は、こいつ本人も警察に追われている人間なんだろうか……？

「……おい。あんた、ヤバイ人間なのか？」

自分の事を棚にあげて訊くと、着物の少女はあははは！　と大声で笑いだした。

「変わったヤツだな、おまえ。へえ――ヤバイ、ヤバイときたか！　そりゃあいい表現だ、ぐっときたぞ、まったく！」

　両儀は真剣に笑っている。バラバラに切られた黒髪が乱れて、俺には本当にヤバイ人間にしか見えなかった。

「はは、あはははは、は――うん、そうだな。この界隈じゃオレぐらい物騒なヤツは二人といないぜ。でもおまえだって物騒なんだろ？　ならどうでもいいじゃんか、そんなの。話はそれだけ？」

　含み笑いをして、着物の少女が俺を見上げてくる。

……どこか危うい穏やかさを持った貌は、新しい玩具《おもちゃ》を手に入れた子供に似ていた。

「いや……もう一つ。あんた、何で俺を助けたんだ」

「助けてくれって言ったじゃないか。他に目的もなかったから助けただけだ。おまえ、寝るトコないんだろ。しばらくここ使っていいぜ。どうせ当分幹也は来ないんだし」

……他にやるコトがなかったから助けた？

　なんだそれ、いくら何でもそんな馬鹿みたいな理由があるものか。たしかに俺の神経はまいっちまってるが、それを鵜呑《うの》みにするほど壊れちまってる訳じゃない。その証拠に、こいつが嘘を言っているかどうかぐらい見抜いてみせる。

　俺は着物姿の少女を睨む。彼女はそれをまるっきり気に留めない。無視するのとは違う、堂々とした自然さだ。

……信じられない。困った事に、両儀がまったくの本音で話しているって事だけは疑うまでもない。

　それとも。もしかして、この相手には一般的な理由は必要ないのだろうか。友達だからとか、金になるからとか、そういう解りやすい繋がりをこの少女は考えていないとしたら。

　でも、それにしたって――

「おまえ本気かよ。何の見返りもなしに俺みたいな怪しいのを匿うのか？　まさか危ないクスリでもやってるんじゃないだろうな」

「失礼なヤツだな。薬は嫌だし、オレはいたって正気だよ。警察にもチクらない。おまえがチクってくれっていうのなら、やるけど」

ああ、俺だってそんな心配はしていない。だいたいこいつが警察に連絡するシーンなんて、どうやって想像しろってんだ。俺が心配しているのは、もっと根本的な事だった。

「あのなあ。俺は男で、おまえは女だろ。見も知らずの野郎を泊めるっていうのはそういう事だぜ。それがいいのかって言ってんだ、俺は！」

「え？　女を抱きたいなら別の所に泊まるんじゃないのか、男って？」

きょとん、とした顔で返答されて、俺は言葉を失った。

「いや、だから———」

「あぁもう、うるさいな。ここが気に入らないなら他の隠れ家を探せばいいだろう。なんでわざわざオレの機嫌をうかがってるんだ、おまえ」

ぴしゃり、と言いきって少女は再びコンビニの袋に手を入れる。取り出したのは三角形のトマトサンドだった。……ほんとうに、俺の事なぞ眼中にないらしい。

「じゃあ俺はここを寝床にするぞ。それでいいんだな！」

カッとなって怒鳴っても、両儀は顔色も変えずに頷きやがった。

「ああ。邪魔なら邪魔だっていう」

ぱくぱくとサンドイッチを食べながら両儀は言う。

俺はそれで気が抜けてしまって、床に座り込んだ。

そのままで時間だけが流れていく。

とにかく、と俺は開き直る事にした。感情の切り替えの速さが臙条巴の長所なんだ、という自負を取り戻すかの勢いで今後の事を考える。

しばらくの寝床は確保できた。食費は手持ちの三万円で一ヵ月は保つだろう。その間に、俺は警察に捕まらずに生きていける方法を探さないといけない。

「————ん？」

ふと、疑問に思った。どうして今晩、この家の鍵はかかっていなかったのだろうか、と。

「おい。なんで鍵をかけてなかったんだ、あんた」

「そんなもの、ないからに決まってるだろ」

「————あ？」

話を聞いて、俺は卒倒しそうになった。

この両儀という女、家の鍵を持っていないというのだ。鍵をかけるのは自分が眠る時だけで、出かける時はドアを閉めるだけ。本人曰く、留守中に泥棒に入られても自分に害がないから、だそうだ。

俺が侵入できたのは偶然でもなんでもない。この部屋に何もないのは、常連になっている泥棒がいるからじゃないのか、ほんとに。

「このバカ、鍵ぐらい持っとけ！　ないならないで大家から合鍵を借りてくるもんだろ、普通は」

「合鍵も無くしたよ。いいだろ、別に。おまえが困るわけでもないんだし、あんなの荷物になるだけだ」

……くそ、こう言えばああ言うヤツだ。現実問題として、鍵が無いって事は俺が安心できない。自分の身の安全もあるけど、それ以上に両儀の生活に問題があるじゃないか。俺はさっきまで抱いていた両儀へのなんともいえない反発心を忘れて、本気でこの世間知らずを心配した。

「バカいうな、鍵がない家なんて家じゃねえんだ。待ってろ、こうなったらドアノブごと新品にかえてやる」

「……いいけどさ。金あるの、おまえ？」

「なめるな、そのぐらいテメエで出来る。今晩中にやっとくから、明日からは鍵をちゃんとかけるんだぞ！」

言って、俺は立ち上がった。

こちとら引っ越し業者で働いてたんだ。部屋の改装は一通りたたき込まれているから、アパートの部屋程度なら修理できない所はあまりない。二日前まで勤めていた会社の倉庫なら、ドアノブの在庫ぐらいあるだろう。

自分でもよく分からない勢いで、俺は夜の街へ駆け出していた。

いつ警察に追われるかもしれない身だというのに、どうやって会社に忍び込もう、なんて真剣に悩んで、自分がひどく危険な冒険をやろうとしている事に気付く。

……まったく、両儀の事は言えないか。

まだ名前さえ確かじゃない女のために、勤めていた会社に忍び込もうなんて、俺もずいぶんと常識ってものが薄れてしまっているんだから。

／3 (矛盾螺旋、3)

両儀の部屋で寝泊まりするようになってから、一週間近くが経った。

俺も両儀も昼間は出かけているので、夜に眠る時だけ顔を合わせるというおかしな生活が続いている。

それでも一週間も経てばお互いの名前ぐらいは知らないと不便なわけで、俺達は互いに名前を教えあっていた。

あいつのフルネームは両儀式。驚いた事に本当に高校生だった。それ以外の事はとんと判らない。

両儀は俺の事を朧条と呼ぶ。そのせいか、俺も両儀の事は両儀と呼んだ。両儀本人は名字で呼ばれる事を嫌うのだが、俺はどうしてか式と呼び捨てにはできなかった。

理由は簡単だ。単に、俺にはそれだけの覚悟がないのだ。いずれ永遠に別れてしまう相手とは、必要以上に親しくなりたくない。式と名前を呼んでしまったら、きっと俺は、この少女から離れがたくなってしまう。いつ警察に捕まるか分からない俺には、そういう関係は邪魔なだけだと思うのだ。

◇

「朧条、おまえって女いないの？」

　いつも通りの夜、両儀はベッドの上であぐらをかいたまま、何の前触れもなくそんな事を訊いてきた。

　両儀の質問は、いつもこうやってトウトツに繰り出される。

「女って……そりゃあ、いればこんな所に転がり込んできてねえだろ」

「そうなのか。おまえ、もてそうな顔してるのにな」

「感情のこもってない声で誉められても嬉しくない。それに女には懲《こ》りてるんだ、俺」

「―――へぇ、なんで？」

　興味を持ったのか、両儀は床に寝っころがっている俺へと顔を突き出してきた。ベッドの真横で寝ている俺から見ると、顔だけひょこっと出てきたように見えて、どこか可愛らしい。

「ゲイなのか、朧条は？」

　……前言は撤回する。こいつが可愛いなんて、気の迷いに他ならない。

「ワケねぇだろ。たんに面倒くさいだけだ。実際に付き合ってみたら、あまり面白くもなかった」

　そもそも、俺は異性があまり好きではなかった。高校の頃三ヵ月ばかり付き合ってみた事があったが、アレは甘い関係なんてものじゃなく、ひどい鬩《せめ》ぎ合いだった気がする。

　いつのまにか、俺はトツトツと思い出話を始めていた。

「俺だって何も高望みしてたわけじゃないんだぜ。っていうのに相手は俺に高望みしてきやがる。初めはまあ、そんなもんかと我慢していたんだ」

　そうだ。あいつの欲しがっていたモノは買ってやったし、格好良くしてくれと言われればしてやった。およそ、あいつの高望みに追い付かなかった事はなかっただろう。相手はその度に喜んだが、俺はその反面冷めていった。セックスも皆が捉えているほど上等なものでもなかったし。

……両儀は、俺の独り言をちゃんと聞いているようだ。

「そのうちにさ、イヤになった。まわりの環境だけじゃない。時間も、金も、感情でさえ、他人《アイツ》に分けてやるのが億劫《おっくう》になった。それなりに好きだったけどさ、性欲の処理なら独りでできるわけだし。

——俺がノーマルな学生だったら、時間なんて有り余ってたんだろう。けど俺には自由になる時間はなかった。アイツといる時間が多ければ多いほど、睡眠時間が減っていくって計算だ。余分な時間のない俺には、初めから恋愛なんて無理だったんだろ」

それでも、俺は別れようとはしなかった。

俺は幸せそうなアイツにこれっきりだ、なんて絶縁状を叩きつけて泣かせたくなかった。……人を傷つけて、自分が傷つくのもバカらしい。

「でも別れたんだろ。どうやってふったんだ、おまえ？」

「あのな、俺だけを悪者にすんな。ふられたんだよ。ホテルでさ、やる事やってから唐突に言われた。あなたはわたしを見てくれてなかった。わたしの外見《そとみ》ばかりで、心を見てくれなかったのよ、ってさ。正直、わりとショックだったぜ」

肩をすくめて話のオチを言うと、両儀は失礼な事に笑いだした。

「すごいな、心を見てくれていなかった、か！　は、は、そりゃあ厄介な女にひっかかったな、黒桐！」

ベッドのスプリングが軋んでいる。こいつ、ベッドの上で笑い転げてやがる。

「なんだよ、今の話のどこがおかしいんだ。青春のほろ苦い思い出だろうが」

頭にきて立ち上がる。と、両儀はぴたりと止まって俺を見つめてきた。

「だっておかしいじゃないか。人間が見れるのは外見だけだろ。それを見てやったおまえはいらなくて、心なんて見えもしないモノを見てくれなきゃイヤだ、なんて女は普通じゃない。普通じゃないって事は異常ってこと。ほら、おかしい話じゃないか。そいつもさ、心を見てほしかったら紙に書けばよかったのにね。臙条。おまえ、そいつと別れて正解だよ」

冷静に侮辱しながら、両儀はベッドにこてん、と横になった。そのまま猫みたいにじーっと俺の顔を眺めると、両儀は言いにくそうに口を開いた。

「……ま、オレが言える事じゃないけど。そういう〝見えない〟不安って口にしたら嘘になるだろ。わからないまま信じるのが恋愛なんだ。恋は盲目って、そういう意味じゃないの？」

人の受け売りだけどさ、と付けたして両儀はそのまま眠ってしまった。

いつもと同じ竹を割ったような会話の終わりに、オレもしぶしぶと横になる。

電気を消して、眠りにつく静けさの中で思った。〝女〟なんていう情の深い相手はこりごりだけど、この少女ならそんな一方的な押しつけはないのだろう。いや。両儀が相手だったのなら、そんな厄介事も笑って受け入れられたんじゃないだろうか、なんて事を。

◇

二週間目の夜。

鍵を開けて部屋に入ると、両儀はすでにベッドで眠っていた。……俺を猫か何かだと思っているのか、物音に気付いても起きる素振りさえない。

だが、今日はそれが幸いした。

俺は殴られた頰を隠しながら床に座り込む。

かちかちがちかち。

ベッド脇の時計がまわる。時計の針は両方とも12を指していた。

……なぜか、俺は時計盤が嫌いだ。デジタル表示の方がいい。まわる時計の中には自分の居場所がないような気がして、恐くなる。

「痛っ」

蹴られた足がうずいて、声をあげてしまった。

両儀は死んだように眠っている。起きる気配はない。

その横顔を、俺は目的もなく眺めた。

――二週間も暮らしてきて、判った事は一つだけ。

こいつは、まるで人形だった。

いつもこのベッドの上で死人のように眠っている。こいつは朝になるから起きるんじゃなくて、やる事があると死人から生者へと蘇生するのだ。

初めは高校に行くためかと思っていたが、どうもそれは違うようだ。きっかけは電話で、どこからか掛かってくる電話を受け取ると、両儀は生気を取り戻す。

それがヤバイ内容だという事は、薄々感付いていた。

でも、それを両儀は待っている。それがなかったら、この女はここでずっと人形のままなのだ。

かちかちがちかち。

その有様を、俺は美しいと感じた。悲しみなんてなかった。両儀は自分のやるべき事のみに歓喜して、生き返る。

それは余分なモノのない完璧さだ。俺は初めて、居やしないのだと決めつけていた〝本物〟に出会えた。俺がそうだと信じていたもの。俺がなりたかったもの。自分だけがあれば他が何をしようと気にもかけない、純粋な強さ。

「――式」

口から、両儀の名前が漏れた。

囁《ささや》きよりも小さかったはずの、吐息《といき》みたいな一言。

なのに、両儀はきっかりと目を覚ましてしまった。

「――なんだ、おまえまた痣だらけじゃないか」

ぱちりと目を開けるなり、両儀は眉間に皺を作った。

「仕方ねえだろ。向こうから勝手にケンカ売ってきやがるんだからよ」

事実で俺は言い返した。今日、帰りぎわに見知らぬ二人組にからまれ、殴り合いになったのだ。当然ぶち倒してやったが、こっちは素人なので向こう傷も多くなってしまうのだ。

「おまえ何かやってるんだろ。そのくせ弱いぞ。殴られるの、好きなのか？」

ベッドから身を起こして両儀は言う。

何かやってる、とは空手とか柔道とか、そういう物か。

「勝手に決めつけんな。俺は武道に関しては素人だぜ。ケンカなら、まあ人並み以上にはやってるけどな」

「そうか。殴る時に掌を使っているから、てっきり違うと思ってた。――――なら、なんで掌なんて使うんだ？」

ああ、なるほど。そういえば一度、その事で誉められた事がある。人を殴る時、拳を鍛《きた》えていない人間が殴ると自分の拳を痛めてしまって、数回も殴ると自分の骨がいってしまうのだそうだ。だから素人は掌を使って殴ったほうがいい。いや、むしろ掌のほうがより実戦的だという武術もある。

もちろん、俺はそんな物はまったく知らない。

「掌の方が硬いだろ。空き缶をつぶす時、みんな掌じゃないか。拳でやるやつはそういないぜ」

「それは掌の方がやりやすいからだろ」

冷静に答える両儀は、けれど本気で感心しているようだった。

まじまじと俺の顔を見る。照れくさくなって、俺は強引に話を続けた。

「そういう両儀こそ何かやってるだろ。合気道か？」

「合気はたしなむ程度。ガキの頃からやってるのは、一つだけある」

「子供の時からか。どうりでお強いはずで。逃げる相手の後頭部にハイキックだもんな、やる事が違うと思ったんだ。で、あれか。やっぱり必殺技とかあんのか?」

我ながら頭の悪い事を訊く。と、両儀はうーんと真剣に悩みこんだ。

「そういう型っていうのはあるだろ。みんなそれで倒す事を前提にして鍛えるわけだから、必殺といえば必殺の技だ。けど、オレん所はそういう型ってないよ。もともと自己流だしな」

鍛えるのは心構えなんだ、と両儀は続ける。

「体を作り直すんだ。それを持つだけで全てを変える。呼吸から歩法、視界、思考。そういったものを戦闘用に作り直せるように。筋肉の使い方まで変えるから、別人になるって感覚かもしれない。

戦いが起きたら心と体を引き締めて戦う、っていうのが武道の入り口なんだろうけど。うちはそれだけを追求して、結果として行きすぎちまった」

自分自身を軽蔑するような台詞に、俺は首を傾げるしかない。

「なんだよ、強いんだからいいじゃねえか。俺みたいに殴られるなんてヘマもないしな。三人の男を一瞬で片付けられるんだ。すごい自己流だったぜ、アレ」

こいつと出会った時の鮮やかさを思い出して言うと、両儀は微かに驚いたようだ。

「ありゃあ違うよ。見様見真似《みようみまね》ってヤツ。第一、オレはまだうちの流派ってやつを使った事がないんだ」

しれっと恐ろしい事を言うと、両儀はばたんとベッドに倒れこんで眠ってしまった。

◇

……どこかで蒸気があがっている。

しゅごー、しゅごー、と絵本にあるような音がする。

灯りはなく、部屋は暗い。

ここは、熱い。

鉄板の焼ける音と、そのマグマみたいな光だけが頼りだった。

周囲の壁に、大きな罎《びん》が並んでいる。

床には細長いチューブがちらばっている。

誰もいない。

ただ蒸気の音と、水の泡立つ音だけが…………

……………………………………

……………………………………

……………………………………

……………夜になって、俺はふと目を覚ました。

いやな夢を――見たからだ。

かちがちがちかち。

時計を見るとまだ午前三時をまわったばかりで、目覚めの時間にはほど遠い。

ベッドに目をやると、両儀の姿はなかった。

……あいつは、ときおり夜中に散歩に出かける事がある。にしたって、草木も眠る丑三《うしみ》つ刻に出歩く事もあるまい。


迎えに行ってみようか――互いのプライベートには極力関わらないのがここを寝床にする為の暗黙の了解だと分かっていたのに、そんな事を思った。

さんざん迷って、よし、と立ち上がった。

いくらデタラメに強いといっても、両儀が同い年の少女である事に変わりはない。それにあいつのあの格好は、夜中にたむろするバカどもを惹き付けるのに十分すぎる。

決意をかためて俺が廊下に出た時、音もなく玄関のドアが開いた。

着物姿に革ジャンという、普段通りの少女がそこにいる。

両儀はやはり音もなくドアを閉めた。

「なんだ、帰ってきたのか」

なんとなくおあずけをくらった気がして、俺はつい話しかけた。

ちらり、と両儀がこちらを見て――

瞬間。殺されるかと、思った。

電気の消えている廊下は暗い。その中で、両儀の目だけが青く輝いてる。

何も出来ない。息する事も出来ず、まともな考えさえ浮かばず、俺はただ立ち尽くした。

「――――おまえでも、ダメだ」

声がした。気がつくと両儀はするりと俺の横を通り抜け、苛立たしげに革ジャンをベッドに投げ捨てていた。

両儀はベッドの上に座ると、壁に寄りかかって天井を見つめる。

俺は背中に残る悪寒を堪えながら部屋に戻って、床に座った。

そのまま、意識を失いかねないほどの無言の時間が流れる。

不意に――――少女が喋りだした。

「人を殺しにいってたんだ、オレ」

その言葉に、どんな返答をしろっていうんだろう。俺はそうか、と頷くだけだった。

「でもダメだな。今日も殺したい相手が見つからなかった。さっき廊下におまえがいた時、おまえなら満足できるかと思ったけど、やっぱりダメだ。やっても意味がない」

「……俺は完全にやられる、と思ったぜ」

素直に言うと、両儀はだからダメなんだ、と言う。

「オレは生きてる実感がほしい。けど、人を殺すだけじゃ意味がない。目的も見つからずに夜歩いてる。これじゃまるで幽霊だ。いつか――――意味もなく人を殺す」

両儀は臙条巴に話しかけているようで、その実誰にも話しかけていない。……禁断症状の麻薬中毒者のようにぼんやりとしている。

こんな事は、今までなかった。俺が出会った頃の両儀は、夜に出歩く事はあってもあんな殺気を持って帰ってくる事はなかった筈だ。

「おい、どうした両儀。らしくねえぞ、しっかりしろ！」

おかしな事に――――俺は今まで触れた事もなかった少女の肩を掴んでいた。

信じられない。この、なによりも超然としていた女の肩が……こんなに、細かったなんて。

「……オレはしっかりしてる。

夏にだってこういう感じはあったんだ。あの時だって――――」

何かよくない事に気付いてしまったのか、両儀は言葉を切った。

俺は両儀から手を離してベッドから下りる。

両儀は壁にもたれかかるのを止めて、ベッドに寝っころがった。

「なあ、両儀」

声をかけるが応えはない。あいつは以前言った。

心は見えないものだ、と。だから、見えない物の悩みなんて、決して他人に打ち明けたりはしない。

そう――――両儀は独りだ。

俺だってそうだったけれど、気を紛らわす為に軽く付き合える友人は何人も作った。けど、こいつにはそんな人間はいないだろう。俺と違って細部まで完璧なこいつは、そんな物を必要としないから。

「――――なあ、両儀。おまえ、友達っているか？」

俺は少女の顔を見ないように、ベッドに背を預けて尋ねた。両儀は少し考えてから、いる、と答えた。

「え、いるのか？　おまえに!?　友達が!?」

驚く俺とは逆に、両儀は冷静にああ、と頷く。

「なら話は早い。落ち込んでる時はな、意味がなくてもいいから、そいつらに面倒を押しつけちまえばいいんだよ。その場しのぎでもけっこう楽になるぜ。こっちの悩みなんてほっといて、くだらない話をするだけでいいんだ」

「――――今はいない。遠くへいった」

少女の言葉に、俺は何も言えなくなった。両儀の声がひどく淋しそうに聞こえてしまって。けれどそれは俺の気のせいだったのか、両儀はダン、とベッドを殴りつけて独りでに怒りだしてしまった。

「だいたいあいつは勝手だ！　好きかってうちにやってくるかと思えば、オレに教えるのは電話番号だけときた。夏の時だって一ヵ月も寝込みやがって、なんだってそんな事でオレが苛々しなくちゃいけないんだ！」

ばたばた、と暴れる音がした。

今度こそ、ほんとうに、信じられない。

あの両儀が、ベッドの上で手足をばたつかせて暴れている――――。

いいや。実際はそんな生易しいものじゃなくて、枕にナイフでも突き刺しているのかもしれない。何しろ音がバタバタからザクザクというものに変わりだしている。

真偽を確かめるのが恐くて、俺は両儀に振り返るのだけはやめておいた。

少々暴れると両儀は静かになった。

ともあれ、両儀をここまで狂わす友達とやらが羨《うらや》ましい。

俺は、そいつの事を訊きたくなった。

「なあ両儀」

「…………」

まだ機嫌が悪いのか、両儀は応えない。俺はかまわず続けた。

「その友達ってどんなヤツだよ。高校の知り合いか？」

「――ああ。高校の知り合いで、詩人みたいなヤツ」

感情が空っぽな呟きで両儀は答える。

どこらへんが詩人みたいなのか、同い年なのか男か女なのか、なんて事は訊かない事にする。俺が知ってもさしたる意味はあるまい。

「で、おまえが夜出歩くのって、そいつが原因なのか」

両儀は少しだけ考え込んだ。

「違うよ。夜歩くのはオレの趣味だし、殺人衝動もオレ一人のものだ。誰も関係はない。問題はオレ個人のものだから、今の自分がどんな状態なのかも分かってる。……ふん。ようするにさ、おまえを不安にさせるぐらい、今のオレは地に足がついてないってコト」

淡々と、まるで他人事のように両儀は言う。

「不安って――別に俺は不安になんか……」

「オレに殺されると思ったって、言ったクセに」

綺麗な声が、首の後ろにかけられる。

……冷たい蛇が首をなぞっていくような感覚。俺は自分の背後で寝そべる相手が本当に人間なのか、ほんの一瞬だけ、疑問に思った。

「ほら、今もそう思った。でもそれは見当違いの不安だよ。オレが殺人をするのは生きてる実感が湧かないからだ。おまえは対象にならない」

……どういう意味だろう。俺――臙条巴を殺しても、両儀は楽しくないって事なんだろうか。

「でも――そうだな。やっぱりおまえは新しい隠れ家を探すべきだ、臙条。オレは生きてる実感が湧かないだけだけど――きっと、両儀式は人殺しが好きなんだ」

ぽつり、と告白するような神妙さで両儀は呟く。

落ちた声のトーン。心情の不安を吐露する、とぎれそうな声。……ちくしょう。ただでさえ遠い女が、よけい遠くに感じられちまった。

それで悟った。俺はこいつを怖れているのと同じぐらい――いや、それ以上に惹かれているんだって。

「――ばかヤロウ、そんな事あるか」

とにかく両儀の言葉を否定したくて、言葉を繋げる。

「おまえは情緒不安定なだけだ。さっさと友達とやらを呼びつけて、無理難題でもふっかけやがれ。友人なんてのはその為にいるんだし、そうしないと離れていっちまうものなんだからな――」

そこまでまくしたてて、言葉を切った。さっきの両儀と同じだ。感情にまかせて思いを口にして、気が付いてはいけない事に気が付いてしまった。

「————そういう事だ。俺は寝るぞ」

苦虫を噛み潰すように吐き捨てて、床に寝そべった。

両儀が何か言っていたが、無視して眠る事にする。今夜はこれ以上、両儀とまともに話が出来る自信がない。

……理由は簡単だ。自分の言葉に胸を衝かれた。

そう、どうしたって。

俺には、その友達の役がまわってこない。

／4（矛盾螺旋、4）

その日、俺は両儀と初めて出会った路地裏にいた。

昼間だというのに人通りもなければ、街が持つ様々な雑音すら届かない。あの時の血の跡も綺麗になくなったそこで、俺はひとり白い息を吐いて立っていた。

がちがちがちかち。

十月も終わろうとしている。俺が家も仕事も、何もかもを捨てて逃げ出してから一ヵ月が経過しようとしている。

なのに、警察が俺を捜し回っている気配はなかった。それればかりか、毎日律儀にデパートに通ってはテレビのニュースをチェックしているのに、俺がやった殺人事件は報道されていないのだ。新聞だってそれなりに目を通しているが、やはりそんな記事は見当たらない。

あの事件は、そんじょそこらの通り魔事件とは系統が違う。間違いなくテレビの視聴者受けする話題なんだ。簡単に事故として処理されるはずがない。

「————まさか————まだ、発見されてないのか」

呟いた自分の声に、俺は胃の中のモノを吐きそうになる。

あんな奴らどうだっていいのに————ただ、死体のまま一ヵ月も見つからずに放置されている光景を思っただけで、ひどい憂鬱《ゆううつ》に襲われた。

見に行ってみようか――――いや、それこそ無理だ。そんな勇気はないし、警察が見張っているかもしれない。

どちらにせよ、俺にできる事はこうやって外から様子を見るだけなのだ。

――――ただ一回。

一回でいいからテレビで事件として報道されれば、俺もケジメがついて両儀の前から消えられる。臙条巴が殺人犯として世間に知れ渡れば両儀に迷惑をかけるから、俺は未練を断って、この街を離れられるのだ。

「くそ、なんだって、俺は――――」

両儀から、離れられないのだろうか。

がちがちがちかち。

風が強くなってきた。冷たい北風に追い立てられるように路地裏から歩み出る。


そのまま街を歩いていると、遠くの横断歩道に両儀の姿を見かけた。着物姿に革ジャンなんていうスタイルは、あいつの他にはありえない。

俺はそれを遠くから見ていて――――見覚えのある顔を見付けた。

俺と両儀が会った夜、その原因を作った連中の一人だ。そいつは慣れた足取りで、ごく自然に両儀の後をつけていた。

かち、がちがち、がち。

――――なにか、ヤバイ。

俺は人込みに紛れながら、両儀を尾行する男を尾行する。

そいつはしばらく両儀を付けまわすとどこかに行ってしまった。その後、交替役としてあの時のメンバーの一人が両儀の尾行を引き継いでいく。

連中は両儀をどうにかするつもりではなく、ただ尾行しているだけのようだ。それにしても――――あいつらにしては、舌を巻くほど動きが組織的で無駄がない。

　一時間も連中を監視していて、俺は交替して去っていったヤツが何処に行くのか知るべきだと思いたった。

　ちょうど両儀にハイキックを食らって悶絶した野郎が、尾行を終えて去っていく。

　早足で追いかけるとそいつは、さっきまで俺がいたあの路地裏へと入っていった。

　――罠《わな》だ。

　何の為にかは知るものか。それでも、これは間違いなく不吉な意味合いを持っている。

　俺は路地裏へ続く、細い線のような道の入り口で立ち止まると、その奥を凝視した。連中が何をしているか、ここからなんとか探れないか。

　目を凝らすと、誰かが立っていた。

　ワインレッドの、長いコートだ。

　スラリとした長身の人影は男性だろうか。

　髪は長く、金色をしていた。傍らにはまっ黒いシェパード。遠目からでも、人を見下すようなキザったらしい顔立ちが判る――。

　ところで――あいつは、一体誰だったか。

「■■■■■■――」

　耳元に流暢《りゅうちょう》な発音が流れていく。

　ハッとして振り返っても、そこには誰もいない。

　急いで路地裏に向き直ると、コートの男も消えていた。

　冷たい北風が吹く。

　がたがたと、体が震える。

　俺は、朧条巴の意思とは無関係に震える体を抱いて、
　訳もなく泣きだしそうになる気持ちを必死に堪えて、
　秋の終わりと、俺そのものの終わりを感じていた。

◇

夜になって、俺は両儀に尾行されている事を教えてやった。あの夜の連中が本格的におまえを監視しているんだ、と。

けれど、両儀の答えはいつも通りの簡潔さだった。

「へえ、そう」

それで？　と濁りのない瞳が問いかけてくる。

俺も、今度ばかりは理性の箍《たが》が外れた。

「それで、じゃねえだろ。監視してるのは連中だけじゃないんだ！　赤いコートの外人に覚えはないか？」

「そんな愉快な知り合いはいないよ」

両儀はそれきり、この話には反応しなくなった。

興味をなくしたのだろう。こいつは両儀式本人にどんな影響を与える出来事でも、両儀本人がつまらない事だと判断すれば何だって放っておくのだ。冤《えん》罪《ざい》で殺人犯にされても気にしない。大事なのは外の評価ではなく自分の気持ちだけだろうから。

……ああ、俺だってそうであろうと望んでいたし、それが自然ですらある両儀を気高いと思っている。

だが今回ばかりは例外だ。

あいつらは——いや、あいつは本物だ。

俺や連中のようにニセモノ、作り物の危険性じゃない。両儀と同じ、混ざり気のない空恐ろしさを持っていたんだ。

「話を聞け！　これは他人の事じゃない。他ならぬおまえ本人の事なんだぞ！　少しは心配する俺の気にもなってみろ！」

怒鳴る俺が煩《わずら》わしくなったのか、着物の少女は器用にベッドの上であぐらをかいて見上げてきた。

この時。俺は、本当にムキになっていたと思う。

両儀があんまりにも無関心だからじゃない。理由はもっと単純だ。それは——

「うん。そりゃあ確かに他人の事じゃなくてオレの事だ。でも、なんで黐条がオレの事で心配するんだ？」

だから、それは——

「この馬鹿、心配するに決まってんだろ。俺はおまえにケガなんかしてほしくないんだ。俺は――――おまえに、惚れてるから」

鬩ぎ合っていた空気が、ぴたりと止む。

……言った。もうじき消えるべき俺が、口にしてはいけない事を口にしちまった。

この言葉は何より――――俺自身の為に、形にしてはいけなかったのに。

両儀は不思議なものでも見るような目で、俺を見ている。

数秒ほど経って、着物の少女は笑いだした。

「ははは、何いってるんだ臙条！　おまえがオレに惚れるなんてあるもんか。その赤いコートの男に催眠術でもかけられたか。よく記憶を確かめてみる事だ、きっとおかしな音がまざってるぞ！」

両儀――――式は、笑って相手にしない。

どのような確信があるのか、彼女は本当にそんな事はないと断言した。

俺はもちろん、そんな事は認めない。

「違う！　俺は本気だ。おまえを見て、初めて人間を美しいと感じたし、ようやく近い人間に会えたと思った。おまえは本物だ。俺はおまえの為なら、何だってやってやる――――」

座り込んだ両儀の肩を掴んで正面から睨む。

両儀は笑うのを止めて見返してきた。

「ふぅん、そっか」

乾いた声。

両儀の手が俺の衿元を掴む。と――――俺はくるん、と紙にでもなったみたいな軽さで回転して、ベッドに仰向けに倒れこんでしまった。

その上に、ナイフを手にした両儀がいる――――。

「なら、オレの為に死ねる？」

喉元に、刃が触れる。

両儀の目は、どうという事はない。

いつも通り無関心にナイフを下ろして、無関心に俺を殺すだろう。

両儀は自分の為に何かをやって死ねるか、と訊いているんじゃない。

自分の快楽の為に殺すよ、と言っている。今のはそういう意味の言葉だ。

——こいつは、そんな事でしか愛情を知れない。死ぬのは恐い。今も身動きできないほど恐ろしい。けど、自分はどうせ長くないのだ。人殺しをした俺は、いずれ警察に捕まって二度とこちら側に戻ってくる事はない。なら——

「……いいぜ。おまえの為に死んでやる」

言った。

両儀の目が、人間らしい色を帯びていく。

「好きにしろ、どうせ先は短いんだ。俺は親殺しだからな。下手すりゃ死刑さ。それなら——絞首台《こうしゅだい》より、おまえのほうが巧そうだ」

「親殺し？」

ナイフを俺の喉元で止めたまま、両儀が繰り返す。

俺は今まで隠していた記憶を、殺される直前に語りだした。それはきっと——死ぬ前に、一度ぐらいは懺悔《ざんげ》の真似事をしてみたかったからだろう。

「ああ、俺は両親を殺したんだ。ダメな親でさ、俺の目を盗んでは借金をして遊びまわる。俺もいいかげん面倒みきれなくなって、何度も何度も——何かの間違いで死にそこなわないように何度も——包丁で内臓をかきまぜた。俺の家は暖房もねえからな。あの夜は寒かっただろ？　吐く息も白くてさ、人の臓物のほうがあったかいんだ。人間のハラん中から湯気がたちのぼるなんて、一生に一度見れるか見れないかだぜ！　へへ、まったく——何もかも痺《しび》れて俺は馬鹿になってたんだろうよ。指は包丁を放さねえし、腕はいつまでもハラワタァかきまぜやがる。そのうちさ、俺は親を殺す為に刺したのか、ハラをかきまぜる為に刺したのか分からなくなっちまって、それが人間だったかどうかさえ分からなくなっちまって——」

泣くかな、と思ったが涙は出なかった。

むしろ妙な清々《すがすが》しささえある。俺はあの不出来な親を殺して、本当に自由になったんだ、と。

「――巴。おまえ、どうして殺したんだ」

目の前の女が、尋ねた。

考える。俺はどうして殺したんだろう。

憎かったのか。煩わしかったのか。違う、そんな綺麗な感情じゃない。

俺は――恐かったのだろうか？

「俺は、恐かった。夢を――見るんだ。

仕事から帰ってきて、布団に入る。しばらくすると隣から母親と父親の言い争う声が聞こえて、襖が開く。父親が血塗れになっていて、母親が立ってた。母親はそのまま俺を刺し殺すと、自分の喉を刺して死ぬ。初めは、俺はそのまま死んだかと思った。でも違う。朝になって目が覚めれば、そんな事はない。夢だ。つまらない夢だったんだ。

俺はきっと、両親を殺したくて、でも出来なくて、そんな夢を見たんだろうよ。それから――その夢を毎晩見た。毎日毎日、その夢を繰り返した。夢といってても毎日だぜ。いいかげん耐えられなくなる。俺は、俺が殺される夜が恐かった。もうあの夢を見たくなかった。だから――もう見ないように、殺される前に殺しただけだ」

そうだ。あの夜。何かの用事で襖を開けた母親を、隠していた包丁で滅多《めった》刺《ざ》しにした。何度も殺されたんだ。今までの鬱憤を晴らすように、念入りに殺してきた。俺は自由だ。あんな不出来な両親にも、あんな不気味な夢にも、もう縛られる事はない。ざまあみろ。清々する。夢にまで見た、いや、夢にさえ許されなかった自由！　これでもう何に怖がる事もなくて――くそ、なんて――汚れた、自由。

「――莫迦《ばか》だな、おまえ」

本気で両儀は言う。その遠慮のなさは、逆に俺をスカッとさせた。

本当に、まったくその通りだ。俺は頭が悪いから、それ以外の逃げ道を考えつかなかった。だが後悔はしていない。結果として警察に捕まるにしても、あの日々よりは幾分はましだろうから。

……ただ、ひとつ。自らの罪を口にして気がついた。

俺は自分の事だけを決めてきた人間だ。そんなヤツがたとえ本当だとしても、他人に惚れているなんて口にしてはいけなかった。……そんな資格さえない。両儀が笑って相手にしなかったのも当たり前だ。けど……こいつを守りたいという気持ちだけは本物なんだ。ニセモノだった俺にある唯一の本物なのに。薄汚い人殺しの俺では、その思いさえ汚れている。

――――悔やむといえば、今はそれが後悔だ。

それが判ってしまった途端。さっきまで俺をかりたてていた熱病は、新品に取り替えられて捨てられた旧型のテレビみたいに、急速に冷めていった。

「それでも――――」

俺は、あの殺人を後悔などしていない。

あの殺人はしなくてはいけない事なのだと、心の底で巴が言っているんだ。

両儀は遠い眸《ヒトミ》をしていた。

臙条巴という俺の中心を見透かすような、一点の曇りもない観察。

「――――ひどい間違いだ。我慢するのがおまえの長所だったのに、結局、辛いほうを選んだんだな。初めて会った時、臙条巴《おまえ》は臙条巴をないがしろにしていた。未来をなくして空っぽになったおまえは、今みたいに死にたかったのか」

……俺を気紛れで殺そうとする少女。

……俺が殺されてもいいと思った少女。

そのふたつが問いかけてくる。

……どうだろう。

あの夜、俺は俺をどうでもよく扱っていた。相手を殴り殺してもいいと思ったし、逆に殴り殺されてもいいと思った。けど、死にたくもなかった。あの時は、そう……ただ生きるのが難しかっただけだ。

目的もなく生きている、ニセモノみたいな自分が無様だった。死にたいと思うクセに自殺もできない自分が醜くて、居たくなかった。

こうして両儀に自らの罪を明かしている今だって死ぬのは御免だ。

――でもどうせ、人間は最後には死ぬ。俺はそれが人より少し早くて、人より無様で、人より価値がないだけだ。

……そうか。それが、きっと耐えられない。

無価値な、つまらない死に方。

そんなふうに死ぬのなら、いっそ――

「――おまえの為に死んだほうが、よっぽど本物らしくていい」

「お断りだ。おまえの命なんて、いらない」

ナイフが外れた。

興味をなくしたネコのように、両儀は俺から離れていく。

何処に行くというのだろう。両儀は革ジャンを手にとって出かける支度《したく》をする。

俺は、それを見つめる事しか出来なかった。

「なあ黒桐。おまえの家って、どこだ」

両儀の声は、初めて出会った時のように冷たい。

……俺の家は借家を転々と渡り歩いた。半年もすれば家賃を払えなかったり、借金の取り立てがひどくて追い出されたからだ。俺はそれがイヤで――子供の頃からイヤで、普通の家がほしかった。

「聞いてどうする。どこぞのマンションの405号室だよ」

「そういうことじゃない。おまえの帰りたがってる家の事だ。わからないのならいいさ」

両儀が部屋のドアを開ける。

去りぎわ、少女は振り返らずに言った。

「じゃあな。気が向いたらまた使え」

両儀は消えた。

一人だけ残されるとここは殺風景すぎて、色が白と黒しかないみたいだ。

俺はなにもかもモノクロづいた、錆びついた心の有様で一ヵ月過ごした部屋を見つめ、去ることにした。

／5（螺旋矛盾、1）

冬が来た。

僕にとって今年の夏が短かったように、街にとっても今年の秋は短かったようだ。

事務所の窓から見渡せる街並みは、今にも雪が降りだしそうな寒空をしていた。例年にない異常気象は、四季の四文字の中から秋という言葉だけ抹消したのかもしれない。そう思わせるほど、日々に秋の面影は残されていなかった。

そう。九月の終わりから十一月七日である今日までのわずかな期間、秋は生き急ぐ競走馬のように走り抜けた。

その間の僕はというと、十月の初めあたりから親戚が経営している自動車免許の教習所に通っていた。この教習所は長野の田舎にある寮制の学校で、生徒を三週間ほど合宿させて一般の教習所の課程を手早く済ませてしまうというものだ。

一ヵ月近くこの街を離れる事に気乗りしなかった。けれど親戚の勧めは断れず、職場の所長である橙子さんもこの合宿には賛成だ、という事で止むなく合宿に行く事になった。そうして教習所なんだか収容所なんだか分からない三週間が終わって、生まれ育った街に帰ってきた訳である。

「……ええっと。氏名欄は、黒桐幹也」

手にした免許証を意味もなく読み上げてみる。

小さな免許証には、きちんと自分の名前が印刷されていた。その他には本籍、生年月日と今の住所、おまけに顔写真まで付いている。本当に最小限のパーソナルデータを記しているだけなのに、一個人が所有できる身分証明書の中では一番汎用性に富んでいるという一品だ。——そのあたりが、どうにも不思議で仕方がない。

「この免許って何の資格なんでしょうね、橙子さん」

同じ部屋の片隅、ベッドの上で眠っている橙子さんに話しかける。もちろん、応えなんて期待していない。

「――――契約書だろ、それは」

なのに、橙子さんは律儀に反応してくれた。

この人は質《たち》の悪い風邪《かぜ》にかかってもう一週間近く寝込んでいたりする。さっきまで三十八度の熱に負けて寝込んでいたのだが、たったいま目を覚ましたみたいだ。

理由は――――たぶん、お腹が減ったからだろう。だって、時刻は正午に差しかかろうとしているんだから。


今、僕は会社の事務所にいる。

正確には事務所のあるビルの四階の、普段は滅多に入らない橙子さんの私室だ。僕は窓際に椅子を移動させて取ったばかりの免許証を眺めており、橙子さんはというとベッドに横になっている。

……これは別段色っぽい事情ではなく、単に橙子さんが風邪をこじらせて寝込んでいるだけだった。合宿から帰ってきた僕を待っていたのは無言で何かを非難してくる式と、風邪でダウンしてしまった会社の所長だった訳である。

この二人は僕がいない間により親しい仲になったというのだが、式は橙子さんの看病はきっぱり断って、あまつさえそのまま脳が蕩《とろ》けてしまえ、とまで言ったらしい。……相変わらずの冷血ぶりを発揮する式は、僕とは高校時代からの友人だ。フルネームは両儀式。性別は女の子。口調が乱暴なので勘違いする人がときたまいる。

一方、目の前で額を濡れタオルで冷やしている女性は蒼崎橙子という人で、僕が勤めている会社の所長だ。社員は僕しかいないので、会社と口にするのは少し抵抗がある。

この人は天才肌の人間で、そういった人の例に漏れず知人が少ない。風邪を引いても何もせず、一日中寝ていたのだそうだ。本人曰《いわ》く、今年の風邪に対する免疫が今の体にないのだからどうしようもない、と開き直っていたらしい。

……免疫がないのならそれこそ眠っている場合ではないと思うんだけど、魔法使いである橙子さんはお医者さんの世話になる気はないのだろう。きっと、プライドあたりが邪魔をしているに違いない。

そういった事情があって、僕は一ヵ月ぶりにホームに帰還していながら式とはあまり会えず、橙子さんの看病をするはめになっていた。

契約書、と気のない応えを返すと、橙子さんは枕元の眼鏡を手に取った。

普段は険が強すぎて美人である事が判らないが、風邪でまいっている今の橙子さんは別人かと思うほど穏やかで、綺麗だった。まだ眠りから目覚めきらない意識を明瞭にする為だろう、橙子さんは話を続ける。

「あれはね、運転技術を習得しましたっていう契約書なの。

大事なのは学んだ事なのに、目的が入れ替わっちゃってるでしょ、この国って。中身があるのなら証拠なんて要らないのにね。学んだ結果で資格を得るんじゃなくて、資格を得る為に学んでる。これだけ学びましたっていう証拠になりさがった資格なんて、契約書みたいなものでしょう」

意味による堂々巡りの閲ぎ合いよね、なんて事を付け足して橙子さんは体を起こした。

「でも、資格ってそういうものなんじゃないですか。誰だって目的があって勉強するわけですし」

「もちろん逆もあります。堂々巡りなんだから目的と結果、行動と過程は入れ替わるものです。免許をとってしまったから車に乗るようになった人もいるでしょう。自動車免許をとる時、教習所に行かずそのまま試験を受けにいく人だっているわけですし」

眼鏡をかけている橙子さんは優しい口調になるのだが、今日は風邪引きという事でさらに親切な言葉遣いをしていた。

余談ではあるが、この人は唐突に試験センターにいって学科試験と実技試験で文句のつけようのないほどの成績をだし、試験官に睨まれながら自動車免許をとったという。

「教習所に通わないで免許をとれるって事は聞いてましたけど、橙子さんはぶっつけ本番ですか。……そうですね、所長が教習所に行ってる姿なんてとても――――」

――――恐くて、想像できない。呑み込んだ言葉の後が気に障ったのか、橙子さんは細い眉を寄せてこちらを睨んできた。

「失礼ね幹也くん。その頃の私はまだ学生だったから、教習所にいっても場違いなんて事はなかったわ。そこらへんにいる大学生みたいなものです」

不満だ、とばかりに目を閉じて橙子さんは言う。

……なるほど。言われてみれば、橙子さんだって十代の頃があったんだ。まだ学生だったという彼女の愛らしい少女像を想像して、僕はつい息を呑んでしまった。それが、心臓が締め付けられるぐらい強力な精神攻撃だったからだ。

「……そっちの方が遥かに異次元めいてますね、所長」

「――――病人が相手だと本音が出るのね、君は」

もちろん。普段いじめられているんだから、こういう時ぐらい反撃しておかないとバランスが悪くなる。

タオルでも交換しようと席を立つと、橙子さんはおなかがへった、と実にストレートな欲求を示してきた。困った事に作り置きのお粥《かゆ》は今朝で底をついている。

「店屋物でも取りましょうか。昏月《こんげつ》の月見うどんとか」

「だぁめ、食べ飽きちゃいました。ねえ幹也くん、なにか作ってくれない？　一人暮らしなんだからたいていのモノは作れるでしょう？」

……一人暮らしだから自炊できる、というのは一体誰が撒き散らした通説なんだろう。橙子さんの期待のこもった視線に肩をすくめながら、僕はいささか残酷な事実を、しかしきっぱりと宣言した。

「すみません、僕が作れるものは麵類だけです。最低ランクがカップにお湯をそそぐ、最高ランクがパスタを茹《ゆ》でるという調理ですね。それでいいなら台所を借りますけど」

予想通り、橙子さんはあからさまに嫌な顔をしてくれた。

「じゃあ今朝のお粥はどうしたの？　コンビニものとは思えない味だったけど」

「あれは式ですよ。本人は滅多に料理はしないんですけど、和風のご飯ならすごい腕前なんです、なぜか」

へえ、と橙子さんは意外そうに目をしばたたく。


その意見には僕も同感なのだが、本当に式は板前さんも真っ青なぐらい料理上手なのだ。両儀の家は名家なので、式はもともと舌が肥《こ》えている。本人はなんでも食べるのだが、それは自分が作っていないからたいていの味でも許せる、というものらしい。式が料理する、という事は本人が納得するレベルの料理をするという事で、結果として調理の腕前が上がるのは当然といえば当然なのだ。

「――――驚いた、式が私に何かしてくれるなんて。でもまあ、そっか。刃物の扱いは慣れてるものね、あの子。……仕方ない。机の上に錠剤の入った壜《びん》があるから、全部持ってきてくれない？」

食事にありつけないと知って、橙子さんはまたベッドに横になる。

橙子さんの机には三つの薬壜があって、それを手に取る時――――一枚の写真が目に入った。外国の風景だろうか。石造りの道と、映画にでも出てきそうな時計塔。今にも雪が降りだしそうな曇った空の下、三人の人物が並んでいる。

二人の男性に、一人の少女。

男達はどちらも長身で、一人は日本人のようだった。もう一人は地元の人間らしく風景に溶け込んでいて、違和感がない。いや——日本人の男性の印象があまりにも強すぎるのだ。昏い表情で佇む日本人の存在感は、強烈すぎて風景から浮き彫りにされている。胸が苦しくなるほどの重苦しさ。それを、僕は以前間近に感じた事がある。

……あれは、そう。忘れようのない、あの雨の夜に感じたものではないだろうか。それを確かめるために写真を凝視すると、より印象的なモノを見てしまった。

黒い和服のようなコートを着た日本人の男性と、赤いコートを着た金髪碧眼の美男子。その二人の間に問題の少女はいた。黒い、日本人の男が着ているコートが薄く見えるほどの黒檀の黒髪。腰より下まで伸びている髪は、長髪というより何か別の、美しすぎる飾り物のようだ。

まだ十代のあどけなさを残した静かな面立ち。少女は、写真越しにでも魂を抜き取られそうなほど華麗だった。日陰の花めいた美しさをもつ日本の幽霊と、外国の童話に出てくる妖精が融け合えるとしたら、こんな人間になるんじゃないだろうか。

「橙子さん、この写真——」

知らず、僕は呟いていた。

横になった橙子さんは眼鏡を外しながら、

「うん？　ああ、それは昔の知り合い達だよ。顔を思い出せなくなったんでね、アルバムからひっぱりだしたんだ。——ロンドンにいた頃の、ただ一度の不覚というヤツさ」

眼鏡を外した橙子さんは、その口調が豹変する。

以前、友人である両儀式はどこか曖昧な二重人格者だったが、蒼崎橙子という人は本当に人格がカチリ、とスイッチが入ったように切り替わる。本人に言わせると人格ではなく性格を切り替えているだけ、という話なのだが、僕からみればどちらも大差ない問題だ。

眼鏡を外した橙子さんは、一言でいうと冷たい人間だ。冷たい言動、冷たい思想、冷たい理論——それらで象られた人間像が、眼鏡を外した橙子さんなのだ。

「さて、何年前の話だったかな。妹が高校にあがろうとしていた頃だから、かれこれ八年以上前か。人の顔を覚えるのは得意なんだが、思い出すのはどうも苦手だ。無駄な行為だから、カタチよく整理する気にもなれない」

橙子さんは横になったまま、物思いにふけるように喋っている。……橙子さんが自分の昔話を口にするなんて、ちょっと考えられない。風邪というものを引いたのは初めて、というのは本当みたいだ。こういうのを鬼のかくらんと言うのだろう。

「ロンドンって——その、イギリスの首都の、ですよね？」

三つの薬壜を橙子さんの枕元に置いて、近くの椅子を引っ張りだしてベッド脇に座る。橙子さんは薬壜から錠剤を取り出して呑み込むと、やっぱり横になったまま話しだした。

「そうだよ。当時、祖父の元から飛び出してしまった私には住処《すみか》がなかった。一から工房を作れるほどの技術も資金もなかった新米魔術師は、大きな組織の下に入るしかないと打算したのさ。大学と一緒だ。機構自体は古び、磨耗し、衰退しているが施設そのものに罪はない。大英博物館の裏側には古今東西の研究部門があった。流石《さすが》は現在の魔術師達を二分する協会だ。アレは、私が望む以上の秘蔵量だった」

熱に浮かされたように独りごちる橙子さんの顔色は青くなる一方だ。

さっきのクスリは薬ではなく毒だったのではないか、と危惧する僕を、橙子さんは毒じゃないぞ、と言って止めた。

「いい機会だからもう少し話をさせろ。……まだ二十歳そこらの小娘が協会に留学するのは難しい。なおかつアオザキは異端者扱いだったからな。入る為に私はルーン魔術を専攻する事にした。当時、ルーンは人気もなく学ぶものが少なかったからね。協会側も研究員は欲しかったんだ。そうしてあちらでルーン文字を安定させるのに二年、トゥーレ協会にあるオリジナルに近付けるのにもう数年。それでようやく自分の工房を持てた頃だったか。

目的である人形作りに没頭していたある日、私はその男に出会った。もとは台密《たいみつ》の僧だという変わった遍歴の持ち主で、地獄のような男だった。強い意志、鍛え上げられた自己の殻は、一途なまでに燃え盛る業火に似ていた。

……地獄のような、というのはね、黒桐。もし地獄という概念が意志をもって人間としてのカタチを持ったとしたら、という仮定だ。それほどにヤツは他人を受け入れず、その苦しみだけを吸い続けていた。魔術師としての能力は穴だらけだったが、ヤツの自己の強さは何者をも凌駕《りょうが》していた。

――――私は、そんな不器用なヤツが気に入っていた」

自ら語る思い出の男性を睨むように、橙子さんは目を細める。それは憎しみとも哀れみともとれる、難解な眼差しだった。話の内容もよく解らず、そうですか、と僕は相づちをうつ。病人には逆らわないのが看病のコツだと思う。

「はあ。橙子さんの人形作りは、外国仕込みなんですね」

明らかに場違いな質問に、そうだよ、と橙子さんは真面目に頷いた。……ダメだ、冗談も通じない。

橙子さんの独り言を聞くのはいいのだけれど、その意味が解らないのは聞き手として申し訳ない。だからこういう話は式か鮮花にしてほしいのだが、熱に浮かされた橙子さんはますます話に没頭していく。

「私が人形作りに取りつかれたのはね、完璧なヒトの雛型を通して『　』に到達する為だった。

ヤツは反対に肉体ではなく魂、ようするに測定できない箱の中の猫のような『有る』が『無い』ものを通して『　』に到達しようとしていた。肉体は明確な形があるが故に透《と》けこめない。だが形のない魂は透けている。どこぞの心理学者が唱えた集合的無意識というヤツだ。その連鎖を辿っていけば中心があると考えたのだろう。

まあ、ようするにだ。私もヤツも原作を求めていたんだ。大元になる一《いち》、人間のオリジナルとでもいえばいいのかな。今の人間は分かれすぎて、すでに測定不可能なほどの属性と系統になってしまった。大元には到達できない。属性と系統。言い換えれば宿命か。数式と同じで、そういう能力と役割を与えられて、そうした結果を出す人生。そうした結果しか出せない人生。当たり前だ、遺伝子《せっけいず》にはそういった能力しか賦与されていないんだから。それを宿命だというのなら宿命だろうさ。

霊長《わたしたち》は複雑になりすぎた。万能を求めるあまり、色々な能力を付属させた結果だ。人間を構成する情報である遺伝子は、たった四種類の塩基にすぎない。けれどその四種類の塩基が折り重ねる単純な螺旋が、際限なく積み重ねられる事によって計測不可能になる、なんていう矛盾に陥《おちい》ってしまった。故に解析する事はできない。大元に辿り着く事は、現代の人間からでは不可能なんだ。

なら、私は自分で造るしかないと考えた。結果は無惨だったがね。どう死力を尽くしても、できるのは完璧な私ばかりだ」

薬が効いてきたのか、橙子さんの顔に赤みが戻ってきた。

宙を睨む瞳も、段々とぼやけていく。

「だが――――ヤツはまだ続けているのだろう。

ヒトの〝起源〟を見るヤツは、魂の雛型を求めて師から破門されたという話だからな。……まったくなんて因果だ。今になってこんなモノに関わってしまうなんて。いいかい黒桐。君はぬけているから予《あらかじ》め注意しておく。何があっても、写真の男《その坊主》には近付くな」

最後の力を振り絞るように言うと、そのまま橙子さんは目を閉じてしまった。

女性らしい胸が上下して、静かに呼吸を繰り返している。きっと薬が良く効いて眠ったのだろう。僕は橙子さんの額に載ったタオルを取り替えると、彼女の眠りを妨げないようにと部屋を後にした。

隣の事務所には誰もいない。

ただこのビルの周囲にある工場から、甲高《かんだか》い音が響いてくるだけだ。

その残響を肌で感じながら、独り呟いた。

「――――近付くなって、駄目ですよ橙子さん。だって僕はその人と、二年も前に知り合ってるんですから」

その事実がどんな意味合いを持つものなのか、自分には分からない。そもそもあの時自分を助けてくれたのが印画紙に写っている人物だったかも定かではない。

僕の中ではあの写真の人物は不確かで、熱に浮かされた橙子さんの話もパズルのピースみたいにバラバラだった。不確かな物が不確かな言葉を呼び出した。ただそれだけの事なのに、さっきまでの平穏な空気が薄れて酸欠になりそうだ。

言葉にできない不安だけが、背中を震わせていた。

／6（螺旋矛盾、2）

一夜明けて十一月八日の昼。

天気は昨日とさして変わらない曇《くも》り模様で、電灯のない事務所は廃墟みたいに薄暗かった。

この事務所は僕と橙子さんだけでは広すぎる。机だってちゃんと十人分は並べられているし、来客用のソファーだってある。あいにく床はコンクリート打ちっ放しという荒々しさで、壁には壁紙さえ貼っていないが、人数さえ揃えばそれなりの職場に見えるはずだ。なのに、今ここには自分を含めて三人しかいない。

窓際にある所長の机に、橙子さんの姿はない。昨日の薬が効いたのか、今朝になって風邪が治ると何処かに出かけてしまったからだ。

所長のいない事務所の中、僕は来月から始まる美術展の会場作りの、資材の発注や価格調べなんかをやっていた。橙子さんの設計図を片手に、工程に見合うような資材を安価に購入する為である。あの人は出来ればいい、という人なので、こういった面倒で地味な努力はしてくれない。結果、社員である僕がやるしかない訳だ。

資材屋のリストとにらめっこして、これはという所に電話をかけて交渉し、また次の資材屋に移る。忙《いそが》しいんだか充実しているんだか分からない僕の他には、あと二人の人物がいた。

一人は、来客用のソファーに腰を下ろしてぼんやりとしている着物の少女。言うまでもなく両儀式で、彼女は何をするでもなく行儀正しい姿勢で座っている。

もう一人は、僕とは一番離れた机に座ってなにやらやっている、黒い制服の女学生。式とは対照的な長髪を背中に流しているそいつは、黒桐鮮花《こくとうあざか》という。

名字《みょうじ》が僕と一緒という事は紛れもなく肉親という事で、妹である鮮花は高校一年生だ。妹は体が弱く、十歳の頃都会の空気は体によくない、と親戚の家に預けられ、それからはたまにしか会わなくなった。たしか最後に会ったのは僕が高校にあがった後の正月だったと思う。あの時は幼さを残した年相応の女の子だったのだが、今年の夏に再会した鮮花にはちょっとびっくりした。久しぶりに対面した妹は、うちの遺伝じゃないんじゃないか、と思うほどのお嬢様ぶりだったから。

生まれた家と環境が違うだけで、人間というのは綺麗に育ってしまうらしい。物腰も凛《りん》としていて、以前の弱々しさはまったくない。十歳から十五歳という成長期に居合わせなかった事も原因だろうけれど、僕はしばらくこいつが妹の鮮花だと実感できなかったぐらいだ。

ちらりと遠くの机に座った鮮花を見る。広辞苑より厚い本を何冊も重ねて熱心、かつ静かに写し書きをしている。……橙子さんが去りぎわに鮮花に残した課題だ。

昨日の橙子さんとの重い会話も心持ちを陰鬱にさせてくれるのだが、目下《もっか》の所、僕にとって最大の心配事はコレなのかもしれない。

「兄さん。私、橙子さんに弟子入りしてますから」

何を思ったのか、ひと月前に鮮花は僕にそう告げた。もちろん反対はしたけれど、妹は頑として聞き入れなかった。……まったく。どうして当たり障りのない平凡なうちの家系から、魔法使いなんておかしなものが出現しなくちゃいけないんだろう？


「鮮花」

電話が一段落ついたので、対面の妹に話しかける。

鮮花は写している文章を最後まで書き留めてから、さらりと黒髪を揺らして顔をあげた。勝ち気なくせに物静かげに品のある瞳が、なんでしょうか、なんてふうに行儀良くこちらを見る。

「学校が創立記念日で休みなのは知ってる。けど、なんだってこんな所にいるんだ、おまえ」

「兄さん、たまには家に顔をだしてね。学生寮は火事にあって、今は閉鎖中なの。実家が近い生徒は出来うるかぎり一時的に寮から退去をしてほしい、と学院側からの要請があった話、母さんなら知ってるから」

高校時代の委員長を思い出させる、落ち着いた声と瞳で言い返された。

「火事って――寮が全焼するほどの？」

「東館だけです。一年生と二年生の宿舎の半分が焼かれたの。学院側でもみ消したからニュースにはなってないでしょうけど」

あっさりとした調子で、鮮花はすごい事をいう。

たしかに有名なお嬢様学園である礼園《れいえん》の学生寮が焼かれた、なんて事は真偽を問わずスキャンダルになる。大学並みの敷地を誇る礼園だからこそ、火事を秘密裏に処理する事ができたのだろう。

しかし、学生寮が火事になるなんて物騒な話だ。今の鮮花の口振りからそれが放火————しかも生徒によるものだとは容易に想像できた。

「兄さん。余計な事、考えてません？」

こちらの心を読むように、鮮花はじろりと睨んできた。

……夏の一件から、妹は黒桐幹也が厄介事に首をつっこむ事を嫌っている。こうなるとしばらく無言の暗闘が続いてしまうので、会話を切り替える事にした。

「それより。おまえ、何やってるんだ」

「兄さんには関わりのない事です」

こちらの言いたい事が解っているのか、鮮花の返答はにべもない。

「関わりはあるぞ。実の妹が魔法使いをめざしてるなんて、父さんになんて説明すればいいんだ」

「あら、家に顔を出してくれるんですか？」

……う。こいつ、こっちが両親と口ゲンカして絶縁状態にある事を知ってるくせに。

「それにね、兄さん。魔法使いと魔術師は別物です。橙子さんの下にいるのに聞いてないの？」

そういえば、橙子さんはときたまそういう事をいう。便宜上、素人さんには魔術師より魔法使いといったほうが希望通りのイメージが伝わりやすいから名乗るだけだが、この二つの呼称はまったくの別物なんだ、とかなんとか。

「ああ、たしかに聞いた事はあるよ。けど大差なんてないだろ。どっちもあやしげな魔法を使うんだから」

「魔法と魔術は違います。

魔術っていうのは、たしかに常識から乖離《かいり》した現象よ。けどあれは、たんに常識で可能な事を非常識で可能にしているだけなの。たとえば、そう」

鮮花は橙子さんの机まで歩いていくと、そこにあるペーパーナイフを持ち出した。銀製の、細工もすばらしい橙子さん愛用の逸品だ。鮮花は不要になった書類を見付けると、そこにナイフでなにやら書き込む。途端――書類はぶすぶすと煙を吐き出して、ゆっくりと燃え尽きてしまった。

「…………」

僕は声もなく、その一部始終を眺めていた。以前、橙子さんも似たような事（あの時は規模がもっと大きかったが）をしたけれど、実の妹にそういう事をされると何と口にしていいか分からなくなる。……いや、橙子さんに弟子入りするっていうのはそういう事で、自分なりに想像はしていたんだけど。

「――勘弁してくれ。それ、種も仕掛けもないのか」

「もちろんあります。知らない人にはそう見えるだけで、実際は大した事じゃないから、どうって事ないわ。だって、今はこんな業は芸にもならない。物に火をつけるのなら百円のライターで事足ります。ライターでしようが、指先でしようが、火をつけたという事実は変わらない。そんなもの、全然神秘じゃないでしょう？　いいこと兄さん。魔術っていうのは、こういう事よ」

淡々と鮮花は続ける。魔術とは、ようするに文明の代用品みたいなものらしい。いや、追い付かれてしまった、というほうが正しいのか。

「例えば雨を降らせるにしたって、魔術も科学も同じ事でしょう。ただ方法が違うだけで、その為にかかる苦労は同じなの。魔術は一瞬で行なうように見えて、その前の下積みと準備はたいへんなものなんです。時間と資金で換算するのなら、科学的に雨雲を作る事とまったく同じ。

たしかに、一昔前ならそれは奇跡の類だった。けど現代では奇跡でもなんでもない。かつては町一つを灰にする魔術師は魔法使いともてはやされたけど、今はお金さえあれば誰だって出来てしまう。ミサイルをちょっと飛ばせばいいんだから」

むしろそのほうが遥かに効率的で早いでしょうね、なんて事を鮮花は付け足す。

「魔術は今できる事を、個人の力で気が遠くなるぐらいの時間を費やして可能にする事にすぎない。学問として見てもそうでしょうね。真理を得る為に何十年と瞑想するのなら、月にいって瞑想したほうが至るのは早いかもしれない。残念だけど魔術は秘儀、禁忌の類であれ奇跡にはなりえない。――――奇跡っていうのは、人間の手では出来ない事を言うんでしょう？　今の地球上でいかなる資力を尽くしても出来ない事。それを可能にするのが魔法使い。つまり魔法という事ですね」

人間にはまだ出来ない事。それが魔法と呼ばれる事なのだと、鮮花は言った。

「じゃあ、昔は魔術師より魔法使いの方が多かったんじゃないのか。昔の人はライターもミサイルも持ってなかっただろ」

「そうね。だから過去において魔法使いは怖れられたのだし、職業として成り立った。けど今は違うでしょう？　はっきりいって必要ないのよ、魔術なんてもの。現代においては、魔法そのものも少なくなってきている。人間に不可能な事なんて、もう数えるほどしかないでしょう？　なんでも今じゃ魔法使いは五人ぐらいしかいないんですって」

……なるほど。たしかにそういう意味なら、魔法使いと魔術師は別だろう。

今の人類にできない事といえば、時間と空間を操る事ぐらいだ。未来視も過去視も完全ではないが可能になりつつある時代なんだから、不可能なんて本当に数えるぐらいしかない。

いつか――――人間は魔法そのものを排除してしまうだろう。幼い頃、不思議に思えた様々な出来事に惹かれて科学者になった青年が、研究を重ねるうちにその不思議自体をただの現象に引きずり下ろしてしまうみたいに。

「ふぅん。そうなると最後の魔法っていうのは、みんなを幸せにする事ぐらいになっちゃうな」

うん。よくは、わからないけど。

「————————」

鮮花は、なぜか黙ってしまった。意外なものを見るような顔でこちらを見ていたと思ったら、とたんに顔を背けてしまう。

「……魔法は、到達できないものだから。それに私は魔法使いになりたいわけじゃない。あくまで目的の為に魔術を習っているだけです」

「そっか。魔法はダメだけど、魔術なら習えるって事だもんな。今、鮮花がやったみたいにさ」

結論に達したのでそうまとめると、鮮花はいえ、と首を横に振った。

「何を聞いてたんですか、兄さん。魔術だってかつては魔法だったんです。ただ、簡単に人類の文明に追い付かれてしまうものだから、努力すればなんとか習得や使用が可能になるだけ。

……悔しいけれど、私には魔術師の家系のような積み重ねた歴史がありません。魔術師という人達は、血と歴史を積み重ねる家系なんです。彼らだって初めの人はただの学者だった。彼らは学んだ神秘、得てきた力を次代の子孫に伝える。子孫はさらに研究を重ね、さらに子に伝える。————そうして魔法に近付こうとして、果てのない繰り返しを行なうのだとか。橙子さんは六代目らしいんですけど、三代目の跡継ぎがものすごい天才だったとかで、掘りあてしまったとか。ですから橙子さんの才能も血の濃さ故のものだと思います。私のように、これから魔術を学ぶ者はそう簡単に魔術師には至れません」

「ふぅん。なんかタイヘンそうだね、色々」

うん、なんとなく納得できた。

血の濃さ————血族の力。たしかにそれはどんな家でも同じだ。僕らにとってそれは親類の多さだったり、受け継がれた財産だったりする。

けど、それって、ようするに――

「おい。それじゃおまえは何してるんだ。うちは普通の家だぞ。誰も魔術はおろか仏教にはまった事もないんだ。魔術なんて身に付かないんじゃないのか？」

「それはそうですけど、才能はあるそうです。師に言わせると、発火の組み立ての巧さは希有のものだと」

拗《す》ねるように鮮花は言う。……ったく、火がつけられるからどうしたっていうんだ。案外、学生寮の火事っていうのもこいつが原因なんじゃないだろうか。

「一代かぎりの才能はダメだって自分で言っただろ。なら何をやっても無駄じゃないか。魔法使い――じゃなくて、魔術師を目指しても仕方がない。まともな道に戻らないと、働き口がなくなるぞ」

それでなくとも昨今の就職事情は厳しいんだ。

鮮花はすぐに反論してこようとする。

その前に――より攻撃的な台詞が、足音と共に事務所に飛び込んできた。

「いや、就職率はいいぞ。鮮花の歳でそれだけの事が出来るのなら、あと二年もすれば引く手数多《あまた》だ。表向きだって一流のキュレイターとして雇用される」

ばたん、とドアの開く音とともに、橙子さんが帰ってきた。

◇

病みあがりの橙子さんは、それを感じさせない確かな足取りで所長の机まで歩いていく。上着をかけて椅子に座ると、自分の机を見て眉をよせた。ペーパーナイフの位置がさっきとは違うせいだろう。

「鮮花。人のモノを使うなと言ってるだろう。道具に頼ると腕が鈍るぞ。大方《おおかた》黒桐の前で失敗するのが嫌だったからだろう、ええ？」

「――――はい、その通りです」

橙子さんの詰問に、鮮花は頬を赤らめながらもきっぱりと答えた。……そういう所は妹であろうと尊敬してしまう。

「で、めずらしい話をしていたじゃないか。黒桐は魔術に関心はなかったんじゃないのか？」

「そりゃあないですけど…………あの、橙子さん。昨日の事覚えてます？」

あん？　と眼鏡を外した橙子さんは首を傾げた。……そもそもの原因である昨日の意味不明な会話を、言い出した本人が覚えてはいなかった。

橙子さんは煙草を口にして一服する。

「しかしな、鮮花。なんだって黒桐にそんな話をしたんだ。隠す事、隠匿《いんとく》することが魔術の大前提だぞ。……まあ黒桐相手なら問題はないだろうが」

「僕が相手なら何がいいんですか」

「言っても解らないだろ。秘密が漏れる事もない。おまえは相手によって話す内容を選ぶからね、まっとうな人間にこんな話はしないさ」

「それはそうですけど……やっぱり他人に知られるとまずいんですか、魔術師って」

「そりゃあまずいさ。社会的にはどうでもいいがね、魔術のキレが落ちる。黒桐、ミステルの語源を知ってるか？」

橙子さんは机に身を乗り出して尋ねてきた。

「ミステルって、その、ミステリーの事ですか？」

「そうだよ。別に推理小説じゃなく、神秘という意味のミステール」

「はあ。もとはギリシャ語ですよね、英語なんですから」

「……まあそうだな。ギリシャ語で閉ざすって意味。閉鎖、隠匿、自己完結をさす。神秘はね、神秘である事に意味があるんだ。隠しておく事が魔術の本質だ。正体の明かされた魔術は、いかなる超自然的技法を用いていたとしても神秘にはなりえない。ただの手法になりさがる。そうなるとね、とたんにその魔術は弱くなるんだ。

魔術とて、もとは魔法だった。源である根源から引いている、決められた力には違いない。浮遊する神秘、というものがあるとするだろう？　これには十の力がある。知っている人間が一人だけなら、十の力全てを使える。けれど知っている人間が二人なら、これは五と五に分けられて使用される。ほら、力が弱くなった。言い方は違えど、この世のすべての基本的な法則だと思うがね、これは」

橙子さんの言う事の全体像は相変わらず摑めないが、言いたい事はなんとなく解る。隠すこと、閉ざすことが魔術というものの在り方だというのなら、魔術師という人達が人前で魔術を披露《ひろう》しないのも頷ける。

「じゃあ、人目につかない所では好き勝手やってるんですね、橙子さんは」

「いや、やんないよ」

じゅっ、と煙草の火を灰皿でもみ消しながら言った。

「魔術師同士の戦いになったら仕方がないが、それ以外では一人の時でも使ったりはしない。次の段階に進む為の儀礼、儀式の時ぐらいしか魔術的な技法は持ち込まない。中世の頃からか、協会と呼ばれるものが出来た。連中の取り締まりがまた病的でな。協会は早くから魔術師が衰退する事を予期していた。彼らはその組織力をもって魔術そのものを決して明かされないモノにした。目に見える神秘を、誰も知らない神秘にまつりあげたのさ。結果、社会から神秘は薄れていく事になる。

これを徹底する為に協会は様々な戒律を作り上げていった。

例えば、魔術師が一般人を魔術的な現象に巻き込むと、その魔術師を罰する為に協会から刺客がくる。魔術師という群体に害をなす一要因として抹殺《まっさつ》する為だ。……魔法使いが一般人に正体を見られると力を失う、という逸話のもとはこれだろうな。

協会は隠匿性をより強固にする事で魔術の衰退を防ごうとし、その結果、協会に属する魔術師は滅多やたらには魔術を行使しなくなった。

その律を嫌って野に下る魔術師も多いが、協会が所有する書物や土地は莫大《ばくだい》なものだ。魔術師が魔術師として生きていく為に必要なものは、大方協会が制圧している。協会に所属しない、という事は村八分にされるのと同じ事さ。実験をしようにも地脈の歪んだ霊地は協会が所有しているし、魔術を学ぼうにも、教本が押さえられているのでは学びようがないだろう？　故に協会に所属しない魔術師は、したくても魔術の実践が出来ない。組織の力だな。そのあたりは大したものだと称賛できる」

「あの、橙子さん。そうなると私も協会に所属しないといけないんでしょうか……？」

おずおずと口を挟む鮮花の声は、どこか不安げだった。

「しなくてもいいが、したほうが便利だぞ。別に協会に入ったら出られないというワケでもない。あそこは辞めるのは自由なんだ。大義名分として支配者ではないと称しているからな」

「それでは隠匿性を死守する意味がありません。学んだ者を外に出しては、魔術が広まってしまいます」

もっともな鮮花の意見に、ああ、と橙子さんは頷いた。

「そうだね。事実、協会に留学してから力をつけ、野に下ろうと考える輩《やから》も多い。けれど十年も経てばそんな考えはなくなるのさ。なぜって、魔術を学ぶのなら協会は最高の環境だからだ。魔術師として最高の環境が揃っているのに、わざわざ何も無い野に下るなんて馬鹿な考えは起こさない。魔術師は魔術を学ぶのが最優先事項。学んだ知識や力を使おうなんて事は考えない。そんな時間があるのなら、さらに上の神秘を学ぼうとするだろう。だが鮮花は初めから目的が私達とは違うからな、協会に入ってもあそこの毒に冒される事はない。上を目指したいのなら一度は足を踏み入れるべきだよ」

鮮花は困ったように眉を下げる。どうも、本人にその気はまったくないようだった。妹がそんな訳の分からない所に留学するのは御免被《こうむ》るので、鮮花のためらいは僕としてはありがたい。

「……一つ訊くけど。その協会の中でも秘密は守られているってコト？」

その時。唐突にソファーから声がした。

そこにはさっきから黙って座っている式がいる。彼女は興味のない会話にはまったく参加しない性格で、今まで窓の外の風景を眺めているだけだったのに。

「――――そうだ。協会の中でも魔術師は自分の研究成果を誰にも明かさない。隣り合った者達が何を研究して、何を目指して、何を得たのかも謎だ。魔術師が自己の成果を打ち明けるのは、死ぬ前に子孫に継承する時だけだからな」


「ただ自分の為だけに学ぶくせに、自分の為に力は使わない。そんな在り方に何の意味があるんだ、トウコ。目的が学ぶコトなら、その過程も学ぶコトか。最初と最後しかないのなら、そんなのはゼロと同じじゃないか」

……相変わらず、式は細く透き通る女性の声で、男のような喋り方をする。

式の辛辣な追及に、橙子さんは微《かす》かに苦笑いをしたように見えた。

「目的はある。だが、おまえの言う通りでもあるな。魔術師はゼロを求めているんだ。初めから無いものを目指している。魔術師達の最終的な目的はね、〝根源の渦〟に到達する事だ。アカシックレコードとも呼ばれるが、渦の一端にそういう機能が付属していると考えたほうがいいだろう。

根源の渦というのはね、たぶんすべての原因だ。そこからあらゆる現象が流れだしている。原因を知れば終わりもおのずとはじき出される。有り体にいえば〝究極の知識〟か。は、究極なんて基準を作って結局有限なものにしているから、この呼び方も正しくはないのだがね、一番解りやすいからそういう事にしているのさ。

もともと世界に流布《るふ》しているあらゆる魔術系統は、この渦から流れている細い川の一つにすぎん。各国に類似した伝承や神話があるのはその為だ。もとの原因は同じもので、細部を脚色するのは〝川〟を読み取った者の民族性だ。アストロロジー、アルケミー、カバラ、神仙道、ルーン、数え上げたらきりがない研究者達。彼らは元が同じだからこそ、結局同じ最終目的を胸に抱く。なまじ魔術という根源の渦から分かれた末端の流れに触れてしまった彼らは、その先――頂点にあるものが何であるか、想像できてしまったからだ。

魔術師の最終的な目的は真理への到達に他ならない。人間として生まれた意味を知る、なんて俗物的な欲求もない。ただ純粋に真理というものがどんなカタチをしているかを知りたがる。そういったものの集合体が彼らだ。自己を透明にし、自我だけを保った者達――永遠に報われない群体。世界は、これを魔術師という」

淡々と語る橙子さんの眼差しは、今までのどんな時より鋭い。琥珀《こはく》色の瞳が、火がついたように揺らめいている。

……なんだけど、申し訳ない事に僕には話の半分も理解できなかった。

解ったのは一つだけだったので、とりあえずそれを尋ねてみる事にする。

「あの、いいですか? 目的があるんなら学ぶ事にだって意味があるでしょう。報われないなんて事は……って、そうか。まだ誰も辿り着いていないんですね?」

「辿り着いた者はいるさ。行った者がいるからその正体が解ったんだ。現在にまで残されている魔法だって、辿り着けた者達が残したモノさ。

だが――あちら側に行った者は帰ってきてはいない。過去、歴史に名を残すような魔術師達は到達した瞬間に消失した。……一人ほど例外である半端者もいるが、こいつは半人前なんで無視しよう。

あちら側はそんなに素晴らしい世界なのか、それとも行ってしまったら帰ってはこれない世界なのか。それは分からない。行ってみない事にはな。だが、そこに辿り着く事は一代程度の研究では不可能だ。魔術師が血を重ね、研究を子孫に残すのは自己の魔力の増大が目的だ。それはいつか根源の渦に到達できる子孫を作り上げる行為にすぎない。魔術師はね、もう何代も根源の渦を夢見て死に、子孫に研究を継がせ、その子孫はやはりまた子孫に継ぐ。果てがないんだ。彼らは、永久に報われない。仮に到達できる家系が現れたとしてもおそらくは不可能だろう。――邪魔者が、いるからな」

憎むような口調とは裏腹に、橙子さんはくすりと乾いた笑いをこぼした。その邪魔者という人がいる事を喜ばしく思っているような、そんな仕草で。

「ま、どっちにしたって無理な話という事だ。現代の魔術師には渦に到達して新しい秩序――新しい魔術系統を作る事はできない」

これで長い話は終わりだ、とばかりに橙子さんは肩をすくめて言った。

僕と鮮花はそれで何も言えなくなったけれど、式だけが無遠慮に橙子さんの話の矛盾を追及した。

「ヘンな奴らだな。無理ってわかってるのにどうして続けるんだ、おまえ達は」

「そうだな。魔術師を名乗る連中は大半が〝不可能〟なんて混沌《こんとん》衝動をもって生まれたか、あるいは諦《あきら》めの悪い莫迦ばっかりなんだろう」

あっさりと肩をすくめて橙子さんは答える。

それに、なんだ分かってるじゃないか、と式は呆れて呟いた。

◇

話が終わって一時間もすると、事務所はいつも通りの静けさを取り戻した。

時刻も午後三時になろうかというので、一服とばかりに人数分のコーヒーを淹《い》れにいく。鮮花の分だけは日本茶にして配り、自分の席に着いた。

仕事も全体の目処《めど》がつきそうだし、この分なら今月の給料は安泰だな、と安心してコーヒーに口をつける。

静かな事務所に、飲み物をすする音が響く。

そんな平穏な静寂を破るように、鮮花はとんでもない事を式に向けて言った。

「――――ねえ。式って男なんでしょう?」

……カップを落としそうになるぐらい、それは地獄的な質問だったと思う。

「――――」

それは式も同じで、手に持ったコーヒーカップから唇を離して、不愉快そうな、けれど悩んでいるような顔をしてしまう。うちのばか妹に対する反論は、今の所ない。

それを勝機とみたのか、鮮花はなお続ける。

「否定しないっていう事はそうなのね。あなたは間違いなく男なんだわ、式」

「鮮花ッ!」

しまった、たまらず口を挟んでしまった。こういう質問は無視するに限るのに、事が事だけについ気が動転してしまった。

勢い立ち上がってしまったものの、気の利《き》いた台詞も浮かばずに無言で椅子に座りなおす。……なんだか敗残兵のような気分だった。

「つまらない事にこだわるな、おまえ」

ものすごい仏頂《ぶっちょう》面《づら》になって、式はそう言い返す。片手で額を押さえているあたり、怒りを堪《こら》えているのかもしれない。

「そう？　すごく重要な話よ、コレ」

外見はあくまでクールな式と同じように、鮮花もあくまでクールに応える。机の上に両肘を立てて指を組んでいる姿は、議事をすすめる委員長みたいだった。

「重要な話、か。オレが男だろうが女だろうが大差ないだろ。鮮花には何の関わりもない。それとも何か、おまえオレにケンカうってんのか？」

「そんなの、初めて会った時から決まってるでしょう」

二人はお互いの姿を見ていないのに、睨み合っているようだった。……僕としては何が決まっているのかが知りたいのだが、今はそれを問いただせる雰囲気じゃない。

「……鮮花。なんで今になってこんな言葉を繰り返さなければいけないのか不思議なんだけど、最後になる事を祈ってもう一回だけ言うよ。あのね、式は女の子だよ、ちゃんと」

鮮花の無礼をかばいつつ、式の不機嫌さを収めるはずの会心の一言は、なぜか二人の神経を逆撫でしてしまったみたいだ。

「そんなのはわかってます。兄さんは黙ってて」

わかってるならなんでそんな事訊くんだ、おまえはっ。

「私が訊きたいのは肉体面での性別じゃないんです。精神面での性別がどちらなのか明確にしたいだけ。まあ見たかぎり、式は男の人のようですけど」

ですけど、のドの部分を強く発音して鮮花は式を流し目で見る。

式はますます不愉快になっていく。

「体が女なら性格がどちらでも変わらないだろ。オレが男だったらどうするっていうんだ、おまえ」

「そうですね、礼園の友人でも紹介しましょうか？」

「────」

鮮花のもはや皮肉でもなんでもない、ただの挑戦状になった台詞を聞いて僕はようやく呑み込めた。

鮮花のやつ、まだ二年前の事をひきずっているのか。

高校一年の正月、僕は式と初詣にいって、その帰り、式を家に招いた事がある。

ちょうど田舎から冬休みの間だけ帰ってきていた鮮花は、式と対面して軽いショック状態に陥った。それも当然で、あの時の式は織というもう一つの人格を持っていたのだ。今の式より元気があって少年そのものだった式の仕草と口調に、鮮花はまる一日寝込んでしまったという始末だ。

に、しても今のは言い過ぎだ。式に殴られても文句は言えない。

「鮮花、おまえね」

再度立ち上がって鮮花を睨むのと、式がソファーから立ち上がるのは同時だった。

「お断りだ。礼園の女にはろくなヤツがいないからな」

式はふん、と鼻をならして言うと、そのまま事務所から立ち去っていった。

藍色の着物が、音をたてて視界から消えていく。その後を追おうか迷ったが、かえって式の不機嫌さに油を注ぐ結果になりかねない。

僕は何事も起こらなかった奇蹟に感謝して椅子に座り、冷えてしまったコーヒーを一気に飲んだ。

「残念、結局はぐらかされたか」

ち、と舌を鳴らして鮮花は姿勢を崩す。あいつも今まで臨戦状態だったようで、背もたれに体を預けて伸びをしていた。

……いつも思うのだが。どうして鮮花は式と話す時だけ態度がガラリと変わるんだろう？　これは、ちょっと言ってやらなければなるまい。

「鮮花。今の、なに？」

「何って、式と兄さんがはっきりしないからでしょう。それとも考えた事がないの？　両儀式が女として兄さんと付き合っているのか、男として付き合っているのか」

口調こそきっぱりしているくせに、鮮花は顔を赤らめている。そのアンバランスさのおかげで、妹の言わんとする事が解ってしまった。

「鮮花、そういうのを下衆《げす》の勘繰りって言うんだ。式が男だろうが女だろうが、僕らが話題にする事じゃないだろ。だいいち式は初めから女の子なんだから、考え方が男性のものでもあまり大差ないじゃないか」

鮮花はキッと目を細めて睨みつけてくる。

「――――そう。兄さんは女であるのなら他の問題は瑣末だというのね。転ずると同性同士の繋がりはおかしいと思ってる。なら答えてもらおうじゃない。

ここに性転換して男になった女の人と、性転換して女になった男の人がいるとするわ。この二人が本気で兄さんが好きだっていう場合、兄さんが相手をするのはどっち？ 性別《みかけ》は男だけど心はずっと女の人、性別《みかけ》は女性だけど心はずっと男の人と。さあ、答えてみてよ」

……鮮花の質問は、難しい。

よく考えれば考えるほどどちらも選べない状況になってしまう。

たしかに、さっと考えるのなら元々女性として生まれついた人になるけど、性別が男性に変わってしまっているなら、性別が女性の人を選ぶ。けどその人の心は男のままなんだから、つまり男として男性である黒桐幹也を好いている事になる。

恋愛に性別は関係ない、なんて達観を、僕はまだ得ていない。でもそれじゃあ僕は外見の性別だけで男女の区別をしているわけで、なんかひどく自分が醜《みにく》く思えてしまう。そもそも同性同士の結びつきがダメなら、男の人が男の人として黒桐幹也を好いているのはダメなんだ。そうなるとあくまで女の人として好いてくれる前者になるんだけど、その人の性別は男性なわけで――――ああ、なんでこんな事で悩みこまなくちゃいけないんだっ！

……いや、待てよ。これ、なんか前提からして矛盾してないか？ 同性同士の恋愛を認めないクセに、どちらを選んでも同性という落とし穴があるんだから。それに気がついて顔をあげると、橙子さんだけが愉快そうに笑いを噛み殺していた。

「汚いぞ、鮮花。これって『同時に真と偽が成立している命題』じゃないかっ！」

「ええ、そうです。有名なエピメニデスのパラドックスね」

「そうだな、黒桐にとっては致命的な矛盾の追及だ。まったく、おまえ達は退屈させないな。黒桐の家系って全員がこうなのか、鮮花？」

まだ笑っている橙子さんとは反対に、鮮花は真剣な顔でこちらを見ている。……そっか。こいつはこいつなりに僕の事を心配してくれてるんだ。なら式が明確にしなかった分、せめて自分だけでもはっきりと口にしないと。

「たしかに鮮花の言いたい事もわかる。ただ、僕は式がどちらにしたって関係ない。たとえ式が織でも、自分の気持ちは変わらないと思うよ」

照れ隠しに頬をかきながらそう言うと、鮮花は愕然として椅子から立ち上がった。

「――――相手が織でも、好きだっていうの？」

「…………うん。まあ、たぶん」

とたん、何か分厚いものが僕の顔面にヒットした。

「なんて、不潔――――！」

だだだ、と駆け出していく音。

さっきまで鮮花が読んでいた本を顔に投げつけられたんだな、と意識が戻った頃には、事務所には僕と橙子さんしか残っていなかった。

式は鮮花に怒って退去し、鮮花はたったいま外に駆け出してこれまた退去。

僕はひりひりと痛む顔に手を当てながら、一人で笑い続けている橙子さんを睨みつけるのだった。

◇

それから二時間ほど経って退社の時間になった。

式も鮮花も戻ってくる事はなく、僕は退社前のお約束となった最後のコーヒーを二人分淹れて、これから式のアパートに寄ろうか寄るまいか考えていた。

「ああ、そうだ黒桐。悪いが残業を頼めるか」

コーヒーを飲みながらの橙子さんの一声によって、そんな悩みも消えてしまう。

「残業って、別件で仕事でも引き受けたんですか?」

「いや、そっちの仕事じゃない。金にはならないものだ。今朝はそれで出かけていたんだがね、懇意にしている刑事から面白い話が聞けたんだ。黒桐、茅《かや》見《み》浜《はま》の小《お》川《がわ》マンションを知っているか?」

「茅見浜って、あの埋め立て区に出来たマンション地帯ですよね。近未来モデル地区とかいう」

「ああ。ここから電車で三十分ほどかかな。都心では考えられないほど贅沢に土地を使っている街だ。そこにね、昔建築に関わったマンションがあるんだが、妙な事件が起きたそうなんだ。

昨夜の午後十時頃、二十代前半の会社員が道端で襲われたらしい。被害者は女だから、暴行まがいの通り魔だ。ただね、不運な事に被害者は刺されてしまった。通り魔はそれで逃げ出してしまったが、被害者はそうはいかない。腹部を刺された被害者は携帯電話を持っていなかった。そして、現場は例のマンション地帯だ。周囲に店などないし、夜の十時ならもう人通りはない。彼女は血を撒き散らしながら最寄りのマンションに入っていって、助けを呼ぼうとした。

だが、そのマンションの一階と二階は使われてなかったんだ。人が住んでいるのは三階からでね。エレベーターで三階まで昇った時点で体力の限界だった。彼女はそこで十分ほど助けを大声で呼んだというのだが、マンションの住人は誰一人気がつかず、午後十一時に彼女は死亡した」

……悲惨な話だ。

現代のマンションは大きくなればなるほど隣との付き合いがなくなる。むしろ無関心である事が礼儀正しいのだという暗黙のルールが都会にはある。

今のと似たような話を、僕は友人から聞いた事さえあった。夜中に下の階から悲鳴が繰り返しあがっているのに誰一人として助けに行かず、朝になってみるとその家の子供が両親によって殺されていたという。他の住人達は聞こえていたのに何かの冗談だと思って無視したのだそうだ。

「問題はこの先でね。その被害者の助けを呼ぶ声は、隣のマンションに聞こえていたというんだ。悲鳴ではなく、助けを呼ぶ人間の声だぞ。隣のマンションの人間はそれだけの大声だからすぐにそのマンションの人間が駆けつけると思い、無視したんだそうだ」

「そんな――――そのマンションの住人は気がつかなかったんですか」

「ああ、そう証言している。誰一人の例外もなくいつも通りの夜だった、と。まあこれだけならそうおかしな話ではないんだが、このマンションには以前にもう一つ、おかしな出来事があったらしいんだ。詳しくは聞き出せなかったんだが、とにかく異常事態が二つ続くのは何かおかしい、と刑事さんに相談されたわけさ」

「……ようするに、僕にそこを調べろって言っているんですね、所長は」

「いや、現地には二人で行こう。黒桐は不動産屋をあたって早いうちに住人達のリストアップと、過去どこに住んでいたかを出来うるかぎり調べてくればいい。金にならない仕事だからゆっくりでいいぞ。締め切りは十二月だ」

わかりました、と答えてコーヒーを口に運ぶ。

……なんだか。また、おかしな事件に足をつっこみそうな予感がしてきた。

「ところでさ、黒桐」

「はい?」

「おまえ、本当に式が男でもかまわないのか?」

……これで相手が学人《ガクト》だったら、僕はためらわずに口に含んだコーヒーを吐き出していただろう。

「……そんなわけないでしょう。そりゃあ式は好きですけど、欲を言うなら女の子は女の子の方が、いいです」

「なんだ、つまらん。それなら問題はないじゃないか」

がっかりだ、と橙子さんは肩をすくめてコーヒーカップに口をつける。

……それなら、問題は、ない？

「ちょっと待ってください。問題ないって、どういう事ですか。それって、ようするに――」

「そうだよ。式は間違いなく精神面での性別も女性の物だ。そもそも陽性である織がいないんだから、男であるハズがないだろう」

それは――そうなんだけど、ならあの口調はなんなんだろう。以前の式は、女の子の言葉遣いだったじゃないか。

「あのなぁ。そもそも男性を陽性、女性を陰性と例えたのは式だろう？　なら話は簡単なんだ。この陰陽の考えは太極図からくるものだ。韓国の国旗を知っているだろう。知らない？　巴紋に似ているヤツだが」

巴紋、というと……あの、円形の中に波みたいな線をひいて円を半分に分けた図か。ただしあれは半月、というものではなく二つの人魂が互いの尻尾に食らい付いているような歪《いびつ》な半月だ。文字でいうなら「の」という文字が辛うじてニュアンスが近い。

「太極図だと半分が白、半分が黒になる。そしてそのどちらにも逆の色の小さな穴が穿《うが》たれている。白い半月には黒いポッチが、黒い半月には白いポッチが、とな。

わかるだろう。黒い方が陰性、つまり女だ。この図は互いに絡み合いながら相克《そうこく》する図――黒と白の螺旋なんだ」

「相克する――螺旋？」

その言葉を、僕は以前聞いた事がある。

「そう。陰と陽、光と闇、正と負といってもいい。

根源である一つの物から二つに分かれた状態を指している。これをね、陰陽道では両儀というんだ」

「――両儀って、それは」

「そう、式の名字だね。あれが二重人格だったのは、遥かな過去から定められた事実なんだろうさ。両儀の家系だから二重人格になったのか。それともいずれ式が生まれるという事が解ったから両儀という名字にしたのか。おそらくは後者だろう。

両儀家は浅神や巫条といった旧い家柄の一つだ。彼らは人間以上の人間を作ろうとする一族で、それぞれの方法と思想で跡継ぎを産み出した。自分達の家の〝遺産〟を継承させる為にな。

とりわけ両儀の家はおもしろい。彼らは超常的な能力ではいずれ文明社会から抹殺《まっさつ》されると解っていた。だから表向きは普通の人間として生活できる超越者を考えた。――なあ黒桐。プロフェッショナルと呼ばれる人間は、どうして一つの分野でしか頂点に立てないんだ？」

突然の質問に、僕は答えられない。

今日は本当に長い一日で、入ってくる情報が自分の限界を超えている。それに――式が、そんな家に生まれたなんて、どうして――

「それはどんなに優れた肉体・素質を持っていても、一つの人間には一つの事柄しか極められないからだ。高所に行けば行くほど、それ以外の山は登れなくなる。

両儀家はそれを解決した。一つの肉体に無数の人格を与える事によってな。パソコンと同じだ。式というハードウェアに幾数幾百というソフトを入れれば、あらゆる分野でのプロフェッショナルが誕生する。だからアレの名前は式なんだ。式神の式。数式の式。決められた事だけを完璧にこなすプログラム。無数の人格を持ち、道徳観念も常識も人格ごとに書き換えられるカラの人形――」

式は、それを知っていたのだろうか。……ああ、きっと知っていた。だからこそ彼女は頑なに僕らとの関わりを避けていたんだ。自分が普通でないこと、自分が異常な家に生まれた事を認めて、ただひっそりと生きようとしていたのか――――。

「太極図の続きだが。混沌である『　』から二つに分かれたものが両儀。そこからさらに安定する為、種別を増やす為に四象《ししょう》に分かれ、さらに複雑化する為に八卦《はっけ》、と二進法で分かれていく。これも式の機能を表しているな。

だが、これはもうない。完璧なプログラムはバグってしまったんだ。今の式は、まあ多少の問題はあるだろうがきちんとした自我を持つ、普通の人間だよ」

かちり、とライターの火が点る。

橙子さんの言葉に、僕はえ？　と問い返していた。

「何て顔をしているんだ。壊したのはおまえだろう。異常者はな、自分を異常者とは夢にも思わないから破綻しない。式もかつてはそうだった。だが黒桐幹也という人間が気付かせてしまったんだよ。両儀式という在り方は異常なんだ、と。

ああ――――そうだな。救ったといえば、おまえはもう二年も前に式を救っていたんじゃないのか？」

ほら、と橙子さんは煙草を差し出してきた。

煙草は吸わないけれど、僕はそれを受け取って火をつけてもらった。

……生まれて初めての煙草は、とても、曖昧な味だった。

「おっと、論点がずれた。両儀に関しては語る気はなかったんだが、ここのところ何かに急かされているようだ。つい口が軽くなる。案外明日あたり死ぬのかもな、黒桐は」

「――――恐いですね。車には気をつけときます」

「ああ、それがいい。それでな、太極図の話だ。両儀にはそれぞれポッチがあると話しただろう？　白の中の黒、黒の中の白だ。これを陽中の陰、陰中の陽という。

これは、男の中にある女性的な部分と、女の中にある男性的な部分を指している。男の口調をしているから陽性、というのは早計だ。どんな人間だって異性的な嗜好《しこう》は持ち合わせている。女装趣味なんてのはその最たるものだよ。今の式は陰性の式に他ならない。男口調なのは、死んでしまった織の為に彼女が無意識で行なっている代償行為。せめて、おまえには織の事を覚えていてほしいんだろうな。まったく可愛いじゃないか」

「————」

……ああ、言われてみればその通りなんだ。式は男の口調になったけど、二年前みたいに男そのものといった行動はとらない。あくまで仕草も行動も女の子の物なんだから。

織という半身をなくした彼女は、今とても不安定で弱い状態なんだ。

それを強く思い知って、僕は胸が締めつけられた。二年間の眠りから目覚めた彼女は以前よりしっかりしているから、見誤っていた。けど式は孤独なままで、今も、いつも怪我をしそうで危うかったあの頃と変わっていない。

僕だって変わっていない。今も、そんな式を放っておけないと思っている。

……そう。二年前は何も出来なかったけれど。もし次があるのなら。僕は、今度こそ彼女を助けきらなければいけないのだ。

／7（螺旋矛盾、3）

次の日、目を覚ますと時刻は午前九時を回っていた。完全な遅刻である。

手荷物というには重すぎる包みをもって事務所に辿り着くと、待っていたのは橙子さんと式という組み合わせだった。

「すいません、遅れました」

持ってきた剣道の竹刀袋みたいな包みを壁に立て掛けるとようやく一息つけた。

マラソンのあとのように、大きく呼吸を整える。一メートルもない包みは鉄でも入っているかのように重くて、家を出る時はそう重荷ではなかったのに、百メートルも歩くと腕が棒になってしまったのだ。

肩で息をしながら両腕の筋肉を自分でほぐしていると、式がとことこと歩み寄ってきた。

「やあ。おはよう式、いい天気だね」

「うん。しばらく晴れるって話だな」

今日は何か用事でもあるのか、式は真っ白い和服を着ていた。

ソファーに投げ捨てられた赤い革ジャンとの組み合わせは、白色と赤色の浄《きよ》くて鮮明な配色になるのだろう。普段は模様の入った帯を好まないのに、やっぱり今日に限っては落ち葉のような模様入りの帯をしている。見れば、着物の裾にも三葉だけ、赤いもみじが散っていた。

「幹也。それ、誰の仕業だ」

つい、と白い指を伸ばして式は言う。

彼女の指先は、壁に立て掛けた荷物に向けられていた。

「ああ、それは秋隆さんからの届け物。式、昨日夜出かけてただろ。帰りに寄ったら式が留守で、玄関の前で秋隆さんが待ってたんだ。久しぶりなんで一時間ぐらい話し込んでたんだけどね、式は帰ってきそうにないからお互い退散したんだ。その時に預かったのがそれ。銘《めい》がないとか、兼定《かねさだ》らしいが真偽がはっきりしないとかなんとか」

「兼定って、九字《くじ》を入れる兼定!?」

珍しく顔を輝かせて、式は壁に立て掛けた荷物を手に取る。僕にだってそれなりに重かった荷物を、式は片手で持って荷物をくくる紐を解きはじめた。

バナナの皮を剝くみたいに、ぺろり、と布の頭がめくれる。現れたのは細長い金属板だった。いや、金属というより古びた鉄とか、銅みたいな質感をしている。包みの上の部分しか布をめくっていないので全体像の一割ほどしか見えないが、この荷物が棒らしきモノだという事は明白だ。

竹刀袋の中の鉄は、さらに真綿らしき物で包まれている。鉄は細長い定規を二回り大きくしたような鉄板で、小さな穴が二つほど開いていた。ざらついた表面には漢字が彫《ほ》られている。……なんだろう、あれ。

「秋隆のやつ、こんなものを持ち出して……」

困ったもんだと式は言うが、目は喜びを隠しきれていない。滅多な事ではほくそ笑みさえしない式が、正体不明の鉄板を手にしてくすくすと笑っているのは、いいようがなく不気味だった。

「式、それなに?」

あんまりに式がおかしいので問いただす。

すると、式はくるりと振り返ってにやりと笑った。

「見るか?　ちょっとお目にかかれない業物《わざもの》だぜ、こいつは」

嬉しそうに竹刀袋から中の物を出そうとする式を、今まで黙り込んでいた橙子さんが制止した。

「式、それは古刀だな。五百年も前の刀なんてここで取り出すな。結界がまるごと切られたらどうしてくれる」

言われて、むっと式は動きを止める。橙子さんは刀だというが、あの鉄定規が大きくなったような、およそ物なんか切れそうにない鉄板が刀なんだろうか……?

「おまけに九字まで入っている。兵闘ニ臨ム者ハ皆陣列前ニ在リ、か。あいにくと私程度の結界では五百年クラスの名刀には太刀打ちできない。それをここでさらして見ろ、下の階のモノが溢れだすぞ」

いつになく危機感のある橙子さんの言葉に、式は驚いて竹刀袋を戻しはじめた。……この二人、僕が留守にしている間に色々と妖しい事をやっていたというのは本当らしい。

「――――そうだな、剝き出しの日本刀を幹也に見せてもつまらない。柄《つか》を用意してないなんて秋隆もボケたかな」

式はうわのそらでそんな事をいう。

……彼女が十歳の頃からの世話係である秋隆さんをつかまえてボケたか、とはあんまりだ。それに秋隆さんはまだ三十路《みそじ》前で、その有能ぶりにはますます磨きがかかっているっていうのに。

式は名残惜しそうに包みをソファーに寝かす。

……これは後で知った事なのだが、この時の刀には柄は付けられていなかった。時代劇とかで見る日本刀はすでに柄ありの状態で、剝き出しの刀はカッターの刃のように飾りがない。開いていた二つの穴は、そこを通して柄を取り付ける為の物なのだそうだ。ちなみに古刀っていうのは平安中期から慶長以前の刀の事を言って、間違いなく重要文化財である。

「いいか式。歴史を積み重ねた武器はそれだけで魔術に対抗する神秘になるんだ。この先、間違ってもそんな物をこのビルに持ち込むな。何が起きても責任は持てないぞ」

ともすれば国宝にも届かんという有り難い品物をそんな物扱いして、橙子さんはふう、と息をつく。

「それで黒桐。今朝の遅刻の理由はなんだ?」

「すみません、調べ物に手こずってしまったもので。一応、例の小川マンションの住人のリストとあらかたの情報は集めてきましたけど」

――そう、昨夜から例のマンションを調べはじめて、気がついたらもう夜が明けていたのは不覚だった。

最近はネットが普及してしまった為、昼夜問わずに調べ物が可能となってしまう。今までみたいに夜は皆眠っているからお休みしよう、なんて区切りがつかない。結果、大輔兄さんに話を聞いたりネットサーフィンして細かい話を収集、選別したりとかで大がかりな仕事になってしまった。

「……十二月まででいいと言っただろうに。まったく黒桐は貧乏性だな。いいよ、聞こう」

「はい。小川マンションは茅見浜一円のマンション地帯の中でもとりわけ高級志向の建物ですね。形も珍しいものですから、後で設計を見てください。建設期間は九六年から九七年。工事は三社合同です。橙子さんは東棟のロビーを受け持ったんですね。一応、建設に関わった作業員達の名前もリストアップしておきました。詳しい建設スケジュールもありますからどうぞ」

プリントアウトしたばかりの資料を鞄《かばん》から取り出して、橙子さんの机に並べる。

なぜか橙子さんは目を白黒させて黙り込んでいた。

「見てもらえば解るんですけど、このマンションというのが二つのマンションが隣り合わせになっている形なんです。

きれいな半月形をした十階建ての建物が二つ、向かい合って建っているわけです。航空写真を見ると驚きますよ。本当に円形をしていますから。もともとは社員寮を目指したとかで、一階と二階はリラクセーション用の施設になってます。現在は使われていません。不景気なんで、そんな無駄な電力は使えないんでしょう。

各棟は十階建てで、部屋数は各階に五つ。東西合わせて十部屋です。部屋は3LDKの洋風と和風の折衷《せっちゅう》で、水道管の配置が割と粗雑。十年ぐらいで下の階に水漏れしちゃいますね、ええ。駐車場はマンションの敷地に四十台、地下にさらに四十台。住人の数に対して足りませんけど、現状は敷地の分だけで足りてます。

そもそも社員寮にしようとした会社自体が縮小してしまって、途中でオーナーが変わっています。新オーナーの方針で社員寮から一般用に切り替えたとか。住人の入居は九八年、今年からです。三月まで募集したらしいんですが、半数分の入居者しか集まっていません。西棟は近いうちに造り直す話も出ています。はい、設計のコピーです」

ばさり、と次の資料を机に置く。橙子さんはさらに難しい顔をして、顔をしかめてしまった。

「マンションは東棟と西棟に分かれていますけど、

小川マンション見取図

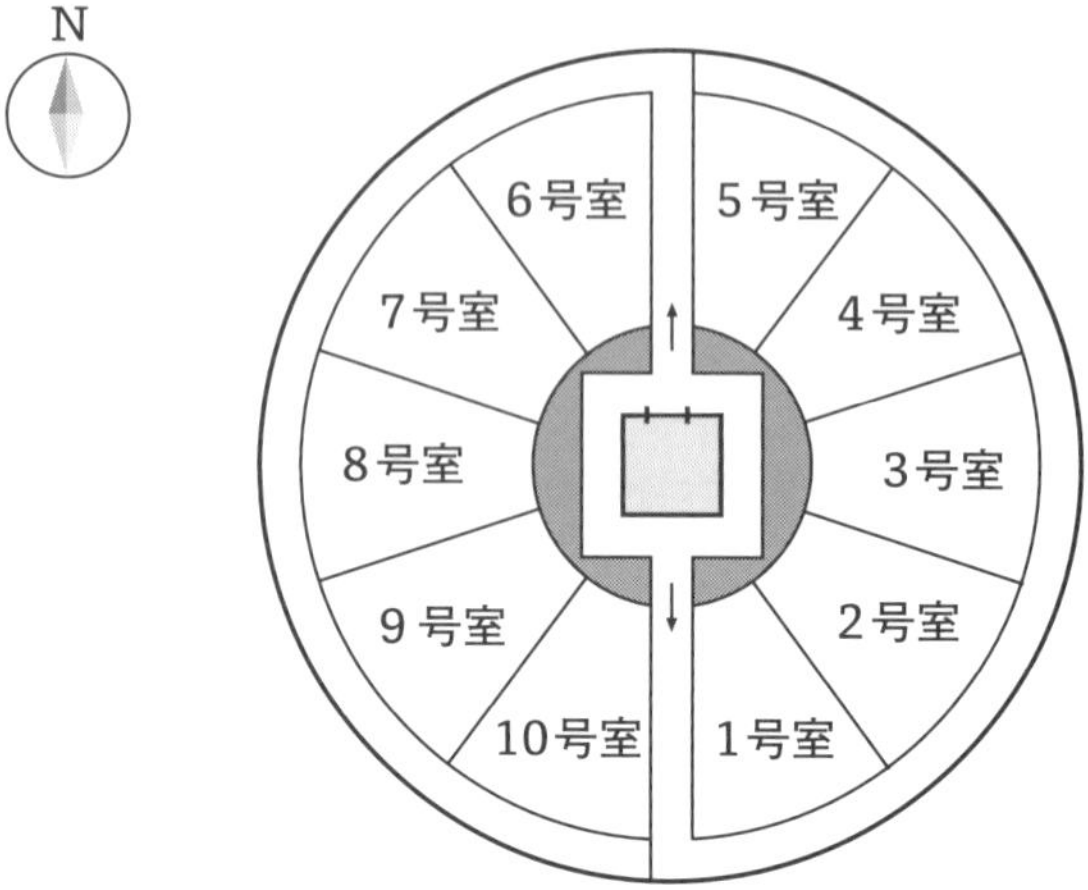

2F〜10F（共通）

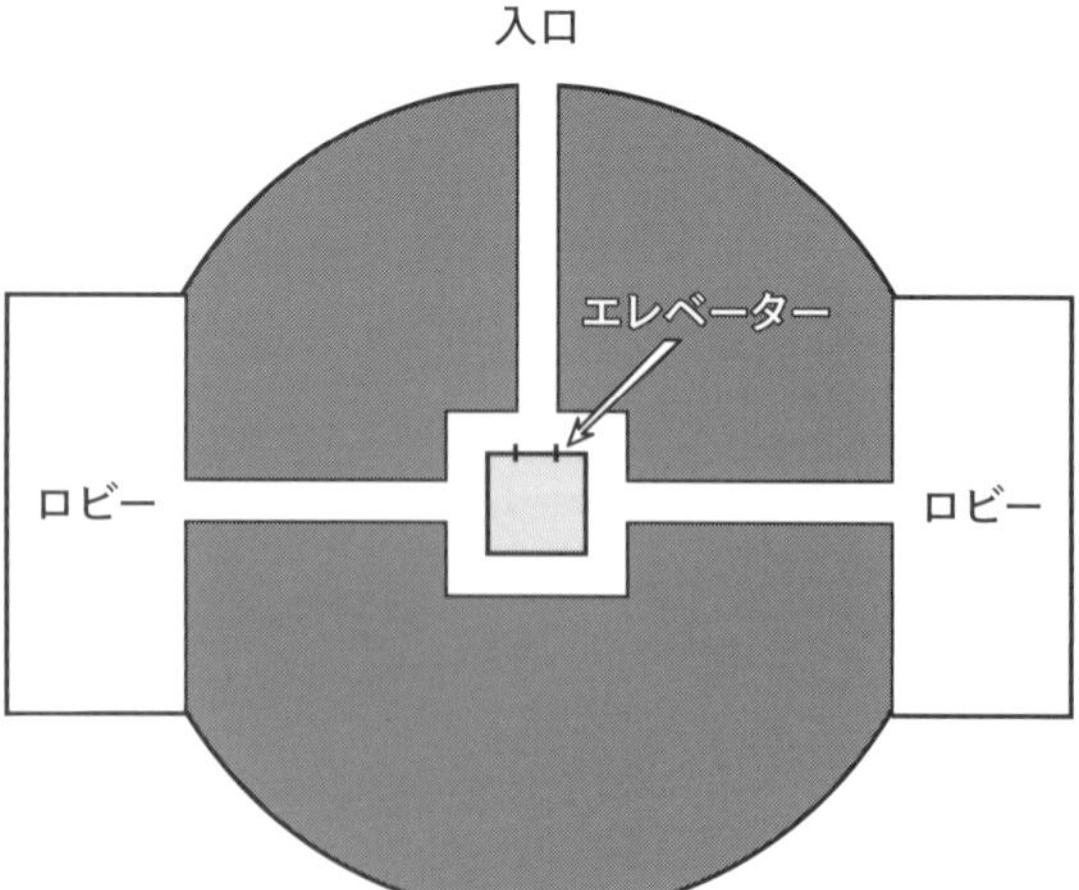

1F〜2F

一階のロビーは共通ですね。エレベーターも一つだけです。こんだけ広いのに手抜き建設ですよ、これ。機能性より外見をとったんでしょうけど。そのエレベーターにしても当初は故障続きだったそうです。関係者がこぼしてますね、五月ごろまでエレベーターさえ使えなかったって。

部屋数は各棟五つで、六時の方角から反時計回りに一号室、二号室、と区別されます。東棟は一号室から五号室まで。六号室から十号室までは西棟になります。屋上は立入り禁止です。

三階の住人は園田、空き部屋、渡辺、空き部屋、樹、竹本、空き部屋、杯門、空き部屋、桃園寺。

四階の住人は空き部屋、空き部屋、笹谷、望月、新谷、空き部屋、空き部屋、辻ノ宮、上山、朧条。

五階の住人は奈留島、天王寺、空き部屋、空き部屋、白純、内藤、榎本、空き部屋、空き部屋、戌神。

六階の――――」

「いい、わかった。おまえから手綱を放すとどれだけ暴走するのか、よくわかった」

こちらのリストの読み上げを、橙子さんはため息まじりに制止した。

「リストを見せてみろ。家族構成から勤めている会社、前の住所まで網羅されていても驚かないから」

「そうですね、僕も読み上げるのは疲れます」

そうしてリストを手渡すと、橙子さんはうわあ、なんて似合わない悲鳴をあげたりした。

「くそ、本当に調べあげているとはな。……黒桐、本気で探偵でもやってみないか？　すごく受けるぞ、きっと」

「ダメですよ。今回だって半分程度の住人しか調べられませんでした」

そう、残念といえばそれが残念だった。結局五十世帯もの入居者の中で、跡を辿れたのは半数の三十だけだ。他は入居者の名前と家族構成ぐらいしか遡《さかのぼ》れなかった。

橙子さんは無言でリストをめくっている。

ふと式に振り返ると、彼女は険しい顔をして考え事をしていた。睨むように眉を寄せるその顔は、凄味があるのに恐いというより美しい。

「トウコ、今のリストちょっと」

橙子さんの後ろに歩いていって、式はリストに視線を送る。

「……だよな。こんな珍しい名前、二つとない」

ち、と式は舌を鳴らす。

「先に帰る。トウコ、足になるような物あるか？」

「ガレージの端に２００のバイクが余っているが」

「おまえな、着物でバイクにまたがれっていうのか」

「ツナギがロッカーに入ってる。私のだから大きいかもしれないが、着物よりマシだろう。っと、くれぐれもハーレーはだすなよ。サイドカーの取り外しがまだ済んでないんだ」

ああ、と頷いて式は革ジャンを羽織ると、竹刀袋に包まれた日本刀を手に事務所を後にしてしまった。白い着物が、蛇みたいに不吉な衣擦《きぬず》れの音をたてる。

「————式！」

……なんだろう。何か、言いようのない後味の悪さを感じて、僕は式を呼び止めた。式は革ジャンの背中を見せたまま、顔だけを振り向かせる。まるで覚えのない悪戯を注意されて不思議に思っているような、素朴な疑問を含んだ瞳。

「？　何だよ幹也。オレ、なにか悪いモノでも憑《つ》いてる？」

本当に、ちょっと買い物に行ってくるような気軽さの彼女に、僕は何を言うべきか————何を言おうとしているのか解らなかった。

「いや……なんでもない。夜に行くから、話はまたその時にしよう」

「なんだ、ヘンな奴だな。でもまぁ————いいか。夜だろ、その時間なら部屋にいるぜ」

じゃあな、と片手をあげて式は出かけていった。

◇

式が橙子さんのバイクを借りて出かける、なんて珍しい出来事から一時間ほどして、僕と橙子さんは直接小川マンションを見に行く事となった。

マイナー1000とかいう、ミニクーパーみたいな橙子さんの愛車に乗って都心のビル街から離れる事三十分弱。ほどなくして僕らは港地区に到着した。

茅見浜と呼ばれるそこは、とにかく広い。土地があり余っているのか、広大な平面にときたま高層ビルが建っているだけで、一昔前のポリゴンゲームのフィールドを連想させる。

件のマンションは、確かにマンションが乱立する地域の中にあった。周囲には同じ造りの巨大マンションしかなく、遠くに円形の塔が見えているのに到達するのに時間がかかってしまった。

ほとんどのマンションが豆腐《とうふ》みたいに四角い中、そのマンションはただ一つ、法則に逆らってそびえ立っている。

十階建てにしては高い。本当に円形のマンションで、敷地のまわりにはブロックを積み上げた塀がある。敷地からマンションへと伸びる道は一本だけで、タージ・マハールに続く道みたいだった。ただ一本の道は、そのままマンションのロビーへと伸びていた。

「なんだ、地下駐車場なんてないじゃないか」

運転席でそう愚痴ると、橙子さんは車を路上に駐車させた。

「じゃ、行こうか」

くわえ煙草をして橙子さんは歩きだす。その横に付いてマンションの敷地に踏み入った時、くらりと目眩がした。今日の強い陽射しのせいだろう。塔のようにそびえるマンションを見上げていたから、立ち眩みがしただけだ。

スタスタと先に行く橙子さんを追って、マンションの中へと入る。

――――とたん、吐きそうになった。

マンション内のロビーの壁はクリーム色で統一されており、この上なく清潔だ。なのに歯を食いしばっていなければ倒れてしまうほどの悪寒がした。

いや、これは嫌悪に近い。気持ちが悪くて暴れだしたくなる。

外の空気はあれほど冷たかったのに、マンションの中の空気は生暖かかった。暖房の効きすぎなのだろうが、これでは人の息みたいだ。生温くて、肌にまとわりついて、なんだか――――生き物の胎内にいるような。

「黒桐、それは気のせいだ」

耳元に囁かれた橙子さんの声で、ようやく僕は妙な悪寒から救われた。

気を取り直して周囲を観察する。

ロビーは、二つの建物を繋ぐ唯一のスペースだった。

このマンションはちょうど円を半月の形にぶった切ったような建物が向かい合わせで建っている。二つの建物を繋ぐのは中央のスペースだけで、三階から上は東棟から西棟へは直接行けない。絶対に中央のスペースに戻って、ロビーを通過しないといけないのだ。

ロビーには管理人室がない。円形の空間の中心には、マンションの背骨ともいうべき巨大な一本柱がある。これが一階から十階までを移動するエレベーターで、柱の横には階段らしき物もあった。エレベーターと階段を壁で囲ったら柱になった、という感じの柱で、なんとも不気味だ。

「――――イヤな建物ですね、ここ」

「幽霊屋敷みたいだな。隠しきれずに、不吉な物が気配になって漂っている。そういう建物はわりと多いよ。人を狂わす建物というのは簡単に作れるからな。壁の色、階段の位置を変えるだけで人間は不調をきたす。それが毎日使う住人なら、よけいに酷くなるだろう」

橙子さんはまずエレベーターに乗った。

「何階がいい、黒桐?」

「いえ、何階でもいいです。……しいていうなら四階ですけど」

「なら四階でいいよ」

橙子さんはエレベーターの中をしげしげと見渡しながら言う。

エレベーターは、微かに湾曲した円形の、捻れた柱みたいな作りだった。

Bから10まであるボタンから四階を押す。


おーーーーーーーーーーーん。


やけに、不自然なまでに大きい、駆動音がした。体は上に昇っていくのに、地の底に落ちていくような感覚がする。

ほどなくしてエレベーターの扉が開いた。四階のロビーも円形。エレベーターを出てすぐ目の前には西棟へ続く通路がある。マンションの入り口は北向きだから、十二時の方角に通路が伸びているのだ。

この通路は外まで通じていて、外壁まで突き当たるとくるりと九時の方向へ半回転して、西棟のマンションの外壁を回っている。マンションの各部屋の入り口は、やっぱり外側にあった。

「今、四階ですからそこが406ですね。そこから410まで続いて、行き止まり。東棟にはどうやって行くんでしょう?」

「エレベーターの裏側に回るんだ。エレベーターから出てすぐ正面である北側の通路は西棟へ、エレベーターの裏にある南側の通路は東棟に繋がっている。本当に二つに分かれているんだな、このマンション」

「ヘンな作りですね。外周を繋げばそんな事にはならないのに」

「それじゃあ味がないだろう。ここまで凝った作りなんだ、きちんと白と黒に分けるさ。で、黒桐。四階に何の用事があるんだ？　死んでいるハズの家族の部屋でも訪ねるのか？」

言われて、僕はどきりとした。

橙子さんの声はクリーム色のロビーに反響する。

磨き上げられたロビーの床に電灯のあかりが反射して、なんだか――――今が、真夜中のように錯覚した。

そうだ、どうして気がつかなかったんだろう。

……このマンションに来てから、まだ人に出会っていない。いや、それどころか――――人の気配というものがない。

「所長。その話を、どこで」

「だから懇意《こんい》にしている刑事からだよ。空巣に入ったら一家全員が死んでいたという話だろう。その部屋と家族の名前までは聞き出せなかったがね。だが、おまえなら調べがつくだろうと思っていた」

その通りだ。昨夜大輔兄さんに電話をしたのは、それを確認する為なんだから。

「どうする？　確かめてみるか、黒桐」

「そうするつもりでしたけど、今はちょっと……」

白状すると恐い。来る前までは確認する気でいたけど、ここは本物だ。居るだけで震えが来る。恥ずかしい事に、真っ昼間だっていうのに僕は事件のあったという家族を訪ねるのが恐かった。

「行ってみろ。私は一人でエレベーターを使ってみたい。そうだな、この上の階で落ち合おう。そこの階段を使って上がってこい。おそらく螺旋階段だろうが、目を瞑ったほうがいいぞ」

じゃあな、と残して橙子さんはエレベーターに乗り込むと、上の階へ昇っていってしまった。ランプは十階まで上がっていく。

――――僕はそれを呆然《ぼうぜん》と見送って、一人になったという事に思い至った。

ロビーには僕しかいない。

自分の息遣いしかしない世界。

昼間なのか深夜なのか、判別のつかない巨大な密室。

まるで部屋全体が真空パックされたような、重苦しすぎる圧迫感。

知らなかった。マンションという建物が、これほど不気味で外界から遮断された異界だったなんて。

「ちくしょう、絶対に降りてきてくれないんだろうな、橙子さん」

独り言を言って活《かつ》をいれたが、まるで逆効果だった。反響する自分の声が他人の声のようになって耳元に伝わってくる。……夜の墓場だって、ここまでは不気味じゃないと思う。

とにかくだ。ロビーにいるかぎり、密室という圧迫感が付きまとう。覚悟を決めて４０５号室に向かう事にした。

外に出ると、ロビーほどの圧迫感はなかった。外をぐるりとまわる廊下からの景色は面白みがない。何しろ四方はみな同じようなマンションなのだ。

それを横目に眺めながら突き当たりまで進む。東棟を最後まで歩いて、四階の五号室に辿り着いた。

――九日前の夜。この部屋に押し入った空巣は、そこで複数の死体を見て逃げ出した。そのまま混乱して警察に届けた空巣は、もう一度訪れた時には普段通りに生活している家族と対面して、ますます混乱したという。

空巣は幻でも見たのか。それとも、何かの手違いがあったのか。

よせばいいのに、僕はここまで来たという勢いもあってチャイムを鳴らした。

ぴんぽーん、という明るい音。

しばらくして――マンションの部屋の扉は、ぎい、と音をたてて開いた。

部屋の中の闇がこぼれだす。

そこから、何かが出てきた。

まず、人の腕。

それから、頭。

「はい、臙条だけど。……あんた、誰？」

ドアを開けたいかつい顔をした中年の男性が、さも面倒そうにそう言った。

◇

――結局、あの話はただの与太話だった。

事件があったという五号室の朧条家に異状はなかった。

ロビーに戻ると、エレベーターはまだ十階で止まったままだ。ボタンを押せば降りてくるのだろうが、その中には橙子さんが乗っている。恐くなって階段を使わなかったのか、と責められるのは目に見えていた。

仕方なくエレベーター横の階段へと足を運ぶ。

ロビーに充満する空気の重さは依然としてあったけれど、朧条家が普通だった事でゆとりが出来ていたのだろう。

どこか薄暗い、赤みがかった電灯で照らされた階段を僕は登りはじめた。

階段は直角に曲がっていくタイプで、エレベーターのまわりに絡み付くようにとぐろを巻いて上へ上へと伸びている。橙子さんの言うとおり、たしかに螺旋階段だ。

各階につくと階段の途中にぽっかりと穴が開いて、ロビーに出るような作りになっている。

……クリーム色の壁は、赤っぽい電灯に照らされて、中世の城の階段みたいだった。電灯の明かりが、どことなく炎の揺らめきに感じられる。明かりは暗く、階段の隅まで届かず、一段登るごとに気持ちを陰鬱にさせていく。

曲がりくねる階段の先、壁の向こうに何かが佇んでいるような恐ろしい錯覚と闘いながら階段を登りきり、五階のロビーに辿り着いた。……いや、脱出したという表現のほうが正しいか。

五階のロビーは、四階のロビーとまったく同じ作りだった。

マンションなのだから各階ごとの変化はないのは

当たり前だが、それにしてもまったく同じ作りで寒気がする。

「来たね。じゃあ降りよう」

ロビーには橙子さんが待っていた。

何も言わずにエレベーターに乗る彼女に付いていく。エレベーターに乗ると、橙子さんは各階に対応するボタンの前に立って、振り向かずに言った。

「黒桐、下を向いてろ。ちょっとしたクイズだ」

「え？　はあ、下を向いてればいいんですね」

エレベーターが閉まる。また、大きな駆動音。

下におちていく時間は三秒もなかっただろう。マンションという巨大な密閉の中の、もっとも小さな密閉の箱が停止する。

「さて問題だ。ここは何階でしょう」

言われて顔をあげる。エレベーターは開いていて、ロビーが見えた。さっきの階とまったく同じロビーの壁には、５の数字のプラスティックが嵌《は》められていた。

「あれ……五階のままだ」

でも、エレベーターは確かに動いた。となると、間違っているのは僕のほうだ。

少し考えて、当然の結論を口にする。

「じゃあ、さっきのは六階だったんですね」

「正解。黒桐は一階登ったつもりで二階登ってしまったんだな。間違いやすい階段の設計だが、まあそれはおまけみたいなものだ。

ところでさ、マンションというのは奇怪だろう？　自分の住んでいる階を確認する手段が、ロビーにあるあんな小さな文字だけなんだから。高い階になればなるほど、エレベーター内の感覚は解りづらくなる。これでエレベーターのスイッチに細工して、各階の数字を取り替えてしまえば、住み慣れていない者なら確実に四階だか五階なのだか解らなくなるだろう。機会があったら近くのマンションで試してみればいい。時間は深夜がいいな、気分が俄然もりあがる」

それだけ言うと、橙子さんはエレベーターを閉じた。

ほどなくして一階に到着すると、僕らはロビーに出た。

「そうだ、ちょっと東棟のロビーに行ってみよう。たしかどちらの棟にも一階にはロビーがあるんだろう？」

「ええ。ちょうど二階の施設とつながっていて、吹き抜け構造になっています。ちょっとしたホテルのロビーみたいな感じでしょう……って、東棟のロビーを設計したのは橙子さんじゃないですか」

そうだっけ、なんて適当に答えて、橙子さんは歩きだす。

一階のロビーは、ようするに円の中心だ。

この中心から細い線のように東西に通路が一本だけ伸びていて、各棟の一階にあるロビーにつながっている。各棟のロビーは、どちらかというとラウンジだろう。

東棟のロビーにはすぐに着いた。

ちょっとした広さの、何もない広場。二階までの吹き抜けで、階段は大きなものが一直線に二階の踊り場まで伸びている。

映画でよく見る、洋館の大広間みたいな感じか。半円形のラウンジの真ん中から二階へと続く武骨な階段だけがある。周囲はクリーム色の壁だけで、床はマーブル模様の大理石だった。

「仕掛けるなら、まあ、ここかな。万が一の為の逃走経路ぐらいは作っておこう」

言いながら、橙子さんは大理石の床に膝をついて座り込む。そのまま、化石を探す学者みたいに床を手でぺたぺたと触っていった。

「――あの。何してるんですか、所長」

「用心用心。ところでさ、階段を使って気がつかなかった？　動かした跡があっただろ、アレ」

「？」

階段を、動かした……？

あの箱の中に詰め込んだような階段を動かすって事は、あのエレベーターがある中心の柱を動かすって事だ。

そんな馬鹿な事、なんで。

「柱じゃない。階段だけだ。壁の隅とか見なかったのか。壁に擦り傷があっただろう。ああ、そうか。恐くてそこまで気が回らなかったのか」

床に手を触れさせたまま、振り向きもしないで橙子さんは言う。

……たしかに、そこまで気が回らなかった。いや、階段は暗くて端っこまで明かりが届いていなかったから、気がつくハズがなかったというべきか。

「……でも、階段を動かすなんて不可能です。あの柱を動かすって事は、このマンションを壊すって事でしょう？」

「だから階段だけだと言っている。ロケットペンシルなんだ、ようするに」

「ろけっとぺんしるって、何ですか？」

ぴたり、と橙子さんの手が止まる。

と、彼女はすっと立ち上がった。

「知らないのか。一本の鉛筆の中に、十個程度の鉛筆の芯が入っているんだ。小さなミサイルみたいなのがつまっている。拳銃の弾倉に似てるな。鉛筆の中で縦に連なっていて、芯が減ったら古いミサイルを抜いて、一番後ろに入れなおす。と、次には新しいミサイルが出てきて、芯を削る手間をかけずに書き物ができるという品物だ。……今でも売ってるのかな、イメージ的にはトコロテン」

納得いかない、とばかりに橙子さんは言う。

彼女のいうミサイルペンシルはイメージできないけれど、トコロテンという表現でぴんときた。つまり、下から階段だけをズラしたのか。

「螺旋階段を下から押し上げたって言うんですか。ピストンかなにかで」

「だろうね。はじめから半階分余分に作ってあったんだろう。エレベーターが使用できるようになったのと同時に、下から押し上げたんだ。一階分増やす為じゃない。螺旋の出口をズラす為だ。そうすれば北と南が逆になる」

さあ帰ろう、と橙子さんはまた歩きだした。

中央のロビーに戻って、この円形のマンションから出る間。所長は、納得いかないとばかりにぶつぶつとこんな事を呟いていた。

「……本当に知らないのかなぁ、ロケットペンシル。私が学生の頃は流行ってたんだけどなぁ、アレ」

◇

最後のオチとして、路上駐車していた車には駐車違反のキップがきられていた。

見ればマンション前の道路は広いくせに車の行き来がなく、駐車している車は橙子さんの自動車だけだったので目立ったのだろう。

／8（螺旋矛盾、4）

その夜。

仕事が終わって調べ物の続きを済ませると、僕は式のアパートへ向かった。

十一月九日の午後八時過ぎ。

それから日付が翌日に移り変わっても、式は帰ってこなかった。

／9（螺旋矛盾、5）

……がち。がち。がち。がち。

気がつくと、俺は両儀の部屋にいた。あいつに両親を殺した事をバラした夜から、決して足を踏み入れなかったこの殺風景な部屋に。

外は陽が落ちようとしている。あいかわらず癇に障る時計の針は、じき六時をまわろうとしていた。

——頭がいたい。

両儀と縁を切ってから九日ほど経ったのだろうか。

俺は十一月になったばかりの街の中で浮浪者のように生活していた。メシも食わず、ただ両親の死体が発見されるニュースだけを探していたと思う。

無理な、人間として最低の生活をしていたせいか、頭痛は日に日に強くなっていた。それだけではなく、体のほうもガタがきている。不養生が祟《たた》ったのか、関節という関節が重かった。

「……何やってるんだ、俺」

膝を抱えて呟く。

二度とここには来ないつもりだった。

けれど今は——ただ、両儀の声が聞きたかった。がたがたと歯の根が合わない。俺は怯えていて、助けを求めるように、いつのまにかここにやってきていた。

明かりをつけない暗闇の中でどれぐらいそうしていただろう。

世界は、唐突に光に満たされた。

「なにやってんだ黒桐。電気をつけないで待ち伏せするの、好きなのか?」

白い着物と赤い革製のジャンパーを着た少女が言う。俺がいる事を不思議にも思っていない。

肩口までの黒髪も、黒く深みのある目も、男のような口調も。

何一つ以前と変わらず、当たり前のように両儀は部屋に入ってきた。

「それにしてもタイミングがよすぎるな。出来すぎてる」

両儀はそんな事を呟きながら、手に持った包みをベッドに置いた。そのまま使っていないハズの隣の部屋に入ると、包みと同じぐらい細長い木箱を持って出てくる。

「ちょっと待ってろ、組み上げちまうからさ」

両儀は包みをほどく。中は、剝き出しの刀だった。着物の少女は手慣れたふうに木箱を開けて刀の鞘らしき物や柄、大きな小判のような鍔《つば》を刀に装着していく。

「ありゃ、はばきが小さすぎた。鎬《しのぎ》造りのくせにどうして合わないんだ、くそ。……まいったな、はばきはこれしかないっていうのに」

不満そうに言うと、両儀は剝き出しの刃から立派な日本刀に変貌をとげた刀をベッドに置き去りにして、こちらに振り向いた。

「いいぜ。話があるんだろ?」

言葉とは裏腹に、両儀の顔は相変わらずの無関心さだ。

俺は――何をどう口にしたものか考えてもいなかった。ただ、誰かに助けてほしいと思っただけで。

……変わってない。俺は両儀と初めて会った時も、何から助けてほしいかすら思い出せなかったんだからら。

「――わからない。俺は、どうかしちまってる。自分に自信が持てないんだ」

両儀は何も言わずこちらを見ている。

俺は、ただ有りのままを喋るしかなかった。

「今日、街で母親を見かけたんだ。はじめはよく似たヤツかと思った。けど……間違いなく母親だった。後をつけたらさ、とんでもねえ事に――あいつ、あのマンションに帰って行きやがった――」

体の震えを止められず、そうまくしたてる。

――と。

両儀はそうか、と言って立ち上がった。

「ようするに両親が生きてたんだろ。ニュースにもなっていないんだから、そう考えるのが普通なんだ」

「そんなワケあるか! 俺は確かにお袋を殺した。親父だって死んでた。それは絶対なんだ。間違ってるのは生きてるほうだっ!」

そうだ。なのになんで、普段通りに生きているのか。

なんで普段通りに自分の家に帰っていくのか。

あの、血にまみれた地獄のような家に、どうして
――――

「へえ、間違ってるんだ。じゃあ確かめにいこう」

「――――な、に？」

「だからさ、そのマンションに行って確かめればいいじゃないか。本当に臙条の両親が生きているのか死んでいるのか。そのほうがはっきりするだろ」

決まりだ、とばかりに両儀は動きだす。革ジャンの内ポケットに長いナイフを入れて、帯の後ろ腰にも二本目のナイフを挟む。

そんな物騒な支度をしていながらも、ちょっとそこまで煙草でも買いにいこうか、なんて簡単さで、白い着物の少女は歩きだした。

両儀は一人でも行く気らしい。乗り気ではなかったが、こいつを一人で行かせるわけにもいかず、俺は同行する事にした。

「臙条、バイクの運転できる？」

「……人並みには」

「じゃあそうしよう。さっきまで乗ってたヤツがあるから、それで行く」

両儀は地下の駐車場へ移動した。

こんな小さなアパートが地下に駐車場を持っている事も驚きだが、両儀の用意したバイクも驚きだった。ハーレーなみの大型バイクの横にはサイドカーが取り付けられている。両儀はためらう事なくサイドカーに乗った。

俺はもうヤケクソで大型のバイクにまたがって、一ヵ月前まで暮らしていた港地区のマンションを目指した。

◇

慣れない大型バイクのせいで、マンションに到着したのは夜の七時過ぎになってしまった。

十一月とは思えない寒空の下、月に届けとばかり

に円形の建物が建っている。周囲の四角いマンションとは一線を画する建物。このおかしな建物は変わった造りをしていて、東棟と西棟とに分かれている。俺の家は西棟の四階。話によると入居希望者は山ほどいたのだが、マンションのオーナーが人見知りするとかで全体の半分ほどしか入居させなかったという。……こんな高級志向のマンションにうちがあるのは、親父とオーナーが知り合いだからだそうだ。

「ついたぜ、ここだ」

サイドカーに座り込んでいる両儀に話しかける。

両儀は、何か幽霊でも見るような目付きでマンションを見上げていた。

「なんだ、これ」ただ、そう口にする。

俺はバイクを道に停めるとマンションの敷地に入った。

ブロック塀に囲まれた敷地は、下手な小学校の敷地より広い。建物自体は円形なので幅をとらないが、まわりの庭はなかなかのものだ。

その庭を一刀両断するように、舗装された道がマンションへと伸びている。

俺は黙りこくっている両儀を連れてロビーに入った。

ロビーをしばらく歩いて、マンションの中心にある大きな柱に到着する。柱の中はエレベーターになっていて、その横には滅多に使われない螺旋階段がある。

俺はボタンを押してエレベーターを呼んだ。

がち、がち、がち、がち。

……イヤな気分だ。

心拍が普段より速い。息が上手くできない。

それも当たり前か。今から、自分が殺した連中の死体がある部屋に、行こうっていうんだから。

エレベーターが来た。

中に入る。両儀も続く。扉が閉まる。

おーーーーーーーーーーん。

聞き慣れた駆動音をたてて、エレベーターは上がっていく。

「———捻れてる」

ぽつり、と両儀は呟いた。

エレベーターが四階に着いた。俺はエレベーターからおりてすぐ正面に続く、北に向いた通路へと歩きだした。

そのままマンションの外側に出ると、道は直角に左に曲がる。西棟の外周をまわる廊下だ。左側にはマンションの部屋が並び、右側は外に面している。四階から下に落ちないように胸元あたりまでの柵がある。

「この突き当たりが俺の家だ」

歩きだす。あいかわらず静かなマンションで、部屋から人の声はするが廊下で出会う事はまずない。

突き当たりの部屋の前に着いて、俺は止まった。

———ホんトウに、入ルのか。


腕が動かない。目が、ぼやけてしまって、ドアノブが摑めない。いや、そうだ、その前にチャイムを鳴らさないと。

たとえ家の鍵を持っていても、チャイムを鳴らしてから入らないと母親が怯えてしまう。一度借金の取り立てにきた野郎がいきなり家に押し入った事があって、それ以来チャイムを鳴らして入らないとお袋は怯えてしまうんだっけ。

指がインターホンのボタンに伸びる。

それを両儀の指が止めた。

「チャイムはいい。中に入ろう、臙条」

「———何言ってるんだ。勝手に入るつもりかよ」

「勝手も何も、もとからここはおまえの部屋《うち》だろ。それにスイッチは入れないほうがいい。カラクリがわからなくなる。カギ持ってるだろ。かせよ」

両儀は俺から家の鍵を受け取ると、がちゃりと回した。

ドアが開く。……中からはテレビの音。

誰か、いる。

感情のこもっていないカタチだけの家族の話し声がする。

今の生活を母や世間のせいだとグチる親父の声。

それを黙って聞き流して、ただ頷くだけの母親の声。

「――――」

それは、間違いなく朧条巴の日常だ。

両儀は声もあげずに中に入る。俺も――その後に続いた。

廊下を抜けて、居間に通じるドアを開ける。

立派な部屋には不釣り合いな安物のテーブルと小型のテレビ。ろくに掃除《そうじ》もされていないゴミだらけの汚い部屋。そこにいるのは、間違いなく俺の両親だった。

〝おい。巴はまだ帰ってこないのか。もう八時だぞ、仕事が終わって一時間も経ってるじゃないか。まったく、何処を遊び歩いているんだ、あいつは！〟

〝さあ、どうでしょうねぇ〟

〝あいつが親を親とも思っていないのはおまえが甘やかすからだぞ？　くそ、金なんて返さなくていいものを返して、オレにビタ一文もまわしゃしねえ。誰のおかげで暮らしていけると思っているんだ、あいつは！〟

〝さあ、どうでしょうねぇ〟

――なんだ。

なんだ、これは。

両親がいる。小心者のくせに自分を大物なんだと疑わない親父に、それに合わせるだけの母親。殺したハズの二人が、変わらない日常で生きている。

いや、そうじゃない。

こいつら、どうして入ってきた俺達に振り向きもしないんだ――――!?

「朧条が帰ってくるのはいつも何時なんだ？」

耳元で両儀が訊いてくる。俺は九時頃だと答えた。

「あと一時間か。それまで待っていよう」

「なんだよコレ。いったいどうなってるんだ、両儀ッ！」

あまりに平然とした態度にハラを立てて詰め寄ると、両儀は面倒くさそうに俺を一瞥《いちべつ》する。

「チャイムもノックもしなかったから、お客さんに対応しないだけだろ。決められたパターン以外の行動に対応する為のスイッチを、オレ達は押さなかった。だから客は来ていないってコトで、朧条の両親はいつも通りの生活をしているだけ」

言って、両儀は堂々と居間を横断して隣の部屋へ移動した。……そこは俺の部屋だ。俺は散々ためらった後、両親から目を背けながら自分の部屋へと入っていった。

そのまま、ただ立ち尽くす。両儀も壁にもたれ掛かってぼんやりと待っていた。

電灯の点いていない部屋の中、俺と両儀は待ち続けた。

何を？　ハッ、決まってる。そんなの、日常《イツモ》通りに帰ってくる朧条巴しかいないじゃないか。

俺は、かつて殺人を犯した場所で、俺自身を待ち続けた。

それはおかしな時間だった。永遠にも一瞬にも感じられる責め苦。現実感というものが蕩けてしまって、時計が逆に回っている。

果たして、俺は帰ってきた。

やっと帰ってきてくれた。

もう帰ってきてしまった。

二つの感情が入り交じる中、巴は両親とは何も話さず、無言で部屋の中に入ってきた。クセのある赤毛。華奢な体。中学の頃まで女扱いされた細い顔つき。世を拗ねた目つきの巴は、一度だけ深いため息をついた。

……深呼吸に似ている。まるでそうする事で今日一日の辛かった事が帳消しになると信じるような、それは、精一杯のささやかな儀式だった。

その巴さえ、この巴に気がつかない。

俺と両儀は幽霊になったみたいだ。

やがて、巴は布団を敷いて眠りにつく。

しばらくの時間。俺は、この先の展開を知っているクセに何も考えられず、臙条巴を見つめていた。

居間から口論の声が聞こえた。

親父の声と、初めて聞く母の感情的な声。

金切り声をあげて母親は親父にくってかかっている。

それは吠えまくる犬みたいで、人間じゃないみたいだ。

エタイのシレナイ金星人だったのかもしれない。

……女のヒステリーってのはジャンキーみたいに暴れだすものだと初めて知った。なんて間の抜けた、どうでもいい真実の体験だろう。


ごん、というイヤな音。

母らしき人間の激しい息遣いが、襖越しに聞こえてくる。

がち、がち、がち、がち。

「……やめろ」

呟いても、何も変わらない。

だって、これは。

がち、がち、がち、がち。

襖が開く。巴が目を覚ます。立ち尽くす母親の手には、大きな包丁が握られている。

〝巴、死んで〟

何かが切れてしまったような、感情のない女の声。

がち、がち、がち、がち。

巴には逆光で見えなかっただろう。

母は、本当に。

悲しそうに、泣いていた。

が、ち。

母が巴を滅多刺しにする。腹、胸、首、腕、足、腿、指、耳、鼻、目、最後には額まで。包丁はそこで折れて、折れて、折れた刃で母は自らの首元をぶった斬った。

――部屋に響く、ばずん、という鈍い音。


がちがち。がちがち。

がちがち。がちがち。

がちが、ち。が、ぢが、ぢがぢ。

……………がチがチがチがチがチ!


ああ、なんて――

「――ひどい、ユメだ」


現実になっている、俺の悪夢。

これがどんな現象なのかなんてどうでもいい。

ただリアルすぎて、俺は吐き気を堪える事しかできなかった。


さらり、と白い着物が動く。

両儀は部屋から立ち去ろうとしていた。

「気が済んだなら、出よう。ここにもう用はない」

「……用がないって、どうして! 人が――俺が、死んでるのに」

「なに言ってるんだおまえ。よく見ろ、血が一滴もこぼれてないだろ。朝になれば目を覚ますよ。朝に生まれて夜に死ぬ『輪』なんだ。そこで倒れているのは朧条じゃないぜ。だって、いま生きてるのはおまえじゃないか」

両儀の言葉にハッとして惨劇の現場を振り返る。

……たしかに、あれだけの凶行だというのに血が一滴もこぼれていない……。

「な、んで――」

「知らないよ。こんなコトをする意味がまるで分からない。とにかくここはもういいんだ。さ、早く次に行こうぜ」

すたすたと両儀は歩いていく。

たまらなくなって、俺はその背中に問いかけた。

「次って――――他にどこへ行くっていうんだ、両儀!」

「決まってるだろ。おまえの本当の住処だよ、臙条」

あっさりと――まるで俺の混乱という憑き物を落とすように両儀は言った。

◇

中央のロビーまで戻ると、両儀はエレベーターには乗らずにその裏側に回った。エレベーターの後ろ……南の方角には東棟へ通じる通路がある。

東棟は、西棟とまったく同じ造りだった。

このマンションの性質上、西棟の者は東棟には入らない。半年以上も暮らしていたというのに、俺はこんな当たり前の事実に今になって気がついた。

渡り廊下を歩いていく。

時間も十時をまわって、風は刺すように冷たかった。

……東棟の住人は少ない。

その為か、電灯も最小限しか点けられておらず、並んでいる部屋からも明かりというものが皆無だった。

月明かりだけが頼りの、冬の闇。

そんな無人の廊下を両儀は突き進んでいく。ひとつ、ふたつ、みっつ、よっつ。……行き止まりにある最後の部屋に着くと、ぴたりと足を止めた。

「オレがおかしいと思ったのはさ、些細なコトなんだ」

不意に、両儀は扉を睨みながら喋り始めた。

「おまえは405号室だと言ったじゃないか。なのに幹也はおまえの名前を最後に言ったんだ。あの几《き》帳面《ちょうめん》なヤツが何の理由もなく順序は変えない。そうなると臙条って家族は四階の最後の部屋、ようするに410号室にいないとヘンなんだよ」

「――――なんだって？」

「あのエレベーターはしばらく動かなかったんだろ？　入居者がそろって、みんなこのマンションに住み慣れた頃にやっと動きだした。それが始まりの合図だったんだ。全部、北と南を逆に入れ替える為のカラクリなんだよ。エレベーターが円形だったり音がでかかったり、すごいはったりだ。二階が使われていないのもその為だけ。乗っている人間に気付かせないように半回転させるには、最低限一階分の距離は必要だったんだろう」

北と南の出口が――――入れ替わる……？

そんな子供の遊びみたいな仕掛けが、本当にあるっていうのか。だが、本当にあるとしたらどうだろう？

エレベーターから出て正面にある道が西棟に続く通路だ。それは当たり前すぎて住みなれた人間にとって疑いようがない事実。

なら――――エレベーターが半回転しているコトにさえ気がつかなければ、エレベーターから出て目の前にある通路に行くのは日常だ。

もし本当に知らずのうちにエレベーターが回転して出口が北ではなく南に向いてしまっていたとしたら、俺は今まで東棟に向かっていた事になる。このロビーの南側と北側の作りはまったく同じだ。各棟に通じる通路はどっちだって直角に左に曲がっているから、間違いには気がつかない。

「じゃあ――――こっちが、俺の家だって言うのか」

「うん。正確には入居して一ヵ月間だけいた家。エレベーターが稼働するようになってからはさっきの家だ。ナンバープレートを入れ替えて、きっと階段もエレベーターの稼働に合わせてずらしたんだろうな。階段の出口も逆にしないと話にならない。ここの階段って螺旋状になってないか？」

ああ、まったくその通りだ。俺は頷くコトもできなかった。

「だけどウソだぜ。普通は気付くだろ、こんなの！」

認められず反発するが、両儀はやっぱり平然とした目で俺の言葉を否定した。

「ここは普通じゃない。異界だ。周囲はおんなじような四角いマンションばかりで、風景に大差はない。マンションの中は壁でしきられてる。クリーム色の壁の所々には怪しげな模様が混ざっていて、無意識のうちに網膜に負担をかける。――――トウコじゃないけど。ほんと、手のこんだ結界だ。細かい異常が何一つないから、大きな異常に気付かない」

両儀はドアノブに手を伸ばす。

「開けるぞ。半年ぶりの我が家だぜ、朧条」

両儀は嬉々《きき》として言う。

俺は――――それを、開けてはいけない気がした。

◇

十号室の中は、ねっとりとした闇だった。

闇しかなかった。


かちかちかちかち。

耳の奥で、そんな音がする。

体が、関節が、重い。

闇のなか両儀の声がする。

「電気は――――これか」

ぱちりと明かりがともった。

「――――――――」息を呑む。

でも、驚きはしなかった。ソレがある事は、とっくの昔に分かっていたんだから。

「死後半年ってところだな」落ち着いた両儀の声。

ああ、そうだろう。

俺達が入りこんだ居間には、人間の死体が二つあった。

薄汚れた人骨と、かすかに付着した肉らしきもの。どろどろに腐食した肉は床にこぼれ、積もって、なんだか分からないゴミのヤマみたいになっている。

朧条孝之《たかゆき》と朧条楓《かえで》――――俺の父と母の死体だ。

俺が一ヵ月前に、自分が殺される悪夢を見たくなくて殺してしまった両親の死体。でも半年前の死体。今も生活している東棟の臙条という家族――――。

それらの矛盾を、俺はこれ以上考えられない。やる事もなく立っているだけの両儀と同じように、俺は何の驚きもなく、落ちていく砂時計を眺めるような考えない心で、死体を見ている。

さっきの光景――俺が毎晩見ていた悪夢の再生映像だった出来事にくらべれば、こんな、済んだ後の死体は不気味なだけだ。別段ショックでもない。

とっくの昔にくたばった人間の死体。

誰であるかも判別不能な、骨の山。

目があった部分は暗い洞窟のように穴があき、ただ虚空《こくう》を睨んでいる。

……無価値だ。

これほど無意味で、報われない、馬鹿みたいな死が、両親だったもの。

周囲からの迫害に耐えられず、かといってそれを自分のせいではないと居直る夫にも逆らえず、繰り返す毎日のすえに親父を殺して、自らも殺した母親。

「――――――」

なのに、それだけなのに、俺はそれから目を離す事ができなかった。

これはなんだ。

俺はどうしたんだ。

――父も母もいらないと。

あれほど嫌悪していた人間が二人死んでいるだけで、どうして俺は、こんなにも木偶《でく》の坊になってしまうんだろう――？


その時。玄関から、扉の開く音がした。


「へえ、やる気なんだ」

両儀は笑うように言うと、ジャンパーの内側からナイフを取り出す。

ゆっくりと誰かが居間に入ってくる。

声もあげず足音もたてずに現れた人影は、どこにでもいそうな中年だった。顔には表情がなくて、虚ろな視線が逆にはっきりと危険な物を感じさせる。

どこかで見たような男は、そのまま俺達に襲いかかってきた。糸に操られた人形のように、唐突に前触れもなく。

それを、両儀は簡単に殺してしまう。

一人。二人。三人。四人。玄関からわらわらと入ってくるマンションの住人達を、舞うような鮮やかさで殺していく。そこには無駄が一切ない。

すぐに居間は死体で埋まってしまった。

両儀は俺の手を取って走りだす。

「長居は無用だ。行くぞ」

両儀はあくまで両儀だ。

俺は――両親の死体を見てからおかしくなってはいたけれど、それでもこの状況を許せなかった。

なんでこんな、問答無用で人を殺すんだ、こいつ。

「両儀、おまえ――!」

「話は後だ。それにそいつらは人間じゃない。俺にだって何度死んでるか分からないぐらいなんだぜ。そんなの、人間でも死人でもないただの人形だ。どいつもこいつも死にたがっていて、吐き気がする」

初めて――憎しみに満ちた顔をして、両儀が走る。

俺はわずかにためらってから、両儀に殺された家族らしき集団の死体を踏みつけて廊下に出た。

廊下に出ると、すでに五人ほどの人間が廊下に倒れていた。俺がそれから目を背けている間に、両儀は八号室の前で何人目かの人間を斬り伏せていた。

――強い。

圧倒的でさえある。どうやらこの連中は東棟からやってきているようだが、映画に出てくるゾンビみたいに動きが緩慢《かんまん》なわけじゃない。人並み以上の激しさで襲いかかってくる。

だっていうのに、両儀は眉一つ動かさずにあっさりと始末する。血が出ないのは、両儀が言うとおり連中が人間じゃないからだろうか。

返り血ひとつ浴びずに住人達を殺害し、中央のロビーへの道を開いていく両儀は、白い死神めいていた。

俺は両儀が切り開いていく人の群れの先を見る。

ロビーから電灯の光が漏れている。明かりのない西棟の廊下にかろうじて光を届けている通路の入り口に、黒い人影が立っていた。

意志がない住人達とは違う。

黒い石碑なんじゃないかと錯覚するほどの塊は、黒いコートを着た男だった。

それを見た瞬間、俺の意識は凍りついて、糸が切れた人形のように指先一つ動かなくなった。

見るべきではなかった。いや、違う。俺はここに来るべきではなかったのだ。そうすれば出会ってしまう事もなかった。

あの、静かで凄惨な出来事には相応《ふさわ》しい、悪魔みたいな黒い影に――――

（／10）

男は、暗い渡り廊下で待っていた。

中央のロビーに続く、狭く一つしかない道を塞ぐように。

黒い外套を着込んだ男は月明かりさえ拒んでいて、夜より深い影のようだ。

男はマンションの住人達を斬り伏せていく白い少女を感慨もなく眺める。

その眼差しを感じ取ったのか、立ちはだかる最後の住人を殺して、両儀式は足を止めた。

少女――――式は、ここまで近付いてようやく男に気がついた。距離にして六メートルもない。こんな近い間合いまで『敵』を感知できなかった事が、彼女自身にさえ信じられなかった。

いや――――そんな事ではすまされない。男の姿を見ているのに気配さえ感じられない事実が、式の心から一切の余裕を剝奪《はくだつ》する。本来ならこちらの完成が後になるべきだったのだが」

「……皮肉なものだ。

重い、聴く者を魂から屈伏させる声で、魔術師は言った。

一歩、男は前に出る。

無造作で隙だらけの前進に、式は反応できなかった。

目の前の男が『敵』で、自分と臙条巴を殺す気だという事も分かっているのに、いつものように走り寄る事ができない。

『────こいつ、視えない……!?』

内心の驚きを噛み殺しつつ、式は男を凝視する。

今まで気を許しただけで視えてしまっていた人の死が、男には無かった。

人間の体には、なぞればそれだけでその箇所を停止させてしまう線がある。

それが生命の綻びなのか、分子の接合点の弱い部分なのか、式は知らない。ただ視えるだけだ。

今まで誰一人、何一つ例外なく『死の線』は有った。

なのに。この男は、その線があまりに微弱だった。

式は強く、今まで行なった事もないほど毅《つよ》く男を睨む。脳が過熱でもしているのか、意識の大半が真っ白になるまで相手を観察して、ようやく視えた。

……体の中心、胸の真中《まなか》に穴が視える。

線はぐるぐると子供の落書きのように同じ部分で円を描いて、その結果、穴のように視えていた。

「────知ってるぞ、おまえ」

その、奇怪な生命の在り方をした相手を、式は知っていた。

……彼女は思い出す。

今の式が思い出せない遠い記憶、
二年前の雨の夜に起きた出来事の断片を。

「左様。こうして会うのは、実に二年ぶりだ」

聴く者の脳を鷲摑《わしづか》みにする、重い声。

男は、ゆるりと自らのこめかみに手を触れた。頭の側面。額から左には、一直線に切られた傷跡がある。二年前、両儀式がつけた深い傷が。

「おまえは――――」

「荒耶宗蓮。式を殺す者だ」

眉一つ動かさず、魔術師は断言した。


男の外套は確かに魔術師めいていた。

両肩から下がる黒い布が、童話に現れる魔法使いのマントに似ている。

そのマントの下から、男の片腕が突き出された。

離れた式の首を掴もうとするように、ゆっくりと。

式は両足のスタンスをかすかに広げて身構える。今まで片手持ちだったナイフも、いつのまにか両手持ちになっていた。

「悪趣味。このマンションに何の意味がある」

自らの緊張と――――おそらく、初めて体験する畏れという物に耐える為、式は声をあげた。

魔術師は答える。式には、それを聞く権利があるとでも言うように。

「普遍的な意味はない。あくまで私個人の意志だ」

「ならあの繰り返しもおまえの趣味ってわけか」

ぎり、と双眸《そうぼう》に敵意をこめて式は男を睨む。

繰り返し――――あの臙条家のように、夜に死んで朝に生き返る不可解な現象。

「効果的ではないが。

私は一日で完結する世界を作り上げた。しかしただの生と死の隣り合わせでは両儀にはなりえない。同じ人間達の営みと死去でなければ、おまえを祀《まつ》りあげるには不十分だ。死亡したのちに蘇生する螺旋では不完全である。絡み合いながらも相克する事が条件ならば、彼らは繫がっていてはいけない。よって陰には彼らの死体を。陽には彼らの生活を用意した」

「は。だからこっちが死体置場で、あっちが日常ってコト？　つまらない事にこだわるんだな。そんなの、何の意味もないじゃないか」

「――――意味などないと答えた筈だが」

そして、男は式の背後に呆然と立ち尽くす少年を見つけた。

朧条巴は、荒耶宗蓮という闇を直視して固まっている。

「そう、意味などない。もとより同じ人間が二つの属性に同時に存在する事は不可能だ。死者と生者は相容《あいい》れない。矛盾しているこの世界に、個人が共通できる意味は皆無だ」

魔術師は少年から視線を少女へと戻す。

もう、朧条巴には意味もないというかのように。

「これは単純な実験だ。人間は、果たして違う死が迎えられるのか試したかった。人は必ず死ぬ。だがその死は各人ごとに定められた死でしかない。一個人が最後に行なう死とは、たった一つのものなのだ。火事で死ぬと定められた者はどのような形であろうと火事に死亡し、家族に殺されると定められた者はどうあがこうと家族によって命を落とす。一度目の死の直面から逃れようと、二度目、三度目の死は必ず決められた方法でしか到来せぬ。

この限られた死に方を、我々は寿命と呼ぶ。

人は死に方さえ定められている。だが同じ結末を何千回と繰り返せば、その螺旋にも狂いが生じるだろう。狂いは些細な事故でかまわない。仕事帰りに車に轢《ひ》かれるという在り来りの不幸でいい。――――にも拘《かかわ》らず、今のところ結果は同じだ。二百ほどの繰り返しでは、人の運命は変わらないとみえる」

つまらなげに、感情もなく男は語る。

それだけで――――式は、この男をここで殺さなければならないと直感した。どのような手段、どのような過程を経て男がこんな事を行なっているかは解らない。

ただ一つ確かな事は、男は、自分本人でさえどうでもいいという実験で、朧条巴の家族に毎日殺し合いをさせているということだ――。

「その為に同じ死に方……最後の一日を繰り返させているのか。同じ条件で始まる朝と、同じ条件で暮らしている家族を用意して。それで、夜に死ぬのは朧条のところだけか」

「それでは異界の意味がない。ここに招き入れた家族は、全てが崩壊していた者達だ。もとから壊れていた関係は、ゆとりを無くさせるだけで終着駅に辿り着く。何十年とかかる終わりへの道は苦行だ。彼らは、一月でいずれ至る結末に辿り着いた」

……誇るのでもなく嘆くのでもなく、魔術師は言う。

式は黒い瞳を細めて、黒い男を一瞥する。

「……ブレーキを壊して背中を押した、の間違いだろ。たしかにさ、この建物はストレス溜まるよな。いたる所で歪んでいるんだ。床は海みたいに所々が傾斜してて平衡感覚が狂うし、目に負担をかける塗装と照明の使い方で神経も知らずにまいってくる。何の呪術的な効果もなしで人をここまでおかしくできるんだ。たいした建築家だよ、おまえは」

「ここの設計は蒼崎に依頼した。賛美ならば私ではなく彼女に送られるべきだろう」

男は、さらに一歩踏み込んだ。

話はここまでらしい。

式は男の首筋に狙いを定めて――最後に、本当の疑問を問いかけた。

「アラヤ。どうしてオレを殺す？」

男は答えない。かわりに、おかしな事を口にした。

「巫条霧絵も浅上藤乃も、効果的ではなかった」

「――――え？」

予想だにしていなかった人物達の名前に式は息を呑む。

その隙をついて――男はさらに一歩進んだ。

「死に寄り添わなければ生きていけない巫条霧絵は、おまえとは似て非なる属性だった」

……いつ死ぬか判らない病魔に蝕まれた巫条霧絵。

それは死を通してしか生きていると実感できないひとりの女性。死ぬ事でしか、生きている事を感じられなかったひとつの人間。……一つの心に二つの肉体を持った能力者。

そして。

死に寄り添って、それに抗《あらが》う事でしか生きている事を感じられない両儀式。……二つの心に一つの肉体を持った能力者。

「死に触れる事でしか快楽を得られない浅上藤乃は、おまえとは似て非なる属性だった」

……痛覚がないために外界からの感情を受けとめられなかった浅上藤乃。

それは人を殺すという終極的な行為からしか快楽を得られなかったひとりの少女。人を殺して、その痛がる過程と優越感でしか生きている事を感じられなかったひとつの人間。……能力を人工的に閉ざした旧《ふる》い血族。

そして。

死に触れて、互いに殺し合う事でしか自分と、他者とを感じられない両儀式。……能力を人為的に開いた旧い血族。

「死の身近にありながら彼女は死を、おまえは生を選んだ。

命を潰しながら彼女は殺人を愉しみ、おまえは殺し合いを尊んだ。

気付いている筈だ。彼女達は同胞でありながら、両儀式とは相反する属性の殺人者なのだと」

式は、愕然と————この言い寄る闇を見つめていた。

見つめる事しか、できなかった。

「二年前は失敗した。ヤツは正反対すぎた。必要だったのは同じ〝起源〟を持ちながら分かれた者達だったのだ。

そうだ、悦べ両儀式。あの二人は、おまえの為だけに用意した生贄《いけにえ》だ」

男の声は、笑いを堪えきれない者のように高揚している。なのに顔だけが動かない。変わらない、苦悶に満ちた哲学者の貌。

「もう一つ駒が残っていたが、蒼崎が感付いたのでは仕方がない。臙条巴は拾い物だったぞ。おまえは私の意志とは外れた所で、自分からこの場所を訪れたのだからな」


「おまえが――――」


式はナイフを持つ両手に力を込める。

男は足を止め、式の背後を指差した。

そこにあるのは、たった今彼女が積み重ねた死者の群れに他ならない。

その、圧倒的なまでの罪と、闇の具現。

「無こそがおまえの混沌衝動、起源である。

――その闇を見ろ。そして己が名を思い出せ」

魔的な韻を含んだ呪文が響く。

それに心を掴まれながら、式は必死に頭をふって叫んだ。


「――――元凶……!」

迸《ほとばし》る叫びと共に、式は魔術師をめがけて飛び出した。極限まで絞られた弓から放たれる矢のように迅い、獣じみた速度と殺意をともなって。

◇

両者の距離は、すでに三メートルほどしかなかった。

細い廊下で対峙する式と魔術師にとって、お互いに逃げ道という物はない。後退など――両者とも、思考の隅にさえ存在しない。

式の体が弾ける。

この距離なら接近に数秒もかからない。一息のうちに男の胸にナイフの刃をねじ込める。

白い着物が闇に流れる。

その前に、魔術師は発音した。

「不倶、」

空気が変わる。

式の体が、突然に停止する。

「金剛、」

片手を中空に突き出し、式に向けたままで魔術師が音を漏らす。

式は、床に浮かび上がる線を視つけた。

「蛇蝎《だかつ》、」

魔術師の周囲から、あらゆる流動が途絶えていく。大気を流れる様々な現象が密閉されていく。

式は視た。

黒い男の足元から伸びる、三つの円形の文様を。

『────体が、重い……？』

魔術師を守る三つのサークルは、星の軌道を描いた図形に似ていた。三つの細長いサークルが重なり合うように地面と大気に浮かび上がっている。


そのサークルの最も外側の線に踏み込んだ途端、式の体は動力を奪われた。蜘蛛の巣に捕らわれた、脆く白い蝶のように。

「両儀式────その体、荒耶宗蓮が貰い受ける」


魔術師が動く。

式が夜の闇に白い着物を残像させて走るのなら、男は、夜の闇に溶けて獲物へとにじり寄った。

近付く過程さえ視認させない亡霊のような速さ。

立ち止まり、動けない式の真横に魔術師のコートが翻る。

気配すらない魔術師の接近に、式は咄嗟《とつさ》に反応できなかった。

見ていたのに────男が近寄ってくると見ていたのに、男が自分の真横に立っていると知覚できない──


寒気が走る。

ここに至って、彼女はようやく『敵』が正真正銘の怪物なのだと理解した。

魔術師が左手を伸ばす。

万力のように開かれた手の平が、式の顔を握り潰そうと伸ばされる。

「くる……な……っ！」

殴りつけるような背中の悪寒が、逆に彼女の体を静止状態から蘇生させた。

魔術師の指先が顔に触れた瞬間、式は弾かれたように顔を背けた。そのまま体を真横に流しながら、魔術師の腕へとナイフを一閃する。

ザン、という鈍い音をたててナイフは魔術師の左手首を切断した。

「、戴天《たいてん》」

魔術師が発音する。

確実にナイフの刃が通り過ぎた魔術師の手首は、腕から落ちなかった。

刃は大根を切るように綺麗に通ったというのに、魔術師の手は傷一つない。

「、頂経《ちょうぎょう》」

右手が動く。死なない左手から逃れた式の動きを予測して放たれた右手は、確実に彼女を捕らえていた。

少女の顔を片手で鷲摑みにして、魔術師は式の体を宙吊りにする。式が少女であるにしても、腕一本で人間を持ち上げる姿は鬼か魔物のようだった。

「あ――――」

式の喉が震えている。

喘ぎにも似た声に、意識はなかった。

男の手の平から感じるものは、圧倒的な絶望感だけ。それは皮膚を貫通して脳髄《のうずい》へと至り、脊髄《せきずい》を滑り落ちて式の全身に浸透した。

彼女は生まれて初めて。このまま、殺されると確信した。

「――――未熟。この左手には仏舎利《ぶっしゃり》を埋め込んである。いかな直死の魔眼を用いても、死に易い部分など視えまい。単純に断ち切っただけでは、荒耶は傷つかない」

少女の顔を摑んだ手の平で圧搾《あっさく》して魔術師は語る。

式は答えない。顔を締め付ける力が強すぎて、答える余裕さえなかった。

……男の腕は、人間の頭を握り潰す為の機械だった。がっちりと顔に食い込んだ五指は力任せには解けない。下手《へた》に体を揺らして反撃をしようものなら、この機械は躊躇なく式の頭を潰してしまう。

魔術師の語りは続く。

「加えて私は死なない。私の起源は『静止』である。起源を呼び起こす者は、起源そのものに支配される。すでに止まっている者を、おまえはどう殺すというのだ」

式は答えない。彼女は一切の感情を切り捨てて、男の体にある微弱な線を探しだす事に全力を傾けた。

全身に巡ってしまった絶望感という麻酔も、顔を締めつける痛みもすべて無視して、唯一の突破口を切り開こうとする。

だがその前に。

魔術師は自らが宙吊りにしている少女を観察し、結論した。

「――――そうか。顔《あたま》はいらんな」

感情のない声で、魔術師は初めて腕に力を込めた。

ビギリ、と骨を砕く音が響く。

瞬間――――

両儀式の顔を握り潰そうとする右腕が、今度こそナイフによって断ち切られた。

「――――む」

魔術師がわずかに後退する。

宙吊りにされた姿勢のまま魔術師の腕を肘から断ち切った式は、自分の顔に張り付いた掌を引き剝がして跳び退いた。

ドサリ、と地面に黒い腕が落ちる。

魔術師の三重の円形から届かないぎりぎりの間合いまで離れると、式は片膝をついてしゃがみこむ。

顔を握り潰されそうになった痛みの為か、それとも魔術師の微弱な死の線を視つけようと意識を集中した為か。式は荒々しい息遣いのまま、膝をついて地面だけを凝視する。

二人の距離が、もう一度だけ大きく分かたれた。

「……なるほど、私が迂闊《うかつ》だ。病院の一件で立証済みだったな。生きていようが死んでいようが、動く者ならば動かしている源を断つ。それがおまえの能力だ。私がすでに止まった生命だとしても、こうして存在している以上は存在させている糸がある。そこを断たれては確かに死ぬな。唯一の例外はこの左腕だが、それもいつまで隠し通せるか。いかな聖者の骨であろうと、活動している以上はそれを促す因果があるのは道理である」

断たれた腕など気にもとめずに魔術師は言う。

「やはりその目はいらぬ。両儀式の付属品にしては危険すぎる。だが——潰す前には麻酔が必要か」

魔術師は、三重の結界を維持したまま一歩踏み出した。

式は、その三重の円形を視つめ続ける。

「……ダメだ。おまえは、今ので決めるべきだったんだ」

ナイフを逆手に持って、式は言った。

「オレも結界は知ってるよ。修験道じゃ聖域であるお山に女が入らないように結界を張る。入った女は石になるって話だけど、結界っていうのは境界にすぎないんだろ。円の中が結界なんじゃない。その区切りだけが他者を阻む魔力の壁だ。

なら——線が消えれば、その力は消失する」

そして、彼女は床にナイフを突き立てた。

魔術師のもつ三重の円形の、一番外側の円そのものを〝殺した〟のだ。

「———蒙昧《もうまい》」

魔術師が焦《あせ》るように前に出た。

さらに一歩、式へと近寄っても式に変化はない。

……男の守りは三つから二つに減っていた。魔術師は内心で舌打ちする。式の直死の魔眼がこれほどの物だとは考慮していなかった。まさか形のない、生きてもいない結界という概念さえも殺害するとは、なんという絶対性か――

境界に触れた外敵を律する三重結界の外周、不倶を殺された魔術師は式を仕留めるべく走りだす。

「だがあと二つ残っているぞ」

「それも、遅い」

しゃがみこんだ姿勢のまま、式は背後に手を伸ばした。

着物を締める帯の中には、二本目のナイフがある。背中の帯からナイフを真横に引き抜くと、式は即座に魔術師へと投げつけた。

刃が、二重の結界を貫通する。

水面を跳ね飛ぶ小石のようにナイフは円《くうき》の上で二度ほど弾かれて、魔術師の額へ飛んだ。弾丸のような速度だった。

「――!?」

魔術師は咄嗟に避けた。ナイフは男の耳元をかすめて通路の奥へと消えていき、避けた筈《はず》の耳元はごっそりと抉《えぐ》られていた。血と肉と砕かれた骨、脳漿《のうしょう》がこぼれだす。

「――ぐっ」

声を漏らす魔術師。

それより早く――彼は、自らの体を撃ち抜いた衝撃を感じていた。

だん、と白い闇が魔術師の体躯に炸裂する。

それ《い》がナイフを投げた後、即座に自分へと馳せた式なのだと魔術師が把握した時、勝敗は決していた。肩口から体当たりをしてきた式の一撃は、大砲の一撃めいた衝撃だった。それだけでも骨が数本折れてしまったろうに、式の手には、銀のナイフが握られていた。

ナイフは、魔術師の胸の中心を確実に貫通している。

「ご――ふ」

魔術師が吐血する。血は、砂のように粉っぽかった。

式はナイフを引き抜くと、そのまま魔術師の首筋へとナイフを突き入れる。両手で力の限り。勝敗は決しているというのに、必死の表情で二度目の止《とど》めを刺そうとする。なぜなら――

「往生際が悪いな。それでは冥途で迷おうぞ、式」

――敵は、まだ死んではいなかったのだから。

「チクショウ、なんでッ……!」

呪うように叫ぶ式。なんで――なんで、おまえは死なないのだ、と。

魔術師は動かない仏頂面のまま、目玉だけでにやりと笑う。

「確かに、そこは私の急所だろう。だがそれだけでは足りない。いかな直死の魔眼といえど、二百年を生きた我が年月を致死させる事はできない。いずれこの体は途絶えるが、こうなる事は覚悟していた。両儀を捕らえるのだ。代償が自らの死ならば釣り合っている」

魔術師の左手が走る。

……そう。勝敗は、すでに決していたのだ。

強く握られた男の拳は、そのまま式の腹部を殴り上げた。

大木でさえ貫きそうな一撃に、式の体が持ち上がる。その一撃だけで、式は胸と首を貫かれた魔術師以上に口から血を逆流させた。

ばきばきと音をたてて、内臓と、それを守っていた骨が砕かれる。

「――――」

そのまま式は気絶した。いかに直死の魔眼を持ち、卓越した運動神経を有していようと、彼女の肉体は脆い少女の物にすぎない。力を半分ほどに抑えていたにせよ、コンクリートの壁さえ砕く男の一撃に耐えられる筈がない。

魔術師は少女の腹を片手で摑んで持ち上げる、そのままマンションの壁へと叩きつける。式の全身の骨が砕けかねない勢いで行なわれた凶行は、けれど、さらに奇怪な現象となった。……壁に叩きつけられた式の体が、水に沈むようにその中へと吞み込まれたのだ。

ぞぶぞぶと音をたててマンションの壁が式を完全に吞み込むと、魔術師はようやく腕を下ろした。

……その首にはいまだ式のナイフが突き刺さり、目には先程までの威圧感がみられない。

しばしの空白が流れても、黒い外套はぴくりとも動かなかった。

当然といえば当然だ。

魔術師の肉体は、完全に死んでいた。

／8（螺旋矛盾、5）

日付が十一月十日になっても、式は自分の部屋に帰ってこなかった。

式は鍵をかけないで出かける悪癖を持っていたのだけれど、最近はきちんと鍵がかけられている。そのせいで僕は部屋に入れずに数時間待ち続ける事となった。

……そういえば以前は秋隆さんも同じように待ちぼうけをくらっていて、部屋に入れなかった彼は僕に式への届け物を預けていったのだ。

式が夜の散歩にでかけると明け方まで帰ってこない場合も少なくない。普段ならなんでもない事なのに、昨日の式の去り際はどこか不吉だった。それが気にかかって随分と待ってみたけれど、朝になっても彼女は帰ってこなかった。

／11（螺旋矛盾、6）

帰ってこない式を待っているうちに、街は朝を迎えてしまった。

天気は陰鬱な曇り空。

言いようのない不安を胸にしまいこんで事務所に足を運ぶ。時刻は朝の八時過ぎ。机に向かっている橙子さん以外に人影はなく、式が居るかもしれないという最後の期待はあっさりと裏切られてしまった。

いつも通りの挨拶《あいさつ》をして机に向かって、とりあえず昨日の仕事の続きをする。

……どんなに暗い不安があっても体はちゃんと活動した。今まで何度も繰り返してきた作業だからだろうか、黒桐幹也本人の心が後ろ向きでも、重ねてきた日常の力はいつも通りの生活を送らせようとする。

「黒桐、昨日の話なんだが」

窓を背にした所長の机から橙子さんの声が聞こえる。

僕ははあ、とぼんやり反応した。

「例のマンションの入居者な。五十世帯のうち三十世帯しか調べられなかったと悔やんでいたが、調査はそれで終わっているんだ。あれは調べられなかったのではなく、初めから記録が存在しなかった。名前と家族構成しか記録に残っていないあとの二十世帯の入居者は架空の家族だよ。あれから調べてみたんだが、四件目まで結果が同じだったんで切り上げた。もう何年も前に死亡している連中の戸籍やら経歴やらを再利用して、居もしない入居者を捏造していたんだ」

僕はもう一度はあ、と生返事をする。

「でっちあげられていたのは揃って西棟の住人だけだ。これがどういう事か――――」

言いかけて、橙子さんは眉をひそめた。

何か、体の上にアリの行列が伝っているみたいに不快な表情をすると、侵入者だ、と呟く。

橙子さんは机の中から草で編み上げた指輪を取り出すと、こっちに放り投げた。

「それを持って壁ぎわに立て。指には嵌めないように。すぐに客がやってくるが、徹底的に無視しろ。

声もあげるな。そうすれば、客はおまえには気付かずに立ち去ってくれる」

　思いっきり不快な表情のままで橙子さんは言う。そこには是非は問うな、という切迫した緊張感があった。不器用に編まれた草の指輪を握り締めて、式愛用のソファーの後ろの壁ぎわに立つ。

　と、すぐに足音が聞こえてきた。

　工事途中で放棄されたこのビルの、剝き出しのコンクリートの床をあえて誇張するような、甲高い靴の音。それは一度も立ち止まる事なく、一直線にこの部屋までやってきた。

　扉の無い事務所の入り口に、赤い影が現れる。

　暗めの金髪に碧眼《へきがん》、彫りの深い顔立ちにいかにも品のある立ち居振る舞い。年齢にして二十代前半といった感じのドイツ人。赤いコートを着た、絵に描いたような美男子は事務所に入るなり陽気に手をあげて、

「やあアオザキ！　久しぶりだね、ご機嫌はいかがかな？」

　なんて、親しみに満ちた笑みを浮かべたのだった。……僕には、それが蛇のように悪意に満ちた物にしか見えなかったが。

　赤いコートの青年は、橙子さんの机の前で立ち止る。

　橙子さんは椅子に座ったまま、明らかに歓迎していない素振りで青年に冷たい視線を送っている。

「コルネリウス・アルバ。シュポンハイム修道院の次期院長がこんな僻地《へきち》に何の用だ」

「はは、そんなのは決まっているだろう！　全てはキミに会うためさ。ロンドンでは世話になったからね、昔の学友として忠告をしにきてあげたんだ。それとも私の好意は迷惑かい？」

　青年は大げさに両手を広げると、善意に満ち満ちた笑顔をする。橙子さんとは正反対だ。橙子さんは冷ややかな眼差しを崩さない。それを前にしても、

青年はにこにこと笑っていた。

「それにニホンはいい所だよ。キミは僻地というが、だからこそ協会の監視もぞんざいだ。この国には独自の魔術系統が存在し、我々の組織とは相容れない。大陸から派生したオンミョウドウだっけか。私にはシントウと区別がつかないのだが、まあ大した問題じゃないさ。彼らの美点はね、自分達の支配圏を侵されなければ手を出してこないという事だ。協会と違って閉鎖的なんだなぁ、事が起こる前ではなく事が起きた後に動きだす。事後処理の達人だよ。ニホン人はみんなそういう人達さ。おっと、これは悪意で言っているんじゃないぜ。私にとっては喜ばしい事なんだ。計画の途中で邪魔が入らないなんて、私の国では考えられない。協会から外れた魔術師にとって、この国は理想郷だよ」

もっとも、私は協会よりの魔術師だから関係ないがね、と付け足して青年は笑った。……彼は橙子さんしか見ていない。本当に僕の事は見えてもいないし、気が付きもしないようだ。

マシンガンみたいに喋る青年を片目で睨むと、橙子さんはようやく口を開いた。

「無駄話をしにきたのならお帰り願おう。人の工房に無断で足を踏み入れたんだ。殺されても文句は言えんぞ」

「なんだ、キミだって無断で私の世界に入ったじゃないか。連れがいたようなので挨拶をするのは止めておいたが、本来ならキミこそ不作法だと罵られるべきだがね」

「ほう、あのマンションはおまえの工房だったのか。あの結界ならざる結界がおまえの手練《てだれ》によるものだとすると、認識を改めなければいけないな」

くく、と意地の悪い笑みをこぼす。

青年はかすかに顔を歪めた。

「我々の工房は現代の中において、有るだけで異界だ。

群れというものは外界の異界は無視するが、内部の異界は病的なまでに排除しようとする。それを免れる為に、魔術師は群れの中において自分を隠すべく結界を張る。そうやって魔術師は住処をさらに異界にするんだ。だが異界を隔離しようとする結界が強くなればなるほど、今度は協会がそれを感知してしまう。――結局、誰にも隠し通せる結界は人間社会では作れない。

　究極の結界とは文明社会に感知されず、魔術協会にも感知されないものをいう。あのマンションはまさにそれだ。渾然一体とでもいうのかな、魔術的な実験をしている反面、その異常を外に漏らさないように社会的な仕掛けを施してある。それは魔術師たらんとする魔術師には到底辿り着けない結論だ。私が知るかぎりそんな事を実践するのは一人だけだと思っていたんだがね。そうか、おまえはようやくヤツに追い付けたんだ。おめでとう、コルネリウス・アルバ」

「安く評価しないでくれたまえよ、アオザキ。私は荒耶など問題視していない。人形どもの体を用意し、脳髄だけを生かしておける技術は私だけのものだ。あの異界は私の力なくして成り立たない」

　今までの若々しさはどこへいったのか、青年は威《い》丈高《たけだか》そうな老人のように声を荒立てる。

「それはそれは。で、用件はなんだアルバ。まさか自慢話をしにきたわけじゃないだろう？　学徒だった頃ならいざ知らず、お互い協会から離れた身だ。自分の研究成果なら腐るほどいる弟子相手に披露してくれ」

「フン。相変わらずだね、キミは。解ったよ、つもる話は後にしよう。いずれ私の世界で話し合う事になるんだ。キミの本拠地ではさすがに落ち着けない。楽しい話はくつろげる場所でするものだ。――アオザキ。太極は預からせてもらったぞ」

　余裕に満ちた青年の言葉に、橙子さんはかすかに目を白黒させたようだった。

「――太極の中に太極を取り込んだのか。本気で根源に近付こうという心意気は認めるが、抑止力が働くぞ。世界か霊長、どちらが動くかは判らない。だが過去一度として、アレを退《しりぞ》けた魔術師はいない。自ら破滅するつもりか、アルバ」

橙子さんは赤いコートの青年を睨みつける。けれど青年は我が意を得たり、とばかりににやりと笑った。

「抑止力？　ああ、あの邪魔者は働かない。今回は自ら道を創るのではなく、もとから開いている道を辿るだけだからね。反動があるはずもないんだな。だが、それでも事は慎重に運ぶつもりだ。リョウギというサンプルは丁重に扱わせてもらうよ」

――りょう、ぎ？

「式をどうしたっていうんだ、おまえ！」

瞬間、僕は叫んでいた。

二人が一斉にこちらに振り向く。この莫迦、と言いたげに顔をしかめている橙子さんと、呆然と僕を見つめている青年。

しまったと自分を叱《しか》るけれど、そんなのは後の祭りだ。

赤いコートの青年は僕を見つけると、楽しくて仕方がないというふうに、にやりと笑った。

「昨日の少年だね。そうか、弟子はとっていないという話だったが、きちんといるじゃないか。嬉しいな、愉しみが一つ増えてしまったじゃないかアオザキ！」

くるり、と橙子さんに振り返って彼は言う。オペラ歌手のように両手を広げて語る彼は、とても正気とは思えなかった。

「それは弟子でもなんでもない。……と言ったところで無駄か」

橙子さんは頭痛を抑えるみたいに額に指を当てて、ため息をもらす。

「用件はそれだけか。わざわざ報せを持ってきたのには感謝するが、私が協会に知らせるとは考えなかったのか」

「ふん、キミはそんな事はしないさ。仮にしたとしても、連中がやってくるまで六日はかかろう。協会の一団がニホンに上陸するにはこちらの組織と話し合いが必要になるから、さらに二日。ほら見ろ、どこぞの神様なら世界を創っても余裕があるじゃあないか！」

あははははは、と青年は体をくの字にして笑った。

ひとしきり笑うと満足したのか、にこやかな物腰に戻ると青年は踵《きびす》を返した。

「それでは、また。キミも準備があるだろうが、出来るだけ早い再会を楽しみにしているよ」

最後まで陽気な口調で挨拶を残すと、青年は赤いコートをマントのように翻して立ち去っていった。

「橙子さん、今のはどういう事ですか!?」

「ああ、式が拉致《らち》監禁されたという話だな」

赤いコートの青年が立ち去った後、すぐさま所長席にかじりつくと橙子さんはあっさりと答えてくれた。その、あまりに平然とした態度に何を言うべきか戸惑いつつも、自分でも分かりきっている質問を続ける。

「監禁されたって、ドコに？」

「小川マンション。おそらくは最上階。と、あそこに屋上はなかったな。すると十階のどちらかの棟だろう。式は陰性だから東棟か」

橙子さんはあくまで冷静だった。胸ポケットから煙草を取り出して、天井を見ながら一服する余裕すらある。

それに付き合うほど、僕は楽天主義ではなかった。式がさらわれたなんてにわかには信じられないけれど、それがウソだとしても確かめにいかなくちゃいけない。

そうして走りだそうとした矢先、橙子さんが待て、と声をかけてきた。

「———なんです。所長はいつもみたいに我関せずって方針なんでしょう?」

ムッとして言うと、橙子さんは難しい顔をして頷いた。

「基本的にはな。だが今回は他人の事件じゃない。どうやら私にも関係のある事件みたいだ。……もっとも、式に関わると決めた時からこうなる事を予想してはいたけどね」

ほんとう、なんて因果だ、と橙子さんは以前にも漏らした台詞を繰り返す。

「それにね、黒桐。魔術師の根城に行くって事は戦うという事だ。私のこの工房にしろ、アルバのあのマンションにしろ――――魔術師にとって城というものは防御の為の物じゃない。むしろ攻撃の為の物、やってくる外敵を確実に処刑する為の物だ。私はともかく、黒桐が立ち入れば玄関口で家鴨《アヒル》にでもされるのがオチだぞ」

そう言われて、僕はようやくあの赤いコートの青年が橙子さんと同類の人間なのだと思い至った。……たしかに、あのちょっとした変人ぶりは普通の人じゃない。

「……でも、昨日は何もなかったじゃないですか」

「昨日は一般人と思われていたからだろ。前に言わなかったか? 魔術師は魔術師以外には魔術を使用しないんだ。下手に手を出してトラブルが起きれば今までの苦労が水の泡になる。あのマンションが異常であると外に知られるのは、アルバの望む所じゃない」

そうは言うけど、魔術師なら僕程度を簡単にあしらえるんじゃないだろうか。催眠術だって人間の記憶を曖昧にできるのだ。魔術と銘《めい》打つ物ならそれ以上の事が出来ると思う。

その疑問を口にすると、橙子さんは頷いてから違う、という矛盾した答えを返してきた。

「そりゃあな、人の記憶に関する事なら幾らでも手は加えられる。ルーンには忘却というまさにその為だけの刻印さえある。

だが、それが通用したのは過去の話だ。昔は記憶を消された人間が一人や二人いても問題にはならなかった。妖精にでもたぶらかされたか、で終わってしまう。けれど現代では違うだろう？　人ひとりの記憶に異常があれば徹底して調べあげる。調べようとするのは消された個人ではなく、周囲の人間達だ。家族や友人、上役がそれを不審がらない可能性もあるが、そこまで見通して記憶の消去はできない。

結界と同じさ。一つの異常を隠蔽する為に記憶を操作すると、今度はその記憶の操作という異常が露呈する。そこから元を辿ってあのマンションに行き着く可能性はゼロじゃないんだ。記憶を消された本人が唐突に思い出す可能性だって、絶対にないとは言いきれない」

苦々しく煙草を吸いながら橙子さんは言った。

……なるほど、たしかにその通りだ。多少心配性すぎるきらいはあるけれど、今の世の中ではちょっとした不思議さえも無視されずに追究されてしまっている。

いや、あらゆる物事に説明がされてしまっているから、逆に説明されない物が浮き彫りになってしまうのだ。

ならいっそ記憶ではなく、その人間そのものを消したらどうか？　知性を破壊して廃人にするか、生命そのものを消去して亡き者にするか。死人にくちなし、これなら秘密は漏れる事もないけど……いや、それでも結果は同じなんだ。

周囲は必ずその穴に気がつく。情報化が極限まで進みつつある現代において、消えた人間一人の足取りを追う事は難しい事じゃない。結果として、あのマンションに辿り着いてしまうのだ。

だから――あのマンションを訪れた一般人は何も異常なモノは見ていない。あそこのおかしな建物の造りは、そういった外的要因を何事もなかったように追い返すためのものなんだ。

あのアルバという人が魔術師で、何かよくない事を企んでいる（というか、さっきの話ではそうとしかとれない）としても、彼は黙って見ているしかなかった。本当にとんでもない偶然で空き巣に入った泥棒や、暴漢に襲われて逃げ込んだ女性が警察を呼び込むと判っていても、手を出す事はしなかったのだ。彼らの記憶を操作したり、その、殺してしまったりしたら、逆にそこに関心の目が寄せられる。

あくまで普通のマンションとして、あの運の悪い人たちが起こした事件を受け入れるしかなかった。

いつか、この事務所で鮮花が口にしたパラドックスを思い出す。

現象を消すタメに起こした現象が、結局自己を追い詰める行為になる。けれどやっぱり、初めの現象を残していても追い詰められてしまう。どんなにあがいても〝現象〟という言葉が消えてくれない――。

問題自身が問題を追い詰める。

起きてしまった現象は、違った意味づけで塗り潰すしかない。現象そのものは決して無には帰せないから。

「そういう事だ。あの結界に欠点はなかった。二つの事件さえなければ、私達だって気がつかずに式は消えてしまって、その居場所を特定できなかったろう。ここから得られる教訓はね、黒桐。物事にはつねに邪魔がつきまとうが故に、完璧なものなんてないという事だ」

なかなか穿った事を橙子さんは言う。

……それ自身が完璧でも、外からやってくる予測不能の邪魔もの。あのマンションを襲った邪魔ものとは、偶然に重なったあの二つの事件を言うのだろう。

「あの、さっきの人が言っていた抑止力ってそれの事ですか？」

二人の会話を思い出して訊いてみると、またも橙子さんは苦々しい顔をして頷いた。

「――そうかもしれない。

抑止力というのはね、我々にとって最大の味方でもあり、同時に最大の敵でもある〝方向の修復者〟を指す。

私達人間は死にたくない。平和でいたい。長生きしたい。私達のいる星だって死にたくない。

抑止力というのはそれだ。霊長という群体の誰もが持つ統一された意識、自分達の世を存続させたいという願望。我を取り外してヒトという種の本能にある方向性が収束し、カタチになったもの。それが抑止力とよばれるカウンターガーディアン。

そうだな、例えばaという優れた人間が独裁を行なったとしよう。彼は正義の人で、その統治は理想的であったとする。人間が人間として見た道徳性の限りでね。しかしaの行動がひとりの人間としてではなく、霊長全体の視点から見て悪、つまり滅びの要因となる場合、抑止力は具現する。

コレは霊長の世を存続させたい、というaさえ含めた人類の無意識下の集合体だ。人類を守る為に人類を拘束するこの存在は、誰も知らないうちに現れ、誰にも観測される事なくaを消滅させる。人々の無意識下の渦が作り上げた代表者は、やはり無意識であるが故に意識されない。

とはいっても、何もカタチのない意識が呪いになってaを殺す訳ではない。抑止力は、たいてい媒体となりうる人間に宿り、敵となるaを駆逐する。媒体になった人間はaを倒す為だけの能力を持つが、それ以上の能力は与えられない。aにとって代わる事ができないようにね。抑止力という霊長全体の意志を受けとめられる受信者、そういった特殊なチャンネルを持つ人間というのは稀に存在する。歴史は、これを英雄と呼んでもてはやすんだ。

だが近代になってこの呼び名は使われないな。文明が発達して、人間が自分達自身を滅ぼすなんて事は簡単になってしまった。どこぞの企業の会長が全財力を傾けてアマゾンの森林の伐採量を増やせば、一年後にも地球は終わる。ほら、いつでもどこでも地球のピンチだろ？　抑止力に衝き動かされて誰も知らないうちに世界を救っている、なんて輩《やから》はごまんといるんだ。英雄は一世代に一人だけ。世界を救う、なんて程度の事じゃあ現代では英雄とは呼ばれない。また、このαが人間の手におえない場合、抑止力は自然現象となってαもろとも周囲を消滅させる。大昔、どこぞの大陸が沈んだのもこいつの仕業さ。

……こう話すと人類の守護者そのものなんだが、こいつには人間としての感情がない。時には万人を幸せにするという行為の前に立ち塞がる事もある。厄介なのは、こいつが結局人間そのものの代表者だという事だ。

我々がそれを認識できなくても、抑止力は最強の霊長なんだ。過去幾度となく、ある実験に挑戦した魔術師の前にはコレが現れ、魔術師達はことごとく惨殺された」

……橙子さんの話は、とにかく長い。

でもそれと似た話を、僕は高校の授業で聞いた覚えがある。

アレはどの科目の、どんな内容だっただろう。人間はみんな別々だけど、どこかで繋がっているという話だった。

……それとは別に、僕は今の話でオルレアンの聖女を連想した。ただの農民の娘が神の啓示を受けて戦った、という昔話。実際は当時の騎士達が卑怯《ひきよう》、下賤《げせん》と蔑《さげす》んでやらなかった戦法を採っただけというけれど、それも何かに後押しされた結果ではないだろうか。突然人が変わったように活躍する誰か。その時だけ別人格となって悪者と戦う誰か。それが抑止力という、霊長の守護者というモノ。

「……話は解りました。それで、その実験っていうのが式に関わりがあるんですね？」

僕も橙子さんと付き合いだして、この人の会話の流れは読めてきていた。この人は意味のない事柄は口にしない。後々になって必ず無駄話が関わりを持つようになる。だから——その実験とやらが式がさらわれた理由なのだと感付いた。

橙子さんは煙草の火をもみ消すと、嬉しそうにこちらを見据える。

「——アルバが式をどうするつもりかは知らない。ただヤツの目的は根源の渦への到達だ。なら式の体を開くだろうが、あいにくとヤツにはそんな勇気はない。期限ぎりぎりまで思案する事だろう。昔からそうでね、赤帽子を生け捕りにしたと喜んだのはいいが適切な解剖法が解らず、結局腐らせてしまった事もあったな。まあ本人もああ言っていたし、式の身体は七日間は無事だろう。もっとも、無事に生け捕りにされていればの話だが」

ものすごく不吉な事を橙子さんは言う。

「——式は無事です。あいつ、預かっていると言ったでしょう。それは生きているという意味を含んでいる言葉だ」

反論する僕は、知らずに橙子さんを睨んでいた。

だって、自分で口にして——式が殺されている姿なんかを、イメージしてしまったから。

「——だから、早く助けないと」

呟く。でもどうやって？　こういう時、僕には手段がない。警察を呼んであのマンションを調べてもらう事しかできない。

けど、そんなものは何の効果もないだろう。

あれだけ用意周到な仕掛けを作る相手なんだ。警察が大挙してやってくれば、何の未練もなく式ごと消えてしまうに違いない。

式を助けるのなら、方法は二つぐらいしかない。あの赤いコートの男を倒すか、気付かれずに式を取り返すか。——僕に可能だとすると、それは後者の方法だ。

……うん、あのマンションの設計図を調べ直してみよう。どこか、作った本人達でさえ気がついていない侵入経路があるかもしれない——。

そう自分の思考に埋没していると、橙子さんが呆れたように声をかけてきた。

「待て待て。なんだって式が絡むとおまえはタガが外れるんだ。病院の時も言っただろう。危険だから黒桐は大人しくしていること。今回、おまえの出番はないよ。

——魔術師の相手は、魔術師がするものだからな」

言って、彼女は立ち上がった。

いつも普段着にしているスーツ姿のまま、上にロングコートを羽織る。

ブラウンの革製のコートは重たげで、ナイフぐらいでは切れそうになかった。

「——アルバのヤツはああ言っていたがね、ヤツの根城に挑む準備に二日も三日も必要ない。望み通り今すぐ行ってやるさ。黒桐、私の部屋のクローゼットに鞄が入っているから持ってきてくれ。オレンジ色のほうだ」

橙子さんの言葉には、感情というものがなかった。

魔術師然とした彼女の言葉に促されて隣の部屋に移動して、クローゼットを開ける。……中には洋服のかわりに鞄が置かれていた。

アタッシュケースをちょっと太めにしたようなオレンジの鞄と、このまま旅行にでも行けそうな大きな鞄がある。

言われた通りにオレンジの鞄を手に取る。わりと重い。作りはシャレていて、鞄の外側には色々とステッカーらしきものが貼られていた。

事務所に戻って鞄を手渡すと、橙子さんは胸ポケットから煙草の箱を取り出して、僕に手渡した。

「預けておく。台湾の不味い煙草でね、もうそれしかないんだ。作った会社は当然のようになく、どこその物好きな職人がダンボール一箱分だけ作ったという一品だ。そうだな、今のうちの備品の中で二番目ぐらいに価値のある品物だよ」

おかしな言葉を残して、彼女は背を向けて歩きだした。

……もしかして一番目に大切な備品って自分の事だろうか、と思って尋ねてみると、彼女は顔だけを振り向かせて拗ねた。

「失礼な。いくら私でも人を備品扱いはしないよ」

まるで眼鏡をかけている時の彼女のように唇をとがらせる。

そうした後、いつもの冷淡な顔つきに戻って橙子さんは続けた。

「黒桐。魔術師という輩はね、弟子や身内には親身になるんだ。自分の分身みたいなものだから、必死になって守りもする。……まあそんなわけだから、きみは安心して待っていろ。今夜には式を連れて帰ってくる」

かつかつと歩いていく音。

僕はその後ろ姿に何も言えず、茶色いコートの魔法使いを送り出した。

／螺旋矛盾・続く

本書は、二〇〇一年一二月に同人小説として発表され、二〇〇四年六月に講談社ノベルス化、二〇〇七年から二〇〇八年にかけて文庫化された『空の境界 *the Garden of sinners*』を、二〇周年記念版刊行にあたって加筆・修正したものです。

空《から》の境《きょう》界《かい》
the Garden of sinners
上《じょう》

20周《しゅう》年《ねん》記《き》念《ねん》版《ばん》　通《つう》常《じょう》版《ばん》

2018年1月29日　第1刷発行
2024年10月3日　第5刷発行
定価はカバーに表示してあります

著者
奈《な》須《す》きのこ

発行者　太《おお》田《た》克《かつ》史《し》

発行所　株式会社星海社
〒112-0013　東京都文京区音羽1-17-14 音羽YKビル4階
TEL 03-6902-1730　FAX 03-6902-1731　https://seikaisha.co.jp

発売元　株式会社講談社
〒112-8001　東京都文京区音羽2-12-21　販売 03-5395-5817　業務 03-5395-3615

アートディレクション　Veia

編集担当　太田克史

編集副担当　櫻《さくら》井《い》理《り》沙《さ》

印刷所　TOPPAN株式会社

製本所　大口製本印刷株式会社

ISBN 978-4-06-511012-6　N.D.C. 913　399p　19cm

星海社
SEIKAISHA